Татьяна Успенская (Ошанина)

ВОЗМЕЗДИЕ

БОСТОН · 2023 · BOSTON

Татьяна Успенская (Ошанина) **Возмездие.** *Роман*
Публикуется в авторской редакции

Tatiana Uspenskaya (Oshanina) **Retribution.** *A novel*
Published in the Author's Edition

Copyright © 2014-2023 by Tatiana Uspenskaya (Oshanina)

All rights reserved. No part of this book may be reproduced or utilized in any form or by any means, electronic or mechanical, including photocopying, recording, or by any information storage and retrieval system, without the written permission of the copyright holder.

ISBN 978-1-960533173

Published by M•Graphics | Boston, MA

   ✉ mgraphics.books@gmail.com
   💻 www.mgraphics-books.com

Book and Cover Design by M•Graphics © 2023

Printed in the United States of America

*С любовью и болью
посвящается памяти*

**Ефросиньи Керсновской,
Давида Бацера** — *близкого мне человека,
просидевшего в ГУЛАГе с 1922 до 1954,*

**И всех миллионов жертв
Сталина и Ленина.**

Пролог

Сегодня мне исполнилось семьдесят шесть.

Передо мной мои «Воспоминания», которые я дописал в мои шестьдесят три. Я писал их вечер за вечером.
Сегодня, впервые за тринадцать лет, я открыл свои записки.

Говорят, перед смертью пролетает в твоём сознании жизнь в её самых главных событиях.
Но, похоже, сегодня я умирать не собираюсь. Так почему же снова, сегодня, стремительно тасуются передо мной вспышками и замедленными съёмками эти самые — главные события моей жизни? Проходные цепляются за них, претендуя на то, что и они тоже — главные? Почему именно сегодня вся она, моя грешная жизнь, снова летит, как космическая ракета, передо мной?
И почему он снова явился в мою жизнь, мальчик с сиреневыми глазами?
А я, сам перед собой — со стороны, хотя это моя жизнь, хотя я в центре всех этих событий, это мои события.

Я фактически убил человека.
Не пистолет, не кинжал — орудия убийства...
И он, этот человек, жив и, наверное, даже продолжает работать. Он — мой ровесник. И, по странному стечению судьбоносных обстоятельств, у него тоже день рождения. И ему тоже сегодня семьдесят шесть.
Он — сын кагэбэшника, который посадил моего деда, мать, тётку, приказал расстрелять отца. И сам он — кагэбэшник, продолживший дело отца, убивший много людей. А мать так никогда и не восстановилась после Норильского лагеря.
Он убивал и меня. Разрушил мою жизнь.
Мы с ним учились вместе почти восемь лет. И я сегодня должен что-то сделать... что-то решить... зачем-то он снова передо мной.
Помочь ему никак нельзя. Даже я не могу помочь ему, несмотря на то что именно я убил его — разрушил жизнь его.

ПРОЛОГ

Господи, помоги мне, спаси меня, хотя я и не стою спасения. Что делать мне с собой, с тем, что происходит внутри? Бунтующая маята сотрясает меня. Я виноват, Господи, перед ним и перед Тобой. Я пошёл против Тебя, против Твоей воли. Господи, помоги!

У меня несколько жизней.
До него.
С ним.
Третья... после моей мести.
Он был фоном, нет, он внутри моей жизни, он определил её и сломал.

И сейчас, в свой и в его день рождения, я снова с ним: вина гложет меня, сжирает.

Воспоминания

Мой первый класс.

Стою у окна в коридоре, листаю букварь. Подходит он. На голову выше. Глаза точно нарисованные — сиреневые, в чёрных, длинных ресницах, с чёрными бровями дугами. Плакат, не живой мальчик.

— Тебя мало кормят? — спрашивает.

Смотрю на него, задрав голову. Что ему от меня надо?

— Первый мой приказ тебе: иди в класс, возьми мел и раскрась свою рожу, чтобы мне стало весело.

Онемение прошло. Я повернулся и пошёл от него. Но в ту же минуту получил удар по голове и рухнул на лаковый, блещущий пол.

Коридор. Кругом ходят аккуратные мальчики. Учительницы кучкой стоят лицами друг к другу.

Он подхватил меня и поставил перед собой.

— Повторять не люблю. Последний раз. Иди в класс, возьми мел и разрисуй свою глупую рожу.

Смотрю в его сиреневые глаза и весь покрываюсь липким, противным потом. Вот сейчас, под властью его глаз, пойду, возьму в руки мел и...

Что происходит со мной?

Никто никогда меня не бил. В саду ни с кем я не дружил, я был бабкин, книжный, бормотал про себя стихи, плавал на кораблях, помогал пирату, с Робинзоном искал еду на острове.

ПРОЛОГ

Я всегда был в себе, мне себя хватало. А сейчас кто-то вышибает меня из меня.

Его, чужого, с сиреневыми, словно нарисованными глазами, воля надо мной?!

А где я?

И вдруг со всей силы я плюю в его глаза.

«Иди прочь!», — хочу крикнуть, но снова лечу на пол, стукаюсь головой о грязно-жёлтую батарею и отключаюсь.

Прихожу в себя уже в изоляторе от резкого запаха в нос.

— Слава Богу! — Необъятная мучная женщина в белом халате прикладывает что-то к моей голове. — Заживёт. Ты только скользнул по батарее. Кто это тебя? Не отвечай, пока молчи. Тебе нужно поспать. Скоро оклемаешься.

Глава первая
МОЯ БАБКА

СВЯТАЯ ВОДА

Бабка гонялась за мной по комнате со святой водой всё детство. Бутылка была пузатая, с широкой крышкой.

— Сынок, дай умою. Никакая хворь не пристанет, никакая беда не приключится, никакой злой взгляд не сокрушит. Не я, Бог тебя умывает и охраняет.

Когда она меня всё-таки прихватывала, я выставлял заслоном руки, и вода стекала по ним, а бабка начинала плакать.

— Что ты со мной делаешь, сынок?

Бабка не объясняет, что я с ней делаю.

Маленький, я не понимал, что она хочет сказать, но каждый раз злился на неё и за её слёзы, и за дурацкие слова.

«Что я с ней делаю?» Да, ничего я с ней не делаю, только всей душой не хочу этой насильной воды.

Когда чуть подрос, решил бабку сам себе объяснить.

Ловить бабкино выражение лица, ловить слова бабкины, а потом гадать — какой смысл в них?

И почему она велит звать себя «бабка», когда надо «бабушка»?

За святой водой мы ездим вместе, очень рано утром, когда ещё совсем темно.

Долго бредём по нашей булыжной — каменной Лесной улице по всей её длине, от самого истока до метро Белорусская. Зимой чистят Лесную плохо, ноги вязнут в снежной каше или скользят на льду и отчаянно мёрзнут в холодных ботинках.

Мне нравится ехать в метро, я разглядываю людей. Кто-то книжку читает, и лица не видно. Кто-то свесил лицо на грудь и застыл, скособочившись, в неудобной позе. Почему-то чувствую: всем не весело и вовсе не нравится ехать.

Спрашивать бабку отучился раз и навсегда, когда однажды на мой вопрос «Ба, почему они чуть не плачут?» она отрезала: «Вырастешь, узнаешь». Фраза запала в меня, как таблетка, которую бабка даёт мне при температуре. Застряла где-то внутри, а потом растопилась по всему организму навсегда. Почему резко сказала? Почему узна́ю, только когда вырасту?

Я привык придумывать за каждого его историю. Часто сразу много голосов говорит внутри. Наверное, эту старушку тоже кормят касторкой — она жалуется мне взглядом, а эту женщину заставляют есть манную кашу — она тоже расстроена и жалуется мне.

Зато молодые смеются и болтают: о новом фильме, о контрольных, об экзаменах, их голоса подсоединяются к голосам, придуманным и подслушанным мной.

Словно два народа обитает в нашей стране: молодые и старые. Одним живётся весело и беззаботно, а другие словно обижены. Или какое-то наказание несут, или навсегда сильно устали.

Бабка никогда не наказывает меня, но любит говорить: «Бог всё видит, обязательно накажет за то, что сделаешь плохо. За всё приходит возмездие».

— А когда я в туалете сижу, Бог тоже видит меня?
— Обязательно, — уверенно отвечает бабка.

Наконец мы приезжаем на станцию Измайловский Парк.
Наверное, бабке не нравится, что мы сначала долго идём пешком, долго едем в метро, а потом снова долго тащимся по протоптанной на мостовой тропе.

Особенно тяжело зимой, ноги разъезжаются на ледяном крошеве из смёрзшихся бесформенных комьев или вязнут в снегу.

Но зато, как праздник, свет свечей сквозь слезящиеся от растаявшего снега глаза.

«Красавица моя», «спасительница»... — долетают до меня голоса таких же, как моя бабка, старушек, и её голос впадает в перегуд. — «Чудотворная явит своё заступничество!».

Я уже знаю: речь об иерусалимской иконе Божьей Матери. В 41-м году фугасные бомбы падали рядом и не взрывались!
«Чудотворная отводила их — храм и нас берегла!»
«Колокола только в нашей церкви звучат по праздникам!»

О страшной войне я знаю, застал её «хвост», в сад пошёл в 44-м, она ещё не кончилась. Нам рассказывали о подвигах Зои Космо-

ГЛАВА ПЕРВАЯ

демьянской и Александра Матросова, о Сталинградской битве, в день победы мы вместе с кричащими, поющими и плачущими людьми, задрав головы, разглядывали дирижабли с портретом Сталина и тоже орали до хрипоты. От Белорусского вокзала до нас долетали песни, гармошка, такие же торжествующие крики. А потом бабка читала мне «Сына полка».

Все разом замирают, как только начинается проповедь.
Бабка глаз не сводит с того, кто говорит.
Я ни слова не понимаю, но тут же подпадаю под власть говорящего: глаза — странные — словно втягивают меня в себя! От них плещет в меня теплом, я, наконец, согреваюсь. И внутри горячо. Чего-то ждут от меня его глаза. Я хочу быть хорошим.

* * *

Жизнь почти прожил, а узнал совсем недавно, что в самом деле эта Покровская церковь, одна из немногих, не была уничтожена. В 40-х годах служил в ней Иоанн (Крестьянкин). Он не желал сотрудничать с органами, считая, что от него «требуют уступок невозможных», прихожане любили его за проповеди и за доброту. В 1950-х годах его арестовали. Один из солагерников писал: «Помню, как он шёл лёгкой, стремительной походкой — не шёл, а летел — по деревянным мосткам в наш барак, в своей аккуратной чёрной куртке, застёгнутой на все пуговицы. У него были длинные чёрные волосы — заключённых стригли наголо, но ему администрация разрешила оставить их, была борода. И в волосах кое-где блестела начинающаяся седина. Его бледное тонкое лицо было устремлено вперёд и вверх. Особенно поразили меня его сверкающие глаза — глаза пророка. Но, когда он говорил с вами, его глаза, всё его лицо излучали любовь и доброту». В конце 50-х, когда советская власть снова стала закрывать храмы, он написал: «Не лишим себя храма, когда можем, и с собою носить его поучимся: сердцем упражняйся в незлобии, телом — в чистоте, то и другое сделает тебя храмом Божиим». Люди шли к нему, где бы он ни служил. Когда стал архимандритом (73-й год), к нему стали приезжать верующие со всех концов страны за благословением и советом, его почитали за доброту, высокую нравственность и духовность.

* * *

Бабке нравится за святой водой в очереди стоять. Мне кажется, она греется в этой очереди, когда и спереди, и сзади — тихие женщины, коснувшиеся чего-то такого, что соединило их в одно целое.

Я не иду за бабкой. Пока её нет, замираю перед ликами. Мне кажется, из глаз этих ликов текут слёзы, а вокруг голов ярко сияют солнца. Чувствую: всех этих людей, смотрящих на меня, жгут, бьют, мучают, протыкают стрелами. Ведь никто ничего такого не говорил мне, а мне кажется... всем им почему-то больно.

Вода. Енисей

Мне один раз было сильно больно, когда я попал в ловушку для песца, и мне покорёжило ногу.

Ездили мы с бабкой очень далеко, в холодный край к её сестре.

Бабке пришло разрешение, которого она ждала много лет. И, по словам бабки, началось наше путешествие на край света для возвращения в семью.

Сначала мы долго ехали в поезде, а потом ещё дольше на пароходе. Запомнил названия: Красноярск и Дудинку.

Много лет спустя Дудинка, как и Норильск, свяжутся с судьбами дорогих мне людей.

Очень долго ехали.

В поезде я всё в окно смотрел: поля, засеянные лёгкими, нежно зелёными всходами, леса, посёлки, города, столбы с проводами.

А вот на пароходе ослепила вода. И справа, и слева вода, то шире, то уже, то бурлящая, то спокойная. Она тоже лечит, как бабкина? По берегам сначала густые леса, с высоченными соснами, елями, с лиственницами, пихтами, красивыми кедрами, а дальше деревья всё реже и реже, ниже и ниже, и тоже поля, еле зазеленевшие. На пути от Туруханска до Дудинки деревья стали совсем низкие, и снег вернулся, словно сейчас вовсе не май.

Молчаливый старик, в шляпе, никак не вязавшейся ни с пароходом, ни с молчаливыми, мрачными взрослыми и унылой природой вокруг, всё время смотревший на воду и на берег, вдруг сказал: «Дальше, сынок, мхи, лишайники и вереск с багульником, редко жёлтые полярные маки, вот и всё богатство. А знаешь сколько видов лишайников и мхов бывает?» — И он стал на незнакомом языке перечислять. Оборвал себя. Торопливо сказал: «Прости, сынок, разговорился, а ведь ты и не запомнишь!» Весь оставшийся путь он так и не сказал больше ни слова. А когда выходил в Дудинке, положил руку мне на голову и прошептал: «Запоминай всё, что увидишь, сынок! Творится история!»

И в поезде, и на пароходе бабка мне читала.

ГЛАВА ПЕРВАЯ

«Каштанка» Чехова, Гайдара «Голубая чашка», «Тимур и его команда»...

Происходящее в книжках странно действовало на меня. Я превращался по очереди в каждого выбранного мною героя.

Я — собака Каштанка. Это я плакал, когда потерял своего хозяина, никак не мог унюхать его след, это я радовался командам нового хозяина — садился, взвывал, словно пел... мне нравилось, что я стал артистом, я ликовал, когда нашёлся старый хозяин.

Я — Тимур. Это я собрал ребят, чтобы помогать старикам и детям, у кого отцы на фронте. Это я сам колю и пилю дрова, приношу воду... Я большой и сильный, я всех спасаю и всем помогаю. Это я на мотоцикле везу Женю на встречу с отцом, который должен через какие-то минуты уехать на фронт.

В каждой книжке — свои приключения и новые чувства, которых раньше я не знал, новые занятия и новые опасности...

И каждая вызывала вопросы. Они раздували голову, требовали немедленного ответа, а бабка отвечать не любила, любила читать и задавать новые и новые вопросы, на которые я сам должен отвечать и которые как раз и становились бы ответами на мои вопросы. «Думай сам», — её присказка ко всему: к встрече с новым человеком, с героем в книжке, с пространством, через которое мы ехали или плыли.

Про наше путешествие она так и говорила: «Это твои университеты, сыночек. Слушай. Смотри вокруг и кушай глазами и ушами Россию».

Тогда я не понял её слова. Почему-то все ехавшие на том пароходе, были точно прибитые, молчаливые. Я внимательно смотрел на них, как учила меня бабка, подходил к ним, ожидая приглашения поговорить, но они ничего не рассказывали мне, да и друг с другом почти не говорили.

Подружился с несколькими мальчиками и девочками. Мы вместе носились по коридорам, по палубе, играли в догонялки, и никто нас не ругал.

А ещё приходил тощий дяденька с тусклыми глазами, с чуть хрипатым голосом и заставлял нас вместе с ним петь песню о Родине, которую чуть не каждую неделю мы пели в детском саду.

> Широка страна моя родная,
> Много в ней лесов, полей и рек.
> Я другой такой страны не знаю,
> Где так вольно дышит человек.

> От Москвы до самых до окраин,
> С южных гор до северных морей
> Человек проходит как хозяин
> Необъятной Родины своей.
>
> Всюду жизнь привольно и широко,
> Точно Волга полная, течёт.
> Молодым везде у нас дорога,
> Старикам везде у нас почёт...
>
> Над страной весенний ветер веет,
> С каждым днём всё радостнее жить,
> И никто на свете не умеет
> Лучше нас смеяться и любить.
>
> Но сурово брови мы насупим,
> Если враг захочет нас сломать, —
> Как невесту, Родину мы любим,
> Бережём, как ласковую мать.

Нарочно каждое слово пишу. Как разрушаться начнут все эти добрые слова для меня с годами! Большая ложь разольётся передо мной не переплываемой рекой.

Был и ещё один куплет, который мы все знали, но его почему-то пели не всегда.

> За столом у нас никто не лишний,
> По заслугам каждый награждён,
> Золотыми буквами мы пишем
> Всенародный Сталинский закон.
>
> Этих слов величие и славу
> Никакие годы не сотрут:
> — Человек всегда имеет право
> На ученье, отдых и на труд!

Как случилось, что столько десятилетий правил страной Антихрист, Дьявол?

Мы с бабкой редко ходили в кино, но на фильм «Цирк» она повела меня. И почему-то горько плакала, когда пели эту песню.

Глава первая

Шуня и первая боль

Бабкина сестра оказалась очень тощая, с такими же глазами, как у ликов, и тоже с не выливающимися слезами. Надолго припала она к бабке при встрече, не оторвать — в единую статую превратились. А когда оторвались друг от друга, она присела на корточки передо мной. «Здравствуй, внучок. Теперь у тебя две бабки. Понял?» Я кивнул. А потом подхватила меня на руки и сильно сжала: стремилась вобрать меня целиком в себя и никогда не отпускать. Ни за что не сказал бы, что в ней столько силы. И я стал совсем мокрый, словно все свои слёзы она вылила на меня.

Бабка тоже горько плакала, будто не встреча это была, а расставание. Я спросил бабку, зачем же она плачет, если случилось возвращение в семью? А она и её сестра ещё горше заплакали.

Позже из их ночных шептаний я понял, что её муж исчез, как и бабкин, и что сын её погиб в восемнадцать лет в первом бою, детей не оставил, и что теперь она совсем на белом свете одна, и что жить ей на поселении неизвестно сколько.

Сестру звали Александра, а бабка звала её Шуня. «Почему Шуня, если она Саша?» — спросил я. Ответила Шуня: «Понимаешь, мне очень не нравилось, что я как мальчик, ну, я и листала имена: „Сашура, Шура", всё равно мальчишки. А мне очень хотелось быть девочкой с косичками. Вот я и придумала „Шуня". Уж никак не скажешь, что парень. Так что, ты тоже зови меня „Шуня", договорились?»

Говорит так, словно я самый главный в её жизни... Вся она — тощая, с чёрнущими глазами-невыливайками, как у бабки, как у моего папы, как у меня, — сразу соединилась с бабкой в одно необходимое целое. И как мне было сладко спать между ними на деревянном, сначала холодном, потом тёплом топчане!

Шуня рассказала нам о громадном комбинате, где перерабатывают никель, о шахтах, которые не под землёй, а уходят в горы.

Она повела нас гулять по тундре.

«Гулять» громко сказано. Мы прыгали с кочки на кочку. И Шуня, и бабка делали это так же легко, как и я. Шуня рассказывала про каждую карликовую берёзку, ольху и про каждый цветок так, будто они её близкие родственники. Показала мох и ягель. И привела нас к зарослям морошки. Я никак не мог остановиться: ел и ел. А мои бабушки собирали в корзинку ягоды домой.

Мы целое воскресенье бродили по тундре.

А на обратном пути я попал в ловушку для песцов.

Наверное, все лики в бабкиной церкви тоже попадали в ловушку, так много в них слёз. Только слёзы у них из глаз не выливаются.

У меня тоже не выливались, они сбились во мне в душную кашу вместе с криком, который норовил вот-вот вырваться без моего желания. Но я откуда-то знал, что мужчина не должен плакать, и изо всех сил сдерживался, пока длинный, очень тощий доктор мучил мою ногу. Порой от боли всё чернело и пропадало вокруг, пока боль не превратилась в зудящую и ноющую.

— Собрал, Шунь, по осколкам, по косточкам. Достоин тебя, Шунь! — И улыбнулся мне: — Ну, парень, ты настоящий мужик! Надеюсь, бегать будешь!

Бегать в самом деле стал, правда, далеко не сразу.

Пришлось долго прыгать с костыльками, которые соорудил мне доктор, и с тугой повязкой, которую нельзя было шевелить, так как дощечки могли сбиться. Пока я был у Шуни, доктор делал мне перевязки. И я быстро понял, что он самый, самый главный для Шуни. Звала она его Петрюша. Я спросил, почему не Петя. Она сказала: «Люблю букву „ш", она мягкая. Без этой буквы никак не могу проявить, какой он для меня большой! Понимаешь?» Волной захлестнуло меня. Я кивнул, не придумав слов.

Петрюша сделал так, что бегать я стал и совсем навсегда позабыл, что нога была сломана.

Но боль и те, сбившиеся в твёрдый ком, слёзы и рвущийся наружу крик помню.

И помню Петрюшу, смотрящего на Шуню. Такие же глаза, как у ликов, очень большие на тощем лице, и очень грустные. Но вместе с тем он смотрит и на Шуню, и на меня, и на мою бабку так, как моя бабка смотрит на меня: всё, всё готова отдать мне, что ни попрошу!

Моя бабка и мой детский сад

В церкви перевожу взгляд с лица на лицо, ловлю истории про Святого Пантелеймона (лечил людей бесплатно, верил в Христа, хотя кругом были язычники, его мучили, потом голову отрубили), про святого Себастьяна (исповедовал христианство, стрелами утыкан, выжил, камнями забит), про Божию Матерь. В глазах многих застыла боль. Гадал, в какую ловушку попали они, кто и за что их мучил? И где тот доктор, который может собрать их в радость по осколкам и косточкам? Почему не идёт и не поможет им, чтобы они тоже побежали? И почему столько золотого света вокруг их голов?

ГЛАВА ПЕРВАЯ

Возвращалась бабка со своей пузатой бутылкой, прерывая мою очередную встречу с «ликами» и маяту за них, аккуратно вкладывала бутылку в чёрную, сшитую ею самой сумку и в ухо начинала шептать, каждый раз одно и то же:

— Бог поможет нам, ты только верь. Ты помолись Богу, он вернёт тебе папу, мне сына, Бог поможет! Идём-ка, сынок, тебе пора в детский сад, а мне на работу. Христос пострадал за нас с тобой, чтобы мы с тобой хорошо жили. И мы всегда должны помнить это.

Перед сном она пела мне колыбельные. Это был целый ритуал. Она усаживалась на мою кровать, начинала гладить мою голову чуть дрожащей рукой, и тихо звучало усыпляя:

* * *

Баю — баю — баюшки,
Да прискакали заюшки.
Люли — люли — люлюшки,
Да прилетели гулюшки.
Стали гули гулевать
Да стал мой милый засыпать.

* * *

Люли, люли, люленьки
Прилетели гуленьки.
Сели гули на кровать,
Стали гули ворковать.
Стали Венечку качать,
Стал Венюша засыпать.

* * *

Спи, моя радость, усни!
В доме погасли огни,
Пчёлки затихли в саду,
Рыбки уснули в пруду...

Нет ни тревог, ни забот.
Вдоволь игрушек, сластей,
Вдоволь весёлых затей.
Всё-то добыть поспешишь,

Только б не плакал малыш!
Пусть бы так было все дни!
Спи, моя радость, усни!
Усни, усни!

Каждый день пела. Даже когда я был уже большой, я не хотел засыпать без её колыбельных и без её руки, которая гладила меня по голове и по лбу.

Жизнь в детском саду и дома разрывала меня на части.

В саду мёрзли голова и коленки... Голова наголо стриженная, штаны короткие. Топили плохо. Стихи с громкими словами и песни с громкими словами били по голой голове, в ушах звенело. И манная каша с комками не лезла в глотку, а если и глотал я её, поднималась рвота.

Воспитательница Марина Дмитриевна была тоже громкая.

А вот встречи с тётей Мотей я каждое утро ждал. Она считалась нянечкой, хотя часто замещала Марину Дмитриевну. Это она раздевала нас и одевала, сажала на горшок, уговаривала и кормила с ложки, если кто-то из нас не хотел есть, согревала голову и коленки своими жёсткими, но горячими руками. А когда воспитательница ругала меня за то, что я сижу особняком и не хочу читать стихи или громко петь вместе со всеми, тётя Мотя шептала мне в ухо: «Ты хороший. Ты умный. Верь в свои силы».

Мне часто было очень грустно в саду. Грусть заливала меня внутри, как горячая вода. И плыло парусом слово «мама», звучащее разными голосами, и тоже жгло. Тётя Мотя словно чувствовала это и шептала: «Ну-ка, вернись к нам, давай-ка, нарисуй что-нибудь интересное».

Рисовать я любил. Рисовал я жёлтые маки из Шуниной тундры или мох, или склонённую к земле берёзку. А то рисовал низкое, яркое, северное солнце над горизонтом и много лучей. Тёте Моте нравилось. А Марине Дмитриевне больше нравились мячики и кубики, которые рисовала Ася. У Аси были длинные ресницы и короткие косички. Она любила смеяться. И часто кидала мне мячик или тянула за руку строить вместе из кубиков дом.

Он был меньше нас всех. Так жалобно он плакал! Есть не хотел, спать после обеда не хотел. А однажды никогда больше не пришёл. «Отмучился» — вспыхнуло, погасло непонятное тёти Мотино слово.

Глава первая

А Марина Дмитриевна даже в тот день требовала от нас громко читать стихи. И в тот день тоже кричала на нас: «Сядьте ровно», «Сложите руки на коленях», «Вставайте, когда читаете стихи». Мне хотелось заткнуть уши от её крика. И было очень жалко её — почему она такая тощая, руки, как спички, почему рытвинки на щеке, почему чулки в резинку не ровные, а какие-то перекрученные. И глаза словно плачут. «Ну-ка встань, когда я спрашиваю тебя!» — кричит она.

Дома — тишина.

Бабка приводит меня из детского сада и начинает варить суп и кашу. Суп с горохом. Суп с клёцками. Суп с картошкой. Каша пшённая, каша перловая, каша манная. Бабкина — без комков, но всё равно глотать манную не могу.

Кручусь вокруг бабки.

— Ба, расскажи сказку. Ба, почитай.

А бабка гонит меня:

— Иди в комнату, я скоро приду, а ты пока придумай игру.

Комната у нас большая, с блёклыми паркетинами, которые бабка всё хочет покрыть лаком и натереть, с книгами, забившими целую стену, с двумя столами: большим обеденным посередине и письменным, прижатым к окну. Широкое кресло с резными ножками перед письменным столом, с бордовой ветхой шалью на нём.

А чего придумывать игру? Большой стол — то корабль, то поезд.

На корабле плыву на юг к морю и стою у штурвала.

Бабка читала мне «Остров сокровищ» Стивенсона, и я заболел морем.

«Право руля», «лево руля», «самый малый вперёд», «отдать якорь», «лево на борт», «человек за бортом», «стоп, машина». Волны вздуваются в шторм, на горизонте яркое солнце, садящееся в море. Вижу и цвет воды — зелено-огненный, грязно-синий ближе к кораблю. Я сегодня Джим, и я сам веду корабль, и я — всемогущий. Я не хочу плыть на остров сокровищ, мне не нужно золото. Но я хочу кого-то спасти в пучине морской. Я не должен любить пиратов, но мне нравится Бен Ганн, и есть что-то у пиратов весёлое. Я вытаскиваю пирата, похожего на Бен Ганна, потерпевшего кораблекрушение, даю ему выпить рома и уже вместе с ним стою за штурвалом. Нужно же найти пирату работу! Не может же пират без моря и корабля! Это будет хороший пират — он не будет никого обижать.

Слышу я шум моря. Странный шум — совсем не назойливый, как от поездов в метро, а промывает голову, приобщает меня к воздуху, к свету.

И, когда играю, всё вокруг звучит: и собственный мой голос, отдающий команды, и шум моря, и звон воздуха, и, кажется, даже свет вместе с цветом моря и неба звучат.

Чего придумывать игру?

Снова еду в поезде на север к Шуне. Стучат колёса, тук-тук, мчит меня поезд быстро-быстро, быстрее, чем на корабле. Лес, поле. Снег уже сошёл. И чуть-чуть припорошились поля и деревья зелёной пыльцой. Бабка говорила: «Шуня там мёрзнет». Долго копила деньги и, наконец, купила у одной умелицы, которая всё может — и шить, и вязать, толстый свитер и толстые брюки из двойной материи. Пусть однажды я уже вёз Шуне свитер и брюки, я ещё раз повезу их, чтобы только увидеть, как обрадуется она, как тут же наденет всё это тёплое богатство и будет оглаживать себя по груди и ногам, и лицо из синюшного на глазах станет светлеть. Хоть и весна, а у Шуни ещё снег и ветер, и вечерами щиплет морозом нос. Вот снова еду. Нет, лучше я повезу Шуне толстое пальто, чтобы ей и на улице тоже было тепло. И свои рисунки повезу, на которых солнце и море: грейся, Шуня!

Тук-тук... еду и повторяю стихи, которые Шуня читала мне:

> Дышит утро в окошко твоё,
> вдохновенное сердце моё.
> Пролетают забытые сны,
> воскресают виденья весны...

Звучи, голос, смотрите на меня такие же, как у бабки, въедающиеся внутрь чёрные глаза. Только дома я понял: ведь у Шуни и бабки глаза — одинаковые.

Я не люблю бабку, не хочу прижаться к ней, поцеловать, погладить по голове. Притаилось внутри ожогом слово «мама», его бы произнести замёрзшими губами. Куда бабка дела мою маму? Я чувствую: бабка знает эту тайну. Не люблю бабку.

Но мне жалко её. Часто она застревает взглядом в пустоте. Что слышит, что видит?

Мне жалко бабку. Но зачем она всегда молчит про маму, зачем насильно целует меня на ночь, жмётся ко мне, как к батарее?

ГЛАВА ПЕРВАЯ

А я скорее глаза закрою, вроде сразу уснул, и жду, когда бабка отстанет от меня. Приставучая. «В тебе вся моя жизнь, сыночек!».

А какой я ей сыночек?

Про маму бабка никогда ничего не говорит, а вот про папу бубнит: «Любит тебя сильно папа, вот вернётся...»

Лучше к Шуне поеду, чем торчать целый день в себе самом.

Пусть бабка скорее придёт, накормит меня и откроет наконец книжку. Сегодня обещала про детей подземелья почитать.

В другой комнате живёт чужая тётка, въехавшая самовольно, по словам бабки.

Тётка — молодая. Имя Света.

К ней ходят хахали, как зовёт их бабка, и она с ними громко смеётся.

Крашеные брови острыми углами, крашеные губы бантиком, валик из вытравленных (бабкино слово) волос над голым лбом и всегда мокрый голос.

Когда мужик уходит, Света начинает говорить по телефону слезами.

Но её, злые, и внутренние слёзы у ликов в церкви — совсем разные, у ликов — добрые.

Мокрый голос жалуется на жадность, на вонючесть мужика, на то, что всё сожрал, что теперь надо снова доставать еду и мыть за ним.

— Ну, чего слушаешь то, что слушать не обязательно? — Бабка плотно закрывает дверь в комнату. — Вот поешь. Потом из спичек что-нибудь построишь.

Бабка спички собирает. Керосинку зажигает быстро, чтобы спичка почти целая осталась. Спичек у нас много. Я то дорогу из них бесконечную построю, то человечков соберу, скрепляя руки и ноги каплями растопленного воска от свечки.

Торжественно бабка вынимает из ящика письменного стола листок бумаги. Бумага осталась от папы, на вес золота! Скоро совсем кончится. И карандаши на вес золота: два простых, синий и красный.

— Теперь рисуй сегодняшний день. Узнаем папин адрес и пошлём папе все рисунки.

А что сегодня было? Манная каша? Её не нарисуешь. Да и зачем? Стихи учили: «Когда был Ленин маленький, с кудрявой головой, он тоже бегал в валенках по горке ледяной». А ещё учили «Два сокола». Там и про Сталина тоже. Два вождя!

И нашу Марину Дмитриевну не нарисуешь, она такая тощая, что вот-вот переломится. И чулки перекручены.

Всё-таки рисую Марину Дмитриевну: туловище — спичка, руки-ноги — спички и два круглых глаза в вытянутом вверх огурце лица. Глаза крашу синим, а туловище красным.

Рисую горку, маленького Ленина в валенках и с кудрявой головой без шапки на ледяной горке. Рисую двух больших птиц с острыми клювами.

Почему я так ненавижу святую воду? Может, потому, что она никак не в помощи с Мариной Дмитриевной, с Лениным, Сталиным, со спичками, керосинкой и плачущим голосом соседки Светы? Почему мне кажется, эта вода нарушит что-то во мне, смоет с меня что-то моё, чего никак пока не понимаю.

Бабке рисунок не нравится.

— Причём тут спички? Смотри, у человека есть мышцы, да и одежда сверху. У тебя же всегда человечки хорошо получаются.

Про Ленина и соколов бабка ничего не говорит, но, чувствую, и с ними тоже, похоже, что-то не так.

— Не хочу человечков. Читай мне!

Наступает самое лучшее время в дне.

— Садись-ка, — торжественно говорит бабка. Мы усаживаемся в кресло, бабка накидывает на плечи бардовую шаль, одним концом укрывает мне коленки, обнимает меня и опять начинает про Ваньку: — «Ванька Жуков, девятилетний мальчик, отданный три месяца назад в ученики к сапожнику Аляхину, в ночь под рождество, не ложится спать».

А я закрываю глаза. Так виднее, что бабка читает. Вижу тощего, как Марина Дмитриевна, Ваньку, селёдку, круглые буквы, которые Ванька выводит.

Голос бабкин чуть дрожит от волнения и важности момента. Рука бабки сжимает моё плечо и мешает слушать, но я терплю, потому что Ваньку хорошо вижу, а бабку ещё больше жалко, и хочется сделать ей что-то хорошее. Ей неудобно листать страницы одной рукой, и я, когда она подхватывает страницу, помогаю перевернуть.

Как я хочу, чтобы что-то со мной такое произошло, чтобы я захотел бабку тоже обнять и погладить по голове!

ГЛАВА ПЕРВАЯ

От бабки идёт странный запах ветхости и тоски.

Я люблю, когда бабка читает мне. Это тебе не святая вода.

Ванька старше меня и уже умеет слова писать. Но Ваньку сильно обижают, бьют. И у Ваньки так же, как и у меня, нет мамы и папы. Только у Ваньки — дед, а у меня — бабка, и моя бабка не отсылает меня на заработки, а всё для меня делает. Бабка не бьёт меня и вообще никак не наказывает, никогда не заставляет посуду мыть, вовремя спать укладывает и гладит, гладит по голове перед сном. Боюсь, кожу с головы совсем сдерёт, такая жёсткая у неё ладонь!

— Ты обещала сегодня и «Детей подземелья» прочитать.
— Завтра, Венечка, спи, мой мальчик! Ты же просил ещё раз про Ваньку.

Приходит «завтра», и бабка читает мне «Дети подземелья». Как же я волнуюсь! Я совсем не успеваю то Валеком стать, то Марусей... — бабка очень быстро читает. Но они все со мной — здесь, рядом. Глаза закрыты, а я вижу их и слышу голоса всех, хотя звучит только бабкин. А Валек и Маруся... повторяют следом за бабкой — голосами своими! Но обрывает бабка рассказ на середине.

Я хорошо запоминаю имена авторов: Чехов, Пушкин, Тютчев, Короленко, Гайдар, Чуковский.

Стихи бабка любит читать на ночь перед колыбельными, чтобы вместе с засыпанием запоминались. И они запоминаются. На всю жизнь. В трудных минуты я бормочу те, бабкины, стихи.

Вот и сегодня снова звучит Тютчев:

> Слёзы людские, о слёзы людские,
> Льётесь вы ранней и поздней порой,
> Льётесь безвестные, льётесь незримые,
> Неистощимые, неисчислимые, —
> Льётесь, как льются струи дождевые
> В осень глухую порою ночной...

> ...Среди громов, среди огней,
> Среди клокочущих страстей,
> В стихийном пламенном раздоре,
> Она с небес слетает к нам —
> Небесная к земным сынам,

С лазурной ясностью во взоре —
И на бунтующее море
Льёт примирительный елей.

В тот далёкий счастливый день, когда она читает мне Чехова, я спрашиваю бабку:

— Ба, а почему у нас так много книг? Ты все их читала?
— Что ты, сынок? Не все, только на русском. Немецкого я не знаю.
— Как же не знаешь? Война шла с немцами, а как же ты с ними разговаривала?

Бабка не успевает ответить, а я уже следующий вопрос задаю:
— А почему у нас книги на немецком, если мы русские? Нам в саду говорили, мы — русские.
— Твой папа — переводчик с немецкого, он занимается немецкой литературой.
— А разве там есть литература? Там только бомбы и самолёты. Нам в детском саду говорили, что немцы нас убивают, их ещё фашистами зовут.
— Фашисты, сынок... — начинает было бабка и замолкает. — Но в Германии есть и литература, да ещё какая! Гёте, Гейне, братья Гримм, Фейхтвангер, Томас Манн, Ремарк, Гофман... — но тут бабка начинает плакать, а я прикусываю язык.

Это из-за меня бабка часто плачет.
Плачет бабка так горько, что я не выдерживаю:
— Не плачь, ба, пожалуйста, я не могу видеть, как люди плачут.
От этих слов бабка ещё гуще плачет.
— Ты совсем у меня прохудилась. Сейчас таз принесу, ты говорила, солёная вода — полезная.
Бабка бежит из комнаты.
Вот тут и разбирайся, как надо себя вести. Чем это я так расстроил бабку?

Мама и бабка

Ещё неделя, и я пойду в первый класс. Бабка купила мне портфель, форму и сказала, что завтра поведёт в парикмахерскую, чтобы снова остричь наголо. И так башке холодно, волос почти нет, а тут ещё наголо! А вечером дочитает «Детей подземелья».

Сегодня у меня последний день в детском саду. И получился он самый слёзный из всех.

ГЛАВА ПЕРВАЯ

Марина Дмитриевна поздравляла нас с поступлением в школу, и конопатинки на щёках подрагивали с каждым словом. Слёзными глазами оглядывала всех по очереди и всё равно кричала: «Не забывайте, как вести себя, а то мне стыдно будет!»

Наконец привела нас в раздевалку. Нам нужно взять из шкафчиков все свои вещи. Одеться. Вроде ещё лето, август, а ветер сегодня ледяной и дождь. Бабка утром напялила на меня пальто с шарфом.

В тот день я словно сомлел.

Всегда одеваюсь быстрее всех, а тут со всех сторон пикирует в уши: «мам!», «мама», «мамуль», «сынок», «доченька», и в глаза лезут умильные улыбки матерей.

Один за другим исчезают из раздевалки ребята со своими матерями. А я ни рукой, ни ногой пошевелить не могу.

— Давай одевайся, пойдём домой, — просит бабка. — Смотри, все ушли. Ты что, один останешься в саду? А хочешь я одену тебя?

Я мотаю головой.

Тётя Мотя садится рядом со мной и вторит:

— Давай я одену тебя...

— Пусть мама придёт и оденет, — вырывается ещё ни разу не тронутое губами слово. — Всех мамы одевают.

Бабка вздрагивает.

— Сынок, разве я не стараюсь? Разве я не люблю тебя, как папа и мама?

— Я тебе не сынок. И ты старая, а все мамы — молодые! — кричу я.

Бабка заплакала. И тётя Мотя заплакала. И обняла бабку. И стала сквозь слёзы объяснять ей:

— Я прежде в детдоме работала воспитателем, я тебе не говорила. Не выдержала. Тут один, твой, а там, как к ночи начинается — «маму хочу!», «позови мою маму», хор!, хоть помирай, сердце рвётся.

Оказывается, бабка и тётя Мотя — подруги, на «ты». Оказывается, они часто и без меня встречаются. И бабка специально отдала меня в этот детский сад, чтобы тётя Мотя была рядом со мной вместо неё.

Бабка захлёбывается. И тётя Мотя — в унисон.

— Ба, не плачь! — пугаюсь я. — Ты только скажи, где моя мама? Когда придёт?

Тётя Мотя приносит воду. Поит бабку.

В сумеречной раздевалке детского сада, с красным грузовичком, уткнувшимся в нижнюю ячейку девочки Аси, с нянечкой и воспитательницей тётей Мотей, ожидающей сторожа, с вибрирующим в бабкиной руке стаканом, я слышу:

— Не знаю, сынок, где твои папа и мама.

— Они бросили меня? Совсем бросили?

— Нет, сынок, они крепко любят тебя.

— Не понимаю, зачем тогда они от меня ушли? Почему у меня нет мамы и папы?

И тут тётя Мотя закричала:

— Хватит, Венечка, мучить свою бабушку! Ты же — мужчина, ты же — защитник! Мужчины страну и женщин защищают. Пожалеть бабушку надо! — Из сетки добрых морщин и из раскосых зеленоватых глаз столько веры в мою силу плеснуло мне в лицо жаром, что я прикусил язык. Оделся мгновенно и потянул бабку.

— Идём, ба, идём! Опирайся на меня, я же мужчина.

Бабка осела на детскую лавку.

А я недоумённо спросил тётю Мотю:

— Что это она? Я же мужчина. Боль терпеть умею. А теперь никогда больше плакать не буду. Слово мужчины.

Бабка затряслась ещё сильнее, но я стал растирать её спину и приговаривать:

— Идём домой, я буду тебя защищать. Идём же!

Я сегодня не в себе.

Твержу себе тёти Мотино — «Я — мужчина», а внутри всё повторяется: «мама», лёгкое слово невозможности.

Когда, наконец, пришли домой, бабка сказала:

— Дождь кончился и ветер поутих. Может быть, нам и бабье лето перепадёт?! Иди, сынок, во двор, погуляй.

— Один? Можно?

— Пора тебе учиться самостоятельности, в первый класс пойдёшь. Я пока приготовлю ужин. На-ка ключ. Смотри, как запирать дверь, как отпирать. Теперь раньше меня будешь домой приходить, пока всех больных приму... Теперь ты должен стать самостоятельным, — повторяет она. А глаза от меня прячет.

Мальчишки играют в футбол, я стою у стенки дома. Знаю, никто меня не позовёт в игру, потому что я меньше всех, потому что меня никто не знает («бабкин сынок») и потому, что я не умею играть в футбол. Летит мяч, я шевелю ногой, словно примериваясь ударить. И тут же вижу себя несущимся по двору. Внутри расширяется пространство, и двор превращается в большое поле, я несусь по

Глава первая

полю, и это я сцеплен ногой с мячом и сейчас сам забью гол. Вжимаюсь в серую стену, сегодня напитанную холодом.

Но почему-то вдруг вижу плачущую бабку. Как горько она плачет! Меня заполняют её слёзы, и туманом заволакивает странное ощущение беды… щиплет глаза, тянет книзу живот.

И я бегу домой.

Пальцы не слушаются, тычу ключ в замок, а он не попадает в щель.

Из-за двери жалуется голос Светы: «Не позвонил, представляешь? Обещал и не позвонил, урод. Я ему рубашку купила на день рождения. Пропал».

Наконец вхожу в переднюю и чуть не бегу в свою комнату. Хочу закричать «ба!», а почему-то едва шепчу. Я вытру её слёзы, я поглажу её по голове, я не буду звать маму. У меня есть бабка! И я должен защищать её! Я — мужчина.

Бабка сидит за обеденным столом, уронив голову в руки.

— Ты что в скорби застыла? — спрашиваю, не понимая, почему никак не даётся мне голос.

Мне, как и бабке, нравятся фразы-формулы, таящие в себе насмешку или что-то пока непонятное. В таких фразах, коротких и ёмких, как бы собирается целая история, о которой можно фантазировать. Называет бабка такие фразы афоризмами. И сама часто говорит афоризмами.

«В скорби застыла» — значит произошло что-то плохое. Я виноват?

Бабка не отвечает.

Такое случается часто, когда бабка не отвечает. Если она задумывается или читает.

Она любит забраться в отцовское кресло и читать.

Позовёшь её, а она и не слышит.

Подойдёшь к ней, дёрнешь за шарф, что всегда обматывает её шею, или за шаль, она посмотрит на тебя не видя и снова — в книгу.

— Волнение охватило тебя, или бурлящее море залило палубу? — сбиваю пафосом страх.

Бабка головы не поднимает.

Обидел я её сегодня. Вот она и не хочет знать меня.

Двумя руками осторожно едва дотрагиваюсь до её плеча, боюсь спугнуть со сна или испугать, если в мыслях витает. И вдруг моя стойкая, незыблемая, надёжная и сильная бабка начинает валиться со стула и рухнула бы на пол, если бы я не подставил себя под неё.

Грохочет в голове, и вспыхивают разные огни, как в шторм.

Хорошо помню тот шторм.
Бабка повезла меня к подруге купаться в Чёрном море. А вместо купания одни брызги и грохот моря и неба. Волны взъяривались до неба и со злобой валились в бурлящую пучину, заливали берег, новые вставали на дыбы и тут же разбивались в брызги. А небо раскалывалось яркими длинными огненными языками и грохотом.
Шторм бушевал всю неделю, что мы жили у бабкиной подруги.

Сейчас я так же оглох и ослеп — шторм бушевал в голове.
Я не мог больше держать бабку на себе, сейчас рухну вместе с ней, и бабка придавит меня.
Мокрый голос ворвался в шторм:
— К телефону!
И через мгновение распахнулась дверь.
— Оглохли, что ли?! — Но тут же: — Ой, мамочки! Ой, люди добрые, преставилась! — Голос юлил уже над ухом, растворяя грохот в голове. Руки Светы потянулись помочь мне, но не успели: я внезапно потерял тяжесть бабки и рухнул с ней вместе на пол. А мокрый голос уже кричал в коридоре: — Преставилась! Делайте что-нибудь. Быстрее! Я одна боюсь! Приезжайте скорее! — И снова голос надо мной, совсем не мокрый, властный: — Ты мужик или баба? Ну-ка, вставай. Давай оттащим её на кровать. Вызовем «скорую».

Дальше провалы и вспышки.
Врач, санитары в белом.
Незнакомый, совсем молодой голос:
— Сынок, сыночек, поплачь! Я у тебя есть!
Мама пришла? Моя мама?
— Мама! — прошептал я без голоса.
Лица ещё не видел, только косы на груди, толстые, светлые косы. И тепло спеленало меня, растапливая страх. Мама пришла наконец.
— Не мама, я — сестра твоей мамы!
— Не мама? Тогда не зови меня «сынок», я хочу бабу! Подними мне мою бабу.
— Бедный мальчик! Потерпи. Теперь я у тебя есть!
— Если ты у меня есть, почему ты никогда не приходила?
— Агнесса не пускала. Боялась, ты захочешь жить со мной, а не с ней. Она — мать твоего отца, и у неё больше никого на свете.

ГЛАВА ПЕРВАЯ

— А у тебя?
— И у меня, кроме тебя, никого. Жениха убили на войне. А сестра... ну, ты знаешь.
— Не знаю. Где мама?

И тут я увидел глаза. Испуганные, влажные, невыливайки. Слёзы стоят, и сквозь них мерцают точки света.

— Мама жива.
— А где она?

Тётя не ответила.

— А где мой папа?
— Не с мамой. Мама всё время спрашивает о тебе. Вот я и звоню Агнессе узнать. Что она про тебя расскажет, то и пишу маме. Сколько раз просилась к тебе приехать, ни в какую: «Только через мой труп!»

На столе в гробу бабка. Личико — маленькое, обвязанное шарфом. Сейчас раскроет свои глазищи и скажет: «Вот умоемся святой водой, и всё заживёт!»

Я вскочил и побежал к шкафу, где у нас на самом виду стояла пузатая бутылка. Не дающимися пальцами схватил её, а она выскользнула из рук, упала и разбилась. Стал судорожно собирать воду в горсть. Кинулся к бабке. Водил мокрыми ладонями по её лицу, бормотал:

— Вот тебе! Открывай глаза скорее!

Бабка глаза не открыла.

Я снова собирал воду в горсть и снова растирал бабкино лицо.

— Ба, это живая вода, ты читала мне! Скорее возвращайся ко мне! Почему ты такая ледяная?

Тётка обхватила меня, оттащила от бабки.

— Что ты делаешь? — с ужасом лепетала. — Бабушка умерла, ты должен понять это.

— Пусти меня!

Она отпустила и, схватив полотенце, висевшее на стуле, бросилась обеими руками жадно собирать в него живую воду, осторожно отодвигая осколки.

Изо всех сил я забарабанил кулаками по её спине.

— Перестань! Что ты делаешь? Это святая вода! Это живая вода! Она спасёт мою бабушку! Перестань.

Но тётка вскочила, схватила мои руки и закричала:

— Как ты смеешь меня бить? Какая «святая»? Обыкновенная вода! Тебя обманули! — Раздражение убило невыливайки, на меня смотрели чужие, не любящие меня глаза.

Я вырвался, подскочил к бабке, стал гладить её плечи, её голову в серо-синем шарфе, острые уголки плеч... «Ба, я буду всегда тебя гладить, я поцелую тебя, только открой глаза, — молил я бабку про себя. — Я хочу, чтобы ты всегда была со мной!»

Но вдруг руки сами упали вдоль тела.

Бабка не слышит моих слов?

Почему не открывает глаза?

До мокрого её лица больше дотронуться так и не смог, ладони вспомнили, что лицо совсем ледяное, святая вода не согрела его.

Закрытая, запечатанная в себе бабка.

— Веня, мальчик мой маленький, приходи в себя поскорее! — Тётка обняла меня, прижала к груди, и коса щекотала мне щёку. — Перетерпи, мой мальчик. Пожалуйста, перетерпи. Я помогу тебе. Я буду любить тебя. Я всё сделаю, чтобы ты перетерпел. Помоги мне, пожалуйста. Ты не знаешь, где бабушкина записная книжка? Мне нужно позвать коллег и друзей на похороны.

Когда тётка ушла в коридор звонить, я подвинул стул к столу, сел и стал смотреть на бабку.

Значит, бабки больше никогда не будет? «Преставилась». Это значит «умерла»? Много героев сказок и книжек умирали. Я думал, понарошку, это игра такая, просто они убегали со страниц книг. А тут вот лежит, не слышит меня моя бабка, никуда не убежала, но её больше нет. Слова «больше нет» никак не умещались в голове.

В тот день в те минуты моего сидения возле бабки я превращался из ребёнка во взрослого.

«Если бы я умел читать, я бы сейчас дочитал тебе „Дети подземелья", — говорил я бабке, — и тебе стало бы интересно, и ты перестала бы так лежать! Когда я рассказывал тебе сказки, которые придумал, ты так слушала меня!».

Теперь я знаю, что значит «умереть». Это не слышать того, кого ты сильно любишь. Это не смотреть на того, кого ты сильно любишь.

Тётя Мотя и ты горько плакали, потому что вы что-то обе знали такое, чего я тогда не знал. Ты не сказала мне, почему ты так плакала. Я хочу, чтобы пришла тётя Мотя и села рядом со мной.

Я вышел в коридор.

— Похороны послезавтра в десять утра, — говорит тётка.

Глава первая

Света тоже стоит тут, подперев рукой щёку.

Но вот тётка кладёт трубку, начинает рассматривать что-то в записной книжке, а я прошу:

— Позови мне тётю Мотю. Она вместе с бабой плакала в детском саду. Она с ней на «ты». Они дружат.

— Сейчас уже поздно, и сегодня был тяжёлый день, — говорит тётка. — Завтра обязательно пойдём с тобой в сад и скажем тёте Моте.

— Мне нужна она сейчас.

— Сейчас мы с тобой поедем ужинать и спать ко мне, не хочу, чтобы мы вторую ночь не спали, я с ног валюсь. Только позвоню ещё кое-кому.

Света позвала:

— Веня, идём ко мне, я покажу тебе «Весёлые картинки».

— Не хочу «Весёлых картинок». — И я пошёл обратно к бабке. Но теперь почему-то мне стало очень душно около неё, я вернулся в переднюю, сел на пол, прижавшись к стене, и стал слушать торопливый говор тётки: «умерла, похороны послезавтра в десять»...

Троллейбус, чужие запахи чужой квартиры, колбаса, диван цвета травы, с золотистыми кругами, с жёсткой подушкой.

Голос тётки:

— Зови меня Лима. Мой отец, твой дед, занимался Древней Грецией, помешан был на ней. Назвал Олимпией. Ненавижу своё имя. Если бы могла, поменяла бы. Маму уже по-человечески назвали — Иринкой.

— А где твой папа сейчас? В Древней Греции?

Лима снова смотрит на меня невыливайками и молчит.

— Ты что молчишь? Баба говорила «Нужно ехать туда, куда сердце зовёт».

— Его не сердце позвало. Может, и в Древней Греции.

— А твоя мама?

— Мама не выдержала. Очень любила.

— Она, как баба, умерла, да?

Лима сидит у меня в ногах на диване. И вдруг проводит по моей щеке нежной, молодой рукой и ещё гладит. И смотрит... так, как смотрела бабка, — всей собой!

Невыливайки...

Похороны

— Совсем молодая ушла. Что за возраст — пятьдесят один?!
— Прекрасный терапевт, вылечивала.

— Методы у неё: умела вытащить болезнь наружу! Талант! Скольких в своём районе спасла!

— Внук всей жизнью был! Ты смотри, Венечка, оправдай её надежды. Очень она верила в твой талант, говорила: «Всё умеет обдумать, обо всём рассудить, живёт внутренней жизнью!». Очень гордилась она тобой, Венечка!

— Дальше пошла учиться — в аспирантуру! Чуть-чуть не закончила... Уже целый год преподавала там. Обстоятельства... А какая умница...

— Страдалица. Столько пережить! И мужа, и сына сразу...

— Послушайте, как она впервые пришла на практику. Нужно диагноз ставить, а она ревёт. Ну, я, как её преподаватель, испугался слезливой барышни, спрашиваю: «Что случилось?» А она смотрит своими глазищами, говорит: «У больного симптомы всех болезней, и грипп, и гипертония, и инфаркт. Как же мне его лечить?» А я засмеялся. Она сразу и перестала реветь, вытаращила глаза. Ну, я и объяснил ей, что не нужно паниковать, и это только кажется, что симптомы всех болезней собрались вместе. Конечно, слабость — серьёзный показатель, но ведь слабость при любой болезни может быть. И сердцебиение может возникнуть при любой болезни, когда температура. И так далее. В общем, привёл её в чувство, успокоил. Прекрасный она врач, дотошный, всегда вглубь смотрит. Очень внимательная была. Талант! Сколько лет одни похвальные грамоты. Диагнозы — точные. Больные выздоравливают. Я и посоветовал ей пойти в аспирантуру. И какая красивая была!

Сидим за нашим большим столом, на котором лежала бабка. Не все поместились, кто-то и во втором ряду с тарелкой в руках.

Всем миром хоронят бабку. Кто блины принёс, кто салат, кто колбасу.

«Собрали поминки», — как сказала тётя Мотя.

Тётя Мотя — рядом со мной, подкладывает еду.

— Ешь, пожалуйста. Ты теперь сам себя береги. Держись, сынок, — говорит она бабкино слово. — Помни, ты — мужчина, должен перенести горе, тебе дальше жить. Да, твоя жизнь изменится, а ты всегда помни, бабушка тебе всю свою жизнь отдала, хотя сама ещё совсем была молодая.

— Почему же тогда «бабушка», если молодая?

— Так устроена жизнь, Венечка, что, когда у сына или дочки родится ребёнок, женщина становится бабушкой. Это не отнимает у неё самой того, что она-то ещё молодая. Скоро в школу, Венечка, пойдёшь, взрослым станешь, своих детей народишь, а бабушку не забывай, она сильно любила тебя, жалела, очень гордилась тобой! — шепчет мне в ухо тётя Мотя. И хочется мне, чтобы она шептала и шептала, и рассказывала про бабку. От тёти Моти идёт та же ко мне любовь и та же жалость, что от бабки.

— Хочу сказать. — Встала Света. — Я-то её получше вас всех знаю. Терпеливая Агнесса Михайловна, добрая была. Меня подкармливала. Жалела сильно сироту, собирала мои слёзы, советы давала: «Учись вечерами, девочка, чтобы профессия была счастливая». Вот я и учусь на инженера-строителя, скоро стану строить дома. Все наши разговоры с ней, когда Венечка уснёт. Придёт ко мне и расспрашивает, о чём я думаю, чего жду от жизни. Я ей всё про любовь... что замуж хочу, сыночка родить. А она мне про учёбу. Твердила: будет профессия, и любовь сама придёт, не беги впереди паровоза. Перед всеми, Венечка, тебе говорю: комнату твою сохраню в целости до твоего совершеннолетия. Пыль буду вытирать. Книги твои буду читать, но из комнаты не вынесу, все тебе так и вручу — на своих местах! Мне Агнесса Михайловна давала читать, хотела, чтобы я облик обрела, как она говорила, человеческий. Не бойся, ничего не пропадёт. А уж как я-то теперь без неё?

Горели два ярких пятна у Светы на щеках, лились слёзы из глаз.

— Ты, Венечка, знай, я тебе тоже теперь как родня. Захочешь поговорить, позвони и скажи «Света, слушай меня» и говори всё, что хочешь, я тебя всегда буду слушать.

Тётя Мотя опять плачет. Что же у неё такое сердце в слезах, как у Светы глаза?!

...Дурной сон. Бабка учила поплевать через левое плечо и сказать «Куда ночь, туда сон!» Говорила: «Твой дурной сон рассыплется под этими словами, не сбудется!»

Лима и у меня есть мама

Снова я еду в троллейбусе и незаметно плюю через левое плечо и прошу: «Куда ночь, туда сон».

Искоса поглядываю на тётку.

Она — молодая, как все мамы в детском саду, с косами на груди. Только мамы весёлые, а тётка словно застыла. И вдруг понимаю: это она от страха.

— Чего ты боишься? — спрашиваю её.

Лима повернулась ко мне, смотрит удивлённо.

— Ты прав, Веня, боюсь, Веня. Не представляешь себе, как боюсь. А вдруг не смогу заменить тебе…

— Не бойся, — прерываю её. — Я буду слушаться. А у тебя есть святая вода? — Но тут же затыкаюсь, вспоминаю, как она кинула на бабкину святую воду полотенце и сказала, что меня обманули и что эта вода — обыкновенная.

— Какая «святая»? Я хочу тебе сказать, это пережитки, в это вредно верить…

Я спешу объяснить:

— Если святой водой умоешься, все хвори пройдут, и никакая беда не приключится.

Лима судорожно оглядывается, не слышал ли кто?

— Бедный ребёнок! Отравлен совсем. Нет у меня святой воды. Зато книжек много!

— Это хорошо, — говорю я, затаившись и не понимая, почему нельзя говорить о святой воде? Сейчас мне так нужна эта святая вода! — Я люблю слушать книжки. Мне баба не дочитала «Дети подземелья» и обещала прочитать «Белого пуделя».

Лима испуганно смотрит на меня.

— Ты не бойся так, — спешу я успокоить её. — Скоро я сам научусь читать.

После ужина я вдавился в диван цвета травы, подмигивающий мне золотыми кругами, и не знаю, что делать. Лима после ужина на кухне моет посуду.

Комната у неё квадратная, больше бабкиной, с широкими и высокими окнами.

Лима, наверное, забыла шторами укрыть их. И чернота струится в комнату потоком. Высокий этаж, никаких фонарей. Ни звёзд, ни луны. Сейчас затопит меня тьмой, несмотря на лампочку на стене. Закрываю глаза. Лучше не смотреть.

— Смотри, — чуть дрожащий голос Лимы, и, когда я открываю глаза, вижу лица. Совсем молодые, как мамы в детском саду. — Мне на колени Лима кладёт тяжёлый альбом. — Это твои мама и папа на свадьбе.

Папу я знаю. Он сидит на коленях у бабки и у деда. У бабки и у деда глаза похожие: чёрные. И у папы на маленьком лице большие чёрные глаза. У бабки вся стена папой увешана: маленький голый, в детском саду, лысый школьник, студент.

— Мама очень любит тебя. Давай вместе напишем ей письмо.

35

ГЛАВА ПЕРВАЯ

Внутри возникает дрожь, какая была в последний день детского сада.

Вот же, у меня! тоже есть мама!

Смотрю в мамины глаза.

Вот сейчас мама заговорит и скажет мне ласково «сынок!», как говорила бабка и как говорили чужие мамы своим детям в детском саду.

Вот сейчас мама заговорит и всё объяснит мне.

Моя мама красивее всех мам, которые приходили за ребятами. У неё, как и у Лимы, толстые светлые косы на груди. Они с Лимой похожи и не похожи. Мама смеётся. Весёлая мама, а Лима — грустная.

— Я хочу, пока мама не вернётся, жить с бабкой, — добавляю я грусти Лиме и тут же поправляюсь: — И с тобой хочу попробовать. Ты не расстраивайся. Я хочу плакать и не могу, здесь железка застряла, — я ткнул себя в грудь.

— Ложись-ка ты спать. Я взяла несколько дней, остался один. Завтра заберу документы из той школы, в которую тебя устроила бабушка, переведу сюда: твоя школа будет совсем близко. И потом завтра мы с тобой вместе маме письмо напишем. Хорошо?

Лима не почитала мне перед сном и не спела колыбельную, и не поцеловала, как бабка. Только по щеке провела нежной рукой, и щека согрелась.

Смотрю в потолок и думаю о том, что такое Древняя Греция, и где мои мамины бабушка и дедушка, и где сейчас бабка, и где сейчас папа с мамой, и что такое переводчик с немецкого? И сам себе про себя пою бабкину колыбельную: «Спи, моя радость, усни...»

Но письма маме мы на другой день не написали. Мы перевозили мои вещи, раскладывали их на полках в шкафу, потом варили суп. День быстро кончился.

Глава вторая

Ирина Матвеевна и он — Альбертик. Начало моей семьи

Ирина Матвеевна и Альбертик рушат мой прежний мир

— Меня зовут Ирина Матвеевна, — на высоких частотах скребущий голос. Он проникает внутрь и нарушает во мне все процессы: сердце начинает выбивать дробь, кровь из горячей превращается в ледяную. Я скукоживаюсь внутри и ожидаю полного разрушения.

Не нравится мне Ирина Матвеевна. Она не тётя Мотя, не бабка. В них жила слеза, они могли из-за меня заболеть, эта меня не видит. Смотрит сквозь.

«Правила поведения…» — врезается в уши голос. — «Встань, когда входит взрослый», «Сиди прямо, руки сложи одна на другую, не вертись и не болтай во время урока, вставай, когда тебя вызовут»…

Правил много, они въедаются и хозяевами захватывают мою территорию. А ты лишь фамилия, ты должен встать, когда она стрельнёт в тебя твоей фамилией, и рапортовать.

Губ у неё не видно, тонкая полоска. Волосы в колечках.

Бабка, помоги. Ты никогда не говорила со мной таким тоном. Где ты сейчас, моя бабка?

В окне ветка с оранжевыми листьями.
Бабка в парке собирала такие.
А ещё любила с бордовыми листьями.
Раскалённым утюгом долго разглаживала и подсушивала каждый листок и ставила нарядные ветки в белую вазу.
К Новому году они исчезали, а в вазе появлялись ветки еловые.
К моему дню рождения бабка печёт пирог с малиновым вареньем.
Малину приносит с работы. У её подруги, тоже врача, мама живёт в Подмосковье.

ГЛАВА ВТОРАЯ

Всех Ирина Матвеевна называет по фамилии и только его — Альбертик.

Из детского сада, из детства, с именами, в которых суффиксы греют, я в тот год попал в чиновничий мир закабаления души. Это сейчас я знаю все эти слова — «чиновничий», «суффиксы», «закабаления», а тогда между злыми звуками фамилий и суффиксами развязалась война. Я всё ещё знал про себя, что я — Венечка, так называли меня и тётя Мотя, и наша воспитательница — Марина Дмитриевна. Она была криклива, редко улыбалась, у неё тоже на войне погибли и отец, и муж, но её «Венечка» было добрым и домашним. А в школе вместо «Венечка» я получил жёсткое — Вастерман.

— Вастерман, расскажи, как ты провёл лето? — режущий голос пронзил меня в один из первых дней школы.

Сразу, махом, я возненавидел свою фамилию, онемел, замёрз и прирос к парте.

Тогда Ирина Матвеевна визгливо закричала, врываясь в ещё более тонкие частоты и заполняя меня чувством, которого я раньше не знал. Сейчас знаю: имя ему — страх.

— Когда тебя вызывают, Вастерман, нужно встать. Я вам уже объяснила на первом уроке правила жизни раз и навсегда, на десять лет вперёд. А ну-ка встать!

В тот первый мой урок жизни я ещё был человек. И ни за что, ни за какие конфеты и яблоки я не порушил бы себя. Я продолжал сидеть.

Она подскочила ко мне, острой клешнёй схватила за плечо и рванула меня вверх.

Но я вырвался и побежал из класса на летнюю улицу, вбирая в себя запах лета.

Это был тёплый день, когда ещё живёт иллюзия, что лето продолжается, и что я ещё тот, прежний, ещё Венечка, которого любят бабка, тётя Мотя, даже грустная и крикливая Марина Дмитриевна, и которого нельзя обидеть. Я цеплялся за прошлое, не понимая, что оно уже рухнуло в небытие.

Болтался ключ на шее, как крест на шее бабки. Я размотал его и впервые сам открыл квартиру.

И рухнул лицом в травянистую зелень дивана с золотыми кольцами.

Чужой, диван пах одиночеством и тоской.

Откуда во мне, в мальчишке семи лет, в ту минуту возникла острая жалость к Лиме? Я не видел, как она плачет, но мне тогда показалось, что весь диван пропитан её слезами, и что ей было очень плохо всегда одной спать в этой пустой большой квартире, и что она часто ночевала не в своей комнате с широкой кроватью, а на этом зелёном диване.

В ту минуту замелькали передо мной лица — её убитого жениха, ещё не убитого, а очень даже весёлого, молодого, слепящего любовью, и её сестры, нет, моей мамы, тоже смеющейся, такой счастливой!, на свадьбе, где Лима и её жених стояли по бокам мамы с папой, и моих незнакомых бабушки и дедушки, с добрыми и красивыми лицами. Лица тасовались, как лики в бабкиной церкви: одно, второе, третье. И снова мамино. И снова Лиминого жениха.

Я никак не мог выбраться из этого мелькания, и из скрежещущего в ушах, въевшегося в мою плоть голоса Ирины Матвеевны.

Почему вдруг во мне возникла жалость к Ирине Матвеевне, к её скрежещущему голосу? У неё тоже есть такой зелёный диван? И она тоже плачет в этот диван или в подушку? Её жениха тоже убила война и испортила её голос? Или жениха никакого у неё не было?

Что происходило тогда во мне? Разливалась жалость вместо обиды и злости.

Пусть Ирина Матвеевна зовёт меня по фамилии, она боится имён и суффиксов. Пусть она кричит! У неё никогда не будет такого мальчика, как я.

И жалость к Лиме, и жалость к маме... И бабка со своими ликами и святой водой.

— Ба! — позвал я жалобно. — Умой меня скорей своей водой. И тогда никто никогда не обидит меня. Ба, вернись! Я без тебя не могу. Я буду целовать тебя...

Но бабка ко мне не вернулась, и на следующий день снова была Ирина Матвеевна. И теперь она была в моей жизни каждый день, злая, скрежещущая, потому что совсем одна. И я вставал, когда она меня вызывала, и отвечал ей, глотая слоги, чтобы ей стало полегче.

Наверное, я сразу, тогда, на зелёном диване, давясь жалостью, превратился в старичка. Я не любил бегать и играть в футбол, с трудом выносил физкультуру с упражнениями, соревнованиями, прыжками... я играл в свои игры: Лиме и Ирине Матвеевне бабкиной святой водой воскрешал женихов. И во всех моих играх у них

ГЛАВА ВТОРАЯ

были свои маленькие мальчики. За них, зажмурив глаза, я пел этим мальчикам перед сном колыбельные песни, какие мне пела моя бабка:

❧ ❧ ❧

Баю — баю — баюшки,
Да прискакали заюшки…

❧ ❧ ❧

Люли, люли, люленьки
Прилетели гуленьки…

❧ ❧ ❧

Спи, моя радость, усни!
В доме погасли огни…

Иногда придумывал свою песню, но она получалась не всегда складная:

Спи, сынок, спи, малыш.
Не волнуй ты маму.
Я стряхну обиду с крыш.
Ты — любимый самый!

Я буквально ощущал маленькие головы этих придуманных мной мальчиков с пушистыми волосами и гладил их, как гладила мою моя бабка.

За Лиму и Ирину Матвеевну я играл с их сыновьями. В свои корабли и в свои поезда. Вместе с ними я ездил к Шуне и сам водил их по тундре, с лёгкими, мелкими и крупными цветами. И вместе с ними, став Джимом, спасал пирата.

Внутри было очень светло, словно все солнца с бабкиных ликов поселились во мне.

Это бабка чудит со мной. Здесь она, моя бабка.

Диссонансом крик Ирины Матвеевны:

— Опять ты, Вастерман, не слышишь меня? Где ты витаешь? Ты решил задачу?

До сих пор помню ту задачу: два человека идут из одного города в другой. Один со скоростью пять километров в час, а другой — со скоростью семь километров в час. Какой из них придёт быстрее?

Я встаю и бормочу:

— Конечно, второй.

— Почему? — снова скрежещет Ирина Матвеевна. — Иди запиши действие.

И я иду и пишу на доске: 7–5 = 2.

— Что значит «2»?

— Второй человек проходит в час на два километра больше, чем первый.

Нет, ни задача, ни узкие губы Ирины Матвеевны не мешают мне растить в себе её сыночка и играть с ним. Не люди идут, а два поезда едут по двум путям рядом. И мы с её сыночком — в том, что быстрее. Её сыночек хлопает в ладоши и кричит: «Мы обогнали!»

Жалость плескалась живой водой и делала меня неуязвимым.

Так прошло много дней, и я совсем примирился с тем, что нет рядом ни бабки, ни тёти Моти.

Но вот в один из дней, когда я стоял у окна в коридоре и листал букварь, ко мне подошёл Альбертик.

Это он, тот, кто сломает мою жизнь, залезет внутрь меня и станет крушить меня изнутри. Словно нарисованные глаза… Плакат, а не живой мальчик.

Пулей бьёт сиреневый взгляд — пронзает.

Почему я должен мелом мазать своё лицо? Почему должен веселить его? Почему должен подчиниться?

Он швыряет меня на пол за неподчинение.

Первое унижение.

Что происходит со мной?

Я всегда был в себе, мне себя хватало. А сейчас кто-то вышибает меня из меня.

Его воля?!

А где я?

И вдруг я со всей силы плюю в его глаза.

«Иди прочь!», — хочу крикнуть, но снова лечу на пол, стукаюсь головой и отключаюсь.

Прихожу в себя уже в изоляторе от резкого запаха под носом.

— Слава Богу! — Необъятная мучная женщина в белом халате прикладывает что-то к моей голове. — Заживёт. Ты только скользнул по батарее. Кто это тебя? Ты пока молчи. Лежи, лежи. Тебе нужно поспать. Скоро оклемаешься.

ГЛАВА ВТОРАЯ

Лиму в школу не вызвали. Лима моего шрама не заметила. Она пришла домой поздно, как и во все мои длинные дни без неё, когда я уже лёг спать.

Из изолятора я убежал, испугавшись слов «кто это тебя?». Я знал, выдавать нельзя. Бабушкина школа. «Сынок, запомни, никогда не ябедничай и ни на кого не доноси. Научись решать сам свои проблемы. Ты должен быть сильным». И всё время звучало тёти Мотино: «Ты мужчина». Я понимал это так же, как бабка: свои проблемы я должен решать сам.

Решил в школу больше не ходить.

Лима привела меня Первого сентября, велела вручить три астры учительнице и сказала:

— Видишь, как близко школа? Теперь сам домой топай, сам в школу. Прости, я очень занята, у меня эксперимент. Суп на плите. — И убежала, не дождавшись приветственной речи директора.

Так я остался один на один с Ириной Матвеевной, с улицей, с Альбертиком — с жизнью.

На следующее утро Лима, как и во все первые дни, вошла в мою комнату, когда я ещё спал. Склонилась, коснулась ладонью моей щеки, сказала:

— Кашу тебе положила, прикрыла тарелкой и полотенцем, чтобы не остыла, чай налила. Хлеб и масло возьмёшь сам. Мне сегодня нужно раньше. Прости, эксперимент. Вот деньги на обед. Я убегаю. Учись хорошо! — Через секунду хлопнула дверь.

В школу больше не пойду. Поеду к себе домой и из папиного стола возьму бумагу и карандаши. Бумаги ещё немного там оставалось.

Возьму «Ваньку Жукова». Помню почти наизусть. Я просил бабку три раза мне читать его. Буду рассматривать буквы и сам быстро научусь читать. А как только научусь, ничего мне больше не нужно. Вон сколько книжек у Лимы, да и у меня дома книжек много. Постепенно все их перечитаю.

Тогда я не понимал, что Альбертик — это рубеж между потерей меня во мне и сохранением меня во мне. Вела интуиция. Книжки — моё спасение.

Хожу по Лиминому дому, ищу бумагу и карандаши. Не может быть, чтобы их не было.

Наверное, тоже в письменном столе, как у нас.

Стол, как и у нас, просторный. Выдвигаю один ящик. Чистой бумаги нет, много страниц, как в книжке, только не сцеплены вместе. Выдвигаю второй — треугольники писем, перевязанные тугой жёлтой лентой. И просто письма стопкой.

Осторожно пальцем трогаю перевязанные лентой. Наверняка они от жениха с фронта.

Просто письма... это от мамы... — понимаю я. Достаю одно, разворачиваю. Строчки карандашом.

Попросить Лиму почитать.

Нет. Ни за что. Лима нарушит... Я сам. Вот научусь читать и прочитаю их!

Никогда раньше я не бывал дома один. Утром бабка варила кашу, вместе со мной завтракала, отводила меня в детский сад, вечером приходила за мной, и потом мы были вместе.

А здесь я всегда один в гулкой квартире, населённой призраками.

«Призраки» — бабкино слово. Это те, кто жили здесь, а потом куда-то делись. Но их души остались. Моё дело — найти их и понять, какие они. Мои бабушка и дедушка с маминой стороны. Моя мама. Лима и её жених, который, как я понимаю, часто бывал здесь, жених же!

Что сейчас со мной?

Альбертик порушил меня внутри. Что ему от меня надо?

Меня бьёт мелкая дрожь, и я никак не могу запустить поезд и корабли, вернуть в себя сыночков Лимы и Ирины Матвеевны. Мне срочно нужен «Ванька Жуков».

У меня есть букварь и прописи.

Мы уже выучили буквы «А» и «У», «О» и «М», «К» и «Е», мы уже выучили слоги, и я даже знаю, как писать «Ау», «уа» и «мама» и другие лёгкие слова. И я кричу «ау!». И я кричу «мама», чтобы мама отозвалась и помогла мне. Она же большую часть жизни прожила здесь!

Диван отталкивает меня.

Иду в кухню, ем Лимину кашу, а потом рисовый суп. Завтрак и обед вместе.

Мне нужно попасть ко мне домой и встретиться с призраками моего дома: с папой, с мамой, с бабкой. Где сейчас мамина душа? Здесь или там, где она жила с папой? В нашем доме с бабкой никаких её следов нет, ни одной вещи. Что бабка сделала с мамиными вещами, когда мама исчезла?

ГЛАВА ВТОРАЯ

Лиму спросить нельзя.

Там, дома, мне спокойнее. Там снова будут поезда и корабли, и мои карандаши, красный и синий. Там у папы в столе осталась чистая бумага. Там я найду бабкину святую воду. Наверняка у неё ещё бутылка припрятана. Я стану умываться святой водой. И никакой Альбертик мне не страшен.

※ ※ ※

В тот день, когда я начал писать свои записки, мне было шестьдесят три.

Сейчас мне снова шестьдесят три, а не семьдесят три. И я вступаю в прошлое, как в воду, то ледяную, то штормовую.

Почему же так ясно, так чётко я вижу себя того, семилетнего? И чувствую так, как чувствовал себя в те свои семь лет? Мы с Лимой тоже долго шли пешком по Лесной до улицы Горького, а потом очень долго ехали на троллейбусе. Никак не могли доехать.

Тот, с Лимой, троллейбус был пропастью между прошлым и будущим.

К Ваньке Жукову! Тётя Мотя

Сейчас я поеду в прошлое. От Полянки к улице Горького, а потом пойду долго пешком в глубь Лесной.

Карточки только отменили.

Больше всего я хотел тогда купить бумагу и цветные карандаши. И взять в руки «Ваньку Жукова».

В том троллейбусе — из будущего в прошлое — Ванька становился моим братом. У него тоже не было родителей, и до него тоже никому не было дела. И мне нужно было только нарисовать его как можно скорее, чтобы поговорить с ним, и ему рассказать про Альбертика, и про Ирину Матвеевну, и про бабку. Мы с ним будем вдвоём!

Ключа от старого дома у меня не было. И я стал стучать.

Пусть будет Света дома. Пусть плачет. Но пусть откроет мне дверь.

Она не открывает.

Я уселся на лестнице и стал ждать её. Всегда она в это время дома.

Сколько раз я подходил к этой двери!

Мне нравилось смотреть, как бабка достаёт из сумки ключ, как вставляет в замочную скважину. Поворот, чик, и дверь в тепло и в свет открывается.

Это если у тебя есть ключ, который нужно повернуть.

— Венечка! Сыночек!
Я вздрогнул.
Передо мной тётя Мотя.
— Ты что на лестнице? Забыл ключ? Почему не в школе? Сколько раз я приходила! Никого не заставала.
Прижимаюсь к её животу, пахнущему детским садом. Слёзы сейчас вырвутся и зальют этот добрый живот.
Но нет, мужчина не должен плакать. И я гоню слёзы обратно, внутрь.
Долго не могу заговорить, а потом объясняю, зачем приехал сюда.
Тётя Мотя садится на лестницу, я притуляюсь к ней и наконец дышу живой.
— А я и не знала, что тётка увезла тебя, приходила, не понимала, почему никого дома нет. — Тётя Мотя обнимает меня. И журчит в ухо её родной голос: — Сначала твоя бабушка лечила всю нашу семью. А потом сына спасла: он, уже большой, заболел корью и стал умирать! Душевная была. Во всём всегда помогала: помогла получить комнату, когда сын женился. Я многим ей обязана. Мы с ней подружились. Она и отдала тебя в мой сад, чтобы я была с тобой. Хочешь, пойдём ко мне? Я тебя вареньем угощу.

— Венечка, ты?! Как ты вырос! Как осунулся!
Света вынырнула из лифта, кинулась к нам. Подхватила меня, поставила на ноги, мёртвой хваткой придавила к себе.
Она пахла чужим запахом — ледяными железками. Я осторожно высвободился и прижался к тёте Моте.
А Света снова затараторила:
— Как чувствовала, прибежала в перерыв. Твоя бабушка велела, я в этом году закончу институт. Вечерний, конечно, не дневной, но диплом-то — тот же самый! Наконец брошу ненавистную работу. Ходил бы в начальниках молодой мужик, тогда, пожалуйста, готова и печатать, и всякую муть выслушивать по телефону от настырных просителей, а тут баба. Опоздаю подать нужный документ или не так кому отвечу, так поглядит, хоть в петлю. А с дипломом-то я...
Я рванулся в свою комнату. И замер на пороге. Вот сейчас здесь очутится моя бабка.

ГЛАВА ВТОРАЯ

Пустое кресло. Бабкина кровать. Сжавшись, на ней бордовая шаль, в которую бабка любила кутаться, когда читала.

Стою у порога. Выцветшие паркетные половицы. Бабка всё собиралась покрыть их лаком и натереть.

Скорее прочь отсюда! У Лимы дома иллюзия: бабка ещё есть, на нашей Лесной. Кинулся к буфету искать святую воду. Потом «Ванька Жуков». Потом бумага и карандаши. И бежать к троллейбусу.

Света, как к себе, входит в комнату, хотя тётя Мотя просит её не мешать мне.

— Работу сейчас найти можно, — суетится голосом Света. — На стройку инженером не хочу, а вот в исследовательский институт со всем моим удовольствием. Наверняка там одни мужики.

— А разве в твоём институте нет мужиков? — сочувственно спрашивает тётя Мотя из коридора и просит: — Иди сюда! Ты же в техническом. Должны быть.

И Света, обшарив меня сочувствующим взглядом, выходит.

— Как нет? Есть. Мальчишки безусые. Со школьной скамьи. Днём все они работают. Но собираются на дневной переводиться. Мне под тридцать. Куда мне молокососы?

В буфете никаких бутылок не оказалось.

А вот в письменном столе я нашёл папку со всеми моими рисунками: от первых беспомощных красных и синих чёрточек и уродцев-«кружков» до сюжетных картин. Столкновения кораблей, человек за бортом. Каштанка выступает в цирке — поёт, старый хозяин подошёл к самой арене, и рот у него — круглый, зовущий...

«Вот папа вернётся, гордиться тобою будет», — голос бабки.

«Откуда вернётся?» — спросил я тогда.

Бабка ничего не ответила, взяла из моих рук рисунок и положила в стол.

На каждом рисунке проставлены число, день, месяц, год.

Бумаги осталось мало. Я взял все листки, положил в папку с рисунками, туго завязал тесёмками.

— Ой, на работу опаздываю! Ой, не успела поесть! — влетает в комнату Света. — Видишь, Венечка, я пыль вытираю. Книжки на место кладу. Как обещала.

Она осыпает поцелуями моё лицо. Хочу вырваться, но вспоминаю, как не хотел целовать бабку и как сейчас мучаюсь из-за этого. Пусть Света считает меня семьёй. У неё ведь тоже нет своего мальчика.

Она убегает, а я, схватив шаль, прижав к себе, плюхаюсь в бабкино кресло, в котором она читала мне, словно живёт ещё в нём бабкино тепло, и так замираю. А тётя Мотя садится на пол, возле моих ног, и прижимается к ним.

Сколько прошло времени, не знаю, очнулся от её тихого голоса: «Помянули, Венечка!»

Тётя Мотя отвезла меня к Лиме. И зашла со мной в дом.
Лимы дома не бывает.
И тут тётя Мотя заплакала:
— Что же, ты целый день один? Бедный ты мой! Как же ты себя кормишь?
— Лима оставляет суп и кашу. Есть сахар, хлеб и масло. Вчера принесла мне зефир.
— Что же это за несчастье? — запричитала тётя Мотя. — Всегда один. Что же это она с тобой так?
— Вы же сами говорили «я — мужчина» и не должен себя жалеть, а вы хотите, чтобы я плакал.
— Но ты же ещё ребёнок! Уход тебе нужен. Зачем она так с тобой?
— У неё эксперименты идут. Очень много работы.
— Я варенья тебе привезу! Я буду приезжать к тебе!
В дверь позвонили.
— У Лимы ключ, — удивился я. — Кто это?
Тётя Мотя открыла дверь. Мимо неё пронеслась Ирина Матвеевна и подскочила ко мне.
— Ты почему не пришёл в школу, Вастерман? Почему я должна третий раз тащиться к тебе? Ночь на дворе. Где ты шляешься? Кто разрешил пропускать? Где мать? Это твоя бабушка? Ты почему не сказал мне, что тебя покалечили? Кто сделал это? Врач сказала, ещё чуть, и ты бы умер. Говори немедленно, кто тебя?
— Почему вы кричите на ребёнка? Почему, придя к нему домой, зовёте его по фамилии? Почему не здороваетесь? Почему позволяете себе такие слова, как «шляешься», «тащиться к тебе»? — Это не тётя Мотя. Руки в боки, сожжёт сейчас Ирину Матвеевну взглядом. — Я буду директору жаловаться. Ребёнок только что бабушку потерял. Тётка ещё на работе. Не смеете так визжать тут. Уши от вас заложило!
— Я не знала, что бабушка умерла, — чуть не шёпотом пробормотала Ирина Матвеевна.
— Надо знать! — отрезала тётя Мотя. — Бабушка хорошим врачом была, скольких людей спасла!

ГЛАВА ВТОРАЯ

— А мать где? — пролепетала Ирина Матвеевна.
— Умерла! — крикнула тётя Мотя. — Погибла на фронте как герой!

Она жива! — хотел возразить я, но что-то тут такое происходило, чего я не понимал, и я только смотрел то на одну, то на другую.

— Пусть скажет, кто его покалечил, мы призовём к ответственности! — впервые она смотрит на меня сочувственно. — Почему он в школу не пришёл? Мы бы помогли ему!

— Он не доносчик, чтобы ябедничать, сам разберётся. А в школу не пошёл, потому что я попросила его не ходить, я плохо чувствовала себя, и он помогал мне. Все вопросы исчерпаны? А теперь до свидания, барышня!

Ирина Матвеевна, ни слова не говоря, попятилась в раскрытую дверь.

Тётя Мотя повернулась ко мне.

— Ты. Ты... — из глаз её снова брызнули слёзы. — Тебя... вон шрам какой, воспалён! А я и не спросила. — Она обхватила меня, и я снова уткнулся в её живот. — Слушай, сынок, — глухо, глотая слёзы, бормотала она. — Тебя обидели... а ты ни слова... я вместо бабушки... зови меня на «ты». Да я для тебя... ну, скажи «баба Мотя»! Скажи! Сейчас обработаю рану...

※ ※ ※

Если бы тётя (баба) Мотя тогда, в те, ещё первые, мои чёрные дни, просто заставила бы Лиму перевести меня в другой класс, то не было бы моего преступления. И никакого Альбертика в моей жизни не случилось бы. И прожил бы я совсем другую жизнь!

Но тогда не было бы и Алёнки в моей жизни!

Сейчас, в свои шестьдесят три, пытаюсь понять, мог бы я сам тогда что-то сделать? И понимаю: не мог. Я не осознавал ещё тогда ничего. И барахтался в жизни беспомощный. Из тепличной бабкиной любви я попал в жестокость и злобу, в ту плоть существования, из которой живым и невредимым выбраться очень трудно, вернее, невозможно.

Пожаловаться на Альбертика значило, по моим понятиям, совершить не мужской поступок.

Пожаловаться на Ирину Матвеевну значило совершить не мужской поступок.

И я упал в свою судьбу, расстеленную передо мной, как я сейчас понимаю, роковым случаем. Случайно попал в «Б» класс, а не в «А».

Сам выбрал себе кодекс чести и подставил себя под власть Альбертика и Ирины Матвеевны.

...

— Что же твоя тётка не идёт? Уж я ей всё скажу! — клокотала баба Мотя. — Как же можно ребёнка одного бросать на целый день? Ребёнку уход нужен, — повторяла одно и то же беспомощно. — Забота ребёнку нужна!

Но тётку баба Мотя так и не дождалась, ей нужно рано вставать на другой день.

У меня есть Лима и мама

Воскресенье началось с мамы.

После завтрака Лима сказала:

— Прости, две недели шёл эксперимент, совсем забросила тебя! Идём в гостиную за стол. Сначала я тебе почитаю мамины письма, а потом ты будешь диктовать мне, а я записывать каждое твоё слово.

До сих пор помню, как в голове бухало моё сердце, когда Лима начала читать.

Я закрыл глаза и стал в себя складывать мамины слова. Не Лима, это мама говорит мне, как я снюсь ей, и во сне я ещё грудной, смотрю на неё и улыбаюсь. Я снюсь ей чуть не каждый день и расту. Вот я пошёл. Вот я сам взял в руки ложку и начал есть. Вот я сам построил из кубиков дом. Вот я сам рисую. И пою. И читаю стихи. И держу в руках книжку. «Я с ним каждую минуту и вижу, как он растёт», — говорит обо мне мама.

И я вижу себя и только что родившегося, и годовалого, и впервые ступившего на ноги. Вижу мамино сияние и косы надо мной.

У меня есть мама. Вот она, я могу потянуть её за косы, дотронуться до неё. Я совсем сомлел в маминой любви и в самом деле снова стал расти, но уже не с бабкой, а с мамой.

Мамин голос звучит Лиминым голосом. Какой он тихий и добрый!

Но в какой-то момент понимаю, что я совсем не такой, каким выдумала меня мама.

Она не успела порастить меня и выдумала себе мальчика.

Я никогда не строил дом из кубиков, у меня никогда кубиков не было.

ГЛАВА ВТОРАЯ

Я никогда не пел, даже в детсадовском хоре. И сейчас, на уроках пения, не пою, только рот разеваю. У меня нет ни слуха, ни голоса.

Мама распыляется в цветное облачко и исчезает.

Не знает мама и того, что стихов я никогда не читал вслух.

Этому тоже есть объяснение: стихи — таинство, они живут внутри хозяевами и звучат в разные минуты жизни подсказкой, спасением, изоляцией от внешнего мира.

«...Я люблю избранника свободы,
Мореплавателя и стрелка,
Ах, ему так звонко пели воды
И завидовали облака...»

«...Не спасёшься от доли кровавой,
Что земным предназначила твердь,
Но молчи: несравненное право —
Самому выбирать свою смерть».

«Только детские книги читать,
Только детские думы лелеять.
Всё большое далеко развеять,
Из глубокой печали восстать...»

Бабка когда-то обмолвилась, что сама писала стихи и ходила туда, где собирались поэты. Много стихов знала и оглушала меня ими.

Я ничего не понимал тогда, но становился словно не в себе. Когда стихи звучали, во мне стремительно менялись картинки: мореплаватели с суровыми лицами, вздыбленные волны, причудливые облака.

Доля кровавая представала в виде острой зигзагообразной молнии, которую я как-то видел.

«Детские книжки» — Чуковским: он знакомил меня с обезьянками, Мойдодыром, мухой-цокотухой...

А чёрно-синяя печаль казалась мне омутом, в котором живут русалки.

Всё это плескалось во мне и пело вместе с бабкиным, не бабкиным, отстранённым голосом, пикирующим ко мне из всех углов комнаты, из окон и с потолка. Я словно купался в тёплой воде.

До сих пор стихи — те, бабкины, и те, что я потом открыл для себя, — производят во мне странное действие: уносят из сегодняшнего дня в мир защищённости, неприкасаемости и свободы от сегодняшнего зла.

Ни авторов, ни названий стихов я тогда не знал, только некоторые строчки, которые любила повторять бабка, но они меня будоражили, тревожили, заставляли повторять их про себя снова и снова.

Став взрослым, я, конечно, отыскал все эти стихи, выучил целиком, но так и не полюбил читать их вслух — заветным, бесценным грузом сохранял их в себе.

Став взрослым, я понял, что бабка не имела права, не могла произносить вслух имена её любимых поэтов. Лишь в шестидесятые годы они выскочили из запрета и забвения.

Так или иначе, мама не могла знать, что я никогда не читал стихов вслух. А стихи, что мы учили в школе, иногда, редко читать приходилось, когда меня вызывала Ирина Матвеевна, но я бубнил их, даже те, что мне нравились...

Только одно мама угадала: я люблю рисовать.

А Лимин голос всё звучит:

«Сестрёнка, напиши, молю тебя, всё про него, что знаешь. Мне очень больно, что Агнесса Михайловна не пускает тебя познакомиться с моим сыном. Но я понимаю её: она потеряла своего. Представляю себе, что творится в её душе. Ты правильно сделала, что не сказала ей, что ждать его не надо. Пусть ждёт».

Голос оборвался.

Я открыл глаза. По лицу Лимы идут малиновые пятна, не лицо, сплошной страх.

— О чём... о чём? — спотыкаюсь я. — Как ждать некого? Баба собирала для папы мои рисунки. Баба говорила: вот папа вернётся... Почему ты молчишь?

— Прости меня... я не должна была, я не имела права...

— Почему «ждать не надо»?

Лима встала, обошла стол, обняла меня за плечи.

— Прости меня. — И очень тихо: — Папа погиб. Папу убили, как и моего Костю. Только Костю на фронте, а твоего папу... — она запнулась и уже решительно: — Всё равно ты должен знать. Может, и лучше, что узнал сейчас, пока ты маленький. Ты же мужчина! — беспомощно сказала она тёти Мотино.

Я высвободился из её горячих рук.

Бабка зря собирала для папы рисунки?

Глава вторая

Где же был Бог, в которого так верила моя бабка, которому с такой надеждой молилась утром и вечером? Почему Бог убил папу и забрал у меня бабку? А ведь ей её святая вода не помогла.

— Зато у тебя есть мама. И мама жива. — Плачущий голос Лимы, совсем как у Светы. — И я у тебя есть! И ты у нас с мамой один на двоих.

Я вскочил, как давеча тётя Мотя, воткнул руки в боки и закричал:

— Нет у меня никого! Где моя мама? Здесь нет, значит, для меня её нет! И тебе я не нужен. Я совсем один целый день. Ты чужая. Твои эксперименты важнее для тебя, чем я. И мама бросила меня. Моя мама...

— Не смей! Никогда не смей! Мама тебя не бросила. Благодаря тебе мама выживает в аду! Не смей. Мама есть. Мама любит тебя. Она перед тобой ни в чём не виновата. Она к тебе вернётся.

— Где мама? В каком аду? Ты говоришь, Бог её не забирал? А ведь только Бог может поместить в ад.

— Она в лагере.

— В каком? В пионерском? Ирина Матвеевна сказала, летом всем можно поехать в пионерский лагерь.

— Не в пионерском. Но, если ты кому-нибудь скажешь о маме и о лагере, тебя у меня отнимут и отправят в детский дом. Я твой опекун. А в детском доме тебе будет очень плохо.

— А тётя Мотя сказала Ирине Матвеевне, что мама умерла.

— А причём тут тётя Мотя? Она была здесь? Где ты видел её?

Я прикусил язык. Но Лима забыла про свои вопросы.

— Тётя Мотя права: лучше всем говорить, что мама умерла. Обессиленно Лима бухнулась на стул.

— Что я наделала? Ты ещё маленький. Скажешь кому-нибудь...

— Не скажу, — буркнул я и бросился в свою комнату.

Папу я никогда не увижу.

Мне срочно нужно ехать снова в наш с бабкой дом и смотреть, смотреть в лицо папы, чтобы запомнить его. Нужно взять его фотографии и повесить над кроватью.

У меня был отец. У меня нет отца.

В классе у многих отцов нет, погибли на фронте. А где убили моего? И почему?

И фотографии бабки и деда нужно взять.

Бабка лишь один раз заговорила о деде, когда я спросил, где он, и сказал, что словно ощущаю его присутствие. Она заплакала и сказала: «Большая потеря для тебя. Он бы тебе дверь открыл в мир».

«Какую дверь? В какой мир?» — спросил я.

Бабка не смотрела мне в лицо и говорила очень тихо, но каждое слово я до сих пор помню и берегу:

«Дед был блистательно образованным человеком, знал философию, литературу русскую и немецкую в совершенстве, переводил русских писателей на немецкий, немецких на русский, только их не печатали. А в 41-м все его переводы до одного забрали. И деда».

Я не спросил тогда, кто и куда. А бабка повела меня в Повторный кинотеатр смотреть «Цирк». Никогда больше она о деде не заговаривала, а я забыл.

Я был ещё мал тогда и глуп и вовсе не держал в горсти все вожжи важнейших истоков моей судьбы.

Сейчас меня оглушили Лимины слова «папу убили», «мама в аду». С трудом я входил в историю своей семьи, ведь у меня получалось по два деда и по две бабки, да ещё Лима с её женихом, и главное — мама с папой.

Где все они?

Я ощущал вокруг себя странное движение, словно меня опутывало облаками, едва ощутимым дыханием: может быть, все мои родные сейчас тут, в этой комнате? Призраки моего прошлого?

В доме бабки я играл в поезда и в пароходы.

А сейчас у меня вон сколько людей, с которыми я должен познакомиться и начать «встречаться».

Какие они, мои родные? Обнаружьтесь, откройте мне свои лица и мысли. О чём вы думаете? Вы знаете, что я хочу встретиться с вами и играть с вами?

Вопросы глушили меня, обессиливали.

Бабка каждый день по несколько раз в день говорила: «Вот вернётся папа...» Она ждала, она верила: он вернётся. А в возвращение деда, кажется, не верила.

В тот день Лима больше не читала мне маминых писем и не просила меня диктовать маме письмо.

Через час она пришла ко мне в комнату, обняла.

— Прости меня, — сказала. — Хочу, чтобы ты знал, чем я занимаюсь и почему бросаю тебя одного, хотя больше всего на свете хочу быть с тобой и каждый час замечать, как ты растёшь и изменяешь-

ГЛАВА ВТОРАЯ

ся. — Она попросила меня сесть на тахту, села рядом и, пристально глядя мне в глаза, стала рассказывать о медицинской патологии: иногда рождаются дети без руки, без одного лёгкого, без почки, а иногда двуполые, ребёнок сразу и мальчик, и девочка. А она вместе с другими врачами делает операции — пытается помочь детям, спасти их, чтобы они смогли жить полноценной жизнью, чтобы над ними не смеялись жестокие дети. Кроме того, она проводит исследования с животными, чтобы сначала на них попробовать, сработает ли та или иная операция, чтобы не погубить детскую жизнь.

— Понимаешь, я целый день с этими несчастными детьми, мы пытаемся помочь им поверить в себя, они очень нуждаются во внимании и заботе. Им очень нужно, чтобы кто-то любил их. Я не я, понимаешь? Меня нет. Я для них живу. Я служу им.

Вытаращив глаза, смотрю на Лиму.

И это не моя тётка, она — врач в белом халате, спасающий несчастных детей.

— Не только дети живут в нашем институте. Некоторых взрослых выпустить в жизнь никак нельзя, чтобы не ранить их, потому что они оказались совсем не такими, как люди остальные, у них есть сильные нарушения внешние и внутренние. А родители от них отказались. Они так и остаются жить в нашем институте. Им я тоже должна помочь. У них часто бывают депрессии. Мы устраиваем им праздники, мы балуем их. Мы тратим большую часть своих зарплат на подарки им.

— Возьми меня с собой, я тоже хочу помогать. Я буду заботиться о них, кормить их с ложечки, как баба кормила меня, когда я болел, буду умывать их. Я буду жалеть их. Ты же сильно жалеешь их!

— Жалею, — согласилась Лима. — Но ты ещё очень маленький. Туда здоровым маленьким нельзя. Тебя не пустят.

— А ты считаешь, мне лучше всегда быть одному? Сама говоришь, я же маленький.

Лима горько заплакала.

— Мне тебя тоже жалко. Но что я могу сделать, я так нужна... — залепетала она сквозь слёзы. Но тут же слёзы утёрла. — У меня первое воскресенье во всей моей жизни, понимаешь?, не считая дней отгула во время похорон. Я почти не бываю дома. Операции, лабораторные исследования, влияние лекарств на больных... разве уйдёшь от экспериментов и от людей? Я забыла, как готовить: ем в столовке. Это только для тебя суп и каша. Учусь готовить. Для себя никогда... Не высыпаюсь, прихожу поздно, ночью приходится суп варить. Не обижайся на меня, Венечка. Пойми. Вот ты вырастешь, сам начнёшь работать. Ты же нашей крови дитя, я знаю, ты, как и я, как и мама, будешь пропадать на работе.

— А у мамы какая была профессия?

— Мама вместе с твоим папой училась в инязе. Только папа изучал немецкий язык, а мама, кроме немецкого и английского, ещё и китайский.

— Китайский? Зачем? А где живут китайцы? Познакомь меня с ними. Они расскажут, как с мамой разговаривали.

Но Лима снова изменилась в лице и не стала отвечать на мой вопрос.

— Я сильно устала, Венечка. У меня никогда не было сыночка, и я совсем не умею разговаривать со здоровыми детьми. Я совсем не педагог и не знаю, что педагогично, что нет. Давай мы с тобой сегодня перестанем мучить друг друга взрослыми проблемами и пойдём в зоопарк. Когда я была маленькая, очень хотела, чтобы мне подарили тигрёнка. Сейчас совсем не понимаю, зачем он мне так был нужен и что бы я с ним делала. Давай-ка посмотрим вблизи на мою детскую мечту: какой-такой этот тигрёнок?

И мы пошли в зоопарк. Сначала к тиграм.

Тигр был большой, с клочками шерсти, вырывающимися из полосок, он метался по небольшой клетке взад и вперёд.

— Даже не смотрит на нас, — тихо сказала Лима. — Что бы я с ним делала? И чем кормила бы? Ему же нужно очень много мяса! Гляди, какой он большой!

— Зато он тёплый, наверное, — пытаюсь оправдать Лимину мечту. — А ты, наверное, мёрзла. Посмотри, он совсем один, его никто не любит, — пробормотал я. — Мы с тобой могли бы любить его. Хочешь, возьмём? Он будет вместо собаки, я буду с ним гулять.

Лима словно не услышала.

— Идём к обезьянам. Они весёлые!

В вольере была лишь одна обезьянка. Остальные, наверное, спят.

Обезьянка сидела маленькая, нахохлившись, прижав руки к груди.

Почему Бог так разделил: люди могут пожаловаться, если им вдруг станет грустно, а звери нет? Мне показалось, обезьянка сейчас заплачет.

Вдруг я увидел, как эту обезьянку отнимают у её мамы, везут в долгом голодном поезде сюда. Поэтому она так и сидит целыми

Глава вторая

днями и смотрит своими «невыливайками» на тех, кто приходит глазеть на неё, и грустит о маме.

— Пойдём домой! — взмолился я. — Мне очень жалко всех. Смотри, им всем грустно, они не могут играть. Но ведь ты же всё равно не сможешь взять к нам ни обезьянку, ни тигра, правда? Давай ты мне лучше «Ваньку Жукова» почитаешь. Я до конца выучу его наизусть и сам научусь читать. Тогда мне легче будет целый день жить одному.

※ ※ ※

Из своего «сегодня» я благодарен Лиме и за зоопарк, и за «Ваньку Жукова» — она прочитала мне его в тот же вечер, и за правду об отце и матери, и за тот открытый, взрослый, первый в моей жизни, разговор о профессии и о назначении человека.

Тот разговор определил всю мою будущую жизнь. Я выбрал свой путь: поступил в медицинский.

Но это уже совсем другая история.

Страх и тётя Мотя

В школу мне идти пришлось. Я очень хотел много знать и стремительно учился читать и писать.

«Лук» и «мак», «У мака куры»...

А когда Альбертик (он — единственный умел читать сразу) своим низким уже тогда голосом декламировал стишки из Букваря, я ловил буквы в тексте и очень быстро запоминал их.

> На полу мышка.
> Она у норки.
> У мышки корка.
> Кошка напала на мышку.
> Хороша наша кошка.

Голос Альбертика становился патетическим, когда он в учебнике Русского языка читал стихи под картинкой, где дети дарят Сталину цветы:

> Мы — дети заводов и пашен,
> И наша дорога ясна.
> За детство счастливое наше
> Спасибо, родная страна.

У карт и у досок мы встанем,
Вбежим мы в сверкающий зал.
Мы учимся так, чтобы Сталин
«Отлично, ребята», сказал.

Я и сам уже мог легко прочитать каждое слово. Но мой рот был запечатан: никто не мог заставить меня читать подобные стихи. Диссонанс к тем, которые копились во мне.

К счастью, Ирина Матвеевна в мою сторону не смотрела и отвечать не вызывала. И даже ставила мне пятёрки, если у меня хорошо получалось то или иное слово, или я правильно решал задачу.

А я своей глупой жалостью помогал ей растить её сыночка.

Перемены в школе стали для меня адом.

После Лиминых слов я понял, в каком аду живёт моя мама. Наверное, и её каждый день кто-то мучает.

Альбертик подскакивал ко мне неожиданно, щипал меня или тыкал карандашом в рёбра, или за шиворот совал мокрую, грязную землю, снег. Он родился изобретателем. Его каверзы были разнообразны и болезненны. Ему нравилось, когда я кривлюсь от боли. Он хмелел от вида моей крови и улыбался так, словно получал долгожданный подарок. У меня всегда что-то саднило — расцарапанное или исколотое, болело стукнутое. Шишки на моей голове были бессчётны и подолгу не проходили.

Поселился страх перед насилием. Я теперь ходил, вобрав голову в плечи, старался оказаться около стайки учительниц в перемену. А чтобы Альбертик не пристал ко мне на улице, прятался под лестницу и выжидал, когда он уйдёт. Иногда выходил из своего убежища раньше времени и получал по полной программе. Он налетал стремительно, не давая портфелем защитить голову или лицо и бил безжалостно или швырял в грязь или в снег. И, хотя я жил фактически напротив школы, но всё равно нужно было проскочить через большой двор, в котором он чувствовал себя хозяином.

Каким диссонансом был этот страх тому, что я ощущал внутри!

Я не понимал себя. Как это я оказался таким трусом и беспомощным?

Где я, собравший внутри себя столько богатств: живые, постоянно звучащие во мне строчки стихов, компанию сильных и мужественных героев — Тома Сойера, Сани Григорьева из «Двух капитанов», Тимура, Джима из «Острова сокровищ»?

ГЛАВА ВТОРАЯ

Где я, вбирающий в себя столько знаний?

Лима теперь рассказывала мне обо всём, что знала сама: об устройстве организма, в громадных атласах показывала разные органы, объясняя, как они работают, кровеносную систему, объясняя, как кровь носится по венам и артериям, говорила о роли лимфы для жизни человека.

Часто теперь я сам разглядывал страницы медицинских учебников, поначалу с трудом собирая в мысль ещё разбегающиеся от меня новые и трудные слова.

Нашёл книги Брема о животных. Лима и мама увлекались в детстве. Наверное, картинки зверюшек заменяли Лиме тигрёнка.

Мне нравилось узнавать новое.

Я собрал в себя много путешествий. Во мне живут яркие краски, бородачи, плывущие к таинственным островам, открывающие новые страны.

Забравшись на диван, я придумывал разговоры мамы с Лимой. Лима говорит, они всегда были с мамой подружками.

Наконец я научился хорошо читать и теперь читал одновременно медицинские учебники, и сказки, и «Дети подземелья».

Как-то, снова избитый Альбертиком, смывая грязь вместе с кровью, прижигая йодом раны, я неожиданно восстал против себя такого, которого можно избивать и унижать, и решил, наконец, найти выход.

Но прежде всего нужно было понять: как это случилось, что я, такой наполненный целой жизнью внутри, такой смелый, сильный, стремящийся быть настоящим мужчиной, в реальной жизни не способен себя защитить, почему со мной можно так поступать и как мне спастись, чтобы мой мир внутри и мир снаружи совпадали?

В эту минуту пришла баба Мотя.

∙ ∙ ∙

Сейчас, из почти прожитой жизни, я вижу моих любимых женщин совсем другими, чем тогда, в свои семь, восемь, девять лет.

Бабка мне казалась глубокой старухой, а умерла она в пятьдесят один. Какая старуха? Расцвет жизни!

Баба Мотя мне тоже казалась старухой, и ей в те годы тоже было пятьдесят с небольшим хвостиком. Совсем не старая, полная сил.

...

Так вот, баба Мотя пришла ко мне в тот самый момент, когда я, почти залитый йодом, красный от того, что долго стирал присохшую грязь вместе с кровью, задал себе первый взрослый вопрос, кто я есть? И тянущиеся за этим, главным, вопросы второстепенные, зависящие от него напрямую: почему я боюсь Альбертика, разве я трус, как трусу жить, что я сам могу сделать со своей жизнью, чтобы стать хозяином её, если я маленького роста и совсем хлюпик?

Увидев меня, баба Мотя чуть не выронила из рук сумку с гостинцами.

— Кто это так тебя? Наверняка тот самый подонок, что и в прошлый раз?! Отвечай! — грозно и зло смотрит она на меня. — Хотя это и не в твоей натуре, немедленно рисуй мне эту дрянь. В подробностях. Внешне и внутренне. Слушаю.

И я заразился её грозностью и злостью. И стал обрисовывать Альбертика подробно, в самых мелких деталях: как патетически он читает вслух, чётко и красочно, как блестяще отвечает на уроках — всегда всё знает, как он красив со своими сиреневыми глазами, чёрными бровями-дугами, длинными чёрными ресницами, как белозубо улыбается, как ловит момент, чтобы ткнуть меня в рёбра, ударить в пах или по лицу.

По мере того, как я «рисовал эту дрянь», баба Мотя наливалась краснотой, а всегда такая бледная! Когда я замолчал, закричала:

— И ты, конечно, никому ни гу-гу! Хвалю. Мужик! Мы с тобой пойдём другим путём. — Она, наконец, сняла пальто с шапкой и уселась за обеденный стол в гостиной. — Во-первых, прости, что так долго не приходила: болела, меняла жильё, нянчилась с больной подругой. А во-вторых, у меня есть Тимка. Вообще-то он Тимофей, это я зову его «Тимка», потому что его первое слово мне было «тимк», так он звал меня. А во-вторых, потому что задницу я ему много лет вытирала, а ночами, когда он орал благим матом, к себе забирала, чтобы сыну дать выспаться перед работой. Мать Тимке досталась умная — ночами сына подключала к бессоннице, а сама уши ватой заткнёт и дрыхнет. Ну, да ладно. С Тимкой мы до сих пор друзья: по рюмочке любим хлебнуть, футбол с ним вместе слушаем, болеем вместе за «Динамо». Тимка часто ко мне сбегает от матери, фактически живёт со мной. Сын-то мой, как и все... не вернулся... в последний месяц войны его... — Баба Мотя ткнула себя в грудь. — Значит, так... я-то Тимку не поучаю, как мать, выговоров не предоставляю, делать ничего не заставляю, наоборот, кормлю, пою, выслушиваю все его похождения и тайны. Копилка я его жизни. Тимке уже двадцать три. Жениться пора бы, а он говорит: не готов. Так вот, прости за историю нашей с ним жизни. Он у меня боксёр. Небось, слышал, кто такие боксёры? Главные драчуны в стране. В детстве его, как и тебя, сильно били, обижали такие вот альбертики, вот я и отдала его на свою голову в руки одного своего приятеля юности: он лихо дрался. В общем, Тимка далеко пошёл в своей жажде драться, теперь всемирно известный и побеждает в соревнованиях. Он тебя и поставит на ноги. Терпи ещё немного, виду не подавай, что ты новую жизнь начинаешь. Для твоего Альбертика это станет большим сюрпризом. А теперь идём пить чай. Варенье тебе привезла и пироги с капустой и яйцами. Ты мне теперь всю жизнь в подробностях выложишь.

В мою жизнь пришёл Тимка. Кирка и я

Тимка весь состоял из бицепсов. На бабу Мотю совсем не походил. Баба Мотя — тощая, статная, но ростом не вышла. А Тимка и в ширь, и в высоту разогнался. Только в раскосых, как и у бабы Моти, глазах Тимки бабы Мотина смешинка и жалинка остались, да цвет с зеленью.

— Зови меня «Тимка», а я тебя «Венька». Ты мне по годам с натугой, правда, может, и в сыновья годишься, но пусть будешь братом. У меня нету брата, мне нужен. Значит, так, по словам бабаки, судьба у нас с тобой получилась поначалу не завидная. Себе поменял. И тебе, как своему братану, я её переменю. Моя бабака будет сильно довольна. Знаешь ли, тебя она в свои внуки определила. Запомни одно: ты — мужик, несмотря на то, что жидкий, и никого на свете ты не боишься. Что для мужика наипервейшее? Не быть зайцем. Ни перед кем. Мужик не заяц. Первый урок. Хорошо выучи. Ну, а теперь второй урок. Вставай. Сначала обыкновенная зарядка. Делать два раза в день. Руки и ноги будешь приучать к борьбе, наливать их силой. Выброс — раз, два.

Ни одно упражнение сразу у меня не получается.

Но Тимка не орёт на меня, усмехается.

— Не бойся. Давай ещё раз. Жидковат пока. Я тоже такой был. Ну-ка, двинь воздух ещё! Ещё! Стоп! Получилось.

Я, запыхавшийся и потный, пробормотал:

— Никогда не смогу победить его. Он в два раза выше и сильнее!

Тимка засмеялся:

— Ну, ты даёшь. Могу дать тебе совет на всю жизнь, какой себе стал давать, когда попал в подобную ситуацию. Смейся, брат, когда тебя обижают, когда тебе плохо. Ты сильнее обстоятельств. Верь в свои силы, и плохое уйдёт! Мне, брат, только это и помогает. А ещё издевайся над своими слабостями, тогда они сбегут от тебя. Не относись, мужик, слишком серьёзно к происходящему. А теперь идём пить чай, бабака котлеты велела нам поесть. И давай рассказывай, кем хочешь быть.

И то ли бабы Мотины глаза с жалинкой, то ли в самом деле я в братья к Тимке попал напрямую, то ли мужик мне в моей жизни понадобился, но я взял да и вывалил в не равнодушные глаза его и свои странствия на пароходе и в поезде, «сыночков» — Лиминого и Ирины Матвеевны, стихи и Тома Сойера вместе с Ванькой Жуковым, бабкину «святую воду» с ликами, и кровеносную с лимфатической системы, и почки с сердцем, притащил атлас, стал показывать.

— Чем регулируется деятельность сердечной мышцы, знаешь? Сознанием, гормонами, нервной системой, рефлекторной регуляцией... — рапортовал я Лимины объяснения.

— Ну, ты даёшь! — воскликнул Тимка и замолчал, смятённый, поникший.

А я смотрел на него, вытаращив глаза, и ничего не понимал.

— Я, что, обидел тебя? — пробормотал испуганно.

— Сколько это... в тебе внутри набухано сокровищ-то! А я только и могу — руками да ногами махать. Как же это... жить мне теперь?

— Ты что, Тимка? — растерянно смотрю на него, не понимая, что с ним случилось.

А Тимка молчит.

Так и ушёл, не допив чая.

Пришёл Тимка через три дня.

Все эти дни я «выбрасывал» ноги и руки, прыгал, приседал, стоял на одной ноге, как цапля... — делал всё, что Тимка велел. И дрожал от страха: а вдруг никогда он больше ко мне не придёт? Как я буду без него жить?

Но Тимка пришёл.

Я начал было выбрасывать руки и ноги, но Тимка сел на мой диван, попросил меня сесть рядом.

— Значит, революция. Тебе, значит, спасибо. Я, значит, благодаря тебе свою жизнь резко меняю.

Страх спеленал меня: исчезнет, как не было? Не будет со мной заниматься? Что, что случилось?

— Из бокса уйду. В медицинский поступлю.

Страх зажал глотку немотой.

— Сейчас у нас с тобой что? Конец октября? С октября до июля сколько месяцев? Вот и буду...

— Что, что? — вырвалось у меня.

— Готовиться буду. Врачом решил стать. Ясно? Значит, так. Тебе спасибо. Пустую жизнь придавлю. Об Альбертике не забыл. Через месяц ты его поучишь. Ты чего так смотришь на меня? Не бойся, брат, если что решил, горы сверну. Я, Венька, не могу сейчас бокс бросить, жрать надо, на бабакину шею не сяду, хоть она и пригласила, не в моих правилах. А вот все вечера... Веришь, Венька? Вот сюда, — он хлопнул себя по груди, — загружу всё, что ты знаешь. И больше. А я живу и не пойму, что же это мне так скучно жить?

— А я?.. — прошептал я, еле шевеля от страха языком.

— Что «ты»? Ты — брат. Я от тебя никуда. Для тебя всегда будет время. Давай-ка, вставай.

Не месяц, гораздо дольше, я ходил избитый. Несколько раз порывался двинуть Альбертика. Но удерживал голос Тимки: «Мышцы жидковаты, не тот эффект, не поборешь. Терпи!»

И я терпел.

В классе Кузя, Минька и Жоржик восторженно смотрели на Альбертика: герой! Во, как прижал Вастермана! И только один — Кирка, тощий, длинный, как и Альбертик, увидев мой полёт в снег, закричал:

— В спину бить герой?! Слабака бить герой?! — и изо всех сил саданул Альбертика в бок.

От неожиданности тот тоже полетел в сугроб. Вылез и кинулся на Кирку.

— Ну, держись теперь!

Но, как только Альтбертик замахнулся на Кирку, я влез между ними, и удар снова обрушился на меня.

Я даже не позвал «Тимка, помогай!», «время пришло!», крикнул Кирке «Я сам!», а мои руки и ноги, подвластные мне, сами пришли в движение. Выпад левой, чего никак не мог ожидать Альбертик, выпад ногой, и вот уже Альбертик с вытаращенными от удивления и боли глазами летит на вытоптанную всеми нами дорогу к моему подъезду.

— Ты так?! — завопил он вскакивая, ещё не понимая, что произошло, кинулся ко мне, но я выставил заслоном руки — блок, как говорил Тимка.

Пусть мышцы ещё жидковаты, пусть я ещё не могу сокрушить его, но он ткнулся своими кулаками в мои руки, и... ничего не произошло, его кулаки распались, и он отступил.

На голову ниже его, в тот момент я попёр вверх. Его лицо оказалось на одном уровне с моим. Наполненные злобой, сузившиеся, потерявшие цвет, его глаза совсем не с плаката сейчас. И всё лицо, смазанное злобой, похоже на плакатного фашиста, а не на советского пай-мальчика.

— Ну, ты даёшь, Вень!

Я повернулся к Кирке.

— Откуда ты знаешь моё имя? — спросил удивлённо.

— В журнале прочитал.

В этот день мы с Киркой болтались по нашему Старомонетному переулку взад и вперёд.

У Кирки, как и у меня, отца не было. А мать — бухгалтер. И шибко больная. «От тоски по отцу, — сказал Кирка, — сохнет. Жить без него не может. Ночью спать не даёт: кашляет и кашляет». Есть бабка в Новосибирске. Но приехать не может: нянчит внуков сына. Сын тоже погиб.

Кирка говорил чуть нараспев, без красок, не жаловался, только факты.

У Тимки любимая фраза: «Только факты. Терпеть не могу выдумок и домыслов».

Невольно и я теперь к месту и ни к месту говорю себе: «Только факты».

Киркина жизнь получалась такая же, как моя. Целый день Кирка один, потому что мать — на двух работах: после основной моет полы во всей нашей школе.

— Давай ко мне, у меня есть картофельный суп, — позвал я.

В этот день я не открыл своих книг и атласов, слушал Кирку:

— Мой отец — герой, у него три ордена. К мамке приезжал однополчанин, отдал ордена, мамины письма и пилотку. Отец велел: сыну. Погиб в бою. Мама радуется: не мучился. Однополчанин и отец оба — разведчики. Отец смелый был, языка приволок к командиру. А в другой раз, — рассказал однополчанин, — придумал спрятаться в курятнике, всё равно всех кур немцы поели, а ночью тихо вылез да швырнул гранату в избу. А та изба штабом была.

Говорил Кирка об отце отстранённо. Только глаза блестели.

ГЛАВА ВТОРАЯ

Я ничего не знал о войне: где шли бои, как проходили. А в детском саду нам рассказали только о Сталинграде.

Кирка же знал всё в подробностях: и про траншеи, и про окопы, и про атаки, и про отступления. Вначале-то наши совсем отступали, фашисты подошли к самой Москве, бомбили Москву сильно.

Об этом слышал от бабки: какой грохот стоял, как дома валились, как люди по тревоге бежали в метро.

— А ты откуда так хорошо всё знаешь?

— Однополчанин отца прожил у нас два дня. Я не отходил от него. Он всё мать уговаривал выйти за него замуж. Говорил «любить буду». А мать как замёрзла, так и живёт до сих пор. День ото дня слабеть стала. «Отец снится, зовёт», — сказала мне на днях.

Тимка в этот день не пришёл, и я не мог похвастаться, что сумел защититься, что Альбертик больше не сунется.

Хотел и перед Киркой похвастаться: вот какой у меня брат!

Мы с Киркой вместе уроки сделали.

Когда он ушёл, я, как дурак, ещё долго бегал по гостиной и носил в себе наш общий день, перебирал его рассказы, баюкал его голос. Белобрысый, тощий, он казался мне сказочным принцем, явившимся в мою жизнь подарком. Тимка — брат, Кирка — друг.

«У меня есть друг», — повторял я.

И спал в ту ночь расслабленный и защищённый.

А на другой день Кира в школу не пришёл.

И Альбертик на перемене не подходил ко мне и не устраивал никаких каверз.

Все уроки я смотрел на дверь: проспал Кира, ходил к врачу, заболел?

Едва брёл по своему двору, поддавая ногой льдинку, вёл её к подъезду.

Ни зверушки Брема, ни мои поезда и пароходы, ни Лимины рассказы не жили во мне в тот день, из меня выбежали все мои истории и разбежались что куда. Нужен был Кира, он один, белобрысый, с глазами-озёрцами, рисующий передо мной свои картинки, которых я никогда не видел. Мы будем делать вместе уроки, вместе играть и читать. Мы будем много разговаривать, и никогда больше я не окажусь в жизни один.

Уже перед самым подъездом что-то рухнуло мне на голову, и я потерял сознание.

Глава третья

На краю.
Лима собирает для меня семью

На краю. «Ходить по пятам»

Прошли десятки лет, кончается жизнь, а чёрный цвет с того года проник в голову и прижился во мне.

...

Да, я очнулся в тот год, но, когда открыл глаза, ничего не увидел. Только голоса. Чужие, испуганные. И Тимкин:

— Он будет жить?

Сколько прошло времени с этого вопроса, я снова исчез.

Снова голоса. Лима и баба Мотя. Едва различимые. «Непонятно, как такая глыба могла свалиться на него... странно». «Крыши не убирают. Хорошо ещё, козырёк не высокий...» «Крыши убирают...»

Лимина нежная рука на моей щеке. Чуть дрожащая. Голос чуть дрожащий:

«Почему он не приходит в сознание? Вдруг... как я без него?»

«Выживет, Лима, езжай спать, ты не спишь столько ночей! Я подежурю. Взяла два дня».

Открыть глаза боюсь, вдруг снова чернота? Вдруг совсем никогда не смогу видеть?

Держится тепло на щеке от Лиминой руки, дрожит голос «как я без него?»

Лима, я попробую... Лима, я хочу выжить.

Я выжил тогда. И зрение вернулось.

Пролежал месяц. Почти всё время с закрытыми глазами.

Мне сказали: льдина упала с козырька подъезда. Но я знал: меня этой льдиной сзади ударил Альбертик, хотел убить.

Был Альбертик ещё жидковат.

Спасибо ему, что я выжил.

ГЛАВА ТРЕТЬЯ

Но всё равно льдина случилась в моей жизни и прибила во мне и поезда с пароходами, и сыночков Лимы с Ириной Матвеевной, никогда все они больше ко мне не вернулись. А вместо них поселилась путаница с толпящимися вопросами. Я лежал с закрытыми глазами и пытался найти ответ хоть на один из моих вопросов.

Почему Кира вступился за меня? Я ведь был ему никто.

За что Альбертик хочет убить меня? Разве я сделал ему что-то плохое?

Почему Ирина Матвеевна так любит Альбертика и так не любит меня? Разве я сделал ей что-нибудь плохое?

Зачем Тимка учил меня, и я так правильно всё делал, если снова победил Альбертик?

Альбертик всё-таки разрушил меня, у меня теперь всегда будет болеть голова, и останется муть перед глазами.

Из Лиминых рассказов я знал: травмы головы случаются или при родах, когда ребёнка тащат за голову щипцами, или при сильных ударах, могут иметь последствия на всю жизнь.

Вопросов было много, они сцеплялись вместе, как в снежный ком, протискивались один в другой, и добавляли боли и беспомощности.

Нянечки, врачи, медсёстры жалели меня, обещали полное выздоровление, если буду лежать смирно.

Месяц март тянулся белый и прозрачный в окне, с частыми снегопадами, с запахами затхлости, спирта и мочи, никак не кончался.

Скучно мне не было. Вопросы тасовались, въедались в меня и повторялись. А Лимин дрожащий голос «как же я без него?» раскидывал их и тоже повторялся и повторялся.

Всё-таки наступил день, когда Тимка пришёл за мной и отвёз меня к Лиме. Сам почему-то не зашёл.

А Лима закатила пир. Пирожные, орехи, восточные сладости... ветчина... толпились на нашем большом столе. Лима бегала из кухни в гостиную и обратно: то несла жареную картошку, то какао. Тогда впервые я пил какао — сладкое, густое, оно само плыло в меня и наполняло силой.

Я не знал, какими словами сказать ей спасибо за этот праздник. И сказал:

— Ты иди к своим больным, ты сильно нужна им. Ты столько ночей... со мной...

— Откуда ты знаешь?

И что-то сорвало меня с места, я кинулся к ней на шею и прижался к её щеке. Щека стала мокрой.

Она обняла меня чуть дрожащими руками и сидела не шевелясь.

Тот праздник до сих пор главный праздник в моей жизни: никогда больше я так не возвращался к жизни из беды. Почему-то я не сумел словами сказать Лиме спасибо за него. Все наши отношения с того дня и до последнего нашего общего часа были сцеплены сладостями, какао, её мокрой щекой...

Очутившись один и на неуверенных ногах, я всё ещё не мог выбраться из омута вопросов. Конкретные вытянули за собой главные.

Я чуть не умер, да?

Теперь я знал, что значит умереть. Это чернота и пустота. Не быть. Не дышать, не думать, не помнить.

Многие мои больные потом говорили мне, что видели туннель, свет... Я не помню ни того, ни другого. Может быть, я совсем не умирал?

По Лиминой гостиной ходил осторожно, на подгибающихся испуганных ногах, словно и здесь опасался нападения сзади и удара льдиной по голове.

Хорошо ещё в тот день на мне шапка толстая была.

Эта шапка досталась мне от деда. Папа почему-то не носил её. Он носил шляпы. На фотографии стоял такой нарядный — в длинном пальто и в шляпе. Шапка деда, круглая и толстая, спасла меня от смерти. Так объяснил врач Лиме.

Вопросы налезали один на другой.

Я мог умереть?

Почему выжил?

Если все умирают, зачем родились?

Какую цену имеет человеческая жизнь?

У Киры отец погиб, у Тимки отец погиб. Мой убит. Зачем они родились? Зачем я родился?

Кто убил моего отца?

Зачем маму загнали в лагерь? В чём виновата моя мама, зачем её увезли от меня?

Зачем мне идти в школу, если я всё равно умру?

Глава третья

Когда придёт Тимка?

Вопросы именно толпились, сталкивались, как-то зависели друг от друга, а как, я понять не мог.

Тимка... Только теперь, бродя по гостиной, я вспомнил.

Его взгляд надо мной, когда я очнулся. Тимка смотрел побитым псом.

И я в своей жестокости, едва шевеля плохо поддающимся языком, сказал: «Смейся, брат, когда тебя обижают, когда тебе плохо...»

Я не договорил, как Тимка перебил меня: «Повторю, брат: смейся над собой... Ты — мужик, ты победишь, ты будешь жить и докажешь этому подонку, что ты сильнее его!» И впервые в глазах его я уловил вместе со смешинками злость.

«Ты докажешь этому подонку, что ты сильнее его! — повторил он. — Слово твоего брата и тренера».

Тимка знает, кто ударил меня льдиной.

Выпал тот наш разговор, залился мутью в голове. А сейчас Тимкин голос звучит на всю квартиру: «Ты — мужик. Ты всё победишь. Смейся над болью и обидой, брат!»

А ведь эти слова как-то проникли в мою плоть тогда, интуитивно я в самом деле заставлял себя верить в свои силы, я стал внутри себя бороться.

Ноги неуверенные, но я стараюсь ставить их твёрдо: я сам иду, я выжил.

И во многом, конечно, благодаря тем, Тимкиным, словам.

Ночами, как я понимаю, со мной сидела Лима. Иногда она допускала бабу Мотю.

Тимка приходил в больницу в будни, приносил бабы Мотины угощения, спрашивал, как дела и о чём я думаю. Каждый раз обещал прийти на подольше и убегал.

А однажды пришёл в воскресенье. Сел на мою кровать и стал рассказывать, что удалось по блату (подарил билеты на бокс) устроиться на подготовительные курсы и что он будет рассказывать мне всё, что узнает сам.

В эту минуту распахнулась дверь палаты. В проёме возникла Лима.

Испуганно смотрит на меня. Снова невыливайки.

Когда она подошла к моей кровати, Тимка вскочил. Сильно покраснел. Вжался в мою кровать ногами и чуть не рухнул на меня.

— Вы... кто? — пробормотал заикаясь.
— Это моя Лима, — поспешил я объяснить. — Я тебе говорил. Это она мне всё рассказывает, это она атласы...

Тимка перебил меня:
— Она?! Такая?!

Теперь покраснела Лима.

Они стояли друг против друга. Лима снизу, закинув голову, смотрела на Тимку, и её губы чуть подрагивали. Она пыталась что-то сказать и не могла.

— Лима, это мой брат. Тимка. Это он ко мне приходит в гости. Это он меня учит...

Тимка, наконец, отлип от моей кровати и побежал из палаты.
— Тимка, ты куда?

А Лима плюхнулась рядом со мной.

Её нужно спасать, — почему-то подумал я и стал рассказывать ей, как Тимка учит меня драться.

— Зачем тебе бокс? — наконец она пришла в себя. — Разве нельзя договориться без драки?

...В тот день она долго сидела возле меня, кормила с ложечки своим супом и подарила мандарин.

Больше они в больнице не встречались. Тимка в воскресенье приходить не мог, почему-то все его бои последнего спортивного года случались именно в воскресенье. А Лима приходила в двенадцать и сидела до трёх.

Неуверенно зазвонила, вернее, тренькнула дверь.
Тимка?!
Тимка не смотрел в глаза. Буркнул:
— Я к тебе. Поговорить.

Он уселся на диван.
— Сядь, пожалуйста, — попросил жалобно.

Совсем на себя не похож.
— Что случилось? Ты заболел? Или перестал хотеть быть врачом? Или тебя кто-то сильно обидел?
— Зиме скоро конец, — сказал Тимка. Он сидел, склонившись к коленям.

Заболела голова.
— Уж не бросить хочешь меня?
— Ты мне брат? — спросил он.

Глава третья

Вытаращившись, смотрю на него. Он не смотрит на меня.
— Я тебе брат? — спросил по-другому.
— Что случилось? — не выдержал я.
— У тебя есть альбом с фотографиями?

Я вскочил, кинулся к этажерке, схватил альбом, положил Тимке на колени.

— У всех фотографии на стенах, а у вас на стенах картины.
— Лима говорит, картины дед собирал, а вот эти две сам нарисовал. А зачем тебе альбом?
— Глаза режет.
— Почему? У тебя болят глаза?

Но Тимка не ответил. Очень осторожно, словно касался паутины, открыл альбом и замер.

Мои бабушка и дедушка совсем молодые, у них на коленях девочки-сёстры, погодки, с маленькими одинаковыми косицами, а между дедушкой и бабушкой стоит длинный худой мальчик.

Почему-то раньше я не видел этой фотографии. Лима показывала мне выборочно, а сам я почему-то не удосужился открыть альбом.

Осторожно Тимка перевернул страницу.

Тоже бабушка и дедушка сидят, а девочки и мальчик стоят сзади. Мальчик — между девочками, намного длиннее их, обнял обеих. Он гордо улыбается и смотрит прямо перед собой.

Я ничего не знаю про мальчика, Лима не говорила.

Но вдруг понимаю: он тоже погиб на фронте.

Раньше не видел этих фотографий.

— Тимка, зачем тебе фотографии?

И Тимка закрыл альбом.

— Не сразу всю жизнь целиком. Понемногу. Я должен привыкнуть.
— К чему?
— К тому, что она...
— Кто «она»?

Тимка резко спросил:
— Ты против?
— Против чего? — Я ничего не понимал.
— Так и стоит в раскрытой двери. Есть не могу. Спать не могу. Заниматься не могу. Тренироваться и драться не могу. Я должен знать, что ты не против.

И тут я наконец понял. Тимка влюбился в Лиму. В сказках, которые читала мне бабка, царевичи и королевичи, Иванушки-дурачки и другие герои сильно влюблялись и совершали ради своих «Василис прекрасных» подвиги.

— Я не против, — сказал я, не понимая, о чём Тимка: против того, что он влюбился в Лиму, или против того, что он смотрит фотографии.

И тут Тимка повернулся ко мне.

Он сильно осунулся, и под глазами сине, и глаза — новые, испуганные и промытые светом.

— Разговор братьев, Веня. Ты не против того, что я буду сторожить её около дома, провожать на работу и с работы, смотреть на неё? Она старше меня на шесть лет. Под фотографиями год и возраст детей. Она не захочет со мной встречаться, а я всё равно буду ходить за ней по пятам. Если ты не против.

— А что потом? — осторожно спросил я. — Если ты будешь ходить за ней по пятам?

— Как что? Если ты не против, я хочу на ней жениться. И тогда ты станешь мне не только брат, но и как сын. Ведь сейчас она тебе заместо матери, так?

Тимка станет всегда жить со мной? Тимка станет мужем Лимы?

— А почему ты не ходишь за ней по пятам сразу? — спросил я.

— Ждал, когда ты придёшь домой. Мужской разговор нужен. Если ты не против.

В одно мгновение я вдруг расширился и вырос: кто-то ждал моего слова! Для кого-то я тут главный! Меня распирало доселе незнакомое чувство. Ни с кем и никогда у меня не было мужского разговора.

— Я не против, — пробормотал я. И вырвалось: — А если ты станешь мне заместо отца, ты останешься мне братом?

Тимка заморгал растерянно.

— Я не знаю. Если ты захочешь.

— Я всё с тобой захочу. Я без тебя не хочу! Ты ходи, ходи за ней по пятам. Быстрее ходи. Пусть скорее ты будешь всегда со мной!

Тимка вскочил, навис надо мной и стукнул себя в грудь.

— Ты понимаешь? Один раз это было, когда в 43-м я пробрался в поезд, который вёз солдат на фронт. Возрастом не вышел, а хотел защищать. И вот я еду, зажатый солдатами, и жду их командира, чтобы сказать ему: «Я — доброволец, хочу воевать».

— Ух ты! — вырвалось у меня.

А Тимка возбуждённо продолжал:

— Солдаты меня подначивали: «Давай! Мы за тебя слово замолвим. Какая разница: „16" или „19"»? И меня распирало. Я себе казался большой-пребольшой. Я тогда себя хотел всем отдать! Победить хотел фашистов. Мне казалось, без меня не победят. Такой важный момент был... Только сейчас совсем по-другому, сейчас всё рвётся внутри. А вместе с тем я сейчас опять такой большой... как тогда... и защищать хочу.

— От кого?

Тимка плюхнулся рядом, сказал удивлённо:

— Не знаю. Может, от жизни...

— А от смерти можешь? — спросил я. — Я смерти боюсь. Зачем родились? — И прикусил язык.

В эту минуту сам понял: а вот для этого, когда орать хочется, когда распирает, когда ты можешь защитить... когда Тимка рядом.

— Так, ты воевал? — спросил я нетерпеливо.

— Нет, Вень, не воевал. Пришёл командир, сердитый и важный... щёки дует. На первой же станции меня ссадили и с провожатым отправили домой. Да с напутствием: «Сопли утри сначала, доброволец. Мы уже к победе спешим, без сопливых обойдёмся!»

— Он дурак, Тим, он дурак. Ты бы подвиг совершил, я знаю. Ты бы...

— Или убили бы меня, как отца, в последнюю неделю.

— Нет, Тим, не убили бы. Я же есть! Как же я без тебя? А что баба Мотя сказала, когда тебя домой привезли?

— Бабака сказала то же, что ты, дословно: «Дурак тот командир, ты бы совершил подвиг, на таких, как ты, Тимка, держится наша земля!» А вот мать сильно ругала, не разговаривала со мной, совсем рассердилась, грозилась отцу написать.

— Ты потому и любишь с бабой Мотей жить?

— Потому, Венька. — И жалобно попросил: — Ты уж сам подогрей котлеты и поешь, я бабаке обещал покормить тебя!

— Беги, Тимка, по пятам. Беги скорее, я сам!

Потеря друга. Моя Шуня дарит мне отца

В школу я всё же пошёл.

Я очень спешил попасть в школу, мне нужен был Кира.

Почему же не приходил он ко мне в больницу? Если мы друзья? Обиделся на что? Или с кем другим стал дружить?

Спешил увидеть Киру, а страх спутывал ноги: что ещё сделает со мной Альбертик? Его не победить в открытом бою, он сзади... он исподтишка! Как увидишь его, когда он сзади?!

Спешил и еле брёл те пятьсот метров, что были до школы через двор от подъезда. И чуть не опоздал. Вошёл со звонком. Остановился в дверях.

Ирина Матвеевна шагнула ко мне.

— Поздравляю с выздоровлением, Вастерман. Иди садись. Ребята, вы уж с ним поосторожнее, он ещё совсем слабый.

Глаза в глаза с Альбертиком. Невинный, сиреневый взгляд. Мальчик с плаката. Ангел.

Киры в классе нет. И следом за «здравствуйте» я спросил, где он?

— А ты не знаешь? В тот же день, как ты попал в больницу, у него мама умерла. За ним бабушка приехала. Он теперь живёт в Новосибирске.

Неожиданный дружелюбный тон Ирины Матвеевны, ехидный взгляд Альбертика, и закружились ребячьи лица, парты, стены, и чернота.

Первое, что увидел, — лицо мучной докторши. Я лежу на полу.

— Нашатырь всегда помогает, — добрый, старый голос. — Это слабость. Рано пришёл. Ты завтракал сегодня?

Киры никогда больше не будет? А как без него жить?

Альбертик растёт вширь и вверх. Его длинные руки, его кулаки бьют меня и в лицо, и сзади.

Зачем тебе Кира? Чтобы защитить от Альбертика?

Нет же, нет, слушать Кирин голос! Идти рядом! И вместе делать уроки!

У меня никогда не было друга. Один Кира.

— Он ещё слаб, — говорит докторша Ирине Матвеевне. — Идём со мной, Веня! — Она помогает мне встать, берёт под руку и осторожно ведёт меня из класса. И в своём кабинете укладывает на кушетку. И поит меня сладким чаем. И кормит баранкой.

Всё-таки я начинаю учиться. На другой день.

Я сильно отстал.

После уроков Ирина Матвеевна показывает мне, что я должен сделать к завтрашнему дню дополнительно. Я читаю ей три страницы из книги для чтения и решаю примеры из пропущенных мной уроков.

Мы с ней в классе вдвоём. И она тратит на меня своё время каждый день по пятнадцать минут. А я всё хочу поймать её взгляд на себе, а она тычет пальцем в учебник.

Глава третья

Но она вовсе не такая злая, как раньше. Она слушает, как я читаю, и старательно проверяет примеры, и упражнения, которые я пишу в тетради.

Альбертик не караулит меня на улице и не налетает сзади. На уроках нет-нет да обожжёт взглядом, но я понимаю: он даёт мне передышку.

Сейчас, из своей старости, я знаю: не удар льдиной по голове, а исчезновение Киры навсегда стало вторым моим горем после смерти бабки.

Жизнь баловала меня: вместо бабки подарила мне Лиму, бабу Мотю, Тимку и Киру. Но Киру тут же отняла.

А Тимка «ходил по пятам» за Лимой, готовился к институту и совсем не занимался со мной боксом.

Целый день один. Прислушиваюсь к двери, когда Тимка придёт?

Зато я как-то разом стал много читать.

Первая книга своими глазами — «Дети подземелья».

Превращаюсь в Васю, в Валека, в Марусю и в Соню, и в Тыбурция.

Картинки подземелья и часовни такие яркие, что мне кажется: это я играю с Марусей, это я разговариваю с Валеком, это я иду по деревянному мосту, который вот-вот провалится, это я осторожно несу Сонину куклу Марусе.

Мне всех жалко. Я хочу всех спасти.

Живи, Маруся. Выздоравливай поскорее! И я всегда буду с тобой!

Но Маруся умирает.

И новые друзья исчезают из жизни Васи навсегда, как навсегда из моей исчез Кира.

Я бегаю по гостиной, не понимая, почему никто никому не может помочь.

Звонок в дверь. Бегу открывать.

Баба Мотя.

Как она угадывает, когда скапливается во мне столько жалости и боли, что хочется криком кричать.

Пирожки, печенье, тёплые руки и грудь, в которую я утыкаюсь, чтобы подавить слёзы. Поток нежных слов. Наверное, такими словами она растила Тимку.

После чая с вареньем и печеньем баба Мотя говорит:

— Рассказывай от начала и до конца.

И я говорю ей про Валека и Марусю. И про Киру, как хочу с ним встретиться.

— Альбертик преследует? Или перерыв?

Баба Мотя умеет сказать нужные слова: «перерыв», «передышка», «бороться с жалостью»...

— Не выживешь, если будешь так мучиться от жалости. Пора жалеть делами. Можешь кому-то помочь, кого-то спасти, помогай, спасай! Не можешь, свою жалость засунь поглубже. Скажу Тимке, пусть доводит ученье до конца, ты должен уметь защитить себя. А теперь слушай, тебе пришло письмо. — Баба Мотя вынимает из конверта листок, надевает очки. — Это Света попросила тебе передать. Света сильно занята: работает и заканчивает институт, всё никак до тебя не доберётся.

— От кого письмо? — удивляюсь я.

— От сестры твоей бабушки, от твоей бабушки Саши.

«Венечка, здравствуй, твоя „Грелка" жива».

— Кто это? — спросила баба Мотя.

— Это песец. Мы нашли его совсем маленьким, он умирал. Я клал его спать с собой, кормил из пипетки. Шуня сказала: это девочка. И я назвал её Грелкой.

«Кормлю Грелку, — продолжала баба Мотя, — разговариваю с ней о тебе. Представляешь, она теперь спит со мной, меня греет! Твоя комната из мха тоже пока есть. Мох поливаю. Вот придёт лето, и мы с Петрюшей пойдём гулять туда, где мы с тобой гуляли. Ты помнишь моего Петрюшу? Он часто говорит со мной о тебе, уважает: „Мужик! — говорит. — Первый раз вижу такого мальца, который не пискнул от боли!" Часто вспоминаю тебя. Ты перевернул мою жизнь. Есть для кого жить теперь. Если когда-нибудь разрешат отсюда уехать, приедем к тебе. Мы хотим заботиться о тебе, а тебе нужны бабка и дед, так ведь? С твоей бабушкой мы всегда были неразлучны. Всё друг другу рассказывали. Обе медицинский заканчивали. Родители с утра до ночи работали, мы были сами по себе. Мы обе очень рано вышли замуж и очень рано родили мальчиков. Моего сына растила и она тоже. А твой папа рос и на моих руках тоже. Я любила его как сына, а твоя бабушка любила моего сына как своего. Твой папа, маленький, был очень смешной. Любил залезть на табуретку и читать стихи. Очень любил петь „Красную кавалерию". Ты, наверное, хорошо знаешь эту песню?

Глава третья

Мы — красная кавалерия, и про нас
Былинники речистые ведут рассказ:
О том, как в ночи ясные,
О том, как в дни ненастные
Мы гордо, мы смело в бой идём.

Веди ж, Будённый, нас смелее в бой!
Пусть гром гремит,
Пускай пожар кругом:
Мы — беззаветные герои все,
И вся-то наша жизнь есть борьба!

Он пел и махал рукой, как шашкой. И хвастался: „Вырасту, стану оперным певцом". Мы его возили в оперу. Представляешь, он ни разу не уснул, в отличие от моего сына, ни разу не соскучился, а всё время приставал с вопросами: что такое тенор, баритон, сопрано, почему все поют, когда можно разговаривать? Петь — это значит больше понять и почувствовать? Сейчас уверена, это было бы намного лучше, если бы он в самом деле стал оперным певцом, — дальше зачёркнуто. Ты, Венечка, помни, что я у тебя есть и жду встречи с тобой. Напиши, какие книжки ты читаешь? О смерти моей сестры мне написала Света и прислала моё письмо сестре обратно. Два дня ни есть, ни спать не могла. Петрюша вытянул к жизни тобой: „Есть, говорит, для кого нам жить". Твоя Шуня».

— Давай сразу и ответим. Хочешь?
— Ты что плачешь, баба Мотя? — спросил я, утирая её слёзы рукавом рубашки, и тут же прикусил язык: я сам знал, почему.

«Катком по нам проехались», — едва слышный голос бабы Моти. Сын у неё погиб на фронте.

И по папе, и по маме, и по бабке, и по Лиме... катком проехались — все у них погибли. И у Шуни тоже мужа и сына убили, сына в первый месяц войны, я подслушал их с бабкой разговор.

— Не хочу отвечать... — бормочу. — Не знаю, что написать и не умею писать, как пишут взрослые. Я даже маме сам ни разу не написал, Лима ей пишет от меня. Если можешь, напиши сама, что я помню её, люблю, и, если она поедет ко мне, пусть привезёт Петрюшу и Грелку!

В тот вечер, до самого сна, я вспоминал Шуню в белом халате и в белой шапочке, рядом с Петрюшей, она держала меня за руку во время операции и уговаривала покричать. Видел длинного, очень тощего Петрюшу, доктора с говорящими глазами. Он спас мою ногу, никогда нога меня в жизни не беспокоила.

И снова запахло влажным мхом и ярким светом.

И снова Шуня и Петрюша сидят с нами за столом и едят гороховый суп, который сварила Шуня.

В ту ночь я засыпал с ними и с ощущением, что они теперь всегда рядом и что в меня уткнулась, со мной спит, меня греет моя Грелка, маленький пушистый зверёк.

У МЕНЯ ЕСТЬ СЕМЬЯ

Фрагментами, сценами, мгновениями запомнилось мне моё детство. Выхватываются отдельные эпизоды — вне порядка, вне времени.

Пять лет с Ириной Матвеевной были самыми горькими из всех.

Наверное, срабатывает моё охранительное торможение — моя защита и притушивает все каверзы и злобные взгляды исподтишка Адьбертика, сопровождавшие меня все пять лет классного руководства Ирины Матвеевны, и её слепоту, её нелюбовь ко мне.

Сейчас удивляюсь, как это возможно не замечать того, что я был постоянно избит, травмирован, и не попытаться найти виновного в этом.

Но я простил её.

Она так и осталась одинокой на всю свою жизнь и очень рано умерла от рака лёгких. Умирала мучительно: выхаркивала лёгкие, задыхалась.

Невольно я оказался одним из тех, кто помогал ей в последние недели. Она лежала в Лимином отделении (Лима тогда уже работала в обычной больнице, не выдержав своей беспомощности в патологии), к ней никто не приходил, я приносил ей фрукты и куриные бульоны.

В последний её день она попросила посидеть с ней. Говорить ей было очень трудно. Губы спеклись, едва шевелились. «Прости меня, Веня», — прошелестело еле-еле. Я сжал её слабую руку, чуть погладил.

Благословенная баба Мотя учила меня жалеть делами.

Но какие дела я мог совершить в ту минуту? Я запихивал внутрь слёзы и пытался улыбнуться ей.

А она ещё раз прошелестела: «Прости меня, Веня».

Но это всё ещё в закрытом пока для меня будущем.

Глава третья

⁂

А пока в одно из наших с Лимой воскресений Лима читает мне новое мамино письмо.

Мама не сюсюкает со мной, не выпрашивает любви и внимания. Она рассказывает о тундре и мхе, о полярной ночи и полярном дне, о том, что она шьёт рабочую одежду, потому что не только китайский, но даже английский язык никому не нужны, что она дружит с одной женщиной, у которой есть дочка. Дочка тоже живёт в Москве с её мамой, дочка — моя ровесница и зовут её Алёна.

Имя из сказки.

Тут я прервал Лиму и сказал, что тоже был в тундре. Стал рассказывать ей про Шуню: как мы плыли к ней, и меня удивило, что совсем исчезли деревья, как встретились Шуня и бабка и долго не могли оторваться друг от друга, и как Шуня сразу надела на себя все тёплые вещи, привезённые бабкой, как Шуня через день повела меня с бабкой в тундру, и какой простор, без границ, открылся, и как я нюхал мох, а потом побежал по кочкам, мне очень хотелось бежать, и как попал в капкан на песца, и как у меня раздробилась нога, и как около мёртвого песца лежала моя Грелка, почти не живая, и как, несмотря на боль, я схватил пушистый комок и прижал обеими руками к груди, как я не хотел уезжать от Шуни, но бабке нужно было выходить на работу, иначе нам нечего стало бы есть, и как мы возвращались опять через Дудинку, и я ещё был в Петрюшиной лонгете.

И вдруг моя сдержанная Лима вскочила и забегала по комнате.

— Ты сказал «Дудинка»? Иришка писала про Дудинку, что сначала пароходы прибывают туда: с пассажирами, почтой, продуктами и посылками.

— Почему ты так разволновалась?

Лима сначала удивлённо уставилась на меня, а потом сказала:

— Как ты не понимаешь... У тебя был папа. У папы была мама, твоя бабушка. Понимаешь? Кто такая твоя Шуня, Александра? Она — родная младшая сестра твоей бабушки, значит, родная папина тётя и твоя вторая бабушка. Понимаешь?

Я молчал, никак не попадая в это Лимино «понимаешь»? И только удивлённо смотрел на Лиму.

И тут Лима сказала:

— Мы с Иришкой должны собрать для тебя семью. Мы с Иришкой — твои мамы, так? Но тебе очень нужна бабушка, правда ведь?

Вот бабушка Саша... Шуня, как ты зовёшь её, она всегда должна быть для тебя тоже. С папиной стороны.

Сердце выпрыгивало у меня из груди: Лима собирает для меня семью?!

— Рассказывай, что ещё ты помнишь о Шуне?

Я стал говорить, как мы с бабкой сначала долго ехали на поезде до Красноярска, а потом плыли на пароходе, какой Енисей красивый и широкий и как менялись берега: от пушистых до голых. И как мы приехали в Дудинку. А нам нужно было ещё ехать до Норильска.

— До Норильска?! Ты знаешь фамилию? — сильно волнуясь, спросила Лима.

Фамилию Шуни я не знал, но тут же рассказал, что Шуня прислала мне письмо в конверте, а баба Мотя унесла его домой, чтобы написать ответ.

Лима вскочила и понеслась к телефону.

Записная книжка никак не открывалась.

Первый раз я видел Лиму такой, словно жизнь её решается!

Наконец книжка открылась, номер набрался, и Лима закричала:

— Матрона Степановна, пожалуйста, напишите Вениной бабушке Саше, что Венина мама сидит в том же лагере, но что фамилия у неё Проторина, она не поменяла, а Саша не настаивал. Наоборот, очень хотел Вене дать её фамилию, чтобы ему легче жилось, но Иришка воспротивилась. «Ты — отец, и фамилия у сына должна быть твоя!» Пусть как можно скорее Александра Михайловна найдёт Иришку. Вене очень нужно, чтобы они навсегда теперь были вместе. Нет, об этом лично. Спасибо большое! — И уже шепчет мне: — Ты понимаешь, Венечка, что Иришка и твоя Шуня, оказывается, в одном лагере?! Иришка писала о Дудинке! — говорит Лима. — Иришка писала: их тоже сначала привезли в Дудинку! — повторяет. — А сейчас она в Норильске!

У меня стучало в голове. После льдины голова часто теперь болела.

Что-то происходило важное в то воскресенье. Для меня собиралась семья!

Зазвонила дверь.

Лима кинулась к ней. И я побежал следом в коридор.

В рамке двери стоял Тимка. Лохматый, в распахнутом пальто, с тощим букетом мимозы. Он смотрел на Лиму и заливался краской. Даже шея в распахнутом вороте рубахи покраснела.

Глава третья

Хочу крикнуть «Тимка пришёл ко мне!», а в ушах звенит: «Ходить по пятам!».

И Тимка говорит:

— Вень, ты разрешил ходить по пятам! Да?

Говорит мне, а смотрит на Лиму.

И я пячусь из передней в гостиную, а потом в свою комнату.

«Лима, пожалуйста, женись на Тимке», «Лима, пожалуйста, женись на Тимке!», — молю её.

Бабка каждый вечер бухалась на колени почему-то перед углом комнаты и бормотала себе под нос: «Господи, помоги!»

И я, вспомнив это, тоже бухаюсь на колени, смотрю в угол комнаты и шепчу следом за бабкой: «Господи, помоги! Пусть Лима женится на Тимке! Пожалуйста, Господи, помоги!»

Меня позвали пить чай.

Кроме мимозы, Тимка принёс торт. Я никогда торта не ел. Бабка пекла пироги с картошкой, редко с яблоками, а баба Мотя приносила или присылала с Тимкой хрусткое печенье и пироги с капустой. Один раз Лима кормила меня пирожными, когда я пришёл из больницы. Но это ведь не торт.

Было очень тихо за столом. Лима молча, чуть дрожащей рукой отрезала каждому по куску, всем налила крепкого чая, даже мне.

Тимкины уши пылали и щёки пылали, и мне стало очень страшно: а вдруг Лима возьмёт и не женится.

Но Лима жалобно уставилась на меня и неожиданно тонким, девчоночьим, срывающимся голосом позвала, как будто я далеко. А я ведь сижу тут же.

— Веня, Веня! — Споткнулась и спросила испуганно: — Ты не был бы против, если бы мы с Тимой поженились?

Слёзы сами подошли к горлу, я стал старательно загонять их обратно.

Тимка смотрит на меня со страхом.

А я никак не могу выдавить ни слова, так много во мне собралось слёз, которые нужно проглотить.

— Ты почему молчишь? — испуганно спрашивает Лима. — Ты против? Тебя пугает, что я старше Тимы? Меня тоже это пугает. Но Тима говорит, это неважно.

Тимка тоже испуганно ест меня глазами, ставшими круглыми.

— Ты... — смотрю я ему в глаза. — Ты... брат или папа?

Тимка вскочил, подхватил меня на руки:

— Я — брат. Но могу и папа, если ты так решишь. Я всегда для тебя... ты... мне... — Осторожно он ставит меня на пол и говорит очень быстро, глотая слова: — Это он мне, Лима, разрешил «ходить за тобой по пятам». Я, Лима, для вас для двоих... Я никогда, Лима, раньше не знал, не чувствовал... Я, Лима, без тебя... не могу. Ты, Лима... — он прижал обе руки к груди. — Ты, Лима... И без Веньки не могу. Ты понимаешь?

Лима рассмеялась.

— Я тоже без него не могу.

Лима собрала для меня семью

Ветер нёсся по тундре стремительный, отрывал сухие стебли цветов, гнул до земли головки цветов живых — ярко-красных и буро-жёлтых и гнал меня по кочкам. Я, перепрыгивая с кочки на кочку, мчался вместе с ветром, мне казалось, летел.

До меня едва доносился голос бабки: «Назад! Вернись назад!»

Мне казался этот голос не настоящим, я не слышал в нём беспокойства и страха. Мне нравилось лететь в пространстве, я сам был ветром, который заставляет подчиниться и траву, и мох, и даже деревца. Невысокие, чуть выше меня, они тоже гнутся ветром чуть не до земли.

Первый и последний раз в жизни я так летел и так чувствовал свободу!

И вдруг ногой рухнул в яму.

Ногу словно челюсти громадного зверя сдавили и стали грызть.

Долго длилась мука. От боли я на какое-то мгновение потерял сознание.

Подбежавшие бабки никак не могли высвободить мою ногу из железных челюстей.

Тот день со свистящим ветром, испуганными, но деловыми бабками, с доктором, теперь у него есть имя — Петрюша, долго кромсавшим мою ногу, а на самом деле собиравшим по осколкам, повторяется в снах. Я даже боль ту помню. Она сродни той, что стояла огненной лавой в голове после удара льдиной.

И вижу Шуню в белом халате и в белой шапочке, когда только глаза! Она склонилась надо мной, гладит мою голову и повторяет:

— Держись, мужик, держись!

Слово «мужик» наполняет меня гордостью и смешивается с болью.

Они так и пойдут всегда вместе: душевная или физическая боль и отрезвляющее слово «мужик».

Глава третья

Но та, из тундры, Шуня до сих пор жила застывшими картинками: с Грелкой на руках; во время операции в белом халате надо мной; со слезами на глазах, когда прощалась с нами. Сейчас она ворвалась в мою жизнь с рассказами, которые я сгоряча позабыл, с мыслями, с её уроками: как надо обрабатывать раны; как закаляться — обливаться холодной водой, ходить по дому босиком; как стараться помогать людям, видеть их. Уроков было много.

Так ведь, Шуня теперь со мной. У меня снова есть бабушка, похожая на мою, читавшая те же книжки и те же стихи, что и моя бабка. И она тоже растила моего отца.

Не знаю, что написала ей баба Мотя, но Шуня стала писать письма лично мне. И я подолгу разбирал их. Читать напечатанные слова я уже умел хорошо, а вот почерки мамы и Шуни были со своими загадками, и я иногда подолгу угадывал слова.

Шуня подробно рассказывала мне о моём отце: когда и как пошёл, какие говорил первые слова, какие истории любил слушать.

Что я знал про своего отца?

Все его фотографии теперь всегда у меня перед глазами (я перевёз их к Лиме): радостный мальчик от двух до шестнадцати лет, с девчоночьими ямочками на щёках.

Но моя бабка не рассказывала мне о его играх, о книжках, которые он любил. Я ничего про него не знаю.

И теперь из писем Шуни одна привычка сцепляется с другой, одна игра с другой... мой папа — рядом со мной, он растёт со мной вместе, он — мой ровесник!

Любит перед сном погулять, ему нравится смотреть на звёздное небо.

Очень долго он хотел быть астрономом. И даже в астрономический кружок в школе ходил. Говорил: «Вырасту и обязательно долечу до какой-нибудь звезды!».

Любил слушать бабкины стихи и знал многие наизусть. Шуня не пишет, какие это были стихи, но я сам знаю их и бормочу следом за папой:

※ ※ ※

Бессонница. Гомер. Тугие паруса.
Я список кораблей прочёл до середины:
Сей длинный выводок, сей поезд журавлиный,
Что над Элладою когда-то поднялся.

* * *

Сёстры — тяжесть и нежность, одинаковы
                              ваши приметы.
Медуницы и осы тяжёлую розу сосут.
Человек умирает. Песок остывает согретый,
И вчерашнее солнце на чёрных носилках несут.

Интересно, папа знал или не знал, кто написал эти стихи? Шуня, как и бабка, не называет имён.

Шуня пишет: папа дотошно учился. Ему нравились языки и астрономия. А математику он делал отстранённо (Шунино слово). «Твёрдая четвёрка была, но внедрения в математику не было».

В письмах Шуня никогда не называла бабушку Агнессой, только Асей. А для меня главное то, что она не баба Саша, а Шуня, сродни Лиме и Тимке, своя, близкая, вот она, здесь!

Много лет спустя я нашёл значение имени «Саша»:
с английского — солнечный свет, источник радости,
с японского — благословение, удача, счастье,
с санскрита — луна.

* * *

У меня теперь две бабки. Лима собирает для меня семью!

«Мы с Асей всегда были вместе, — пишет мне Шуня. — Играли в близнецов, хотя Ася старше меня на два года. Она даже отказалась идти в первый класс без меня, хотела ждать меня. Мы хотели прожить общую жизнь, не расставаясь. Едва родители уговорили её, объяснив ей, что она, как старшая сестра, тоже растит меня, как мама. Зато, прибежав из школы, Ася забирала меня у старушки-соседки, и весь день мы делали её уроки, читали мои книжки, рисовали мои рисунки. Мы с ней рано выбрали профессию: играли только в докторов. То она была доктором, а я больной, то наоборот. Наша мама была доктором. И её больные приходили к нам благодарить её за выздоровление, фактически родственниками становились. А мама поила их чаем (кипятком) с леденцами (других сластей и другой еды в те годы не было). И нам с Асей очень нравилось вылечивать наших больных и поить их чаем. Мы обе кончили школу с медалями и обе учились в медицинском. Только Ася захотела стать „земским" доктором, какие когда-то лечили все болезни, а я хирургом».

Глава третья

В письмах Шуня подробно рассказала о том, как они учились, как влюблялись, сначала Ася, а потом, тоже рано, она, как вышли замуж и родили мальчиков. Как старались не расставаться, сердя своих мужей, вынуждая их жить всем вместе, как умерла от тифа мама, а следом и папа. И как всё-таки под натиском мужей им пришлось разъехаться.

* * *

Лишь спустя много лет я узнал, что в письмах Шуня всё врала о своей якобы радостной, удачной жизни. Их с бабкой юность пришлась на революцию и гражданскую войну. Как они выживали и как бились за то, чтобы стать врачами, сама Шуня расскажет лишь за несколько часов до смерти.

Мы будем с ней сидеть, прижавшись друг к другу, на скамейке перед её институтом, и Шуня слабеющим, не дающимся голосом, будет низать на мой страх совсем другие слова про свою жизнь, чем тогда в ласковых письмах. Расстрел родителей; выселение из родной квартиры; бездомность и голод; передышка от страха и бесприютности в доме Волошина в слепящем морем и горами Коктебеле, с бессонными ночами, наполненными музыкой и стихами Серебряного века; возвращение в Москву с поддельными документами, чтобы и их тоже не расстреляли; и всё-таки институт, без которого они не видели своего будущего. Удачные замужества: полное понимание, и нежность, и уважение, и радость. И одинаковая судьба. Оба мужа расстреляны. И оба сына тоже исчезли «с поверхности земли» (Цветаева). Еле слышный, прерывающийся голос: «В нестерпимые минуты моей жизни я всегда там, на крыше Волошинского дома, с гулом моря, с пикирующими друг к другу строчками. Ася писала хорошие стихи. Не состоялась... Или на берегу у кромки воды... Запах чувствую... Казалось, только радость и вечная жизнь впереди для всех „обормотов"».

Я сам сделаю портрет Шуни, когда вырасту.

Тимка подарит мне фотоаппарат, я сфотографирую её в её лаборатории.

Вернувшись из ГУЛАГа, она станет работать не хирургом, а пойдёт в научную лабораторию исследовать причины рака и способы борьбы с ним и преподавать в медицинском институте вместе со своим другом-мужем — Петрюшей, который спас мою ногу от вечного увечья. Этот её друг займётся исследованиями рака вместе с ней.

Статная, черноглазая, в медицинской шапочке и белом халате. Лицо как печёное яблоко, всё в мелких морщинах, но совсем молодое, залитое светом, потому что каждую секунду она думала о ком-то и помогала кому-то. К ней ходили студенты и сотрудники с исповедями и за советами, и всем находилось самое главное для них слово.

Моя мама звала её «святая».

• • •

Про маму, как и про папу, я тоже знал очень мало.

Помню, каким потрясением стало для меня осознание маминого имени.

«Иришка» — это то, что я принял как родное слово.

Но вот «Ирина». Нет же, не может быть! Есть Ирина Матвеевна. Как же так? Невозможно мою маму звать «Ирина». Это злое, жёсткое имя! Мои те ночи. В них столько вопросов. Как это: «Ирина Матвеевна» и моя мама — Ирина?

Открывал альбом и разглядывал маму.

Ямочки, как у папы. Наверняка из-за ямочек и из-за того, что всё время улыбались, поженились.

А Ирина Матвеевна не улыбается никогда.

У мамы косы. Как и у Лимы. Вот все четверо плывут в море. Смеются.

И меня во сне качает в волнах, я тоже плыву рядом с мамой и папой.

Ямочки, солнце, смех, косы, запах моря.

О маме мне принялась рассказывать Лима по воскресеньям.

Лима привезла нас с Тимкой в Парк Горького.

«Парк основали в 1928 году. Мы здесь качались на качелях, мчались на каруселях, катались на лодках. И с нашими женихами мы все вместе здесь гуляли».

И мы с Лимой и с Тимкой ходили по их тропкам парка, катались на лодке. И мне казалось: мама сейчас тоже здесь, рядом, только играет со мной в прятки.

Водила нас Лима и по арбатским переулкам, и по улице Горького, где тоже они с мамой любили гулять.

Лима пересказывала нам с Тимкой книгу «Джейн Эйр», которую они с мамой знали наизусть ещё в переводе дореволюционном.

— Нам и в голову не могло прийти, что тяжёлая судьба Джейн окажется вполне благополучной по сравнению с той, что выпала на долю наших женщин! — едва слышно пробормотала тогда Ли-

Глава третья

ма. — Забудь, Венечка, сорвалось. Никому не повторяй моих слов, пожалуйста!

Тимка обнял Лиму и стал гладить по спине.

— Не надо, пожалуйста, прошу тебя, ну, успокойся!

Из этой странной фразы я много лет спустя сделал вывод, что Лима тяжело переживала происходившее в стране, не могла смириться с потерей близких и что не такая уж и спокойная она была, какой казалась!

Мама из рассказов Лимы обретала живые черты: они с Лимой любили прыгать с крыш сараев в снег, и любили съезжать по лестницам в школе, и любили играть в волейбол: обе защищали честь школы.

Они так же были очень близкими, как моя бабка и Шуня.

И из писем мне теперь являлась живая мама. Она рассказывала мне сказки, которые придумывала для меня. Вот в кого я пошёл со своим воображением, путешествиями и игрой в спасатели! В её сказках тоже героем был мальчик, и во всех в них я, её сын, её мальчик, побеждал. Я мог подолгу не есть, и победа над голодом спасала меня от смерти. Я умел дышать, когда мало воздуха. Я мог видеть в темноте. Я мог выживать в холоде. Если кто-то вдруг бил меня, то я умел не чувствовать боли. Меня мама наделяла смелостью и всеми возможными умениями: плыть под водой, прорывать ходы в земле, как кроты, ползти под землёй. Поэтому все злобные монстры не могли поймать меня и обидеть. У меня выросли крылья, и я умел улететь от преследователей и жестоких царей. Я даже мог победить злых волшебников, потому что у меня была такая сила духа, что она останавливала любое зло.

※ ※ ※

Много лет спустя я пойму, что все её сказки — это истории её лагерной жизни. Она голодала и холодала, ей не хватало воздуха и света, так как приходилось по много часов работать в шахте. И только сказки для сына о мужественном и смелом мальчике, которого она придумала, побеждавшем и холод, и голод, и тьму, и боль, спасали её от смерти. Её били — она «обрастала» нечувствительной кожей. Она мёрзла и «одевала» себя в шерстяные тёплые вещи и выживала.

Моя мама. Это ей, ей пишу из сегодня с благодарностью: она верила в то, что и она, и я выстоим, что мы дождёмся нашей встречи.

Моя мама.

Глава четвёртая
Мои университеты и мой дом

Сочинение

Ирина Матвеевна задала сочинение — о чём хотим. И я написал о нашем с бабкой путешествии.

«Пока Шуня работала хирургом, — писал я, — мы с бабушкой успевали сделать много дел. И домик для Грелки из мха, и картинки с тундрой, и новые занавески в Шуниной комнате... мы всё делали с бабушкой вместе. Это был бабушкин отпуск, и бабушка каждый час его подарила мне». Мне нравилось выписывать каждую букву непривычного слова «бабушка» вместо «бабка».

В тот день я дежурил: стоял у двери и проверял руки и уши ребят. Мой портфель валялся на парте.

Когда вернулся на своё место, моя тетрадь по русскому была разорвана на четыре части. Альбертик ехидно улыбался.

Почему я почти не помню ребят? Я всегда был в каких-то грёзах и собственных переживаниях. А может быть, не помню потому, что никто из ребят никогда не пожалел меня и не встал на мою защиту? Неужели никто из них никогда не видел, что творил со мной Альбертик?

Трое, как рыбы-подлипалы, всегда «подпирали» его. Их-то я помню: Минька, Кузя и Жоржик. И помню, как подобострастно смотрели они всегда на Альбертика. Но их лиц, обращённых ко мне в тот день, не помню.

Со мной сидел Витя. Уж он-то всё видел! Уж он-то хорошо знал все художества Альбертика! Но Витя был испуганный волчонок, навсегда пригвождённый к молчанию отцом-инвалидом, вернувшимся с фронта без руки и ежедневно избивавшим его своей единственной, тяжёлой и злой, да в придачу с ремнём. Никакими щипцами из Вити нельзя было вытащить того, что он знал. Он всегда смотрел в тетрадь или в книгу, отрешённый от происходящего.

Глава четвёртая

Один раз я поймал его взгляд за все годы: когда вернулся после «льдины». В мышиных его глазках вспыхнула и погасла радость встречи со мной.

Но за тот его взгляд я подсовывал ему конфеты, орехи, бутерброды, давал ему списывать контрольные по арифметике и диктанты. Я знал: он сочувствует мне, он «дружит» со мной.

Помочь Витя не мог. С постоянной зудящей, саднящей болью в разных местах тела, он не мог встать на мою защиту и поднять голос против Альбертика ещё и потому, что был мельче и слабее всех в классе. Он навсегда остался маленьким худышом.

Ирина Матвеевна никогда не вызывала его, единственного! Жалела. Ставила дежурные троечки, наверняка зная, что за двойки отец и убить может. Случайно в первом ещё классе я стал свидетелем их встречи с Витиной мамой, такой же, как и Витя, маленькой, навсегда испуганной серой мышкой. Она плакала и бормотала: «Пожалейте! Убьёт ведь!»

Конечно, Витя, из-под своей согнутости, видел, что сделал Альбертик. И лишь ещё больше пригнулся к своим книжке и тетрадке, открытым на ненужных страницах. Чувствуя его сочувствие и поддержку, я поднял руку, как только начался урок. Сказал, что хочу прочитать о своём путешествии.

К моему удивлению, Ирина Матвеевна разрешила.

Аккуратно я сложил четвертинки и стал читать.

Ирина Матвеевна подскочила и вырвала у меня из рук мои четвертинки.

— Это что такое? Ты зачем разорвал свою тетрадь?

Что нашло на меня в тот день?

Терпеливый, не раз битый, с печатью вечной немоты, я спокойно и громко сказал:

— А это не я разорвал свою тетрадь. Зачем я стал бы рвать её на части, если так старался написать сочинение?

— Кто же это сделал? — потерянно спросила она.

— Вот вы и узнайте, кто. Тот, кто избивает меня, убивает льдиной, перечёркивает мои задачи, чтобы вы ставили мне двойки, тот, кто умеет бить только сзади, и только исподтишка.

Я смотрел глаза в глаза Ирине Матвеевне.

А она вдруг побледнела и замахала на меня руками:

— Что ты? Что ты? Это ты сам?! Зачем?

Дробятся от её страха слова, и страх разлетается острыми стрелками из глаз, и стрелки вонзаются в меня.

— Нет, нет, не может быть такого в моём классе. Невозможно! — Зуб не попадает на зуб, и буквы бьются в попытке собраться в слова.

Её страх перелился в жалость к ней. У неё нет сыночка. У неё нет мужа.

Её сотрясает страх, а у меня в голове звучит: «Держись, мужик, держись!» И я рвано бормочу:

— Да, я сам разорвал свою тетрадь! И сам зачёркиваю примеры, которые решаю. И сам себя решил убить льдиной по голове!

И умоляю:

— Не надо переживать, — прошу её.

И всё-таки громко читаю своё сочинение.

И в изнеможении плюхаюсь на своё место.

Витя чуть придвигается ко мне.

* * *

До сих пор не понимаю, что со мной тогда было. Почему я не назвал Альбертика? Почему разрешил ему и дальше пытать меня?

Что тогда я понимал, чувствовал?

А ведь это был уже третий или четвёртый класс.

Наверное, это был мой первый открытый бунт против Альбертика и несправедливости.

Наверное, это было моё первое осознание, что за себя нужно бороться.

Сейчас мне кажется: тот час был главным уроком для меня: лучше быть жертвой, чем предателем, лучше жалеть других, чем карать.

Конечно, тогда я вовсе не исследовал ситуацию, просто ощущал в себе нагромождение разных, противоречивых ощущений, не разбираясь в их противоречиях. Но моя душа уже боролась за меня.

Мой дом

Моя жизнь совсем не изменилась после того, как Лима с Тимкой поженились: по-прежнему почти целый день я был один.

Моя жизнь сильно изменилась, потому что теперь у нас были общие завтраки.

Мы все трое торжественно сидели за кухонным столом, ели кашу, пили чай и смеялись.

Тимка рассказывал, как выпрыгивал из самолёта и как нёсся вниз, беспомощно кувыркаясь в воздухе, пока не раскрывался па-

Глава четвёртая

рашют; о том, как однажды он повис на дереве и как трудно было освободиться от парашюта и сползти по стволу вниз; о том, как за ним гналась собака, а он, испуганный, от неё убегал, не понимая, что собака не укусить его хочет, а хочет, чтобы он взял её к себе.

Ничего смешного в его рассказах по сути не было, но получалось так, что вся его прошлая жизнь очень смешная.

Оказалось, Лима любит смеяться. Она теперь только и делала, что смеялась.

Вечерами я не дожидался их, засыпал.

Тимка допоздна сидел на подготовительных курсах, а днём работал.

«Кормить семью надо!» — говорил он мне с гордостью.

Жизнь моя совсем изменилась.
Появились воскресенья.
Воскресенья делились на две части. В первую половину дня мы все трое ходили в парк культуры или ездили в зоопарк или в планетарий или просто в лес. Тимка руководил нашим отдыхом.

А после обеда все занимались.

Мне очень нравилось читать, пока Тимка листает толстые книги, а Лима что-то пишет в толстой безразмерной тетради с жёлтыми страницами. И мы все сидим за большим столом в гостиной под тёплым розовым абажуром.

А потом Тимка поступил в институт.

Я учился во втором классе, когда у нас родился мальчик Санька.

Лима лишь два месяца кормила его, а потом сцеживала молоко. Ей нужно было уезжать на работу к своим подопечным, а к нам являлась баба Мотя.

Баба Мотя как-то сразу сильно постарела. Затяжелела. Исчезла стремительность. Но, как только она входила в дом, всё преображалось: лампы горели ярче, вкусные запахи борща и печенья щекотали ноздри. Санька улыбался, увидев над собой сияющую бабу Мотю. Я быстро делал уроки и начинал Саньке читать.

Моего брата Саньку назвали в честь моего папы. Так решено было на семейном совете.

— Веня всегда должен помнить отца, — сказала баба Мотя. — И свою любимую бабушку. Широкое имя Александр, сильно растягивается. А уж Александр Тимофеевич как звучит!

Уговаривать Лиму и Тимку не пришлось.

Санька любит слушать, как я ему читаю.

Тимка с Лимой принесли Чуковского, Маршака, и я с завыванием, в лицах читаю Саньке подряд «Крокодила», «Айболита» и «Двенадцать месяцев», и «Рассказ о неизвестном герое», и стихи Барто, посвящённые младшему брату.

Санька таращит Лимины глаза, открывает рот и, кажется, полностью заглатывает угощение.

Я люблю носить его на руках. Его тяжесть, его улыбка меня окончательно выводят из одиночества.

По воскресеньям он восседает на Тимкиных плечах или лежит в громыхающей коляске, и мы шествуем по набережной до Балчуга или в другую сторону — к Парку Культуры. А в Парке Культуры ходим по Лиминым и маминым аллейкам.

Иногда и мне дают поносить Саньку в парке. Он тяжелеет месяц от месяца, но мне нравится эта тяжесть, и я словно с каждым шагом расту и мужаю — вон какой я силач! Тимка с Лимой идут с двух сторон от меня и наперегонки читают Саньке тех же «Крокодила» или «Мойдодыра», они, как и я, с детства «отравлены» Чуковским и Маршаком. Чуковский и Маршак словно члены нашей семьи.

С рождением Саньки баба Мотя всегда после школы со мной. Ждёт меня с горячим обедом.

Когда Санька спит, а Лима с Тимкой ещё не вернулись, она со мной разговаривает. Я могу задать ей любой вопрос. И я спешу.

«Почему идёт дождь?»

«Что такое интуиция?»

«Что такое инерция?»

«Куда деваются люди, когда умирают: совсем пропадают или, как говорила мне бабка, поселяются в раю или в аду?»

«Умеет ли думать собака?»

«Почему злые и жестокие люди живут лучше, чем добрые?»

«Можно ли исправить свои ошибки, чтобы они никак не повлияли на целую жизнь?»

«Разговариваешь ли ты со своим сыном, который погиб?»

«Можешь ли научить меня разговаривать с папой и бабкой, как я разговариваю с мамой в письмах?»

«Почему Тимка не дружит со своей мамой и где она?»

«А наша жизнь тоже станет историей, когда она пройдёт?»

Глава четвёртая

От некоторых моих вопросов баба Мотя немеет и долго молчит, прежде чем ответить.

Мы сидим с ней на кухне друг против друга, пьём чай с её тёплым печеньем, и я чувствую себя взрослым, с таким уважением смотрит на меня тётя Мотя.

Она старательно рассказывает мне о круговороте воды в природе, об инерции, об интуиции, а вот на вопрос, кто где поселяется после жизни, или о вселенной, на какой планете есть жизнь, на какой нет, ответить не может. Она смотрит мне строго в глаза и каждый раз говорит одно и то же:

— Это над нами, Веня. Это тайны мироздания, в которые даже самому умному проникнуть никак нельзя. Полезет человек куда нельзя, а его и щёлкнут по носу.

Я пытаю её, что значит «щёлкнут по носу», но она лишь вздыхает.

— Каждому свой щелчок. Лучше не вникать, внучек, понимаешь?

Я не понимаю, но киваю. Я не люблю расстраивать тётю Мотю.

Как-то я спросил её:

— Скажи, а кто я тебе теперь, когда Тимка или мой брат, или мой папа.

— Ты в любом случае мой внук. Хочешь, зови меня просто «бабушка».

— Я хочу «Матрона».

— Откуда ты знаешь моё имя?

— Вот и на! — повторил я её любимое выражение. — Лима зовёт тебя Матроной Степановной. Можно я буду тебя звать «Матрона»? «Матрона» — тоже широкое имя, как и Александр.

Тётя Мотя засмеялась мелким, дребезжащим смехом.

— «Матрона» так «Матрона». Только ты ошибся, внучек, Лима уже несколько раз называла меня «мама», никакой Матроны Степановны больше нет. Когда люди женятся, у них появляются вторые, выбранные мама и папа. А Тимка мне фактически сын. У Тимки две мамы, как и у тебя. Вот вернётся когда-нибудь твоя мама...

— Она — первая, ведь это она меня родила.

— Ты очень умный и развитый для своих лет, внучек мой.

— А ты будешь растить моего сыночка, когда я женюсь и у меня родится мальчик, как наш Санька?

— Обязательно, внучек, если успею.

• • •

Она не успела.

Она умерла, когда я ещё учился в школе (за три дня до того, как ко мне приехала Шуня).

Матрона и так не успела бы, потому что я никогда не женился и никогда не родил своего сына.

Но это уже совсем другая история.

А пока моя Матрона была со мной и с нашим с ней Санькой.

Победа, стоившая мне жизни

Тимка всё-таки добился того, что я научился драться профессионально. Я был единственным его учеником, а он был моим единственным тренером. Всю дальнейшую жизнь я гордо нёс звание его сына и ученика, и никто никогда во всю мою дальнейшую жизнь не посмел ударить меня или напасть сзади.

Мой дом и Альбертик. Они сцепились намертво. Дома Тимка делал из меня мужика. Альбертик хотел сделать из меня «тварь дрожащую». Незримо, напоминанием о моей слабости он витал в моём доме. Даже когда я играл с Санькой, носил его на руках, разговаривал с ним или читал ему, Альбертик торчал за спиной, сковывая мою шею и спину в спазм ощущением собственного ничтожества.

Отношения с Альбертиком решились в четвёртом классе.

После истории с сочинением и разорванной тетрадью на какое-то время он присмирел, но, видимо, каверзная его натура не могла не творить пакости, и он снова стал портить мои тетради, теперь разрисовывал их мышами, крестами и змеями. Он получал удовольствие, подпитываясь радостью от чужой обиды и боли. Глаз не отводил от жертвы и плотоядно шевелил красивыми губами.

Надо сказать, я больше не видел его красоты.

К этому времени я прочитал «Вий» Гоголя и теперь видел в Альбертике вампира. Малиновые глаза, не зубы — клыки и кровь на губах. Давно исчез для меня мальчик с плаката.

Но далеко не сразу я научился прятать от него свою боль и обиду.

И всё-таки научился.

Получив очередную порцию крестов и рисунков на примерах или изложениях, стал изображать удовольствие, глупо улыбался и, не переписывая домашнюю работу, сдавал теперь Ирине Матвеевне тетрадки с крестами, мышами и змеями.

Глава четвёртая

Сдавая, я пытался поймать взгляд Ирины Матвеевны: как отреагирует она на новые художества Альбертика?

Но она словно не видела меня и Альбертиков мышей — спешила переключиться на кого-то другого.

Её отношение ко мне резко изменилось после того, как на совместное собрание детей и родителей пришёл Тимка.

Всегда улыбающийся, ясноглазый, с могучим торсом, красивый своей доброй красотой, сыплющий шутками-прибаутками, Тимка влюблял в себя всех, с кем встречался.

Он сидел рядом со мной, чуть приобняв меня, а Ирина Матвеевна глаз от него оторвать не могла.

Заикаясь, она стала рассказывать о каждом ученике, а когда дошла очередь до меня, сказала:

— Ваш сын очень способный. Особенно он любит природоведение.

Тимка своим тёплым баском продолжил:

— Много читает, легко сам решает задачи и придумывает сказки.

Говорил Тимка Ирине Матвеевне, а сам разглядывал Альбертика и его раздутого довольством и благополучием отца.

* * *

Тогда я не понимал Ирину Матвеевну, почему никогда больше она не задала классу вопрос: кто это делает?

Из «сегодня» понимаю: с самого начала Ирина Матвеевна прекрасно знала, что это Альбертик рвал мои тетрадки, издевался надо мной и хотел убить. Она категорически не хотела признать это ни передо мной, ни особенно перед ним, ни перед самой собой.

К чести её вынужден сказать: несмотря на рисунки, после знакомства с Тимкой она стала ставить мне отличные отметки, и, нет-нет, я вдруг ловил на себе её растерянный, жалкий взгляд.

Но и сегодня мне непонятно, почему она заискивала перед Альбертиком.

Альбертик и Ирина Матвеевна.

Тайна осталась навсегда: что связывало их?

Она не могла не знать, что отец Альбертика работает в КГБ.

Есть домыслы.

Боялась отца?

94

Может быть, и у неё кого-то забрали? И своей судьбой, своим страхом была связана с всемогущим отцом Альбертика?

Тогда почему она смотрела на Альбертика не заискивающими, а восхищёнными глазами?

Как могло сосуществовать это восхищение со знанием его подлости по отношению ко мне?

Может быть, она знала отца Альбертика когда-то? И была просто-напросто влюблена в него?

Огромный, с теми же сиреневыми глазами, что и Альбертик, косая сажень в плечах, отец Альбертика был красив и силён. И грудь в орденах.

Кто знает, может, он был её первой любовью?

Или прижилась в ней безотчётная материнская любовь к Альбертику, как к несостоявшемуся сыну?

Говорят: всё тайное становится явным.

Но мне узнать было неоткуда.

И в тот последний наш общий час, сидя у неё на постели и гладя её руку, когда она уходила навсегда, я не посмел спросить её об этом.

Но, если бы и осмелился, гарантии, что она ответит мне, не было никакой.

Не всё тайное становится явным, есть тайны, которые уходят в могилу.

∗ ∗ ∗

На обратной дороге после собрания Тимка сказал:

— Пока затаись, сын, не обнаруживай себя, терпи. Он не ждёт удара слева, ты уже знаешь это. Очень скоро время придёт. Оно работает на тебя.

И я затаился. Я должен был выстоять до того момента, когда почувствую себя непобедимым.

Два раза в неделю, когда Тимка не занимался вечером, мы с ним готовились к последнему бою.

И этот бой произошёл в начале четвёртого класса.

В тот день Альбертик налил клей на лавку моей парты, и я никак не мог встать, когда вошла Ирина Матвеевна.

Она растерянно смотрела на меня, мягко попросила, чтобы я встал.

ГЛАВА ЧЕТВЁРТАЯ

Я сказал, что кто-то налил на моё сиденье клей и что будет хорошо, если она поможет мне встать.

Она вспыхнула и побежала к моей парте. Подхватила меня под мышки, потянула вверх. Ей помог Витька-молчун — тащил меня за брючный пояс вверх. С трудом вдвоём они оторвали меня от парты.

Но и в тот день она даже не покосилась в сторону Альбертика. А меня любезно попросила пойти переодеться и скорее вернуться обратно.

В класс я не вернулся.

Почти летний день. Сеется сквозь ветки ещё одетых деревьев солнечный свет, играет на асфальте зайчиками.

Я отправился во двор дома правительства (знаменитый Дом на Набережной), в котором жил Альбертик, и уселся на лавку перед его подъездом, на которой обычно сидели старушки и часами судачили. Сегодня на лавке никого не было.

Сколько раз, избитый и униженный, я понуро плёлся за Альбертиком, издалека глядя на упакованную в красивое, тёплое пальто его уверенную спину, провожая его до громадного серого здания рядом с кинотеатром «Ударник», и чувствовал, как он доволен собой: опять одержал победу надо мной.

В тот день я сидел на лавке и думал о том, что у меня есть Тимка, и он, отец, брат, наполнил меня по макушку силой и мужеством, а значит, уверенностью в себе.

Если раньше во мне жили поезда, пароходы и самолёты, на которых я уплывал-улетал на таинственные острова, в таинственные страны, где встречались мне сказочные герои, погружённые в меня бабкой и творившие для меня чудеса, и жили стихи, что я бормотал, защищавшие меня в минуты горестные, и сыночки Лимы и Ирины Матвеевны, которые спасали своих «мам», то теперь во мне играла волнами могучая вера в непобедимость: Тимка дерётся со мной на равных!

Альбертик шёл, размахивая портфелем. Он ещё не видел меня, но я уже встал и пошёл навстречу ему, сунув руки в карманы.

Светило солнце, как летом, световое марево сплетало деревья, ещё богатые листьями и пылью в узорную крышу.

Он увидел меня и остановился.

Чувствовал он или нет, что я готов поставить точку в его беспределе?

Я подошёл и, не вынимая рук из карманов, приказал:

— Брось портфель.

Благодаря Матроне, которая меня заботливо кормила и выдавливала мне морковный сок, о пользе которого для роста я узнал много позже, я сильно подрос, и теперь мне почти не приходилось задирать голову, глядя на него.

— Значит, так, Альбертик, с этой минуты все свои пакости и каверзы ты оставляешь при себе. Ты — вампир, ты питаешься чужой болью и бедой, ты напичкан подлостью, тебе с этой подлостью жить хорошо. Вот и сиди по уши в ней. Но, если ты ещё один раз посмеешь сделать какую-нибудь гадость мне или кому-то, кто слабее тебя, тебе несдобровать.

— И что же ты сделаешь мне? — Он отшвырнул портфель и со всего маха выбросил кулак, чтобы двинуть меня под дых.

Но я был готов. Секунда, и я откинул его кулак, а сам со всего маха саданул его другой рукой слева.

Он оказался на земле.

Я подхватил его под мышки, поставил перед собой.

— Защищайся, — приказал я.

Он выбросил ко мне злые кулаки.

Но я легко откинул их и ещё раз двинул его.

Снова он свалился на играющий солнцем и узорами асфальт.

— Ты насквозь гнилой, — сказал я, глядя в его бешеные потемневшие глаза, когда он с трудом поднялся и обеими руками схватился за бок. — Мой отец — профессиональный боксёр, чемпион нашей страны, а я давно уже бьюсь с ним на равных. А если ты напакостишь мне исподтишка, сзади, как ты привык, когда ударил меня льдиной по голове, и я не смогу защитить себя сам, тебе не жить: мой отец разберётся с тобой! Он давно в курсе, кто так хотел убить меня! Но я мужик и привык разбираться сам, по-мужски, лицом к лицу. Я запретил отцу поучить тебя. И запомни: если ты изберёшь себе другую жертву в нашем классе, ты будешь иметь дело со мной. А пока живи, слизняк.

Я повернулся и пошёл.

А он крикнул мне вслед:

— А ты не боишься, что мой отец посадит твоего отца? Он хорошо умеет делать это!

Удар под дых.

...

Только в тот миг я вдруг понял: моего отца и бабкиного мужа, моего деда, весьма вероятно, засадил именно отец Альбертика.

Глава четвёртая

И, весьма вероятно, что Шуню и мою маму сослал в Норильск тоже он, отец Альбертика, работник КГБ.

* * *

Я повернулся и снова пошёл к нему, еле переставляя ноги от страха. Сердце било в голову, в грудь, и зубы прыгали, когда я выдал барабанную дробь вместе с кривой улыбкой:

— К твоему сведению, дядя моего отца — начальник твоего отца, все его шалости знает!, и он уничтожит твоего отца в одну минуту. Ты же не хочешь жить без папочки?

Изо всех сил сдерживая пляску зубов, я смотрел в сиреневые, словно нарисованные глаза, и приказывал взглядом: «Верь! Уничтожит!».

— А чемпионы нынче в большой цене! — сказал я вдруг странную и для себя фразу. — Это слава нашей страны. Мой отец — в защите страны. И мне никто не мешает стать чемпионом. Правда, у меня несколько другие замыслы, — жёстко добавил я.

Как я дошёл до дома, едва перебирая ногами, как поднимался на свой этаж, не помню, очнулся на своём зелёном с золотыми кругами диване, бессильный от страха.

Санька с Матроной ещё гуляли в садике недалеко от Третьяковки.

В ту ночь я почти не спал.
Мой дом — в опасности.
Поверил Альбертик или не поверил? Погубит он Тимку или не погубит?
Кто — его отец или такой же, как его отец, — погубил моих родных, выбил из жизни почти всю мою семью?
Мой дом. Над ним нависла беда.
Без Тимки моего дома нет.

Прошла неделя. И две. Моего Тимку не тронули. Поверил!

У меня есть мой дом!

В моём доме моя мама

Кто ты? — спрашивал я маму, глядя в её, в Лимины, глаза, и любуясь её светлым лицом и косами, мирно спадавшими на грудь.

Фотография любви, как назвал я её, была не очень большая, но лишь откроешь альбом на этой странице, и ты защищён. Я чувствую эту защиту. Мы думаем одинаково, мы единое целое. Слепит глаза, я щурюсь. Мама, папа.

Но папу я закрываю ладонью. Пока не могу, я пока не умею говорить с тем, кто надо мной, кто в не знакомом для меня мире.

Они не вместе, мои папа и мама. И никогда больше не будут вместе. Они не одно целое. Они не чувствуют и не думают одинаково, потому что мёртвые не чувствуют и не думают.

А это моя живая мама. Статная, с откинутой в свободе и в гордости головой. Мама смеётся. И я начинаю говорить с ней.

— Мама, здравствуй! Я ходил по тундре, в которой ты живёшь сейчас. Очень жаль, что я тебя не встретил. Хотя, знаешь, я тогда чувствовал что-то странное: будто возле меня вздувается тепло, будто я не только московский, я тамошний, я чем-то связан с ветром, несущим меня к капкану, с моей Грелкой, которую я выкармливал со своими бабушками, со мхом, вкусно пахнущим и разноцветным, с властными, жгущими комарами — хозяевами тундры. Мама, если бы я тогда знал, что я приехал не только к Шуне, но и к тебе?! Мы бы с тобой, мама, стали бы вместе смеяться, и я, мама, научился бы думать с тобой одинаково, и чувствовать с тобой одинаково. Прости, мама, что я не встретился с тобой.

Так я разговаривал с моей мамой, когда приходил из школы. Казалось, ни уроков делать не смогу, ни читать, пока не встречусь с её пьяным от радости лицом.

Мама смотрит на меня в упор, мне она рассказывает, как богата она сейчас радостью. Она приобщает меня к этой радости. И я уже есть, я уже зарождаюсь в их с папой любви.

Слово «пьяный» — от Матроны. На свадьбе Лимы и Тимки Матрона залпом выпила большой бокал водки. И лицо её разъехалось от радости. «Я — пьяная, — смеялась она. — Смотри, Венюшка, я у тебя совсем пьяная. Это я от радости».

Лицо её оказалось совсем детским, беспечным.

Как у мамы в день её свадьбы, лицо — детское и беспечное.

Но письма маме мне писать очень трудно.

Лист линованной бумаги. Ни улыбки, ни ветра, ни вкусного воздуха свежести тундры не чувствую, не вижу и не слышу ничего. А нужно заполнить пустоту листа.

Вывожу «Мама, здравствуй!» И сижу, уставясь в эти застывшие слова.

Письмо от мамы приходит раз в месяц.

Спасительный круг: её вопросы.

Глава четвёртая

«Что нового ты узнал по литературе? Что читаешь?»

Ну, это легко. Я аккуратно перечисляю, что мы читали на чтении и что я читал дома.

Мама спрашивает, понял ли я её задание по-немецкому. В письмах она учит меня языку. «Я очень хочу, чтобы ты знал несколько языков и читал в подлиннике поэтов и писателей».

Моя мама успела полгода поучить детей в школе немецкому. А главный её язык — китайский. Лима зовёт её «полиглот» и говорит, что не понимает, зачем и кому нужен китайский, это не профессия в России. Да, мама и не успела ни в Китай съездить, ни в Москве с китайцами встретиться. «Мёртвые знания», — говорит Лима. А вот немецкий и английский нужны.

Мне они совсем не нужны. Английский мне не нравится. А немецкий и вовсе не нужен, потому что война кончилась, и никто теперь не хочет знать его и говорить на нём. И зачем мне его учить, если этот язык убил столько людей?! Но я не хочу огорчать маму и аккуратно записываю в письме к ней немецкие слова по целой строчке.

Только Матроне жалуюсь на немецкий язык:

— Понимаешь, — объясняю ей, — немцы убили столько наших людей... — Я замолкаю, вспомнив про её мужа и сына, но Матрона не хочет это вспоминать, она ждёт, что я скажу. Она умеет впитать в себя каждое слово собеседника, словно это её собственная жизнь. И я говорю: — Они пришли нас завоевать. Они пытали Зою Космодемьянскую и многих других, они убили... — повторяю я и замолкаю.

И только тогда Матрона говорит:

— Это не немцы, это фашисты, внучек. Язык совсем не при чём. В Германии жили Гёте и Шиллер. В любой стране есть очень жестокие люди, они убивают и пытают других.

Я продолжаю за неё: моего папу убили в моей стране, я это подслушал. И ещё многих.

— Вот смотри, — нерешительно снова говорит она, — твой Альбертик. Как он издевался над тобой? Чуть не убил. Страна не при чём. Это кто каким родился. Учись, внучек. Мама права, будешь знать языки, сможешь читать книги в подлиннике, культура мира... богатство... Я ведь раньше тоже учительницей была. В детский сад пошла из-за Тимки, жить без него не могла. Днём воспитательница, ночью я нянечка. Тогда ведь во многих садах пятидневки были.

— Значит, ты, как Ирина Матвеевна, была?

— Точно. Тоже в начальной школе. Маленьких любила, они такие отворённые!

Мама спрашивает, как я живу.

Вот тут я затыкаюсь. Что значит «как»?

Хожу в школу, делаю уроки, жду Тимку.

Как-то приехала Света со своей дочкой Верочкой. Но я не узнал Свету — такая она стала раздутая, сытая, с лоснящимися щёками и весёлыми заплывшими глазками. И Верочка не понравилась мне. Точная копия Светы с пуговичными глазами. Света всплёскивала пухлыми руками и без перерыва говорила мне, какой я стал не похожий на себя, непонятно, нравился я ей такой или нет. Я слушал плохо, ждал, как избавления, Матроны с Санькой, но они в этот день остались у Матроны.

Маме не напишешь о Свете. Мама о Свете ничего не знает. Да и Света в тот свой первый и последний приезд, не сказала ничего такого, что маме стало бы интересно!

Лима всегда приходит, когда я уже сплю. Так что, с Лимой говорю наскоро, за завтраком. Но обязательно, ежедневно её горячая ладошка и ночью, и утром касается моей щеки. А в воскресенья — игры в вопросы и в ответы: что в эту неделю узнал интересное я, какие операции сделала она. Об этом почему-то тоже маме не напишешь.

Письма писать очень тяжело. И я стараюсь поскорее дописать, чтобы снова играть с Санькой, которому Матрона не разрешает входить ко мне, пока я не закончу все свои дела.

На мамино «бессчётно целую тебя, мой сыночек» не отвечаю ничего, я просто целую мамину фотографию. Тогда я был уверен: мама чувствует, что я поцеловал её.

Наверное, очень трудно придумывать человека. Но моя привычка играть в людей помогает. Я выдумываю себе маму. Моя мама вместе со мной идёт в школу, вместе обратно. Моя мама одевает меня и обматывает мою шею шарфом, хотя очень давно я делаю всё это сам. Но представляю себе мамины заботливые руки.

Моя мама разогревает мне суп и второе, когда я прихожу из школы, как Матрона. Моя мама укладывает меня спать, подтыкает одеялом ноги, как делала бабка, и садится на кровать, чтобы рассказать мне сказку и погладить меня по голове, как гладила бабка, хотя я сам себе рассказываю сказки. Я их придумываю.

В одной я — собака и ищу себе хозяина. Конечно, хозяин — Тимка. А что такое собака? Она всегда машет хвостом и заглядывает в глаза. Она всегда рядом со своим хозяином. И я разыгрываю целые пьесы. Как мы с Тимкой мчимся спасать заблудившегося мальчика, как переплываем бурную реку и взбираемся на дерево, чтобы с высоты увидеть, где ребёнок. При этом я совсем забываю, что собаки по деревьям не лазают. Я, собака, вместе с Тимкой могу залезть на самое высокое дерево!

В другой сказке я — лётчик и летаю в разные страны. В этих странах я спасаю людей от беды. Как Мазай — зайцев, со льдин снимаю непонятно как очутившихся там зверей и детей, в горах спасаю заблудившихся людей. А в нашей стране спасаю больных и одиноких.

Но маме я ничего такого не пишу.

Моя мама живёт только для меня. Мы часто сидим с ней друг против друга, как мы сидим с Матроной, и я любуюсь своей мамой. Держа в руках её косы, смотрю в её беспечные, радостные глаза и расту, набираюсь от неё радости по макушку.

Это мой дом: Тимка, Лима, младший брат Саня и бабушка Матрона. У меня тёплый дом, в котором я — сильный человек. В моём доме живут письма Шуни и мамы и сама мама: красивая и радостная.

Мама приехала ко мне в 56-м году, когда я уже был в седьмом классе.

Но прежде появилась Алёнка.

Глава пятая
Алёнка

Я больше не один

Пятый класс был моими «средними веками» — самый глупый и скучный год в моей жизни.

Почему-то учителем русского и литературы осталась Ирина Матвеевна. До сих пор не пойму, как могла учительница младших классов работать в пятом? Предполагаю, что-то случилось с учителем литературы и нового взять не успели.

Остальные предметы — разные учителя. Математичка с вздутой причёской над узким лбом и бесконечные примеры, наскучившие за три года.

Лишь в восьмом классе появится стремительная математичка, с циркулем, линейкой в маленьких ручках, с трапециями, шарами, треугольниками, развалившимися на доске, с задачами, в которых я, забывшись, тонул и, выплыв, чувствовал себя героем, получив верный ответ. К сожалению, не суждено мне было от неё, маленькой, хрупкой женщины, с гладко зачёсанными волосами и с глазами, влюблёнными в задачи, принять в дар, наконец, вспыхнувшую яркими красками математику, математика досталась мне холодная и деловая, в вечерней школе.

В пятом — скука и лозунги. Нудная ботаника. Нудная география. Батый и остальные старинные правители, весь Древний мир, с Египтом и другими странами, остались неразличимыми и скучными: ничего не помню, словно их и не было в моей жизни.

Пятый класс тянулся с зевотой.

Был он, не был?

∗ ∗ ∗

И вот пришёл шестой.

Первый год с 1943 года, когда девочки и мальчики стали учиться вместе. Десятилетие изоляции кончилось, и, наверное, не толь-

Глава пятая

ко у меня суматошно и бессонно билось сердце накануне Первого сентября.

Кто они, неведомые человеки по имени «девочки»? Из какой неведомой страны?

Представить себе тогда, что бабка, Шуня, Матрона, Лима тоже из той неведомой страны, я никак не мог.

Почему-то совсем не помню, ни как шёл в школу в тот день, ни как оказался возле таблички «6 Б», ни как здоровался с ребятами, ни почему попал в класс, когда все ребята уже сидели на своих местах.

Вошёл. И время остановилось.

Глаза в глаза.

— Садись, мальчик, — говорит мне весёлый голос от учительского стола, но я не вижу владелицу голоса. — Как тебя зовут?

Слова слышу, но они не помогают мне сдвинуться с места и запустить время.

— Ты не знаешь, где сидишь? Ты новенький?

— Нет, он не новенький. Это Венька Вастерман. На его парте вместо Витьки сидит...

Знакомый голос Кузи, все годы сидевшего с Альбертиком, не договорил, потому что не только я, все наши мальчики были сегодня пристукнутые.

Банты, белые фартуки, белые широкие воротники... совсем другой мир.

И она.

Бантиков нет. Косы на груди, как у мамы, как у Лимы. Родинка в углу рта. И радость из глаз.

Где Витька-молчун? Его совсем нет?

— Разве я села на чьё-то место? Мне сказали сесть сюда.

— Прости, Веня, это я посадила Алёну рядом с тобой. Вы потом сядете, как захотите. Это пока.

Я пошёл на непослушных ногах.

— Он язык проглотил, — голос Альбертика.

Я плюхнулся рядом с Алёной.

— У него температура. Смотрите, малиновый. — Снова Альбертик.

— Ребята, поздравляю вас. Сегодня много поводов для праздника. Начало учебного года. И то, что вы наконец вместе: мальчики и девочки! Кончилось время разлуки. Общие занятия, общие игры вернут вас друг к другу. И то, что вы уже в шестом классе, — тоже праздник. Я пришла к вам из женской школы, буду вести у вас литературу и русский язык. Зовут меня Наталья Васильевна. Я буду вашим классным руководителем: со всеми вашими вопросами и проблемами вы можете идти ко мне, помогу. Сегодня на собрании после уроков вы скажете, кто что любит, чем бы вы хотели заниматься. Мы с вами пойдём в поход, в Пушкинский музей, в Третьяковскую галерею.

То, что говорила Наталья Васильевна, и то, что я не мог ни шевельнуться, ни дышать, было взрывом всей моей прошлой жизни. Кончилось царство Ирины Матвеевны, она осталась, наконец, навсегда в прошлом, и начиналось то, чего я никак не понимал, но то, что высвобождало во мне меня: Наталья Васильевна совсем, совсем не похожа на Ирину Матвеевну.

— Твоя мама живёт с моей мамой вместе, — прошептала Алёна.

И я повернулся к ней.

— Что?!

Цвет песка, солнца. Ни у кого не видел таких глаз. Мохнатые ресницы. И золотистая родинка в углу рта.

— Мама пишет, они самые близкие подруги, — шепчет Алёна. — Мама пишет, они скоро вернутся. Твоя мама читала моей маме все твои письма. Мама написала, ты занимаешься немецким.

— Ребята, очень хочу, чтобы вы были образованными людьми, выбрали профессии по душе. Пожалуйста, с любым вопросом идите ко мне! А сейчас давайте знакомиться. — Наталья Васильевна начала вызывать одного за другим.

Ли́ца не могу разглядеть: лишь улыбка каждому.

И Алёна улыбается ей и мне.

— Я так рада, что попала в один класс с тобой, — шепчет Алёна. — Мама писала мне, что ты занимаешься борьбой и что ты очень сильный. Твоя мама тобой очень гордится.

В тот день я так и не пришёл в себя.

Второй урок был английский, потом история, математика и последний — русский.

И пусть английский остался с мышкой Генриеттой, и история с математикой — те же, что в пятом классе, зато вспышкой Наталья Васильевна. Вспышкой Алёна.

Сон не сон.

Только бы этот день не кончался.

На собрании Наталья Васильевна сказала:

— Каждый говори, кто что любит, чем хочет заниматься.

ГЛАВА ПЯТАЯ

Все молчали.

А я стал рассматривать её.

Короткая стрижка, слепящий взгляд, улыбка. Строгий костюм, белый воротничок, как на платьях девочек. Нет, просто белая блузка.

Чего уставился? Неловко.

Алёнка тоже не сводит с неё глаз.

— Хотите, поставим спектакль? Почему вы молчите? Спектакль — это когда вы играете, как в театре. Кто из вас был в театре?

Никто руку не поднял.

— Ну, хорошо, сначала пойдём в театр. Сегодня думайте, что вам интересно.

После уроков мы вышли с Алёной вместе. Я так и не открыл рта за весь день. Шёл рядом с ней, чуть сзади, и изо всех сил старался придумать вопрос, но внутри крутился ветер, прибивая и мысли, и слова.

Взрыв — не обязательно разлетаются во все стороны земля, вещи, и вспыхивает огонь. Взрыв — это когда ты не можешь собрать себя в себя, когда растерянно шаришь в прошлом, пытаясь отыскать проблески мыслей или знакомые слова.

Во всю свою жизнь потом я никогда не испытывал таких странных, жгущих ощущений переполненности смыслом собственного существования, несмотря на потерю себя самого. Я совсем другой, чем был раньше.

Я себя потерял. И я обрёл себя.

Молчаливая Алёна доверчиво смотрит на меня.

Понимает ли, что я вовсе не дурак, проглотивший язык, или щадит меня — что взять с дурака, и совсем не понимает, зачем разрешает семенить следом за ней?

Долго идём. По Старомонетному переулку, на котором школа, по Большому Толмачёвскому, пересекаем Лаврушинский. Там маленький красивый парк со скамейками и мохнатыми разноцветными деревьями. Выходим на Ордынку. Алёна живёт на Ордынке.

Долго стоим около её дома, грязно-жёлтого, с бурой, длинной и широкой дверью.

Белый фартук, белый широкий воротник, коричневое платье. И косы, как у мамы, лежат на груди.

Алёна не уходит и тоже молчит. Просто смотрит, словно тоже знает меня всю жизнь, и между нами всё переговорено.

Спасает это великое стояние голос из окна:

— Алёнка, зови Веню в гости. Это же Веня, правда?

Бежать прочь. Откуда все меня знают? Да я и «здравствуйте» из себя не выужу. Да я и шага сделать не могу.

— Видишь, бабушка зовёт. Пойдём?

Мотаю головой и пячусь от подъезда, боясь ещё раз взглянуть в песочные — в золотистые глаза.

Алёна живёт на первом этаже?!

Сразу и широкое окно, и бурая дверь, и голос Алёниной бабушки становятся давно знакомыми. И девочка с солнечными глазами и косами на груди. Они были в моих снах, которые я не видел, но которые знаю.

...

Почти три года я буду стоять под этим её окном, из которого выглянула её бабушка Вероника Сергеевна и вывела меня из столбняка.

Почти три года я буду заходить в этот подъезд пятиэтажного, добротного дома, не разбомблённого в войну, с одним и тем же страхом отлучения, с одним и тем же комом у горла, что запечатывает речь и холодит неуверенностью в собственной нужности ей, этой золотистоглазой девочке, которая определила мою жизнь и из-за которой моя жизнь не состоялась.

Почти три года Вероника Сергеевна будет радостно улыбаться мне и поить меня чаем с самодельным печеньем, домашним вареньем, и играть Шопена и Рахманинова, пока Алёнка будет переодеваться, чтобы идти ко мне вместе делать уроки. Или кормить макаронами с сыром, если мы решим делать уроки у Алёнки!

А я буду приносить Алёнке в день рождения подарки.

Громадную, цвета травы, чашку под цвет моего — Лиминого дивана — с золотистыми кругами, вазу, цвета травы, с золотистыми кругами. Мне всегда хотелось соединить Лиму и Алёну! Лимин диван — начало моего неодиночества. Пусть и Алёна будет всегда с нами!

Всего-то было у нас с Алёной три дня её рождения: в шестом классе, в седьмом и в восьмом.

В восьмом нашёл лампу, на ней абажур — с золотыми кольцами.

Только для того, чтобы ещё раз нам встретиться с Алёнкой, нужно было бы выдумать её, вечную жизнь, если её нет, или реинкарнацию, если её нет.

Глава пятая

Девочка Алёна — загадочное существо, властительница моих мыслей и поступков. Улыбчивая, понятная и отстранённая, внезапно рушащаяся в себя и не достижимая ни голосом, ни взглядом, стремительная и застывающая на полуслове. Так и оставшаяся таинственной и мистически намертво связанной со мной.

Каждая наша встреча и каждая моя строка сегодня — изучение тебя, Алёнка, восхищение тобой, посвящение тебе, возвращение к тебе. И все мои воспоминания — о тебе! Ты — нерв моих воспоминаний. Из-за тебя получились только воспоминания, потому что не случилась жизнь.

Есть, говорят, старая легенда, согласно которой люди были некогда цельными существами, а потом Создатель разделил их надвое и разбросал половинки по всей земле. Так они с тех пор и блуждают, мучимые томительным ощущением своей неполноты, пока судьба не пошлёт им встречу с той самой, давно утраченной второй половинкой, и, только воссоединившись с ней, человек постигает высшее счастье, доступное смертному.

Алёнка и я — две половинки одного целого.

Мы нашли друг друга.

И я потерял свою половинку.

* * *

Всю ту ночь, с первого на второе сентября, я не спал.

До той ночи, оказывается, я не знал, что такое одиночество. Конечно, каждый человек по сути своей одиночка: рождается один, болеет, любит один, никогда самыми дерзкими догадками не подступая к чужим ощущениям, мыслям и болям, умирает один. И во всём мире никто никому помочь не может.

А ведь у меня могла бы существовать иллюзия: какое одиночество?! И Тимка, и моя Матрона, и Лима, и болтливый, безоглядно любящий меня Санька, и где-то даже мама, которую я ощущаю, несмотря на расстояние, у меня вон сколько всех, и все готовы слушать меня, и все наверняка понимают и чувствуют меня, как я понимаю и чувствую их.

Но в ту ночь я открыл одиночество. Плавает моя плоть или душа в невесомости этого одиночества, меня болтает от одной планеты к другой, никак и ни за что я не могу зацепиться и удержаться — мои руки не могут ухватить жёлтую, сыпучую субстанцию, и никто не может спасти меня и приякорить к какому-либо месту обитания. И я не могу оказаться навсегда рядом с Алёнкой: нет у меня такого права, нет у меня никакой власти ни над моими желаниями, ни над моими возможностями.

Откуда в ту ночь во мне, в мальчишке, — провидчество?

Ни в одном глазу сна. Пятна света на потолке от яркой луны, лезущей в окно. Тени, скопившиеся в углах. И я один в непонятной вселенной в непонятной жажде навсегда оказаться рядом с Алёной и рассказать ей об открытии одиночества, попытаться разрушить его. Пусть иллюзия. Но как в ту ночь мне нужна была эта иллюзия возможности спасения от одиночества!

«Ты почему не спишь?» — слышу я голос бабки.

В ту ночь я научился разговаривать с моей бабкой.

Рассказываю ей о своих ощущениях, о своём страхе, вижу её, Шунины, мои, отцовские, чёрно-карие, глубокие, как пропасти, глаза и слышу:

— Ты живёшь свою жизнь и сам должен выбрать, что хочешь: пребывать во власти одиночества или принять подарок. Попроси Алёну всё говорить тебе и делать, что ты попросишь. И сам всё говори Алёне и исполняй всё, что бы она ни попросила. Разрушь игру.

То, что говорит бабка, непонятно. Что значит «разрушь игру»?

Но мне нравится разгадывать загадки. Я постараюсь понять, что значит «разрушь игру»?

Пытаюсь объяснить бабке, как трудно мне справиться с грузом, неизвестно кем и как погружённым в меня, но я понял её и попытаюсь начать говорить с Алёнкой. Я обещаю бабке увидеть пока не видимое.

И наконец засыпаю.

Утром не могу понять: в самом ли деле с бабкой говорил, или бабка приснилась мне?

Но, сидя за завтраком с Лимой и Тимкой, Матроной и Санькой, я не могу проглотить ни ложки каши, ни куска хлеба.

— Ты заболел? — Лима кладёт свою руку на мой лоб. — Вроде температуры нет.

— Ты чего, сын? Расстроен чем?

Мычу в ответ, подхватываю портфель и вылетаю из дома, провожаемый криком Саньки: «Приходи скорее! Ты обещал быть моим конём!»

Бегу по Старомонетному переулку, по Большому Толмачёвскому, скольжу взглядом по чужим лицам, пересекаю Лаврушинский, подлетаю к Алёнкиному дому. Но Алёна не попадается мне

ГЛАВА ПЯТАЯ

навстречу. Может быть, пошла другим путём, по Лаврушинскому и через набережную?

Прихожу в школу позже всех. Под звонок распахиваю дверь класса, и снова глаза.

Стою истуканом. За спиной голос:

— Учиться будем или в столб играть?

Голос старческий. Оборачиваюсь.

Мне улыбается из выцветшего, блёкло-синего, тёплого шарфа, обмотавшего шею, и белой пушистой шапки волос морщинистое чудо.

Откуда явилось ко мне?

Бабка прислала лично мне её — с промытыми светом глазами?

— Вот тебя мне и надо, — говорит «чудо». — Небось, или биологом, или врачом хочешь стать?

— Откуда вы знаете?

— Слушать умеешь, видеть умеешь. Шагай на место. Небось, встретились мы с тобой.

Странно тихо в классе.

Мы с ней двое. И Алёнка.

Осторожно сажусь рядом.

— А я волнуюсь, что случилось.

— Небось, любите зверушек? И цветки?

Я встаю, иду к двери.

— Что с тобой? Ты, небось, скучаешь о своей зверушке? Тебя как зовут? Похоже, ты не в себе. У тебя случилось что?

— Он у нас придурковатый! — смеётся Альбертик.

А «Небось», как сразу назвал я её и потом, не сговариваясь, ребята, подошла к Альбертику и, глаза в глаза, мягко сказала:

— Пожалуйста, не обижай его. Ладно? Слово сильно бьёт и запоминается. Я тебе одну тайну открою: каждый, понимаешь, каждый, в какой-то миг может оказаться «не в себе». Жизнь вот так и устроена: никого не пропустит без урока. Небось, сам увидишь это позже!

Пока она говорит, да так тихо, да так, словно, не ударяя, бьёт, я иду на своё место. И слова «без урока» и то, как она раскладывает всё по полочкам, и тон её, и покой, исходящий от неё, приводят меня в чувство, я сажусь рядом с Алёнкой и шепчу ей: «спасибо», «всё в порядке», и начинаю, наконец, дышать, и «вхожу в себя».

Начинается первый мой урок вхождения и в мою профессию: без биологии, я чувствую, и без «Небось» мне — никуда! Лимина патология вылезает из живой жизни, из биологии.

«Небось» стремительно заполняет доску разлапистым существом, потом цветком, потом зайцем, потом человеком и стремительно говорит:

— Это бактерия под микроскопом, это сложная структура цветка с лепестками и тычинками, в прошлом году должны были учить! А это из сказок заяц, тоже маминым молочком растёт и травкой, а это сложнейшее и гениальнейшее создание — человек. Небось, догадываетесь, трудно объяснить, как, почему возникли эти совершенства. Откуда взялся человек? Слушаю.

— От обезьяны! — несколько голосов.

Вырвалось у меня:

— От Бога.

«Небось» снова сцепилась со мной взглядом.

— В тюрьму его за такие слова! — Альбертик даже встал во весь свой рост. Вот сейчас потащит меня к своему отцу.

А «Небось» поворачивается к нему и спрашивает:

— А у тебя бабушка есть?

— А как же? Моя бабушка делала революцию и церкви громила.

— Молодец бабушка! — улыбается «Небось», и я никак не пойму, в самом ли деле она хвалит бабушку Альбертика? — А вот его бабушка, может быть, никак не может разобраться в новом и не может отстать от старого, ведь большую жизнь прожила в этом старом?! В чём же человек виноват? Он за бабушкой, которую любит, повторяет, сам же пока знает мало.

Да она смеётся над Альбертиком!

А ведь не боится тюрьмы «Небось». Старая, вот и не боится.

Я уже разговариваю с «Небось», как с бабкой. И Алёнку включаю:

— Молодец «Небось»! — шепчу ей.

Алёнка — уже часть меня, и я могу, я хочу обо всём говорить с ней.

Мы идём из школы. Плетёмся по набережной, останавливаемся около реки, опять идём.

Я не ел с «вчера», и меня качает из стороны в сторону, как пьяного.

— Девочка родилась очень слабой. «Не жилец», — сказал доктор родителям. А маленький мальчик, лет пяти, брат девочки, сказал: «Жилец. Я буду лечить её». «Ты ничего не знаешь», — сказал доктор. «Я знаю, — сказал мальчик. — Её нужно сильно любить. И нужно сильно верить в то, что она — жилец. Мама, возьми её на руки и корми скорее. У тебя очень вкусное молоко, я помню. А по-

Глава пятая

кормишь, и все идите по своим делам». «Но тебе нужно спешить в детский сад». «Не нужно. Я вырос. Я нужен моей сестре».

Уже не качаюсь. Стою возле реки и смотрю в Алёнкины глаза.

Маленькая девочка заполняется любовью и заботой брата и с каждым днём становится здоровее. Она — жилец! Она уже умеет танцевать, петь, и они с братом вдвоём идут по городам и деревням и там, где они поют и танцуют, люди выздоравливают и начинают улыбаться, хотя до этого не умели.

Когда Алёнка замолкает, я спрашиваю:

— Что это было?

— Это сказка, которую сочинила твоя мама, а моя прислала её мне. Я расту на сказках твоей мамы.

Смотрим в воду, слепящую солнечными зайчиками, бликами, идём вдоль воды, а потом, не сговариваясь, сворачиваем в крошечный скверик и садимся на лавку. Со всех сторон мы защищены старыми деревьями. Сквозь расцвеченную листву (пока больше зелёного, но уже есть и жёлтое, и оранжевое, и бурое) сеется солнце. И у меня снова кружится голова. Сплю не сплю.

Но, вспомнив ночной разговор с бабкой, рассказываю Алёнке о бабке, о церкви, о путешествии к Шуне. И замолкаю.

У меня нет больше сил. Я достиг берега, до которого очень долго плыл на своём корабле. Паруса сдулись.

Как Алёнка понимает, что я сильно устал, что я хочу спать и есть? Она достаёт бутерброд с сыром, делит пополам, и мы едим. А потом я бесстыдно засыпаю, положив голову ей на колени. Когда просыпаюсь, её горячие руки на моей голове, и она легко гладит меня. Как моя бабка.

— Спасибо, что всё рассказал о себе. Мы вместе ходили в твою церковь с ликами, вместе ездили к Шуне, да?

— А ты? Как ты? — заикаясь спросил я, не понимая, что происходит в эту минуту в моей жизни.

— Бабушка отдала меня в группу к своей подруге. Подруга — особая история. К ней приходило несколько детей домой. Она учила нас петь, танцевать и говорить по-французски. Она играла на пианино. Вообще музыке она училась в консерватории вместе с бабушкой, но её жизнь сложилась по-другому, чем бабушкина: она выступала на сцене, ездила на гастроли. У неё сын где-то там работает, где раздают дачи и премии. А потом, не знаю, почему, выступать перестала, но сын приезжает к ней раз в неделю, привозит деньги. Только его жена не хочет с ней общаться и не показывает внучку и внука. Представляешь, она никогда их не видела. Сын сделать ничего не может. Вот она и собрала внуков своих знакомых, чтобы порадоваться. Но летом требует, чтобы мы с бабушкой работали у неё на даче: копали, сажали, пололи. Сначала бабушка не возражала, а теперь почему-то не хочет. А я вообще ненавижу ездить на эту дачу. Но почему-то бабушка должна. Всё на сегодня.

Этот день, и все наши дни с Алёнкой потом так и останутся моим единственным настоящим.

Мы вместе делаем уроки то у меня дома, то у Алёнки под тихую музыку Шопена — её бабушка по просьбе Алёны играет нам его, или Моцарта, или Чайковского. И, хотя, оказывается, я очень люблю музыку, мне лучше с Алёной у меня дома.

В первый свой приход, увидев Саньку, Алёна подхватила его на руки и стала петь ему: «На лучистом, чистом небе солнце светит, с высоты с любопытством глядит. Быстроноги футболисты, словно ветер. Кто кого в этот раз победит?»

А Матрона подхватила: «Удар короток, и мяч в воротах!»

Я переводил взгляд с одного на другого, ошалев.

А Санька сказал:

— Баба говорит: футболистом быть не надо, а играть в футбол хорошо. Баба учит меня играть в футбол.

Алёнка спустила Саньку на пол.

— Покажи, как ты бьёшь мяч!

Санька побежал в коридор, принёс сетку с мячом, аккуратно вынул мяч, наверное, так учила его Матрона, положил мяч на пол и со всего маха ударил по нему. Но мяч откатился лишь недалеко.

— Молодец! — хвалит Алёнка.

— Ты помнишь, дома мы в футбол не играем, так? — усмехается довольная Матрона.

— Так! Помню! Я всегда всё помню, что ты говоришь.

— Ну-ка, упакуй мяч и пойдём гулять, ребятам нужно делать уроки.

— Я тоже хочу делать уроки.

— Ещё успеешь, Сашенька! — говорит Алёна. — Сильно надоест. — А сама снова склоняется к Саньке и шепчет ему: — Очень рада с тобой познакомиться. С этой минуты мы — друзья, так? Как говорит твоя бабушка.

— Так! — гордо отвечает Санька. — Друзья. Только она мне не бабушка, а Матрона, понятно?

ГЛАВА ПЯТАЯ

— Очень даже понятно. Это совсем другое дело. Буду знать.

Часто Матрона увозит Саньку к себе, ей легче хозяйничать в привычном месте.

Мы совсем одни в мире. Вместе читаем книги, учим Пушкина и Тютчева, вместе сидим над картами по географии и над медицинскими атласами. Или вдруг начинаем скакать, как сумасшедшие, по дому, изображая всадников.

А потом в любую погоду бежим в наш квадратный скверик на нашу скамейку и рассказываем по дню, как жили друг без друга.

Кто я теперь при Алёне? Меня нет. Мы соединены с Алёной в единое целое.

Бабка, или отец, или бабкин Бог... кто-то прислал мне Алёну, чтобы я позабыл, что человек рождается и болеет и умирает один.

— Ты видел когда-нибудь яркую вспышку на небе? Это взрывается звезда, а потом сжимается и дальше живёт тусклой. Это, наверное, она умерла, да? А свет ещё много столетий идёт к нам. Когда думаю о конечности и бесконечности, о Вселенной и нашей маленькой, а для нас бесконечной Солнечной системе, мороз по коже. Когда бабушка рассказала мне о звёздах и сводила меня в планетарий, я захотела стать астрономом, а сейчас боюсь выбраться из нашего с тобой сквера, из нашего с тобой мирка.

И снова Алёнка ставит меня в тупик. Согласовать конечность с бесконечностью и наш с ней замкнутый мир в самом деле не могу. И у меня по коже мороз: мне тоже страшно выбраться из нашего мирка.

От страха мы бежим в стихи и в книжки.

Алёнка, когда слушает стихи, чуть приоткрывает рот, как маленький ребёнок.

Каждое утро я боюсь, что не увижу Алёнку, а как только вижу, начинаю дышать.

К «Небось» мы подошли вместе с Алёнкой.

— Ты из другой оперы, — сказала «Небось» Алёнке. — Ты, небось, не хочешь быть ни биологом, ни врачом, правильно я понимаю?

— Правильно, — смело ответила Алёнка. — Но я с Веней, и мы вместе хотим всё знать.

— Ну, это другое дело, — улыбнулась «Небось». — Доставай, Веня, Брема и читайте.

— Я читал уже.

— Он и атлас строения человека изучает. У него мама с папой — врачи.

— Ну, это другое дело. Ты сделаешь доклад «Млекопитающие». Я тебе выделю пятнадцать минут из урока, небось, хватит? Мне нужно время, чтобы понять, как тебе подготовиться к институту.

— Уже сейчас? — удивилась Алёнка. — Мы же ещё даже шестого класса не кончили.

— Пяти лет будет как раз достаточно. Спешить не будем, будем потихоньку поспешать. А ты, Алёна, помогай ему. Кто знает, небось, и тебе пригодится в твоей музыке или литературе знание устройства мира.

— Я вот хотела астрономом быть! — усмехнулась Алёнка. — Только потом испугалась, на небе холодно и пусто.

«Небось» тоже усмехнулась.

— А солнце, а луна? Без них-то мы, небось, совсем не живём: ни цветы, ни зверушки, ни мы с тобой, так ведь? А они-то прямое отношение имеют к астрономии, небось, понимаешь это? Вот и подготовь нам доклад о солнце. И эти знания тебе как раз пригодятся, если до десятого класса не передумаешь стать астрономом.

Мы с Алёнкой не раз после уроков приходили к «Небось», показывали наши «шаги» к докладам, мучили её вопросами: «Как же так, корова и человек — млекопитающие, но корова не думает же и не говорит?», «А говорить о Сатурне и других планетах солнечной системы тоже нужно или только о солнце и о луне?»...

Мы

Рваные воспоминания.

Ощущения от тех наших общих дней в шестом, седьмом классах — мы. Каждый день — жизнь.

«Мы» — друг у друга. «Мы» — друг с другом. Две половинки в одном целом.

Бабка вывела из одиночества: «Всё говори Алёне и исполняй всё, что бы она ни попросила. И её попроси говорить тебе всё и делать для тебя то, что она может. Разрушь игру».

Говорят, в детстве, отрочестве не может родиться то, что создаст «мы». Ещё спит душа, проснётся позже.

Глава пятая

А у меня в двенадцать-пятнадцать лет «мы» получилось. Никогда потом больше «мы» не было.

Вспышки.

Синяя птица.
Со сцены — слепящий от героини свет.
Первый раз тайна длинных одеяний. Ожог глаз. Не обычная женщина? Русалка из сказки?
Не Тильтилю и Митиль, это нам с Алёнкой Фея говорит: «Надо быть смелым, чтобы видеть скрытое». «Скрытое» — это душу вещей. Не Тильтиль и Митиль, мы с Алёнкой ищем синюю птицу, которая поднимет с постели больную девочку.
Сколько раз потом, и даже сейчас, когда жизнь подходит к концу, мы с Алёнкой снова и снова идём искать Синюю птицу.
Так и осталась тайной красавица по имени Свет, освещавшая наш путь. Никогда больше не встретил такую.
Закрою глаза, и вот они все — души вещей и явлений, освещённые Светом.
И пса себе не завёл, наверное, потому, что побоялся: не заговорит, как в «Синей птице», и не дарует мне той преданности, которую в этой детской сказке подарил Пёс Тильтилю.
Мы с Алёнкой идём за Синей птицей всю жизнь.

И только сейчас, над листом белой бумаги, до меня доходит: мы владели ею сразу, мы держали её в руках — невидимую душу нашего с Алёнкой «мы».

«Мы» — это прежде всего Наталья Васильевна. В строгом тёмно-синем костюме и несоответствием цвету и строгости свет.
Почти всё, что мы читали по литературе в те годы, я знал — бабка читала мне. Но волшебной палочкой дотрагивалась Наталья Васильевна до Каштанки, до Льва и Собачки Толстого, до Паруса, «просящего бури», и так же, как в «Синей птице», всё сразу обретало душу. Невидимое становилось явным и главным. Лев и Собачка — «мы». «Мы» — то, что между ними. И душа Каштанки не себе, не для себя, другому всё, что в ней, — помочь и отдать, создать «мы» между нею и хозяином, и тем, кого полюбила.
Как-то так получалось, что, заворожив нас рассказом, сказкой, стихотворением, Наталья Васильевна своими вопросами нас самих делала открывателями души слова, фразы, мысли, идеи. И мы

с Алёнкой каждый раз просыпались в новом мире, в новой таинственной ткани чужого создания, быстро становившегося нашим.

Мы идём по Старомонетному, по Большому Толмачёвскому, по Кадашёвской набережной, по Лаврушинскому... и читаем себе — друг другу — нашему «мы» из уроков и ежедневных десятиминуток поэзии наши теперь навсегда строчки:

> Выхожу один я на дорогу;
> Сквозь туман кремнистый путь блестит;
> Ночь тиха. Пустыня внемлет Богу,
> И звезда с звездою говорит...

> Я, Матерь Божия, ныне с молитвою...
> ...Не за свою молю душу пустынную...
> Но я хочу вручить деву невинную
> Тёплой заступнице мира холодного...

* * *

Почему тогда, в свои глупые пятнадцать, когда потерял Алёнку, я раздулся от обиды и боли и не кинулся с этой молитвой в ноги Божией Матери?! Почему сейчас, когда ничего нельзя вернуть, я твержу и твержу эти слова?

* * *

А пока нам ещё только двенадцать. И мы сами дома, как лакомство, открываем ещё вот одно стихотворение Лермонтова, и ещё одно. Мы — жадные, нам нужно самим вобрать в наше «мы» как можно больше. Эти стихи, пока открытые лишь нами, от Натальи Васильевны придут к нам уже потом, в восьмом, и вскроются совсем по-другому — проникнут ещё глубже в наше «мы».

И Пушкин — наш.

> Мой голос для тебя и ласковый, и томный,
> Тревожит позднее молчанье ночи тёмной.
> Близ ложа моего печальная свеча
> Горит...

Тайна: один Пушкин или не один в комнате? Случилось у него «мы»?

Глава пятая

И вроде детское — для дошколят — для Саньки, а Наталья Васильевна дарит нам:

Буря мглою небо кроет...

Мы с Алёнкой тогда, в те годы, выбирались и из бури, и из мглы, потому что — голова к голове у нас за обеденным просторным столом или у Алёнки за её узким, с чернильным пятном посередине, моей меткой... голова к голове — над общей книгой.

Буря мглою небо кроет...

* * *

Господи, да это про всю мою жизнь после Алёнки.

То, как зверь, она завоет, то заплачет, как дитя...

Я, взрослый, сильный, делаю операции, помогаю... но никак не вынырну ни из бури, ни из мглы, потому что нет «мы».

* * *

Шестой — восьмой классы.
Скупой рыцарь Пушкина складывает в сундук золотые монеты, сверкающие, но политые слезами и кровью жертв. А мы на наших десятиминутках поэзии в себя складываем Баратынского, Тютчева, Блока, Цветаеву, Мандельштама, Гумилёва. Какой контраст! И какая бездна между богатством Скупого и нашим.

* * *

Только теперь, над белым листом, понимаю, какой отчаянной в своей смелости была наша Наталья Васильевна, что бесстрашно открывала нам «бессмертные стихи» Серебряного века нашей поэзии ещё до 20-го съезда!
Все имена раскрыты теперь и запрятаны в нас навечно вместе с волшебством.

* * *

Дано мне тело — что мне делать с ним,
Таким единым и таким моим?
За радость тихую дышать и жить
Кого, скажите, мне благодарить?..

«Мы» — раздвинутые границы пространства, «мы» в себе собрали загубленные жизни наших поэтов и их души, до сих пор заливающие мир светом.

«Мы» — это и моя «Небось».

Тоже душа вещей.

Растущий стебель... семечко... разбухающее жизнью.

Зверюшка. Прежде не шерсть, не лапы... а ожившая душа: с детьми, с улыбкой, с природой, с собственным характером, у каждого разным — всё в тесной связи, неразрывно — утверждение жизни.

Как-то так умела «Небось» подарить нам и ботанику, и зоологию, и анатомию, что мы с Алёнкой, голова к голове, вместе читали и Брема, и Сетон-Томпсона с их зверями... и сидели над моими атласами.

Поэзия живой жизни.

Они совсем разные — старомодная «Небось», с вечной хрипотцой от застаревших простуд, в больших очках, увеличивающих горящие глаза, в старомодных кофтах голодных лет юности, которые даже моя бабка не носила, и изящная, изысканная Наталья Васильевна. Обе в тёмной одежде, но обе — тощие и летящие, умеющие раскрыть душу вещей, с исходящим от них светом, усиливающимся широким белым воротником Натальи Васильевны и сиянием белых волос «Небось», светлым шарфом вокруг горла.

Что ещё в нашем «мы»?

Тимка с гитарой.

Но прежде два слова о наших вечерах.

Лима и Тимка как-то пришли домой рано весёлые.

Алёнка, увидев их, просияла и пошла к ним навстречу.

— Здравствуйте! — сказала она. — Мне столько Веня рассказывал о вас обоих!

— Чудо какое! — сказала Лима, глядя на Алёнку.

— Согласен! — Тимка смешно прижал руки к груди. — Зови меня Тимыч, как зовёт меня моя жена. А если захочешь «папа». Я удочеряю тебя.

— И я, — эхом откликнулась Лима. — У нас два сынка, мы мечтаем о дочке.

И вдруг Алёнка сказала:

— Я согласна. — И выскочила из столовой.

Глава пятая

Я побежал за ней. Но она заперлась в ванной и на всю мощность пустила воду.

А я стоял, как беспомощный дурак, и вдруг подумал: почему я до сих пор зову Тима Тимкой, почему ни разу не плеснулось мне на язык такое важное слово — «папа»?

А ведь это он для меня сказал. И «Тимка» ему теперь вовсе не нравится.

С этого дня я стал звать его Тимыч, как звала Лима, а про себя, эхом, «папа».

Слово запретное, как и «мама». Но «мама» теперь писалось и повторялось по многу раз с Лимой, спешившей влюбить меня в мою мать, а вот «папа» никогда не связывалось со мной.

Я тихо побрёл из коридора обратно в столовую.

Лима и Тимыч были явно не в своей тарелке и вовсе не знали, что делать.

Как всегда, спасли Санька и Матрона. Санька вихрем ворвался в дом и закричал:

— Алёнка, ты дома? Я тебе что расскажу! — и влетел в гостиную. — О, мои родители, привет! Я сегодня плясал вприсядку дольше всех!

— Мойте руки, ужинать будем! — Матрона, как девочка, побежала на кухню.

— Алёнка, ты где? — вопил Санька.

И Алёнка вошла, подхватила Саньку на руки, а он ухватился за её косы и зашептал:

— Хочешь, я тебе такое расскажу!

— Веня, иди помоги мне. Накрывай стол.

Откуда Матрона знала, что я в столбняке? Я кинулся к ней на кухню.

— Ты чего смурной? Случилось что? Выкладывай.

Но никаких слов у меня не получилось, зато я ткнулся, как когда-то маленький, в неё, только теперь в шею, а не в живот.

С этого дня Алёнка словно прописалась у нас — всегда оставалась на ужин.

Лима с Тимычем старались подсунуть ей вкусный кусок побольше. Забрасывали её вопросами: какой предмет нравится, какой нет, какие сказки она любила слушать маленькая?

Как-то попросили её рассказать о детстве.

И лишь тут я узнал, что она тяжело болела, не вставала, и только бабушка верила: поднимется!

— Что за болезнь была? — с жадностью спросили Лима и Тимыч.

Алёнка пожала плечами.

— До сих пор не знаю. Без названия. Встаю и падаю. И сил нет. И ничего не хочу. Вроде девочки у Куприна, которой слона домой привели, и она поднялась жить.

— А кого тебе привели вместе слона? — не дающимся голосом спросил я.

— Бабушкина подруга пришла как-то к нам и спела песню Сольвейг из «Пер Гюнта» Грига. Ну, я встала и пошла. С тех пор моя бабушка служит Веронике.

— Ты помнишь эту песню? — спросил Санька.

И вдруг Алёнка своим низким, исходящим из глуби голосом тихо запела:

> Зима пройдёт и весна промелькнёт,
> И весна промелькнёт;
> Увянут все цветы, снегом их занесёт,
> Снегом их занесёт...
> И ты ко мне вернёшься — мне сердце говорит,
> Мне сердце говорит,
> Тебе верна останусь, тобой лишь буду жить,
> Тобой лишь буду жить...
>
> Ко мне ты вернёшься, полюбишь ты меня,
> Полюбишь ты меня;
> От бед и несчастий тебя укрою я,
> Тебя укрою я.
> И, если никогда мы не встретимся с тобой,
> Не встретимся с тобой;
> То всё ж любить я буду тебя, милый мой,
> Тебя, милый мой...

— А что в этой песне? Почему ты встала и пошла? — дотошно пристаёт Санька к Алёне.

Лима обнимает его, что-то шепчет ему в ухо.

Санька забирается с ногами на диван и больше никаких вопросов во весь вечер никому не задаёт.

В тот вечер я пережил сильное потрясение.

ГЛАВА ПЯТАЯ

Почему Алёнка не сказала мне о болезни?

Почему, правда, она встала и пошла после многих лет лежания, услышав песню Сольвейг?

Кто такая Сольвейг, кого она ждёт и кого будет любить всю жизнь?

Я был согласен с Санькой: ответы ни на один мой вопрос нет.

* * *

Как же эта Алёнкина песня отзовётся во мне потом и всю мою жизнь будет звучать и звучать спотыкающимся, слабеющим и крепнущим голосом Алёнки!

Эта песня — вся Алёнкина жизнь. Только я не успел вернуться к ней, как Пер Гюнт.

Я был так глуп в тот вечер, что обычно зоркое моё ощущение Алёнки молчало. Почему? От глупой обиды, что мне не рассказала?

Вот когда в первый раз проявился мой эгоизм, моё ложное, глупое самолюбие!

* * *

Провожая, раздуваясь от обиды, спросил её: почему не рассказала мне?

Она рассмеялась.

— Чудной ты, Веня! Это же было так давно, исчезло навсегда, я и забыла. А твои родители... — она запнулась. — Сейчас же я всё тебе говорю!

И вдруг я понял: Алёнка врёт. Не всё она мне говорит. Живёт в ней тайна и никогда она не раскроет её мне. Почему?

Я не спросил.

Буркнул «до свидания» и быстро пошёл прочь.

Снова наши с ней переулки. Но я один в них.

Как в наше «мы» поместить то, что Алёнка не всё говорит мне? Нужна ли ей помощь в её тайне? Смею ли я докапываться до той тайны?

Столбом застываю посреди пустой ночи.

А ведь и у меня есть тайна: Альбертик. И никогда, ни за что я не раскрою её Алёне: ни как он унижал меня, и что бил, и что чуть не убил, и что... самое страшное — что я боюсь его.

Соляной столб. Ни оглянуться назад, чтобы понять, стоит Алёнка около своей тяжёлой двери парадного или сбежала под бабушкино крыло? Ни вперёд шагнуть.

Как же так: у каждого есть своя тайна, которую никому нельзя раскрыть?

«Мы» — это не только вместе. Это и груз своего унижения, своей боли, словами не выразимых.

И в эту минуту — слово «папа»!

У меня есть папа. И это «папа» теперь общее для нас с Алёной, для нашего «мы». Она рассказала про болезнь, она спела свою песню, потому что «папа»! Потому что впервые она ощутила, что значит, когда есть они, родители, и что они любят тебя!

И теперь всегда, за общим ужином, я чувствую себя в кольце своей семьи: родители, брат, бабка и мы с Алёной.

Как-то Алёна разыгралась с Санькой, а Тимыч с Лимой смотрели и смотрели на Алёну.

И вдруг Тимыч взял Алёну на руки, как Саньку, и стал качать её.

«Ты наша дочка! Ты наша девочка!» — повторял он ломким голосом.

С этого дня он часто брал её на руки и качал, как маленькую.

И вдруг однажды я услышал шелест Алёнкиного голоса: «Папа!»

В тот вечер она рано собралась домой и всю дорогу молчала.

Почему-то я совсем не ревновал.

Совсем не тот Тимыч теперь, каким был в первую нашу встречу.

Порой и к моим губам подбегает незнакомое слово «папа».

Тимыч стал главным для меня в тот год.

Однажды Тимыч принёс гитару. Никогда гитары в доме я не видел. Какие-то несколько секунд он просто трогал струны — они жалобно вздрагивали.

Но вот чуть сорванным голосом заговорил... тембр не Тимыча, ниже:

> Вспомните, ребята, вспомните, ребята.
> Разве это выразить словами,
> Как они стояли у военкомата
> С бритыми навечно головами.
>
> ... как они шагали от военкомата
> С бритыми навечно головами...

Глава пятая

Нервно дёрнулся последний звук и пропал.

Глухо в комнате. Я словно закостенел с открытым ртом.

— Что это? — спросила растерянно Лима.

— Что это? — эхом откликнулась Алёна. Словно подарок ей преподнесли, которого она ждала много лет и не чаяла получить.

Матрона сидела застывшая.

— Посвящается тем, кто не вернулся с войны.

Тимыч склонился над гитарой, не глядя на нас, снова запел:

> Неистов и упрям,
> гори, огонь, гори.
> На смену декабрям
> приходят январи…
> …Прожить лета б дотла,
> а там пускай ведут
> за все твои дела
> на самый страшный суд…

Не дав нам перевести дух, совсем другим голосом:

> Трава умыта ливнем, и дышится легко,
> И нет уже в помине тяжёлых облаков.
> И радуга дугою повисла над дождём,
> И снова мы с тобой в Звенигород идём, идём.
> Старым — милым путём
> В Звенигород, в Звенигород идём…

— Папа! — завопил Санька. — Куда ты без меня ходил? Я тоже хочу в Звенигород! И гитару хочу. Учи меня!

Санька, с весёлым хохолком на макушке, тощий, взбаламученный, обеими ладошками бил по плечу Тимыча и повторял:

— Учи меня!

А Тимыч, глядя на возбуждённую Лиму, улыбаясь ей глазами, запел:

> Ты стоишь у окна,
> Небосвод высок и светел,
> Ты стоишь у окна
> И не видишь ничего,
> Потому что опять
> Он прошёл и не заметил,

> Как ты любишь его,
> Как тоскуешь без него...

— Тимыч, откуда всё это? Такой подарок! — Лима встала, подошла к мужу и легко провела по его щеке, как каждую ночь проводит по моей.

Никогда я так и не сумел выплеснуть на Лиму то, что чувствовал к ней.

Не позволяла она. Всегда строгая, сильная, не сентиментальная, она не любила красивых слов, патетики. И высшее проявление чувства — это чуть дрожащей рукой, всегда горячей, провести по щеке!

Спасибо, моя Лима, моя вторая мама, за твои уроки: сделать всё, что можешь, и не набиваться на благодарности.

Пушистые косы... до Тимыча. А потом завязались косы сзади. И ниспадали лишь дома перед самым сном. Всегда пахло от них свежестью. Её запах спутан с духами «Ландыш», которые ежегодно дарил ей Тимыч.

За все наши общие годы я не слышал ни одного её крика, ни одного раздражительного слова. Но, лишь входила она в дом, на тебя изливался её тёплый покой и окутывал тебя, и ты знал: ты — под защитой!

Никогда больше во всю свою жизнь я не встретил подобного человека.

Возбуждение Лимы — пьяные глаза, яркие щёки, чуть раскрытые губы — в тот вечер я расценил так: работая с утра до ночи, она не знала другого мира, кроме мира своих больных, и вдруг Тимыч на неё обрушил незнакомые краски, незнакомые — здоровые чувства здоровых людей, богатство и разнообразие радости и чужих переживаний, войну, отнявшую у неё жениха, — памятником её жениху. Как я чувствовал в тот вечер её благодарность к мужу за тот памятник погибшему, за щедрость Тимыча, за совсем новый мир, в который погрузил её Тимыч! В тот вечер, ошеломлённый сам, я не сводил глаз с Лимы, чувствуя то же, что и она, соединённый с ней навсегда и Тимычем, и этим вечером, и моей Алёнкой, тоже ошеломлённой и сопряжённой и с Тимычем, и с Лимой.

— Тимыч, откуда всё это? Такой подарок! — повторила Лима.

— Я скажу. — У Матроны на щёках красные пятна. И такая гордость! — Гитара от отца осталась, от моего сына. Сын баловался.

ГЛАВА ПЯТАЯ

И Тимка баловался, даже в кружок ходил! Но ничего такого, Тим, я от тебя не ожидала! — Она засмеялась мелким, детским смехом. — Спасибо, сынок. Удружил. Такой подарок!

Красные пятна с её щёк слетели на щёки Тимыча.

— Ну, Тимыч, давай открывай тайну: где живут такие сокровища?

Тимыч встал, бережно прислонил гитару к стене, неуклюже плюхнулся на свой стул, придвинулся к столу.

— Получилось так, Лим. Несколько недель назад у тебя был очередной аврал, и я не спешил домой: дома у меня тыл надёжный. И тут подвернулся стажёр, студент из МГУ, физиолог. Для молодняка физиология — это вся жизнь организма. — Тимыч взглянул на меня. — Всё, что может организм подарить человеку, и связь всех его частей — клеток, органов, функциональных систем: изучает рост, размножение, дыхание. Ясно?

Санька воткнул руки в боки.

— Ясно, конечно, про рост и размножение. Но ты про гитару скажи.

— Ну, учится этот студент в МГУ, самый лучший наш университет. Вот он и спрашивает меня: «А вы любите самодеятельность?» Я сначала и не понял. Самодеятельность в школе: дети стихи читают, танцуют. Зачем мне ещё чужая самодеятельность? Сам участвовал, а теперь вот наша Алёна... Ну, и пожал плечами. «Нет, — говорит, — вы не понимаете: ребята сами песни сочиняют, таких вы нигде не услышите, вам точно понравятся». Я и пошёл с ним.

— Куда? — требовательно спросил Санька. Собственно, я и сам под каждым Санькиным словом могу подписаться. Все — точные. Только я совсем онемел. И Алёна с Лимой во все глаза смотрели на Тимыча и ждали ответа.

— Попали мы в квартиру Ляли Розановой. Это совсем необычная девушка, хрупкая, маленькая и худющая, а вокруг неё словно всполохи радости и энергии вспыхивают, все к ней лицами поворачиваются, когда она поёт. Пришли мы. На полу все сидят, кроме того, кто на гитаре играет: он на стуле. И все поют. То, что я вам пел... капля в море, у них много... без передышки поют, всего не запомнил. Но сам словно в окружение молний попал: вспышка, ещё вспышка. Лица такие... — Тимыч махнул рукой. — В общем, что запомнил, спел вам. Одна песня у них пришлая, кто-то услышал «Неистов и упрям...», «схватил в зубы», как он выразился, притащил к ним. Окуджава фамилия. Все имена неизвестные. Но словно впечатались в меня. Остальные, Лялины друзья, тут же сидели:

языкастые остряки — что ни слово, насмешка или острота, лихие, дерзкие, по-другому не скажешь. Шангин-Березовский, Митя Сахаров (выросши в поэта, возьмёт псевдоним Сухарев), сама Ляля, ещё Берковский, кажется, он и писал музыку.

— Почему мне сразу не рассказал и не спел? — как растерянная девчонка, улыбается Лима.

— Сюрприз хотел... Ты так много работаешь, только твои больные. А сама ты где? Готовился в нашем с Матроной доме. А сегодня решился.

Тимыч залпом допил свой чай, схватил печенье, захрустел.

— Хочу в Звенигород, — Санька по-хозяйски дёрнул Тимыча за руку. — Когда?

И тут я эхом:

— Когда?

Что-то в тот вечер происходило очень важное в нашем доме: мы вступали в новую фазу жизни: песни под гитару сбили нас в единый долгоиграющий — на несколько лет — праздник.

Пока с Алёной.

* * *

Потом без неё...

Не только студенты МГУ, выросшие в хороших поэтов и музыкантов, из самодеятельности шагнувшие в профессионалы, но и другие авторы, раньше никому не известные, но в 50–60–70-е годы после первых песен сразу ставшие родственниками миллионам людей: Окуджава, Высоцкий, Галич, Визбор, Кукин, Городницкий, Сергей Никитин... Их песни зазвучали из всех окон, из подворотен и парадных, с лесных лужаек и с гор.

Поэты Золотого века, Серебряного и барды нашего века сравнялись по силе воздействия на нас. В горькие моменты жизни и в вопросительные, когда что-то нужно решать, мы всю свою жизнь будем бормотать нужные нам в эту минуту строчки стихов и напевать ставшие нашей кровью песни.

«Ах, война, что ты сделала, подлая», «Ваше величество, женщина», «Мне нужно на кого-нибудь молиться...», «Дежурный по апрелю», «Возьмёмся за руки, друзья», «Охота на волков», «Спасите наши души», «Песня о друге», «Мы вращаем землю», «Он вчера не вернулся из боя»... —

Глава пятая

их, маленьких шедевров, с безукоризненным вкусом, распахнувших миры судеб, чувств, событий, — бесконечное количество.

> Во дворе, где каждый вечер всё играла радиола...
> Ребята уважали очень Лёньку Королёва
> И присвоили ему званье Короля...

> Я много изъездил дорог:
> Ищу и никак не найду
> В созвездиях дальних миров
> Свою голубую звезду...

> На братских могилах не ставят крестов,
> И вдовы на них не рыдают,
> К ним кто-то приносит букеты цветов,
> И Вечный огонь зажигают...

Генрик Ибсен сказал: «Владеющий чарами песен, Душою владеет любой».

* * *

А в тот вечер и в следующие годы... — тарелка с хрустким печеньем, пузатые чашки с золотыми кругами, одну из которых я подарил Алёне на день рождения!, зефир, Лима знает, как я люблю его, и покупает для меня, ржаные сухарики — наше лакомство (Матрона делает их виртуозно), они чуть присыпаны сыром...

И расширение нашего с Алёнкой «мы»: к нам и к нашим папе и мамам, к нашим стихам припали песни и звуки гитары.

Мы сами себе завидовали — столько в нас вмещалось созвучий и миров.

Санька скоро научится играть на гитаре, и вместе с Тимычем они будут на два голоса петь наши песни.

* * *

Только к тому времени «мы» уже не будет, буду только «я», любимый, обогретый своими родными, но с бездомной, сиротливой душой, а эти песни и наши с Алёной стихи останутся ностальгией, возвращением к «мы», иллюзией жизни прошлой, когда «мы» пульсировало.

Тимыч поведёт нас в поход и возьмёт с собой гитару, и уже под щедрыми ветками, с пьяным запахом ёлок и пробуждающихся, цветущих лип, свежего хлеба и мятного чая в раскрытом термосе, с нетронутыми, блестящими на солнце варёными яйцами и солёными огурцами, потому что сначала — гитара, потом — живот, снова будут звучать и звучать ставшие сразу личными песни бардов. Только Матроны в походах не будет: ни рюкзак, ни взгорки со спусками ей уже не под силу.

И в летний лагерь, куда после шестого класса всех нас отправили Лима и Тимыч, Санька привезёт эти песни, хотя гитара будет храниться у меня, и станет самым желанным гостем в каждом отряде. Но о пионерском лагере потом, позже.

Санька — это тоже «мы».
Саньку Тимыч учит играть на гитаре субботними вечерами.
Саньку мы с Алёнкой часто берём из детского сада. Раньше, чем других. Санька требует. Он любит с нами делать уроки. Мы вслух читаем и стихи, и рассказы, и условия задачи, и рассказы Брема, и географию. Санька рисует под наши чтения, а потом без запинки повторяет всё, что мы прочитали. Ни у кого не встречал такой памяти.

— Учи меня читать! — приказывает Алёне, забираясь к ней на колени.

— Куда тебе? Рано, — смеётся Алёна, а сама говорит: «Растение». Вот, Сань, «р», оно рычит, вот «а» — оно спрашивает и поёт, а вот «с» — сопит и слёзы льёт.

— А эта кто?
— О, это «т», это «танец», Сань.

Так Алёна, лучший учитель, какого я встретил в жизни, играя, выучила Саньку читать.

Он тычет в какое-нибудь слово.

— Смотри, это «с» сопит и слёзы льёт, это «а» поёт и спрашивает, это «п» папа, это «о» — поёт и орёт, а это «гвоздь». Смотри: сапог. Видишь на картинке?

Санька очень рано стал читать сам и о каждом предложении возвещал радостным воплем:

— Понимаю, Алёнка!

Санька учил с нами стихи и историю. Запоминал всё с лёту, быстрее нас с Алёнкой.

Отдать его в школу пришлось в шесть лет.

ГЛАВА ПЯТАЯ

Он так отчаянно кричал родителям:

— Читать умею, считать умею. Про растения и животных знаю. Стихов знаю кучу. Хочу вместе с Веней и Алёной ходить в школу, между ними. Ясно?

И Тимыч строго сказал:

— Ясно, сын. Только обещай, уроки делаешь сам, Вене и Алёне не мешаешь. И учишься такту.

— А что это такое?

— А это, сын, не брякнуть того, что человека может обидеть, и не мешать людям общаться друг с другом. Ясно?

— Значит, не лезть, когда они разговаривают между собой, так?

— Так, сын!

«Мы» быстро расширилось ещё на одного человека. В один из первых дней Санька вышел из школы с черноглазой тощей девочкой. Хвостики с бантами разлетались возле щёк.

— Знакомьтесь, это Рита, моя жена. Ясно?

Мы с Алёной, вытаращив глаза, смотрели на глазастое существо, с крупным ртом и ямочками на щеках.

— Жена?! — воскликнули мы с Алёной чуть не хором.

— Мы выбрали друг друга, ясно? Она тоже в шесть лет пришла в школу.

Рита улыбнулась нам.

— Ясно? — строго спросил Санька.

И мы с Алёной, не сговариваясь, отрапортовали:

— Ясно.

Рита кивнула довольная и тут же ухватила меня за руку. Вторую ухватил Санька и тут же протянул свободную Алёне. Мне и Алёне пришлось нести по два портфеля.

Так мы и начали вышагивать ежедневно.

Рита была молчалива и вдумчива. Когда кто-то из нас что-то говорил, она всем корпусом поворачивалась к говорившему и впивалась взглядом, словно судьба её решалась от его слов.

• • •

Всю жизнь мы идём вот так — вчетвером: с одной стороны тяжёлые портфели, перекашивающие нас с Алёной набок, а в другой — лёгкая детская ручонка. Только не Санька и Рита между нами, а наши с Алёнкой дети.

До сих пор чувствуют мои пальцы хрупкие, лёгкие руки детей — наших с Алёной дочери и сына.

∙ ∙ ∙

«Мы» — это пионерский лагерь, в который нас всех сослали на целых два месяца после шестого класса. Правда, родители привозили воблу и сушки, подушечки и печенья, но в первый же день после отбоя приходилось делить наши сокровища между всеми, кто был в палате. Так что, не надолго нам хватало гостинцев.

Наше «мы» в лагере затрещало по швам, потому что Алёну и Риту сразу же забрали в самодеятельность — петь и плясать, а я болтался вокруг и смотрел на Алёну издалека, пока меня не ввергли в деятельность: я должен был учить малышей боксу, сбивать из досок игрушечные лодки, бегать наперегонки и готовить игры. Играли в казаков-разбойников, в искателей клада, в путешественников.

Саньке не удалось побегать ни за мной, ни за Алёнкой, а Риту он видел только после всех репетиций и выступлений, потому что строгий пионервожатый тут же разглядел бурную Санькину энергетику и тягу к справедливости и назначал Саньку то своим главным помощником, то дежурным, и Санька важно расхаживал с красной повязкой на руке. Ему явно нравилась власть.

Очень редко нам с Алёнкой удавалось сбежать вдвоём, и мы сбегали на лесную опушку или поближе к реке. Сидели и смотрели, как бабочки, осы, стрекозы летают с цветка на цветок, как ползают жуки. Мы радовались тому, что, наконец, можем просто посидеть рядом, но с нами не было наших книг и наших разговоров. Стихи не читались, песни не пелись. «Мы» буксовало.

В субботние вечера в свободный час Саньке разрешалось играть на гитаре. Сбегались ребята и из других отрядов. И в эти благословенные минуты мы вчетвером пели песни Тимыча. В эти минуты наше «мы» с Алёнкой жило, как и жило Санькино «мы» с Ритой. По субботам я засыпал большой и сильный, глупо улыбался и ощущал в себе пространство, где опять звучали голоса поэтов. И мне сияло Алёнино лицо.

∙ ∙ ∙

Не подряд, день за днём, а вспышками — лица, то, что не давало спать, события, взрывающие одну жизнь и стартующие другую, совсем не похожую на прежнюю.

Глава шестая
Алёнка и моя мама

Встреча с мамой

Тёмный январь 1956 года, седьмой класс. Алёнка собирается домой, а я, застегнув ей пуговицы пальто и завязав шарф, тянусь к вешалке за своим пальто. Звонок в дверь.

У Лимы и Тимыча ключи, Матрона с Саней сегодня здесь не ночуют. И я не спешу открывать, спрашиваю: «Кто там?»

Мне не отвечают.

Снова, почему-то заикаясь, спрашиваю: «Кто там?»

Лима с Тимычем категорически запрещают открывать дверь незнакомым.

Но я распахиваю её во всю ширь.

В проёме старая женщина. Ватник, котомка у ноги, шапка в руке. Коротко неровно отрезанные волосы, бесцветные, свалявшиеся, давно не мытые.

Смотрю на неё. И не спрашиваю «вам кого» и «кто вы». Просто смотрю. И Алёнка смотрит.

Что-то в глазах. Не слёзы, что стоят в них, что-то очень знакомое, моё, собственное.

— Веня? — слышу не слышу.

«Мама?» Не произношу, не зову.

Это моя мама. Я знаю: это моя мама.

А косы? А ямочки? А радость в глазах?

Передо мной старуха.

— Входите, пожалуйста, — зовёт её Алёнка и подхватывает с пола мешок. — У нас чай ещё не остыл. И суп есть. Пожалуйста, входите. — Алёнка осторожно проводит рукой по моей щеке, как Лима: очнись, помоги!

Суп? У меня есть и котлеты. И зефир.

Моя мама.

Алёнка втягивает её за руку в дом, помогает снять ватник.

Мы стоим друг против друга. Немые.

Только слёзы в её глазах.

Алёнка кричит из кухни:

— Венечка, очнись, пожалуйста. Веди маму кушать!

А я бегу от мамы прочь и кидаюсь на свою кровать, утыкаюсь в бабкину ветхую шаль, сую под неё ледяные руки.

«Не сирота. У меня есть родившая меня мама. Моя мама», — твержу себе. Но вижу лицо Лимы: «Ты как сегодня?»

Мама словно слышит своё имя и идёт ко мне, и встаёт на колени перед моей кроватью, и кладёт обе руки на мою голову. Они пульсируют, пульс бьёт меня по голове.

— Мама, мама! — кричу я, а спазм зажал горло, и я не могу повернуться к ней и дотронуться до неё.

Когда представлял себе нашу встречу, я думал: увижу молодую маму, такую, как Лима сейчас, и кинусь к ней и буду гладить её косы, её ямочки — то, что было моей мамой на свадебной фотографии! Но я не ожидал, что моя мама — старая и некрасивая, с грязными волосами, и, наверное, с грязными руками, заражающими мои волосы грязью. И я не хочу гладить её. И не могу совладать со жгучей жалостью, залившей меня безнадёжностью из-за погибшей маминой жизни и маминой красоты, с острой болью, лишающей меня возможности отозваться на ласку.

— Венечка, пожалуйста, пожалуйста, — лепечет над нами Алёнка. — Это же мама! Очнись! Она — голодная!

И я поворачиваюсь к ним и бормочу:

— Мама, Алёна растёт на твоих сказках.

Почти сносная фраза. И звучит запретное столько лет главное слово любого ребёнка: «Мама!» Но это слово «мама» бьёт в уши пульсом. И моя бабка плачет в детском саду после первой пробы этого слова на языке: «У всех есть мама!»

Я уже сижу, и мамина голова в моих коленях. Теперь мои руки тяжестью на маминой голове. И Алёна обнимает нас с мамой.

Сколько прошло времени...

Мама ест суп. Алёна пересказывает маме мамину сказку о мальчике, спасшем от смерти своего друга, как вдруг мама говорит:

— Алёна, иди скорее домой. Мы вместе вернулись.

И мама бросает есть суп, и мы все бежим одеваться и провожаем Алёну, которая несётся впереди нас, мы с мамой едва поспеваем за ней.

ГЛАВА ШЕСТАЯ

Алёна не может сунуть ключ в щель замка. Дверь раскрывается сама. Рыжая женщина с дыбом стоящими волосами и золотистыми веснушками, обсыпавшими лицо, кидается к Алёне.

Лицо Вероники Сергеевны.
Лицо моей мамы.
Начало новой жизни, когда есть мамы.

Вероника Сергеевна, хрупкая, с пушистыми седыми волосами, в старенькой, штопанной, бежевой шали на плечах, приглашает нас пить чай.
Губы её прыгают, слёзы заливают лицо, она бессчётно повторяет «доченька».
А её доченька вцепилась в Алёну и тоже повторяет беспамятно: «Доченька!»
Капает вода в кране, тикают часы, пахнет варёной картошкой.

Моя мама берёт меня за руку и выводит из Алёниного дома.
Мы садимся на скамью у подъезда.
Падает большими хлопьями снег, скулит щенком ветер, а мы сидим, прижавшись друг к другу.
У меня есть мама. Моя мама вернулась. Она такая же старая, как Матрона. Но это моя мама. И я могу каждую минуту повторять её имя «мама».
Мне жалко её, ожогом разливается внутри боль — что сделали с ней, почему отняли красоту и молодость?

После душа мама выходит в летнем, полудетском платье, и это платье ей сильно велико. Оказывается, она намного худее Лимы — кожа и кости, торчат ключицы и углы плеч.
— Прости, остальное всё грязное. Сейчас постираю.
Я сильно хочу спать.
Плывут перед глазами облака, по палубе парохода бегают мальчики, бьётся о пароход взбудораженная вода, почему-то моя Грелка скачет. Хочу спросить маму, видела ли она Шуню, как живёт Грелка, и скоро ли Шуня и Грелка ко мне приедут, но язык спит. И моя мама сжалась калачиком на зелёном, с золотыми кругами, диване. Она уже спит. Последнее, что помню: несу своё одеяло и бабкину шаль, укрываю маму, пристраиваюсь в её ногах и стремительно несусь к мху, к кочкам и яркому солнцу, слепящему день и ночь.

Утро началось с Саньки. Чуть свет его привезла Матрона.

Санька ждёт, когда моя мама откроет глаза. Он первый встречает её пробуждение. Пристально всматривается в неё.

— Ты мамина сестра, и ты, наконец, приехала. Моя мама каждый день ждёт тебя. Одежду она тебе постирала и погладила. Хочешь, принесу тебе свитер?

Мама садится и притягивает к себе Саньку. У неё дрожат губы. Из полузакрытых глаз ползут тёмные слёзы.

Это меня она обнимает, это меня она ощущает маленьким!

Санька отстраняется и говорит строго:

— Ты не расстраивайся. Теперь у тебя есть я. Я буду тебя тоже любить.

Мама бежит в ванную.

А Санька бежит в спальню родителей с криком «Проснулась! Ей холодно!»

Матрона передником утирает слёзы, накрывает на стол. А когда мама, одетая в чистое, выходит из ванной, Матрона неловко бухается перед ней на колени. Мама плачет. Матрона плачет. А Тимыч осторожно поднимает Матрону, обнимает её и сдавленно говорит:

— Это бабака от всех нас, Ира. Мы... — не договаривает и со словами «Я скоро», подхватив пальто, выскакивает из квартиры.

Впервые за много дней Лима не идёт на работу, я не иду в школу, а Тимыч мечется по рынкам и магазинам.

Лима с мамой сидят на диване обнявшись, и Лима рвано бормочет:

— Прости... не спасла тебя... ходила к самому главному... в ногах валялась... говорила, ты ни в чём не виновата. Вежливо так сказал: «Разве кто-нибудь скажет, что он виноват? Идите, барышня, если не хотите туда же...» До сих пор,Ириш, помню: сытый, с сиреневыми, точно нарисованными глазами, красавец, сажень в плечах, щёки блестят, наверняка всю войну в тылу отъедался и припаивал сроки нашему брату. Прости, сестрёнка.

Я в ужасе смотрю на Лиму. Альбертик. Отец Альбертика... мою маму! посадил, осудил, не отпустил ко мне, обрёк нас обоих на сиротство! Наверняка и отца убил он. Я так и чувствовал. Язык прилип к нёбу неживой. Я нем. И страх, липкий, снова топит меня в себя. Маме достался отец Альбертика. Мне — Альбертик.

Санька влез к маме на колени и перебивает Лиму:

ГЛАВА ШЕСТАЯ

— Хочешь, я тебе спою или стих почитаю? Хочешь, спляшу? Ты только скажи: я часто выступаю.

И вдруг чувствую за маму: спазм, ни слова не выдавить, невозможно справиться с первым семейным братством, с теплом... наверное, так отходит наркоз. Ещё немота, но уже несмело оживают органы, несмело оживают погребённые под болью чувства. Каждая моя клетка чутка, словно я подключён к электрическому току и связан с мамой. Мама кутается в бабкину шаль.

Пахнет оладьями, ванилью и кофе, Матрона ставит красивые чашки из буфета, — цвета травы, с золотыми кругами, похожими на раскинувшиеся на диване.

Санька уже катает грузовик по ковру и еле слышно бормочет:

— Мы спасли одну, теперь поедем спасать всех других! Поедем через горы и реки. Ты умеешь плавать? Хочешь я научу тебя? У тебя четыре колеса. Ты меня вези быстро, быстро. А то мы не успеем. Мы с моим братом поместимся! Мы вместе будем спасать. Ты же знаешь моего брата?!

Ловлю жадно каждое слово Саньки, лишь бы выбросить из себя Альбертика и его отца. Конечно, я еду на его грузовике вместе с ним. И самое главное сейчас для мамы — Санька.

Санька — это я маленький, только окружённый большой семьёй: и мамы рядом, и отец Тимыч, и мои бабки. Матрону вижу, с её бледными щёками и ослепляющими глазами Тимыча, летающую из кухни в комнату и обратно, с уютными безразмерными чашками, с пузатым фарфоровым кофейником, укрытым полотенцем, потому что в нём уже живёт кофе. Но и моя бабка тоже тут, в не знакомом для неё доме. Это она водит Санькиными ручонками, везущими наш спасательный грузовик. Это она заставляет меня ловить каждое Санькино слово и им забивать убийц бабкиного мужа, бабкиного сына — моего деда, моего отца.

«Санька» — имя бабкиного сына. Её сын, мой отец тоже здесь, с нами сегодня.

И души вещей раскрыты мне сейчас: дух кофе, дух оладий, дух варенья! В них вложена Матронина душа, мастерство волшебных её рук.

Сижу рядом с мамой на диване и слышу незнакомый Лимин голос, глухой, словно он сквозь какие-то препоны проходит:

— Ты скоро, Иришка, станешь прежней! Смотри, сколько нас, мы все вместе, Иришка!

Лима совсем не похожа на себя спокойную, уверенную. Она стоит над нами и говорит:

— Как глупо, Иришка, я должна утешать тебя, а ты всегда была сильнее. Предлагаю тебе устроиться у нас здесь. Вместе все будем. — Снова это волшебное слово. Сегодня всё для меня — волшебство: Лима — дома, у Матроны праздник — словно её сын живой вернулся, так она волнуется и так хочет порадовать мою маму! — Мы все будем тебе служить. И ты всё забудешь. Ты знаешь, все страшные сны забываются!

Мама встаёт, обнимает Лиму, худенький подросток маму, тощая старушка дочку, и говорит:

— Не все, сестрёнка! Не устраивай похорон, сестрёнка, не оплакивай, а давай-ка я начну жить. Реабилитация — полная, никакой вины... значит, могу работать. Устроюсь учителем. Рушить твою семейную жизнь не буду. Жить буду в нашей с Сашей квартире.

— Веню не отдам, — глухо говорит Лима. — Он мне как сын. Без него жить не могу.

— А мне не «как», мне сын! Но Веня учится вместе с Алёной, и он, конечно, не уйдёт из этой школы. А ездить далеко.

— Может, вы меня спросите? — Я словно в себя вхожу, отпуская Саньку одного спасать попавших в беду.

Вижу их, двух рядом, моих главных женщин.

Только в эту минуту формулирую то, что жило подсознательно: Лима — мать мне, все эти годы была родной матерью, исполняла все мои желания, учила меня, гладила по щеке каждый вечер, без неё не засыпал!

— Да, да, — жалобно говорит Лима. — Мы спрашиваем тебя. Ты уже взрослый. Конечно, как ты решишь, так и будет.

А я понимаю, что попал в ловушку.

Лима — мать, Тимыч — отец мой, другого никогда не знал, здесь мой брат — по Тимычу и племянник по Лиме, не племянник — брат, я очень хочу жить здесь, с ними.

Но я хочу жить и с моей мамой и хочу, чтобы она рассказывала мне на ночь сказки, чтобы она снова, день за днём, шаг за шагом, провела меня по детству, чтобы именно она, наконец, вырастила меня, и чтобы каждый вечер гладила меня по голове, как умеет гладить только мама.

Теперь Санька оседлал коня-качалку и мчится куда-то. Но я не слышу, что он сейчас бормочет.

Если не считать бега Санькиного коня и его тихого бормотания, в комнате очень тихо.

Матрона стоит около стола с блюдом дымящихся оладий и говорит:

— Значит, так, детки мои. Вопрос легко разрешаемый. Я тут старше вас всех и вижу издалека. Думаю, Ире сейчас очень важно получить собственное пространство, она сильно устала от людей. Ей необходимо восстановиться. Ей никак не нужна толкучка и очередь в уборную и ванную. Но ей и очень важно быть рядом с сыном, да и с тобой, Лима. Решение одно: ту квартиру можно обменять в этот дом.

— А Света? — чуть не хором спросили мы с Лимой.

— А что «Света»? Света, как я понимаю, в той квартире не прописана, Агнесса говорила: она пустила Свету из милости, Света прописана у своей тётки. Это во-первых. Но есть и доброе «во-вторых». Света вышла замуж и собирается переехать к мужу. Веня прописан в той квартире, и, как я помню, Агнесса говорила, Иру тоже прописали после свадьбы, как законную жену. Значит, сейчас задача — восстановить прописку и срочно обменять квартиру. Конечно, жалко намолённого места: там и Саша, и Агнесса пустили корни, зато в новой квартире не будут из всех углов ползти боль и тоска. И будет Ира тут, со всеми, а когда захочет, одна. И Веня со всеми. А уж где он решит ночевать, разве важно? Всё равно завтракать и ужинать будете все вместе! А теперь давайте-ка завтракать, а то оладьи и кофе остынут.

Ворвался в дом Тимыч с пакетами и запахом мандаринов.

— Взял в кулинарии голубцы и бефстроганов, торт и фрукты. А тебе, Иринка, купил пальто. Примеряй. Ба, вижу уже всё готово. Пожалуйста, неси нож для торта.

Мама и я

Мама вернулась домой.

И она в самом деле стала рассказывать мне на ночь свои сказки. Некоторые я знал в Алёнином изложении, а некоторые слышал впервые.

Я стал старательно записывать их в отдельную толстую тетрадку. Сговорился с Тимычем, что он найдёт машинистку. Мы с ним решили издать «Мамины сказки». Всем нужны сказки на ночь. И чем мамины сказки хуже сказок Бориса Заходера, Павла Бажова?..

Квартиру поменяли легко.

Этаж выше. Три комнаты вместо Лиминых четырёх. С доплатой. Лима отдала свои сбережения. Комнаты — просторные, как все в этом старом доме.

Тимины школьные друзья перевезли вещи. Расставили мебель совсем не так, как она стояла в нашей с бабкой комнате.

В мою комнату въехали один из книжных наших с бабкой шкафов и папин просторный письменный стол, который так привлекал меня в детстве и который я, встретившись с ним, осторожно погладил. Мама взяла себе их с папой тахту, другие шкафы, а стол купила себе небольшой. В третьей комнате мама устроила столовую, и встал в неё наш с бабкой большой стол, за которым я рисовал, делал из спичек сооружения и на котором лежала моя мёртвая бабка.

Казалось бы, вот она, главная жизнь, — с мамой! И я начинаю, наконец, расти.

Но, как только мы остались с мамой вдвоём, я ухнул в одиночество.

В столовую мы с мамой практически не заглядывали, за большим столом всей семьёй не сидели.

И у Лимы с Тимычем общих завтраков и ужинов не получилось.

Мама болезненно воспринимала каждую мою встречу с Лимой и Тимычем. Я должен был принадлежать только ей. Даже когда Санька заставлял Матрону приводить его ко мне, мама быстро выпроваживала их. На Матронины вопросы отвечала сквозь зубы. А Саньку буквально отрывала от меня, когда он вешался мне на шею.

И на мои встречи с Алёной она тоже наложила запрет. После уроков я должен был мчаться (её слово) домой, обедать вместе с ней и делать уроки, когда она готовится к своим урокам. Я заводил Саньку к Матроне и вынужден был спешить домой.

Санька не понимал, почему нет Алёны, почему я не захожу к ним.

— А как я буду делать уроки? — спрашивал он со слезами в голосе. — Я хотел вместе, как всегда. И Рита спрашивает, где вы?

— Ты же всё наизусть знаешь! И Рита знает, — бормотал я и, передав его в руки Матроны, мчался к матери.

Преподавать она стала английский в нашей школе, приходила домой немного раньше и требовала меня целиком.

Она сидела напротив за кухонным столом, читала и писала в большую тетрадь то, что хочет использовать на уроках, но всё время отвлекалась и просила меня рассказать, на какой я строчке упражнения или странице в истории (биологии).

ГЛАВА ШЕСТАЯ

Какое-то время я терпел. Но с ранних лет я привык к свободе, привык сам распределять время и решать, что делать. И мне нужна была Алёна каждый день. С ней мне нужно было делать уроки, с ней гулять. Я не мог жить без нашего «мы», без нашего сквера, без наших переулков, без наших разговоров и без песен Тимыча и Саньки.

И в один из дней я взбунтовался. Не пошёл из школы домой, как требовала мама, а, решительно взяв Алёнку за руку, потянул её к нашему садику.

Было очень холодно в конце февраля. И мы оба едва брели.

Алёна сильно осунулась за последние два месяца.

Мы сидели, взявшись за руки, и никак не могли начать говорить.

Мне не хватало Алёны на уроках. В школе теперь она была совсем не такая, как раньше. Сидела сгорбившись на уголке парты, чуть не сваливаясь со своего места. Не шептала мне «здравствуй» или «что случилось», если я опаздывал или сидел мрачный. Мы вообще не разговаривали. И то, что сцепляло нас в единое целое, распалось. Я никак не мог понять, почему она сторонится меня, почему перестала разговаривать.

Склонный к постоянному копанию в себе, с дурацкой привычкой всё анализировать, я пытался найти причины разрыва нитей, связывавших нас, и выкопал лишь одну: Алёна так же, как и я, захвачена в плен матерью, и не может вырваться из-под её власти.

Стал падать крупными хлопьями снег, как в вечер возвращения наших матерей.

Алёна не порывалась уйти. Она послушно сидела рядом. Но я никак не мог почувствовать её, как чувствовал раньше.

— Что с нами случилось? — вырвалось у меня.

И тут Алёна заплакала. Она вздрагивала спиной и плечами, голова низко склонилась на грудь.

И меня словно разрядом тока ударило, так больно стало.

— Пожалуйста, Алёночка, пожалуйста, прошу тебя... что... что? Тебе совсем плохо.

Падал снег быстро, засыпая нас, и я рукой стирал с её плеч и головы спрессовывающиеся в белый покров хлопья. Почему-то было сильно не по себе: он погребает нас, он разлучает нас, он прибивает нас к земле. Ветра не было в нашем сквере, со всех сторон нас оберегали деревья, но это ещё больше пугало меня: вот она, наша с Алёной могила. Нас сейчас совсем засыплет, и от нас останется лишь сугроб.

Я вскочил, взял Алёну за обе руки, поставил на ноги и стал сбивать с неё снег.

— Нет, не хочу! Алёна, не плачь! Алёна, скажи, почему ты плачешь?

Я бился со снегом, я бился с моей Алёной, без которой меня не было, без которой я погибал.

Алёна, видно, поняла, что со мной.

— Нас не засыплет, нет! Веня, она чужая, она требует, чтобы я была с ней двадцать четыре часа в сутки, даже в школу с трудом отпускает. Никак не может устроиться на работу и винит в этом твою маму. Я думала, она твоей маме подруга, а она кричит: «Я устала от её сказок, от её превосходства надо мной, всё-то она читала, всё-то знает». Ведь моя мама не успела поучиться в институте, пошла работать, когда папа пропал. Бабушка болела, и она трамвай водила. А теперь не хочет возвращаться в парк. Хочет учиться, но на бабушкину пенсию мы никак не проживём. Она так кричит на нас с бабушкой! У бабушки каждый день сердце болит, даже «Скорую» я два раза вызывала ей. А ночью мама воет в подушку, как волк. Спать нам не даёт. С тобой запретила дружить. Я так скучаю без Тимыча и Лимы, без Саньки и Риты! И без Матроны. Я не знаю, как жить.

Забыв про снег, я смотрел в очень бледное под фонарным светом, незнакомое Алёнино лицо без кос, спрятанных под пальто, залитое слезами и мокрым снегом, и впервые в жизни не знал, что делать. Шунино «Держись, мужик», Матронино — «Ты — мужчина» кричали в голове, но не помогали. Ну, и что я, мужик, мужчина, мог сделать, чтобы маленькая девочка, самая главная в моей жизни, перестала плакать и чтобы мы с ней снова могли вместе делать уроки и бродить по нашим переулкам? У нас с ней не было пристанища, где бы могли мы разговаривать и читать. Нас оторвали друг от друга. Нам уже тринадцать лет, а мы ни на что не имеем права, целиком зависим от взрослых. Вот когда я полной мерой оценил Лиму, Тимыча и Матрону: они уважают во мне личность, с первой минуты они говорили со мной, как со взрослым. Но чем и они-то могут помочь нам с Алёной? Они никогда не окажутся между нами и нашими матерями! Они отступили от нас обоих, даже не звонят.

— Алёна, не плачь. Давай попробуем встать на место наших матерей. Это у нас с тобой отняли дочку и сына, нас с тобой ни за что держали в аду. Моя мама стала совсем старая. Мы с тобой тоже вцепились бы в своих детей. Это всё, что у них осталось в жизни.

Глава шестая

— Что же делать?

Испуг совсем заморозил её. Она дрожит. Похожа на снежную бабу — вся белая!

— Не знаю. Но давай рассуждать логически. Что может им помочь?

— Моей маме работа и учёба. Если бы я могла зарабатывать, она пошла бы учиться и получила бы профессию.

— Но ты работать не можешь, тебе никто не станет платить деньги. Почему она не может работать и учиться? Учись на кого хочешь! Мой Тимыч столько лет совмещает! Лима все годы просила его перейти на дневной, её зарплаты хватало, а он говорил: «Я должен быть кормильцем семьи, иначе никак». Слава богу, заканчивает весной.

— У нас нет кормильца. Моей бабушке не хватает пенсии на нас на всех, так, она учит детей музыке, иначе не выжили бы.

— А ты пробовала с бабушкой посоветоваться?

— Мы теперь никогда не бываем вдвоём, мама, как увидит бабушку возле меня, истошно кричит: «Ты отняла у меня дочь!». Как-то я услышала, бабушка плачет и говорит: «Я тебя не узнаю, Валя. Надо что-то делать!» А мама как закричит «Чистенькая! Ты не была в аду. Ты не работала в шахте по двадцать часов в сутки. Ты не сидела в ледяной штрафной, тебя не насиловали и не избивали до обморока и крови!» и выбежала из бабушкиной комнаты. Заперлась в ванной, воду пустила и выла там. Бабушка ничем не поможет. Знаешь, я боюсь спать ночью. Она смотрит на меня, и меня тяжесть заполняет.

Мы снова сидим на скамейке. И я больше не стираю с Алёны снег, мы совсем в сугробы превратились. Но мне больше не холодно.

— Может быть, нам записаться в астрономический кружок? Хоть иногда сможем встречаться!

— Это никак не спасёт ситуацию, только усугубит.

— А как можно сказать твоей маме о вечернем институте?

— Не знаю. Она сидит напротив, когда я делаю уроки, требует, чтобы я ей всё рассказывала.

— Моя тоже глаз с меня не спускает. Может, твоя мама забыла всё, что в школе проходила, и так повторяет?

Мы смахиваем с лиц снег, слизываем с губ.

Что делать?

Гулаг. И мой близкий человек — Керсновская
Что нам с Алёнкой делать?

Наверное, есть счастливчики, у которых детство есть детство, бездумное и весёлое. Наверное, есть взрослые, которым всегда ясно, как надо поступить в то или иное мгновение.

Сегодня, стариком, я снова в том заснеженном сквере. Он очень маленький, наш сквер, даже однокомнатного домишки на его пространстве не построишь. И деревья там те же, только они растолстели, что ли, и тени летом там теперь ещё больше. Скамья совсем небольшая, только для двоих. То наше снежное «совещание»... мы с Алёной искали выход для наших мам из трагедии, через которую они прошли. Мы поняли наших мам и пытались понять, как помочь им.

Молодым, не знающим истории, бездумно принимавшим ложь, верившим в «товарища Сталина» по незнанию и за неимением другой веры, это отступление. Хочу, чтобы они прошли через ужасы ГУЛАГа, как прошли через них наши мамы, чтобы прозрели.

Сегодня я знаю, что случилось с Валей и с моей мамой. Когда они погибали, их спасла Ефросинья Керсновская.

В семидесятые годы я прочитал рукопись Ефросиньи Керсновской с необычными, страшными, цветными рисунками, показывавшими ужасы, через которые прошли наши мамы. Быт Норильского лагеря, морды участников преступления Сталина, иссохшие «скелеты» погибающих от дистрофии, перекошенные ужасом лица мучеников... Вагонетка в узком, тёмном проходе безжалостно наезжает на людей и расплющивает их. Могила, залитая водой и плавают покойники... — летопись ГУЛАГа в картинках. И символ надежды: зелёный крошечный листик в камне.

Записки Керсновской перевернули мою жизнь, рисунки её передо мной вот уже много десятков лет, и я не могу затянуть их шторой, растворить в слезах, притушить. Нет в живых ни моей матери, ни Алёны с её матерью, а Керсновская всё показывает, что пережили наши матери и миллионы других людей, и снова я вместе с ней и с ними, невинными жертвами, прохожу их путь, с их муками, с их беспомощностью что-то изменить и умираю вместе с ними.

Старухи, с мутными глазами, с безобразно распухшими от голода животами не смеют прислониться к стене или опереться о стол,

ГЛАВА ШЕСТАЯ

не имеют права уснуть хоть на мгновение, а ночами их уводят на допрос.

Во время ночного шмона женщин раздевают догола, заставляют поднять руки, из волос выдёргивают тряпочки, чтобы всклоченные, грязные волосы облепили торчащие углами плечи. Запрещают падающим хвататься слабыми руками за руки соседок.

В течение пяти часов держат голых, босых людей на каменном полу в нетопленом помещении, пока стирается одежда.

Дети: одиннадцатилетняя девочка, у которой умерли все родные, нарвавшая перья лука, чтобы поесть, «маленькие старички, лежащие на нижних полках рядками, с ввалившимися глазами, заострившимися носами, запёкшимися губами», умирающие от голодной дизентерии («лужи коричневой жижи, плещущейся на полу!»).

Ужас голода: «обезумевшие люди ринулись к отливу и, отталкивая друг друга стали выгребать руками рыбную чешую, пузыри, рыбьи кишки, заталкивали всё это поспешно в рот», а потом — рвотные спазмы, а потом люди на четвереньках сгребают с земли то, чем их вырвало, и «вновь отправляют всё это в рот...».

У одного мальчика, погибшего от голода, «желудок при вскрытии был словно кружева: сам себя переварил».

«Скелеты, обтянутые серой, шелушащейся кожей, с глубоко запавшими мутными глазами, все похожие друг на друга и все с одинаково удивлённым выражением мутных глаз, как бы желающих задать недоумённый вопрос: „За что?"»

Изменники родины — солдаты, попавшие в плен тяжело раненными, в бессознательном состоянии, девочка-санитарка пятнадцати лет, работавшая при немцах в больнице, чтобы прокормить парализованную мать и маленькую сестрёнку!

Керсновская пишет:

«За родину можно умереть, если она стоит того, чтобы в ней жить... А за что должны умереть ни в чём не виноватые люди и дети?.. За то, что Сталин перед самой войной обезглавил армию? За то, что Гитлеру посылали поезда за поездами продовольствие и военное сырьё, когда война уже была на пороге? Где же измена? Кто изменник?» «...Оттого ли, что СССР — это Россия, а Россия — это моя Родина, а Родина — это мать?.. Каждому хочется видеть мать доброй, умной, справедливой. Хочется доверчиво идти туда, куда тебя ведёт твоя мать. И вдруг она оказывается вурдалаком и ведёт тебя в трясину!»

Норильск — кладовая никеля, нужного для войны, спрятал свои богатства (никель, медь, кобальт, молибден, платину, золото и серебро) в недрах крутых гор в горизонтальных пластах. Из Норильска не возвращались, «тут была работа, которую необходимо было выполнить прежде, чем умереть: кайлить мёрзлый грунт, таскать тяжести, выбивать породу, выбиваться из сил и подвергаться издевательствам со стороны уголовников и охранников». Умные, честные, талантливые «шпионы», «диверсанты», «вредители», «террористы», «изменники» (58 статья) занимались умственным трудом («мозг» Норильска). Несмотря на все их старания помочь стране, «многих из них ликвидировали в 1941–1942 годах по спискам, составленным Берией по приказу Сталина. В одной лишь Дудинке были пущены под лёд несколько сотен (говорят, 700) жертв 37 года».

Я вижу, как мучают наших с Алёнкой мам. Наших мам сломали. Моя мама, Алёнкина мама — жертвы Норильска, одного из самых жестоких лагерей.

Вопреки всем ужасам, Керсновская оставалась несгибаемой, не сломленной, не потерявшей своё лицо.
Не многие в ГУЛАГе сумели сохранить собственную личность.
Записки Керсновской не только о том, как выжить в аду (выживали и подлецы, умевшие устроиться на тёплых местах), они именно о том, как в аду остаться сострадающим другим и кидаться на помощь, даже когда эта помощь, казалось бы, невозможна, о том, как сохранить интеллект — стихи, книги, песни, свою духовную жизнь и веру в человека.
Книга Керсновской не только полотно страданий, но и путь к спасению собственной души:

«Всю жизнь я жила по заповедям: не убий, не создавай себе кумир, почитай отца твоего и мать твою, не прелюбодействуй, не кради, не произноси ложного свидетельства на ближнего твоего, не желай жены ближнего твоего, и не желай дома ближнего твоего, ни поля его, ни раба его, ни вола его, ни осла его, ни всего, что есть у ближнего твоего...
Не знаю, когда и на какой горе получены были новые заповеди. Сомневаюсь, что и на этот раз их выгравировали на камне. Но текст этих заповедей известен. Больше того, соблюдают их куда охотнее, чем те, старые, что были на каменных скрижалях.

ГЛАВА ШЕСТАЯ

Вот они:

1. Не думай.
2. А если думаешь — не говори.
3. А если говоришь — не пиши.
4. А если пишешь — не подписывайся...

И благо тебе будет, и долголетен будешь на земле, в СССР...
Всего четыре заповеди! И всё же, если из тех десяти заповедей я выполняла почти все, то из этих четырёх заповедей „второго издания" я не выполнила ни одной. Никогда. Нигде».

Керсновская рассказала нашим мамам сказку:
«Злая мачеха-колдунья хочет погубить свою падчерицу — красивую, добрую, умную.

Падчерица купается в бассейне, а мачеха пускает в бассейн трёх отвратительных жаб и говорит им:

— Плыви, Серая жаба! Влезь ей на голову — и станет она глупой; а ты, Зелёная жаба, вскарабкайся ей на лицо — и завянет её красота; ты же, Чёрная жаба, присосись к её сердцу — и яд твоей слюны убьёт её доброту, и станет она злой!

Поплыли три ядовитые жабы к ничего не подозревающей девушке и сделали, как велела колдунья: Серая Жаба забралась к ней на темя, Зелёная поползла по лицу, а Чёрная присосалась к груди.

Но была та девушка так чиста и невинна, что злые чары потеряли силу, и превратились жабы в прекрасные розы: Чёрная — в красную, Серая — в розовую, как свет зари, а Зелёная — в прекрасную белую розу.

И поплыли розы по водам бассейна, а девушка, увидав их воскликнула:

— Как прекрасна жизнь! И какие дивные эти розы! Должно быть, красную подарила мне Царица-ночь, в белую превратился луч лунного света, а розовая родилась из трелей соловьиной песни!

Она и не подозревала, что это её чистота превратила Злобу и Зависть в прекрасные цветы».

Так Ефросинья Керсновская вкладывала в души наших мам силу и веру в доброту. Так она, став мне родным человеком, начала менять мои чувства и мысли, стала переплавлять мою боль, мою обиду на судьбу и на людей в желание помочь, в желание спасти тех, кого смогу спасти.

Это отступление — для тех, кто не знает нашей истории, но жаждет порядка и жёсткой власти, возвращает к жизни Сталина, увешивает страну его портретами!

Для тех, кто не осознаёт: сегодня бросают в тюрьмы мальчиков и девочек с Болотной и с других площадей страны лишь за то, что они просят услышать их и что-то в стране изменить; адвокаты и мэры, судьи и депутаты, помогающие людям, тоже попадают в тюрьмы или на тот свет; журналистов (много сотен!) убивают за правду и лишь за то, что они хотят помочь простым людям?!

Снова ни в чём не повинные люди в тюрьмах и в лагерях. Снова сегодняшние садисты пытают, упиваясь вседозволенностью и собственной жестокостью, пьянеют радостью от криков боли, доводят до самоубийства.

За последние десятилетия погибло много миллионов человек!

До сих пор вслед за Керсновской пытаюсь понять: как могли спать в своих постелях создатели ГУЛАГа, погубившие миллионы людей?! И как могут спать спокойно сегодняшние властители, зная, что ни в чём не виноватые люди корчатся под пытками?!

Работала Керсновская с нашими мамами не долго, так как она выбрала себе тяжёлую мужскую работу в шахте, с которой и мужику справиться сложно. Но каждую свободную минуту, которых было так немного, она проводила с нашими мамами.

Она, первая, приняла, как при родах ребёнка, первую мамину сказку. У неё оказалась цепкая память, и часто вместо «здравствуй» она кричала маме строчку из её сказки.

Керсновская никогда не жаловалась, не плакала и не ныла. И улыбалась, и пела, и шутила. И наши с Алёнкой мамы выпрямились, поверили в то, что и в аду можно выжить и остаться людьми. И выжили. И сами стали помогать другим.

Керсновская собирала наших мам на волю.

Она ещё оставалась работать в шахте, хотя и была уже свободна. Говорила, ей спешить некуда — на всём белом свете она одна. Тогда она ещё не знала, что её старушка-мать жива и что она ещё успеет насладиться материнской любовью и отогреть мать любовью своей.

Глава седьмая
КГБ И НАЧАЛО МОЕЙ НОВОЙ СЕМЬИ

КГБ — ПО НАСЛЕДСТВУ
После её книги я стал совсем другим человеком.
Я раздвоился.
Один я помогал тем, кому мог помочь.
Другой...

Во мне возник орган мести.
Нет, я не могу быть святой Керсновской.
Все насильники, все вожди, подписывавшие расстрельные документы, сосредоточились в отце Альбертика. А лично для меня — в одном Альбертике. Он победил меня. Он убил мою Алёнку, он сломал мою жизнь.

Вместо сердца у него осколок льда, как у его отца, как у Кая в «Снежной королеве». Но, в отличие от Кая, у Альбертика никогда не было живого сердца.

Осколок льда вместо сердца передан Альбертику отцом. Из слов Лимы, а потом из документов, которые я раскопал в архиве, узнал: да, именно отец Альбертика и подписывал расстрельные приказы, ссылал в Норильск и на Калыму, был непосредственным убийцей наших отцов и матерей, моего деда. Могучий «богатырь» из сказки, «красавец», избравший смыслом жизни убийство, а не спасение людей, жестокость, а не благородство!

Наследство палачей. От отца — к Альбертику. Растоптать, разрушить, уничтожить — их работа.

Никогда не думал, что кому-то, даже Альбертику, я посмею отомстить.

Его отец спал спокойно. У него не болела душа от того, что он разрушал семьи, убивая молодых родителей, навеки оставляя детей сиротами и ссылая их в детские дома.

Вся грудь в орденах.

Помню, он явился на концерт самодеятельности, посвящённый годовщине революции (кажется, 37 лет, может, и путаю, с датами у меня проблема).

Но перед концертом обязательно торжественное заседание.

Красная скатерть, графин с водой, портрет Сталина. Да, портрет тогда точно висел. До двадцатого съезда был тот концерт и то торжественное заседание.

Директриса — накрахмаленная, щёки пунцовы.

Срывающимся голосом объявляет: «Сейчас перед нами выступит герой войны, полковник, уважаемый человек в нашем городе Москва».

И вышел отец Альбертика.

Этот её взгляд на него!

Он и впрямь ослепителен. Сверкает орденами. И сверкает лицо: точно лаком покрыты щёки и глаза. В кино таких снимают. Голова откинута. Стойка «смирно». Плакат, не живой человек.

«Ребята, поздравляю!» — бас раскатист, в последнем ряду каждый звук слышен. Я сижу в последнем ряду.

Не люблю таких мероприятий, как называет подобные вечера наша аккуратная, закованная в броню крахмала и строгости директриса.

Прошло очень много лет, а я так и не понял: как могла она, млевшая от кагэбэшника, восхищавшаяся кагэбэшником, не выгнать нашу Наталью Васильевну из школы после первого же урока? Неужели никто и никогда не донёс на неё? Каждое слово Натальи Васильевны — поперёк крахмала и чёрной блестящей амуниции, против рабски восхищённого взгляда на полковника КГБ и восторженных пунцовых щёк? И осталось неразгаданное: почему Альбертик не донёс на Наталью Васильевну? Не разобрался, чьи стихи она читала нам? Сам любил стихи? Чувствовал, что она сыграет в его жизни решающую роль? Или ещё была причина?

Сейчас гадаю: может быть, они — родные сёстры, или директриса — мать Натальи Васильевны? И, хотя они — идейные враги, не смогла мать или сестра уволить свою дочь или сестру.

Это домыслы. Я не стал узнавать. Слишком не до того мне было в моей жизни!

А отец Альбертика вещает: «Вы — свидетели живой истории: наша страна... Вы — советские люди...»

Глава седьмая

Я встаю и иду из зала. Не могу слышать его голоса, а его слова взрывают меня изнутри, словно во мне они начинаются порохом.

Из школы сбежать не могу. Алёна выступает. Она будет играть на рояле. Она будет петь. Она будет танцевать.

Нестыковка торжественной речи Альбертикова отца и Алёниной наивности. Разве можно дарить музыку, песню, танец этому орденоносцу, сославшему её мать?

На уровне интуиции.

Через много лет я пойму, как точно сработала моя интуиция.

Но в тот год я, конечно, ничего такого не осознавал и Лиме не до конца поверил, она могла ошибиться.

Тогда я сбежал в подвал, уселся на холодные ступеньки и стал представлять себе, как сейчас волнуется Алёна. Когда-то она призналась мне, что очень боится выступать и каждый раз буквально волоком тащит себя на сцену, а потом пьянеет от первых звуков музыки, подпадает под её власть и уже подчиняется лишь ей.

Отец Альбертика не был расстрелян и не был посажен в тюрьму после разоблачения культа личности, но попал в списки верных пособников Сталина, добросовестных рьяных исполнителей-фанатиков, и потерял все свои высокие кабинеты и должности. До смерти трудился в районном ЖЭКе.

Как и предполагается, тоже начальником.

Просто сузилась территория его власти над людьми. Он не мог больше пытать и убивать, но он мог мелко пакостить: не чинить вовремя испорченные батареи в тридцатиградусные морозы, подолгу не прописывал старых родителей к детям, детей к родителям, жён к мужьям... Жажда власти по-прежнему гнала его чёрную кровь по жилам: любым способом навредить людям!

Умирал он тяжело, как и моя первая учительница, — от рака. Он тоже выхаркивал лёгкие. И клокотал от злобы, что не вовремя подают ему судно, что не делают обезболивающие уколы, что не обращают на него внимания, что даже родной сын редко приходит к нему в больницу, а жена от него отказалась.

Мучительная смерть отца совсем не отразилась на Альбертике, он так и не осознал, что жизнь конечна, что даже всемогущий кагэбэшник не может избежать суда, что и ему, Альбертику, когда-нибудь придётся встретиться со смертью и с высшим судией, который всё видит.

В тот момент, когда я увидел отца Альбертика умирающим, я поверил в Бога: всё надеялся — Алёна разлюбит Альбертика и вернётся ко мне.

Но вот я бегу к Алёне.
Стоп...
Это всё будет много позже, потом.

Пока мы только учимся в школе. И пока я не прочитал великую книгу Керсновской и не попал в ГУЛАГ вместе с ней и с нашими мамами.

Я пока иду от Алёнки. Так и вижу её на фоне буро-жёлтой, широкой двери. Сейчас она шагнёт за неё — заснеженная, хрупкая. Влажные ресницы, влажные испуганные глаза, потерявшие от беды несовпадения с матерью свой солнечный свет.

Через столько десятилетий жизни без неё почему-то именно эта картинка повторяется и повторяется, будто я лишь в тот миг мог что-то изменить, спасти нас с ней!

Девочка, подаренная мне судьбой. Неуверенная улыбка, глаза, потерявшие свет.

Ода Альбертику врывается в строй этой главы
Между тем Альбертик набирал обороты.

Он лучше всех в классе знал математику и физику. И, прежде чем учительница дописывала на доске задачу, он уже выдавал ответ. Казалось, его судьба предрешена. Только физмат университета.

Но он и рисовал ярко и легко. Бессменный художник общешкольной газеты.

Никто из старшеклассников не говорил с ним свысока, снисходительно. Только на равных. Это было естественно, так как он сразу пошёл в рост, сыпал афоризмами и цитатами из прочитанных книг, строчками стихов, которые запоминал с листа.

Он ощущал себя сверхчеловеком. Принимал поклонение как данное и от девочек, и от ребят, и от учителей.

Но только я знал суть его.

В классе было два мальчика — Жоржик и Минечка, как он звал их, хотя у них были вполне нормальные имена: Георгий и Михаил. Родители звали сына Герочка, а Альбертик Жоржиком.

ГЛАВА СЕДЬМАЯ

Жоржик — беленький, блёклоглазый, хрупкий, Минечка — крепыш, черноглазый, с квадратными плечами, служили ему. Дежурили вместо него, прочитывали дополнительные книжки по истории и географии, делали закладки на ярких фактах, чтобы он мог блеснуть и получить свои дежурные пятёрки, при этом не смели сами выступить с тем же материалом. Они носили следы его «милостей» — синяки от щипков или ударов, если что не так, или бантики на ухе после уроков. Он издевался над ними, а они терпели.

Почему? Боялись или так преклонялись, что прощали унижения и боль? Или изначально были рабами и самостоятельно существовать не могли?

Есть такие рыбы-прилипалы (с пластинами-присосками)...

Ещё был Кузька. Он сидел за одной партой с Альбертиком.
А Жоржик и Минечка сзади.
Кузька смотрел Альбертику в рот, ловил каждое его слово. Но учился он плохо и не мог для Альбертика делать то, что делали Жоржик и Минечка. Зато он мог расчищать дорогу перед Альбертиком, когда тот выплывал на перемену. Мог бегать для него в булочную, что была в моём доме, и приносить Альбертику бублики. У Кузьки никогда не было денег, но Альбертик величественно выдавал ему нужные копейки, причём старался так выдать, чтобы видели все вокруг.

Все трое служили Альбертику, жили для него и верили: Альбертик — гений, сошедший на землю с высот Олимпа.

Меня Альбертик не замечал. Ни «здравствуй», ни «прощай». Но почему-то с первой минуты появления Алёнки в нашем классе сжималось сердце, когда я ловил его взгляд на Алёнке.

Казалось, ему было наплевать на неё, но взгляд его, властный, повелевающий, обжигал меня.

Я никогда не говорил с Алёной об Альбертике.
И только сейчас понимаю, какую ошибку совершил.

Замечала ли тогда, в шестом-седьмом классах, Алёна тот его — въедающийся взгляд?
Я никогда так и не задал ей этот вопрос.
А если бы задал, может быть, и не случилось бы трагедии, разрушившей сразу несколько жизней.

А пока я пою славу Альбертику.

Его талантам, его уму, его собранности и умению работать, его красоте.

Он был украшением школы. Он был её гордостью. Её кумиром.

Его даже уговаривали сниматься в кино. Толстые, раскрашенные тётки с киностудии отбирали детей для какого-то фильма, но он гордо отказался, сказав, что эта стезя его не интересует, что у него другой путь.

А путь его определился в восьмом классе. Его отобрали в школу КГБ, и он теперь свысока поглядывал на ребят: запахло властью, всемогуществом и безнаказанностью, которые созидали палачей.

Ему предназначена была золотая медаль и сверкающие ордена на груди, как у его отца, и слепящий властью и вседозволенностью путь его отца.

Далеко не все прошли через потери. Не все знали истинную суть происходящего, хотя и случился уже 20-й съезд с разоблачением культа Сталина и признанием миллионов жертв ГУЛАГа. У большинства были безоблачные детство и юность: все дороги открыты, человек дышит «вольно», «проходит, как хозяин»...

Советский человек — это особое имя, это особое звание: честного трудяги, идейного гражданина самой свободной в мире страны.

И наши «советские», «идейные» мальчики и девочки в классе понятия не имели, что на каждого у Альбертика уже с детства было досье, что каждый за любое неосторожное слово мог поплатиться своей судьбой и свободой. КГБ никто не отменял. И уже «заработали» «психушки».

Слава Альбертику — разностороннему, талантливому герою нашей страны советов, начавшему свой путь по жизни сразу уверенной поступью. Он понёс по жизни идеи и поведенческий код своего отца! Из рук отца он принял эстафету КГБ: мучить, пытать, убивать ни в чём не повинных людей!

Ещё об отце Альбертика

Мы встретились с ним случайно: он выходил из машины около кинотеатра «Ударник». «Встретились» — не совсем точно. Он не заметил меня.

Почему не заехал во двор?

Впрочем, я сразу понял это.

— Здравствуй! — раздался лёгкий девичий голос.

Высокая, тонкая, с пышными, высоко взбитыми волосами, совсем юная, она жадно смотрит на него.

Голова закинута, в глазах — покорность и жажда.

— Ты говорил, ты разойдёшься с женой! Ты говорил...

Теперь он закинул голову и захохотал. Он так раскатисто и весело хохотал, что на него оглядывались прохожие.

Я прижался к серой стене кинотеатра. Мимо меня входят люди в гостеприимную дверь. Суета предфильменная.

Метаморфоза. Не покорность — теперь злость в закинутом лице девушки.

— У меня будет ребёнок.

Хохот оборвался, словно рывком выключили радио.

— Что?! — Он хватает своей лапищей хрупкое плечо, девушка приседает в боли. — Это сюрприз, который ты хотела мне преподнести?

Она ещё не понимает, она ещё верит в то, что он — человек. Она смотрит на него умоляюще.

Но я уже знаю: в «Норильск» (для меня это туда, где старались уничтожить мою и Алёнкину маму) или туда, где убили моего папу. Вариантов для этой красивой девушки нет.

Молчать бы ей... но она не понимает. Она безнадёжно не понимает, кто стоит перед ней. И растерянно повторяет:

— Твой ребёнок. От тебя. Я хочу родить тебе ребёнка. Он будет похож на тебя. Он будет любить тебя. Но ему нужен отец. Мы с тобой поженимся...

А он, огромный, с раскинутыми далеко плечами, с осанкой викинга, с копной волос, с лицом киноактёра, просто поворачивается и уходит от неё. Идёт спокойный, сильный, красивый прочь от неё. Он даже слов на неё не потратил. Ему бы только до телефона добраться, и нет ни этой тоненькой девушки с пушистыми волосами, ни его собственного ребёнка.

Уже есть похожий — Альбертик.

Наследник красоты и безжалостности.

По наследству уже передались они — «идеалы» и «ценности» КГБ.

Разрыв с мамой

В тот день, когда мы с Алёной пытались найти выход из нашего рабства, и начинали понимать наших мам, я плёлся домой, пытаясь найти слова жалости и с готовностью всё объяснить маме и отстаивать право на наши с Алёнкой встречи до конца.

Мама кинулась ко мне дрожащая, заплаканная.

— Ты жив? — Она стала стряхивать с меня снег. — Я в школе была, нянечка сказала, ты ушёл. — И вдруг лицо её из любящего, испуганного сжалось в злую маску. — Ты... ты... был с ней? Как же я не догадалась! Ты предпочёл какую-то девчонку своей матери?!

— Не «какую-то», — вырвалось у меня, но я не успел договорить: со всей силы мать дала мне пощёчину.

∙ ∙ ∙

Прошло столько лет с той поры, но до сих пор передо мной её перекошенное злобой лицо и тут же страх, её «прости, сынок», моя оторопь — мать... меня... ударила?

Тогда я ничего ещё не знал ни о ревности, ни о том беспределе, через который она прошла, ни о разрушающем ужасе одиночества.

∙ ∙ ∙

Тогда я снова подхватил тяжёлый портфель и кинулся вон из материнского дома, который так и не стал моим.

Бабка, моя бабка!, Лима, Тимыч, Матрона! — чуть не в голос я звал их всех — моих самых близких, моих единственных родных — немедленно спасти меня.

Меня... которого они так любили и никогда не обидели... ударила моя мать.

Открыла мне Матрона. И, не успел я шагнуть в квартиру, как Санька заорал:

— Иди скорее, ты мне нужен.

Матрона почему-то неуклюжими руками стала стягивать с меня мокрое пальто, а оно, набухшее влагой, словно намертво прилипло ко мне.

— Ба, отдай мне Веню! Мне нужна помощь.

Наконец всё-таки стянула.

Горячей рукой стала вытирать мои щёки.

— Сань, подожди немного, мне сдаётся, Вене срочно нужно поесть и выпить горяченького.

Но Санька подскочил ко мне, уткнулся в живот и потянул вверх ко мне руки.

Только тут дрожь, которой заразила меня мать, прошла, я подхватил Саньку, прижал к себе.

— Сань, Вене нужно поесть, — строго повторила Матрона, тут же угадав и моё состояние, и то, что я ушёл от матери, и то, что мутится в голове от голода.

— Мне нужна помощь! — зашептал мне в ухо Санька. — Рита заболела, меня одного не пускают, а мне нужно навестить её. — Изо всех сил он обнимал меня за шею, прижавшись всем телом ко мне и возвращая меня к жизни. — Я сделал уроки. Но без тебя и Алёнки Риту ко мне не пускают. Некому провожать, понимаешь? И я не могу пойти к ней без тебя и Алёнки. Сейчас уже почти ночь.

Всё-таки Матроне удалось стащить Саньку с меня, умыть меня шершавой рукой и привести на кухню.

Но и тут Санька забрался ко мне на колени и приказал:

— Ложка тебе, ложка мне, ты так хочешь, да?

— Да, да, — сказал я облегчённо. — Только так.

— После ужина ты решишь мой вопрос: ты сходишь со мной к Рите?

— Саня, пожалуйста, оставь сегодня Веню в покое. Рита — заразная, у неё грипп. К ней нельзя. Завтра я обязательно приведу тебя к Рите. Оставь Веню в покое.

— Ты обещаешь, Матрона?

— Обещаю!

У меня есть Санька, мой родной племянник, брат, часть меня. И я нужен ему. И я буду жить с ним. Утром вместе завтракать — «ложка тебе, ложка мне», носиться с ним по гостиной и по коридору, снова читать ему книжки, приводить его вместе с Ритой домой — обедать и делать уроки.

— Когда придёт Алёна? — спросил он властно. — Я соскучился. Я не хочу без вас.

Я поперхнулся.

А Матрона подхватила Саньку, взъерошенного и решительного, прижала к себе и понесла в спальню.

— Почитай! — властно позвал меня Санька.

И мне пришлось читать главу о деревянном мальчике Буратино.

Но голос не слушался меня, и я сбежал, предоставив Матроне дочитать главу.

Жадно глотал горячий чай и никак не мог согреться. Осторожно трогал щёку, которую ударила моя мать, которой каждый вечер нежно касалась моя Лима, возвращаясь с работы.

Когда Матрона, наконец, заняла Саньку паровозами и машинками, она придвинула стул ко мне, обхватила и стала гладить меня по спине. Как в детстве, комок перекрыл глотку, но я стал гнать его обратно, давить его. «Я — мужчина, я — мужик», — повторял, как заклинание.

А потом мы сидели друг против друга и снова пили чай.

И я по детской привычке вываливал перед Матроной день за днём свою жизнь без Алёны, с чужой мамой, с постоянным насилием над моей волей. А когда сказал о пощёчине, Матрона вздрогнула. Я ожидал, что она сейчас же обрушится на мать, а она сказала:

— Бедная девочка! Бедная, несчастная девочка!

Положила свою шершавую руку на мою.

— Ты — умный, ты — добрый, ты же всех всегда жалеешь. Это у тебя отняли сына, это тебя мучили столько лет. Ну же, встань на её место. Человек должен уметь вставать на место другого. А если бы ты родился ею, а если бы у тебя отняли мужа и сына? А если бы ты жил в голоде и холоде? Ты! Понимаешь — «ты!»?

— Нет, — честно признался я, но закрыл глаза и, ведомый теплом её руки, вернул себя в тундру. Болотистая почва, кочки, ловушки. Мама, как и я, попала в ловушку. Маму, как и меня, корёжит врач. Та боль... И маме больно.

Нет, не получается.

То была добрая боль, спасительная боль, после которой я смог ходить. А как мучили маму? Тогда я ещё этого не знал.

— Вот видишь, сынок, ты сам понимаешь, в каком аду была твоя мама.

— Но ведь её не жарили на сковородке, не ломали ей пальцы...

— Жарили, сынок. Ломали...

* * *

Теперь, стариком, я знаю: пальцы ломали. Фросе Керсновской (и многим другим) ломали. И «жарили на сковородке», и пытали. И в тюрьмах, и в лагере.

И на фронте расстреливали в спину молоденьких мальчиков, почти детей.

А тогда... я был советским ребёнком, верившим в то, что у меня самая лучшая страна, самый лучший строй. И лишь проталинами зияли Альбертик, его папочка, несчастная Ирина Матвеевна, одобрявшая жестокость.

ГЛАВА СЕДЬМАЯ

...

— Пожалуйста, сынок, — умоляла меня Матрона, — прости маму, пожалей маму, иди к ней скорее. Ты — мужчина, ты — единственный в её жизни мужчина, только ты можешь спасти её от неё самой, помочь ей вернуться к жизни. Она сильно больна. Она несчастна.

Почему я не услышал тогда Матрону? Почему не смог побороть обиду и разлучение с Алёной? Почему кинулся в свою комнату, не тронутую и ждущую меня, уселся за свой просторный стол и стал лихорадочно делать уроки?

В тот день Лима и Тимыч вернулись раньше. Они оба возникли в дверях моей комнаты.

Я не вскочил навстречу им, не бросился им в объятия, чтобы они утешили меня, я вместе со стулом повернулся к ним и увидел их опрокинутые лица.

— Иди скорее… там врач… мама… захотела покончить с собой.

Не помню как, ватный и неуклюжий, я всё-таки дошёл до мамы. Она лежала без кровинки в лице, правая рука была перевязана жгутами, неживыми показались синие пальцы.

— Она будет жить? — выдавил я из себя.

— Пока не знаю, — ответил врач, громадный детина с красными руками. — Хорошо, вовремя вызвали.

Матрона быстро крестилась, а у Лимы тоже не было ни кровинки в лице, словно и из неё вышла вся кровь.

Я слышал слова доктора, объяснявшего мне, что мама напустила тёплую ванну и бритвой перерезала себе вену.

Хорошо, Матрона, не уговорив меня вернуться, удивлённая, что мама не спешит ко мне просить прощение, кинулась к ней проверить, в порядке ли она.

Она вызвала Лиму. Оказалось, Тимыч уже ждал Лиму у института.

Маму увезли в больницу.

А я всю ночь просидел на её кровати. В распахнутой почему-то тумбочке лежали все мои письма. Наверное, устав от моей холодности, на ночь она перечитывала их, чтобы уснуть.

Стыд и растерянность.

Почему, ну, почему нет во мне тех чувств к моей матери, которые есть к Лиме, к Тимычу, к Матроне и Саньке? Почему я никак не могу подойти к ней, обнять её, поцеловать и застываю весь, когда она обнимает меня, жадными руками гладит, целует? Почему мне не хочется что-то рассказывать ей? Какой же я подлец!

Смею осуждать Альбертика, Ирину Матвеевну, но ведь я сам — бесчеловечное чудовище. Она — моя мать, она родила меня, без неё меня бы на свете никогда не было! Ей обязан я всем, что имел и имею: любовью близких. Но почему же никак не протянутся нити между нами, какие соединяют меня с Лимой, Тимычем, Матроной и Санькой?

Моя мама — красавица. Косы на груди, глаза — как у Лимы.

Фотография юности. Вижу то мамино лицо всегда.

Фотография осталась у Лимы в альбоме, и я не могу сейчас смотреть в её лицо и любить её.

Мама, прости.

Я вижу твои блёклые, не кормленные волосы, измученные глаза и жёсткие морщины от носа, утягивающие губы вниз. Ты не можешь быть моей мамой, которую я знаю по той фотографии. Ты совсем другая, чем та, которую я любил и люблю. Что же мне с этим делать?

Матрона устала за день и прикорнула на моей кровати.

Она тихо спит.

А я не сплю.

Бабка, поговори, со мной.

Я не знаю, понравился ли тебе выбор сына, любила ли ты мою маму? Ты никогда не вспоминала о ней. Для тебя существовал только твой сын Сашенька, названный в честь твоей сестры Шуни. Он — герой и властитель твоей жизни. Он главный для тебя. А потом я, носящий его фамилию, его кровь в жилах, его жажду к книгам.

Бабка, поговори со мной.

И бабка приходит ко мне, но её лицо сурово.

«Прошу тебя, услышь! И твой отец просит...»

На мгновение деревенею, но тут же восстаю против её Бога, который свёл её с сыном, я не хочу ничего такого знать, я не верю в Бога. Мотаю головой, как конь, туго спелёнатый уздечкой.

«Ты убил свою мать! — мельтешит бабкино лицо передо мной. — Ты оказался без сердца. Да, она не такая, как на фотографии в Лиминомальбоме, да, она — избитая, униженная не раз, потеряла мужа, обижена судьбой. Но ты — сын. Ты должен полюбить её всем сердцем такую, какая она сейчас, какая пришла из ада к тебе — спастись твоей любовью! Ты должен сострадать ей. Ты должен помочь ей освободиться от боли и от обиды на судьбу, помочь выздороветь, восстановиться физически и морально».

Я кричу бабке:

— Мне нужна Алёна. Я не хочу жить без Алёны. Она не разрешает Алёне приходить.

Я кричу исступлённо.

И прибегает Матрона. И плачет.
— Сынок, пожалуйста... Пожалуйста, сынок...
Больше ничего она не говорит.

Но моя бабка исчезла. И я не знаю, что она придумала бы, чтобы Алёна была рядом со мной.

Мама и Алёнка

Я не убил маму. Она вернулась домой. Ещё более бледная, чем приехала из лагеря. В неё перелили много чужой крови, но эта кровь не припала к щекам.

Мама вернулась тихая. Она сказала мне: «Прости, Веня». И легла, отвернувшись к стенке. Лежала, пока за нами не пришла Лима.

Лима устроила общий ужин.

Дымилась картошка, пахнущая чесноком, горкой лежали на блюде Матронины коронные котлеты, и чуть не на пол стола раскинулся пирог с капустой.

Мама сидела прямая, в тёмной кофте под горло, и блёклыми глазами смотрела в одну точку.

Вот когда я захлебнулся жалостью. Почему я не смог подарить маме возможность радоваться жизни? Мне хотелось вскочить, обнять её, жадными руками снять боль и обиды с её застывших плеч и спины. Но я был парализован жалостью.

Положила маме на тарелку котлету и кусок пирога Лима.

— Иришка, пожалуйста, поешь. Ну, для меня.

Мама, как ребёнок, послушно откусила кусок котлеты, стала жевать.

К ней подскочил Санька, стал ладошками хлопать по маминой коленке.

— Ты моя тётя, ты должна со мной разговаривать. Поговори со мной. Я люблю тебя. Бабушка говорит, я богатый, у меня большая семья, и у меня есть ты.

И мама посмотрела на Саньку и потянула руки к нему, чтобы посадить к себе на колени. Санька был уже тяжёлый, а руки у мамы слабыми, и он сам решительно влез к ней на колени, ухватился за её тонкую шею.

— Можно я не буду звать тебя «тётя», а буду звать «мама Ира». И будет у меня две мамы. Одна целый день на работе, а другая после школы со мной. Ты согласна?

— Я согласна, Сашенька!

Имя обожгло её. Она прикусила губу и во все глаза смотрела в Санькино лицо, словно впервые осознав, что её племянника назвали в честь её любимого.

Никогда не знал за собой такого странного чувства. Мне захотелось скинуть Саньку с маминых колен и закричать: «Это моя мама».

А Санька тараторил:

— Я тебе открою тайну. Знаешь, почему мама и папа отдали меня в школу в шесть лет? Потому что Веня и Алёна меня научили всему. Алёна научила читать. Каждая буква умеет что-то своё делать. Я теперь сам читаю книги. Представляешь себе? Я и тебе могу почитать, чтобы ты сладко засыпала. «Про умного мышонка» Маршака, хочешь? Ещё я умею считать до двести туда и обратно. И даже складывать и вычитать умею. Разве это не основание для того, чтобы идти в первый класс? А теперь я учусь лучше всех. И уже нашёл себе жену!

Мама обняла Саньку и прикусила губу, лицо залило слезами.

Тимыч встал с рюмкой красного вина. Я и не заметил, как он всем, и даже мне, разлил вино. Правда, мне на дне. А Матрона плеснула в мою рюмку кипячёной воды.

— Не умею произносить тосты.

— Я умею, — крикнул Санька, подхватил свой бокал с соком. — За маму Иру.

У мамы по щекам текли слёзы, а Санька стирал их и приговаривал:

— Ну, что же ты плачешь? Ты должна радоваться, что я тост говорю.

— Когда же ты научился произносить тосты? — растерянно спросила Лима.

— А у нас в садике был Сёмка. Его отец каждый день пил водку и тосты говорил. А Сёмка тосты говорил с компотом: то за нашу воспитательницу, то за Ваську, это его главный друг. Вот я и научился.

— Уж очень ты взрослый для своих семи лет!

ГЛАВА СЕДЬМАЯ

— Не взрослый, а начитанный. Так говорит наша Евгения Сидоровна. А ещё говорит: «Ты очень развитый для своих лет, много знаешь. Ты уж не мешай мне других учить. Помогай. Я и помогаю. Если кто не понимает, объясняю».

Сейчас встану и сорву Саньку с маминых колен.

Но сижу замороженный, только смотрю, как у мамы приподнялись углы губ, и морщины расправились. Это мама первый раз улыбается.

— Знаешь, мама Ира, я совсем расстроен, я скучаю. Мы раньше все вместе делали уроки. А теперь ни Алёны, ни Вени. А моя Рита заболела.

Мама вздрогнула.

— Санька, ты дашь отцу сказать, или так и будешь тараторить?

— Я, ба, не тараторю, а рассуждаю. Я тебе, мама Ира, всё буду рассказывать, что прочитаю, что узнаю нового! Я люблю узнавать новое.

И всё-таки Тимыч сказал свои слова:

— Ириша, прости, что мы все дни работаем. Ты знаешь, что Лима не может бросить своих страдальцев. Но она обещает приезжать к ужину. Мы так счастливы, что ты с нами! Очень просим тебя, в 7.30 утром приходить к нам завтракать, чтобы мы были всегда единой семьёй, и в 7.30 вечера ужинать. Ты наша любимая сестра, вторая мама Саньке, дочка моей бабаке. Мы без тебя не хотим.

На меня Тимыч не смотрел. И я готов был провалиться сквозь пол.

Мой Тимыч меня осуждает за то, что произошло с мамой. Это я не сумел создать маме семью. Это я — причина её боли.

А мама пробормотала «спасибо» и продолжала смотреть на Саньку, словно пила и пила его детство, его любовь и внимание к ней, его беспечность, его раннее развитие, его «мама Ира»... И улыбалась.

* * *

Тогда я, конечно, не понял, не осознал, что это именно Матрона провела с Санькой огромную работу, подучила его, как спасти мою маму. И это сработало.

Из «сегодня» спасибо тебе, моя Матрона. Ты преподала мне урок, ты разбудила мои чувства к моей матери, вызвала мои ревность и жалость, ты разморозила меня.

· · ·

Тот вечер стал переломным.

Мы вернулись с мамой в нашу квартиру.

Мама сразу прошла в свою комнату и легла. Она не сказала мне спокойной ночи. Она даже не посмотрела на меня. Её привычный — собачий — взгляд исчез.

А я сидел на своей кровати одетый, стянутый в неподвижность ревностью и обидой.

В чём моя вина? В том, что я встретился, наконец, с Алёной и попытался отстоять свою необходимость быть с ней? Или в том, что, когда мама ударила меня, сбежал к своей семье? Или в том, что не смог сразу полюбить свою мать? Не сумел ощутить её матерью.

В первый раз в жизни я анализировал жизнь. Я привык что-то воображать. «Работать» сам с собой я умел. Но в тот вечер была совсем другая работа — неповоротливая и взрывающая меня изнутри. Несмотря на то, что вроде я не был виноват перед мамой, скорее был жертвой, я чувствовал себя виноватым. Но ведь не может человек насильно полюбить, это я уже тогда понимал. Так в чём же вина?

А вина была.

В чём?

Я легко обо всём разговаривал с бабкой, с Матроной, Тимычем и Лимой. Почему же не мог говорить с мамой?

Может быть, мы бы и поняли друг друга, если бы я откровенничал с мамой, как с Матроной.

И вдруг я начал сам себе рассказывать мамину сказку.

Одну из тех, что рассказала мне Алёна, а ей прислала её мама.

«Мальчик хотел есть. Мальчик хотел спать. Он сидел в луже среди жёлтых и бордовых листьев. Он был мал и не умел ещё находить выход из сложных ситуаций. Слёзы текли и текли, и он не мог стереть их.

В лужу залетела утка. Она сказала:

— Садись на меня, я тебя вынесу из лужи.

Мальчик покачал головой.

— Ты маленькая, я большой, ты не сможешь вынести меня. Мне нужна моя мама.

— А где твоя мама?

— Мама держала меня на руках, качала, хотела, чтобы я поспал. Но подскочило к нам чудовище с неподвижными глазами, злым

ГЛАВА СЕДЬМАЯ

ртом, вырвало меня из рук мамы, отшвырнуло далеко, а маму потащило куда-то. Мама плакала и звала меня, пыталась вырваться, но у чудовища — железные, острые пальцы, он стал колоть маму, и мама замолчала. А я оказался здесь. У меня нет сил вылезти. И я боюсь уйти отсюда, мама вернётся и не найдёт меня! Она может прийти только сюда.

Утка тяжело вздохнула и сказала:

— Я должна спешить к своим детям. Единственное, что я могу для тебя сделать: съешь моё яйцо. — Она горестно закряхтела и полетела прочь, а в воде осталось большое яйцо.

Руки у мальчика замёрзли. Яйцо было горячее и стало греть руки. Но как разбить яйцо и съесть его, мальчик не знал.

Слёзы, немного притихшие, снова посыпались из глаз дождём.

— Мама! — хотел крикнуть, но голоса не было».

На этом месте мамина сказка в Алёнином рассказе оборвалась. И я ощутил беспомощность.

Не мальчика мне было жаль, замёрзшие руки которого грело яйцо, а маму, которую утащило чудовище с неподвижными глазами и острыми пальцами. Мама внезапно перестала звать сына, потому что её стало мучить чудовище.

Закончила ли мама свою сказку на самом деле или бросила в самом начале, я не знал. Но хорошо знаю, во что превратило маму чудовище. Оно оборвало ей косы, выпило свет из глаз, исчёркало лицо, измучило тело. Но мама вернулась ко мне. Ко мне.

А когда я не смог полюбить новую, измученную маму, потому что такая мама оказалась мне чужой, мама решила умереть.

Мама вернулась в наш с ней общий дом, но вернулась новая: она смирилась с тем, что у неё сына нет.

За одну ночь я словно целую жизнь прожил.

Чтобы мама жила, я должен полюбить её новую. Она родила меня. Я — её кровинка, она создала меня.

Но я не могу потерять Алёну.

Я не любил бабку, пока она была со мной. Почему? Потому что она казалась мне старой, а я, как всякий ребёнок, подсознательно тосковал по молодым родителям? Или потому, что жила она только мною, полностью владела мною и не оставляла мне права выбора? Это я так подсознательно протестовал против её оккупации меня? Но кто у меня ещё был тогда? Почему я так истово люблю её сейчас, ту, старую (какой казалась она мне тогда!), думающую только обо мне, подарившую мне сказки и путешествия, согревшую своими колыбельными мои ночи?

Да, я влюбился в маму молодую, но все стареют… а маму за много лет ада, как говорит Матрона, изуродовали — вышибли из неё молодость.

Глаза.

Те — на фотографии — смеющиеся, счастливые. А эти…

Что «эти»?

Эти сначала вспыхнули, увидев меня.

А я вернул в них боль. Это я погасил её надежду, её праздник обретения сына.

Не помню, как в ту ночь я уснул, одетый, прикорнув на кровати.

Мама не разбудила меня, ушла на работу.

Я проснулся, когда два первых урока уже проскочили. В школу идти было бесполезно. Хожу из комнаты в комнату, по коридору. Взад вперёд. Есть не хочется. В груди застряла ледяная железка. Время остановилось.

Три дня я не был в школе. Три дня не видел Алёну. Да ещё четвёртый день — воскресенье.

Как там Алёна? Как прошло её возвращение домой? Как её встретила мать? Как Алёна одна без меня в школе, по-прежнему сидит на краешке парты? И как мне с ней поговорить?

Эти «как»…

Алёна. Мама.

Скоро мама придёт домой. У неё сегодня четыре урока.

Почему она не разбудила меня? Отреклась от меня? Теперь будет любить вместо сына Саньку?

Звонок в дверь.

Несусь. Мама пришла?! Не спрашивая, открываю.

Алёна?!

Но в каком виде! На виске и под глазом синие подтёки.

Она припадает головой к дверной раме, сейчас рухнет без сил. Осторожно ввожу её в дом. Снимаю с неё пальто. За ледяную руку веду в кухню.

Мама оставила завтрак: гренки с яйцом на сковороде.

Перехватываю Алёнин взгляд на них, усаживаю её за стол, кладу на тарелку еду, ставлю перед Алёной.

Она ест жадно, как человек, не евший много дней.

Пьёт чай, который я быстро подогреваю.

ГЛАВА СЕДЬМАЯ

У меня тоже просыпается аппетит, и я заглатываю хлеб с сыром. Алёна тоже ест хлеб с сыром.

И вдруг начинает плакать. Плачет горько, всхлипывая. Её всю трясёт, и я неуклюже глажу её выпирающие лопатки, косточки позвоночника.

Меня тоже трясёт. Железка в груди не даёт заговорить.

— Я ненавижу её, — рвутся слоги.

Я знаю, кого. Свою мать.

Алёне досталось больше, чем мне.

Мать избила её.

Глажу и глажу её спину.

— Ты где была все эти дни?

Совершенно ясно: она ушла из дома.

— Искала отца. Он бросил маму, когда мне было два года. У меня от завтраков оставалось лишь десять копеек, побывала в трёх справочных! Нигде такого нет. У него редкое имя — Аристарх, а фамилия моя.

Слёзы высохли.

Мы сидим друг против друга. И Алёна рассказывает, как отец любил её, как подбрасывал вверх, ловил и смеялся. Хоть и совсем маленькая была, а помнит. Он ушёл навсегда. А через два года маму забрали. За что, узнать нельзя. И мать, и бабушка молчат.

— Где ты ночевала?

— На вокзале под лавкой. Утром увидела милиционера, убежала и весь день ходила по улицам.

— А второй день?

— И второй. Грелась в магазинах.

Начинаю рассказывать о пощёчине, о мамином самоубийстве, о том, что я не люблю её, такую маму, но что должен полюбить её, если мама разрешит мне встречаться с ней, с Алёной. Я говорю Алёне о бессонной ночи, о перевороте внутри и о том, что наши мамы ждали от нас нас целиком и что они несчастны. А как нам быть, я не знаю.

— Ты вернёшься домой? — спрашиваю я.

Алёна не успевает ответить, поворачивается ключ в замке. Пришла мама.

Она сразу проходит в кухню.

Смотрит на Алёну.

Сначала это ледяные глаза спрятавшегося в себе человека, но мгновенно её лицо меняется.

— Мать? — спрашивает она.

Алёна вскочила, когда мама вошла, и сжалась, как от удара, когда увидела ледяной взгляд. Но тут же встряхнулась, как щенок, потерявший страх опасности, и сказала: да, мать.

— И ты ушла из дома?

Алёна кивнула.

— Сколько дней прошло? — спросила мама, хотя, наверное, сама знала, сколько. — Мама волнуется. Мама сходит с ума. Идём! — И мама хотела взять Алёну за руку.

— Нет, не пойду! — Алёна спрятала руку за спину. — Я ненавижу её и жить с ней не буду.

Словно ударили маму, так сильно она вздрогнула.

— А где ты будешь жить? — спросила нерешительно.

— В детском доме, — тихо сказала Алёна. — Я пришла к Вене попрощаться.

— И ты перестанешь дружить с Веней?

— Здесь! — вырвалось у меня. — Мама, пожалуйста, пусть Алёна живёт с нами. Мы вместе будем любить тебя. Мы будем слушаться тебя. Мы будем всё делать для тебя.

Мама выдвинула третью табуретку и села.

Плюхнулась на стул и Алёна.

Мама переводила взгляд с Алёны на меня и обратно.

Надежда, жадность к вниманию, детская обида, боль... — вся мамина жизнь за эти месяцы мелькала передо мной.

Но вот мама проглотила комок и сказала глухо:

— Прости, Алёна, что я пыталась разлучить вас. Я столько лет ждала: приеду, и Веня будет только мой. Я совсем ничего не соображала. Мне казалось, только я имею на него право. А тут сестра с мужем заменили меня: не только мать, но и отца подарили Вене в придачу. Веня их всех сильно любит. И Матрона стала бабушкой. Целая большая семья получилась у Вени. А мне места нет. А ещё ты. У него полная жизнь, есть всё, о чём только может мечтать человек! Это у меня сиротство. И я сорвалась. Я совсем потеряла себя: немедленно вернуть мне моё, то, что принадлежит только мне по праву! Я родила его. Я растила его... — Она запнулась. — В моём воображении, — добавила тихо. — Я каждый вечер рассказывала ему сказки, я разговаривала с ним. Я учила его читать и писать. Это я учила его быть добрым. Я, я... — Она согнулась, тонкие руки повисли вдоль тела. Но длилось это мгновение. Когда она подняла голову, глаза её были те, прежние — с фотографии, они сияли. — Я согласна, Алёна, я хочу, чтобы ты жила с нами. Я готова считать тебя своей дочерью.

Я обалдело смотрел на маму.

ГЛАВА СЕДЬМАЯ

О, как я любил её в эту минуту!

У меня есть мама. Это она родила меня. Это она растила меня. Да, я долго рос один в доме, пока Лима и Тимыч тяжело работали, но, оказывается, моя мама посылала мне мои действия и мои мысли, это она делала меня таким, каким я получился.

— Я пойду к Вале. — Мама встала. — Я попрошу её. Я буду умолять её. — И осеклась. И села. — А как же Вероника Сергеевна? Она же все эти годы одна растила тебя?! Что сейчас переживает она? Можешь представить себе? Да, и Валя. Я знаю её. Она — взрывная. Она может много дров наломать! Но она несчастная. У неё нет профессии, нет куска хлеба, она мечется сейчас.

— Она ненавидит вас, — тихо сказала Алёна. — Она завидует вам. Когда она посылала мне ваши сказки, я думала, вы подруги. А когда вернулась, она порвала свои письма, те, что с вашими сказками. Бабушка боится её. Я слышала, как она маму уговаривала: «Валя, иди учиться. Пока я жива, получишь профессию. Что же ты столько ненависти в себе собрала?! Ну, чем Ира виновата перед тобой? Такая же, как ты, страдалица, только профессия есть!». «Не лезь, коли не понимаешь! — орала на неё мама. — Интеллигенция вшивая, ишь ты, сказки... язык подвешен!» А бабушка своё: «Ты же сама можешь стать интеллигенцией. Ты музыке училась. Я же тоже не кто-нибудь, а учитель музыки. А папа был блестящим инженером! Большое горе, что так рано умер, но как хорошо, что от сердца, а не в лагере под пытками! Приди в себя, доченька. Мы с тобой тоже интеллигенция!». Но мама бабушку не слушает, она, как кипящий котёл, мне страшно с ней.

Алёна снова заплакала.

А мама сказала:

— Вот что, девочка! Ты, наверное, хочешь вымыться после стольких дней скитаний. Иди, мойся, полотенце сейчас дам, возьми мой халат и ложись на Венину кровать, поспи. Я иду к твоим. Не выгонит же меня Валя! А ненавидеть маму не надо, она тебе жизнь дала! Не суди сгоряча.

Глава восьмая
Моя жизнь

Моя семья

Алёна спит. В моей комнате. На моей тахте. Я боюсь шелохнуться. И в меня бьётся, меня пеленает тепло, исходящее от Алёнки.

Смотрю в окно.

Снова снег. Засыпает деревья, крыши домов в Старо-Монетном переулке.

Что же это за снежный год? Пора бы весне похозяйничать — начало марта. Я знаю такой снег. На пути от Туруханска до Дудинки шёл и шёл. Один белый цвет, хотя уже был май.

Мне кажется, я не мальчик четырнадцати лет, а старик, испивший свою жизнь.

Как тот молчаливый старик на пути из Красноярска в Дудинку, который неотрывно часами смотрел в воду и вглядывался в берега. Его слова «творится история» сейчас звучат.

Что же, каждый день, каждую минуту творится история? Или только то, что произошло с нашими мамами, была история?

Сильно бьётся сердце.

Я не хочу, чтобы Алёну забрали домой. Тогда жизнь рухнет.

Причём тут «история»?

Снег засыпает надежду.

«Прекрати падать», — прошу я.

В ушах тикает будильник, он спешит что-то объяснить мне.

Мама уговаривает Валю забрать Алёну или просит оставить у нас? Они ссорятся, выплёскивая друг на друга свою беду, невольную ненависть, или мирятся и снова станут дружить?

Час, два... мне кажется, прошла неделя, каждая минута — целый час.

Темнеет сейчас позже, чем зимой, да и снег светится, а всё равно день сереет и сжимает пространство в прямоугольник крыши дома напротив.

ГЛАВА ВОСЬМАЯ

Наконец ключ в замке. Я вздрогнул всем телом и оглянулся на Алёну. Косы укрыли шею, грудь. Лицо в сумерках я не могу разглядеть, но я всегда вижу золотистые глаза, пушистые ресницы и чуть приоткрытый, детский рот с золотистой родинкой в углу.

Спи, Алёна.

На цыпочках спиной иду из комнаты, осторожно прикрываю дверь.

Мама сидит на кухне и жадно пьёт воду, крепко сжимая стакан изуродованной рукой.

Сажусь напротив. В ярком свете лампы вижу рубец на тощей, как у цыплёнка, шее, раньше не замечал. И от жалости не могу сказать ни слова.

Наконец мы смотрим друг на друга.

Мама знает, я жду от неё рассказа, и она говорит:

— Валя в психиатрической больнице. Её увезли в тот же день, когда она избила Алёну. Когда Алёна выскочила из дома, Валя начала крушить мебель. Швырнула стул, разбила настольную лампу. Кинулась в кухню, схватила большой нож и набросилась на мать, поранила её руку. А увидев кровь, хотела всадить нож в себя. Вероника Сергеевна, с истекающей кровью рукой, успела вызвать «Скорую» и заперлась в ванной. Валя билась в дверь и кричала ей: «Это ты лишила меня дочери! Отняла у меня дочь! Это ты избаловала её! Это ты погубила мою жизнь!» «Скорая» увезла Валю в больницу и вызвала другую «Скорую» — для Вероники Сергеевны. Валя задела связку на руке. Веронике Сергеевне теперь трудно работать рукой. Неизвестно, сможет ли учить детей музыке. Она в милицию звонила, сказала, что исчезла внучка. Нам сюда звонила, но обе квартиры не отвечали. Эти дни лежала с сердечным приступом.

— Алёна должна идти к ней, — сказал я, не в силах победить дрожь. Меня трясло, как в книжках трясёт героев от малярии.

— Веня, я понимаю, я чувствую тебя. Сыночек, мне всех очень жалко, но, кажется, ты решаешь правильно. Больше я за тебя ничего решать не буду, ты сам...

Мама снова пила воду, и снова я видел её изуродованную руку, и готов был исполнить всё, что она прикажет. Пытался догадаться, что ей хочется, чтобы я сделал.

Это моя мама. Она со мной. Она жалеет Алёну и её родных. Она готова сделать для меня всё, что я захочу. Она выжила в аду из-за меня и живёт для меня. И она больше не ревнует меня к Алёне, и Алёна теперь может приходить ко мне в любую минуту. Алёна теперь и её маленькая девочка, которой нужно помочь.

Ничего не надо было говорить. Я всё знал про маму. И мама всё знала про меня.

Угар последних месяцев, моё мучительное рабство с мамой... кончились.

Но тут же, сразу, за голодным столом того вечера, я остро ощутил потерю последних месяцев. Лима, Тимыч тактично и незаметно исчезли из моих дней. А ведь они были в течение долгих лет моей семьёй. Я хотел работать с Лимой вместе. Я слушал её подробные рассказы о патологиях, знал кости, мышцы и внутренние органы назубок, знал, как готовятся и проходят операции, хоть сейчас поступай в институт. Всегда спокойная, сдержанная, уверенная в себе, Лима вселяла в меня уверенность: я всё смогу так же, как и она.

Подсознательно я отождествлял её с мамой. И, когда ночью, измученная днём борьбы за несчастных, она обязательно заходила ко мне и клала свою горячую ладонь мне на щёку и несмело гладила, подсознательно, ежевечерне ожидая её скупой ласки, я на мгновение вырывался из сна, гладил её щедрую руку, про себя несмело произносил «мама» и только тогда проваливался в глубокий сон до утра.

Мой Тимыч, зовущий меня «сынок», не только сделал из слабака сильного и уверенного в себе человека, но и уничтожил во мне сиротство. У меня есть отец, защитник и пример.

Красивый, молодой, дотошный до знаний, весёлый, он заражал меня красотой (я начинал видеть и себя красавцем), мужеством и оптимизмом. Его слова «Смейся, сынок, когда тебя обижают, когда тебе плохо, ты сильнее обстоятельств, верь в свои силы, и плохое уйдёт» и сейчас решают сложные ситуации, правда, никто так, как Альбертик, во всю жизнь не обижал меня.

Я подражал стремительной походке Тимыча, его способности во всём найти праздник, и так же, как он, буквально вцеплялся в каждую строчку учебника. Тимыч много занимался при мне и приобщал меня к своим открытиям нового! В большей степени благодаря ему я учил каждую косточку и каждый орган.

Несмотря на то, что моложе, он Лиме советует, как в том или ином случае поступить. «Свежий ветер», — зовёт его Лима.

Тимыч легко учится в медицинском и уже оперирует. Только странная у него специализация. Патология пола.

Тимыч и Лима — фундамент моей жизни, опора, моя сила и моя радость, моя душа.

ГЛАВА ВОСЬМАЯ

И вдруг, когда мы с мамой переехали в мамину квартиру, они оба исчезли. Не звали меня к себе, не звонили мне и не приходили ко мне, как будто меня никогда в их жизни и не было.

И появился Тимыч только сейчас, после маминой попытки самоубийства.

Один раз мы все вместе поужинали, один раз вместе позавтракали. Лима с Тимычем подсовывали нам лучшие куски, но разговор не клеился, и я прятал от Лимы и Тимыча глаза, потому что не мог перед мамой проявить тоску по ним, жажду их.

Мне так хотелось, чтобы Лима своей горячей ладонью провела по моей щеке, а Тимыч позвал: «Смотри, сынок, что я нашёл!», и передо мной — нервная или лимфатическая система. — Вот это да, сынок! Здорово мы пронизаны заботой природы!»

Разговор спотыкался. Ни случаев из практики, ни их расспросов об уроках, книжках. Мои самые близкие люди внезапно оторвались от меня и понеслись в свои жизни уже без меня. Или я оторвался от них.

Матрона смотрит на меня. «Ты — мужчина!» — слышу я.

Но и она оторвалась от меня. И она не может объяснить мне, как я должен жить дальше, без них всех!

А сегодня, сейчас, когда мы с мамой впервые угадываем друг друга, я понимаю без слов: она не хочет, чтобы Лима осталась для меня мамой и даже мачехой! Понимаю, что и Тимыч ей не нужен. Тимыч — Лимин, не её муж. И не отец он мне. Моим отцом был Саша, бабкин сын, которого мама любила, смерть которого навеки оборвала в ней женщину, чему помог и лагерь. Маме не нужен чужой пирог. И она молит меня об отречении от Лимы и Тимыча.

Наш разговор звучит разными голосами: моим и её. Я прошу её оставить мне Лиму и Тимыча. Она кричит: «Нет!»

В кухню входит заспанная Алёна, с одной ярко-розовой щекой.

— Я очень хочу есть! — говорит она, словно она в собственном доме и в самом деле превратилась в мамину дочку, и переводит взгляд с мамы на меня и с меня на маму. — Я помешала? — тут же понимает, что что-то не так в нашем молчании.

Мама вскакивает, как девочка, и говорит:

— Я тоже голодная. У нас есть колбаса, хлеб и сыр. Я ещё ничего не готовила. А ещё у меня оставалась лапша. Я быстро сварю. Садись, Алёнушка, садись скорее. — Мама улыбается.

Да у неё прежняя, свадебная улыбка! И, наверное, суетится она так же, как когда спешила чем-то угостить отца.

Кружится голова. Алёна здесь, у меня дома! Алёна и мама вместе.

Я знаю, Алёна поест и уйдёт к бабушке. Но останется её дыхание у нас с мамой, и её запах ребёнка, и тепло её тела в моей постели.

Теперь Алёна может приходить ко мне, а мама будет считать её дочкой и кормить, как меня, и расспрашивать о школе, и о книжках, и о том, о чём Алёна думает. С этой минуты у меня новая семья. В ней нет Лимы и Тимыча, но есть мама и Алёна.

Звонит звонок. И я на подгибающихся ногах иду к двери.

Матрона и Санька.
Санька кидается ко мне и кричит:

— Я больше не хочу без тебя! Давай играть. Мы с тобой ещё не всех белых медведей спасли. Мы не на самолёте полетим, а на коне поскачем. И ты мой конь, а конь не бросает хозяина! — Он виснет на мне, а потом видит маму и кричит ей: — Ты говорила, любишь меня, а сама где? Почему ты к нам не приходишь? — Он тычется ей в колени, а она, с куском сыра, садится перед ним на корточки.

— Сашенька, я очень люблю тебя! Хочешь, я расскажу тебе сказку?

— Хочу! — строго говорит Санька. — Только сказки рассказывают перед сном. Ты должна пойти со мной, уложить меня. — И тут Санька видит Алёну, сидящую в тёмном углу, кидается к ней, залезает на колени, обнимает. — Вот это да! — шепчет. — Ты пропала. Сама приходила за мной, целовала меня, кружила, называла братом, читать научила, — старательно перечисляет он все подвиги Алёнки, — играла со мной в самолёты, а теперь бросила, да? — И вдруг видит синяки и осторожно двумя пальцами начинает гладить. — Ты ударилась, да? Я вылечу тебя! Сейчас всё пройдёт!

А в дверях кухни стоит Матрона и плачет. В руках тарелка, прикрытая салфеткой.

— Я пирог испекла.

Булькает вермишель. Алёна режет сыр и колбасу, Санька сползает с колен Алёны, хватает кусок колбасы, жуёт и продолжает стремительно говорить:

— Хочу спасти белых медведей. Хочу вместе с вами делать уроки. И Рита без вас не хочет. Хочу сказку. Хочу, чтобы Алёна с Веней

Глава восьмая

со мной и с Ритой вместе шли из школы. Режь, баба, свой пирог. Ты сказала, большой кусок дашь мне!

Я подхватываю Саньку на руки, изо всех сил прижимаю к себе. Мой брат. Мой щит. И зовут его, как звали моего отца.

А ещё он — лазутчик Лимы и Тимыча. Наверняка это они прислали его ко мне, чтобы сказать: они есть для меня, ничего не изменилось.

После ужина мама пошла провожать Алёну к Веронике Сергеевне, а я, не раздеваясь, плюхнулся в Алёнкины запахи и уснул. Не слышал, как мама вернулась, но проснулся раздетый и укрытый одеялом.

У меня есть мама.

На другой день мы с Алёной снова сидели за нашей партой. А ребята смотрели на нас. И Альбертик. То и дело я ловил его взгляд на Алёне, и почему-то сжималось сердце и слабели ноги.

После уроков Алёна теперь спешила к бабушке, убиралась, покупала продукты, готовила. А потом приходила ко мне делать уроки и ужинать со мной и с мамой.

Как-то я спросил, навещала ли она мать, она сжалась, как от удара.

— Навещала. Я так боюсь её!

Не в силах помочь Алёне, я пытался утешить её:

— Маму вылечат. Она найдёт работу. Она не будет обижать тебя.

Алёна не отвечала, лишь вздыхала.

Однажды из школы она сразу пошла ко мне. Но не я в тот день интересовал её. Она попросила маму сказать, что делать дальше: нужно забирать маму домой, а она боится.

— Чем же я помогу тебе, девочка? Мама не любит меня, ты сама говорила. Я только раздражу её.

— Вы её знаете. Верните её хорошую. Бабушка говорит: раньше она была добрая.

Мама испуганно уставилась на Алёнку.

— Как я могу вернуть её?

— Не знаю. Спасите нас с бабушкой. Только вы можете помочь мне. Папу я не нашла. Я так искала его!

— Мама говорила, папа бросил вас, но во что-то вмешался и исчез. Почему-то из-за него и маму взяли. Мама уверена: в живых его нет, иначе пришёл бы к тебе, он сильно любил тебя.

— Каким он был, мама вам говорила?
— Придирчивым. Тут не так лежит, там не вытерто. У него мать такая.
— Так, у меня ещё одна бабушка есть?
— Я не знаю. Никогда больше Валя о свекрови не говорила. Хорошо, Алёна, я попробую сходить к маме. А когда её выписывают?
— Через неделю. Но, мне кажется, вам лучше сходить к ней в больницу.
— Не разумно, Алёна, в таких больницах обстановка тяжёлая, санитары злые, тяжёлые двери хлопают и ключи скрежещут. Нервы у всех напряжены. Давай я приду к вам домой, а вы с бабушкой в магазин сходите, хорошо?
— Я боюсь её. Если она опять будет драться, я совсем убегу.
Мама обняла Алёну.
— Не суди её. Ты и представить себе не можешь, через что мама прошла.
— И ты тоже?
Мама не ответила мне, только быстро взглянула.
У Алёны косы, как у мамы на свадебной фотографии.

Мама не рассказала, как и о чём они говорили с Валей. Но, по словам Алёны, Валя сделалась совсем пришибленная.
Может быть, вовсе не мама помогла, а таблетки, которые Валя теперь глотала.
Стала Валя разносить почту, а вечерами училась на курсах бухгалтеров. Алёна смогла приходить ко мне на подольше.

· · ·

Месяцы для меня слились.
Эпизоды, мысли, выхваченные из памяти, не всегда чёткие разговоры, мои домыслы, ощущения. Весьма вероятно, совсем не такие, какими казались тогда.
Но через все эпизоды, все ощущения — Альбертик и его отец и Сталин. Они — в каждом моём дне и в кошмарах моей ночи. Я, именно я, должен что-то сделать, чтобы навсегда остановить их, уничтожить их власть над людьми и над умами слепых, несчастных моих сограждан, жаждущих жёсткой власти сегодня, доверчиво идущих в рабы.
Я не психиатр, но прочитал много книг по психиатрии, пытаясь понять, почему в жизнь и в голову четырнадцатилетнего

ребёнка могли ворваться эти люди, почему праздничные улыбки властелинов рушат меня в бездну беспомощности и зуда: ты должен!

Что я должен? Почему именно я что-то должен? Кому должен? Что я могу? Что мне сделать, чтобы выбросить их из моей головы, в которой бушует беда?

Тогда я ещё не читал книг Керсновской и других, никакого представления не имел о психиатрических больницах, в которых превращали в овощи думающих и смелых людей, рискнувших не согласиться с властью. Я видел только наших с Алёной мам, я пережил неприятие их, пока в свои четырнадцать лет прозрением не осознал, что наши мамы ни в чём не виноваты, что разрушения в них совершены «Альбертиком» и его отцом, и Сталиным, и им подобными.

Навсегда вместе со страхом смерти, с видением этих самодовольных лиц — зудящие вопросы: как одни могут издеваться над другими, кто дал им это право и где Бог, в которого так верила моя бабка, в которого так верит моя Матрона?

Самое интересное и не объяснимое для меня: Альбертик-то был ещё фактически ребёнок, когда мучил меня. Что же, значит, в генах некоторых людей с раннего детства уже бушует жажда унизить, обидеть других, причинить им боль, а в генах других, таких, как Кузька, Жоржик и Минечка, с рождения — жажда подчиняться, служить, терпеть унижение, то есть изначально в них течёт рабская кровь?

Ускользали объяснения, я не мог ухватить их.

А Бог-то при чём?

Кто отнял у бабки мужа и сына и почти отнял сестру?

Кто у Матроны отнял на войне сына?

Кто?

Это сегодня я знаю, кому мы обязаны таким количеством погибших!

Это сегодня я знаю: на Землю вместе с поэтами и учёными... приходят антихристы, несущие разрушения и смерть.

Но сегодня я не могу понять, как, когда никакого Сталина уже нет в помине, миллионы наших людей, знавшие о ГУЛАГе, знавшие историю, снова терпят власть жестоких властителей, не видящих в них людей? Обобранные, сведённые к положению бездумных зомби, как могут терпеть нищету, унижение, подавление их личностей?

Спасибо, что я не уподобился минечкам, жоржикам и кузькам, вовремя очнулся, восстал против альбертиков и вынырнул из жестокости своей: принял свою мать в своё сердце, увидел её лицо прекрасным и стал стирать её морщины — смешил её, рассказывал, какие книги читаю, о чём думаю.

Слова Тимыча «Смейся, сынок, когда тебя обижают, когда тебе плохо, ты сильнее обстоятельств, верь в свои силы, и плохое уйдёт!» снова в действии.

У МЕНЯ ЕСТЬ МАМА

Мама вставала очень рано — в пять-шесть утра. К завтраку пекла оладьи с изюмом или в духовке жарила хлеб с сыром.

За годы с Лимой я привык завтракать один, а тут меня ждали красиво накрытый стол, салфетка около тарелки, дымящееся какао, тонко нарезанный сыр и улыбающаяся мама. Морщины разъезжались к ушам. Мама с фотографии.

Мы сидим друг против друга. И мама рассказывает, как встретилась с папой.

Они учились в одном институте, и на общих лекциях курса он всегда садился рядом с ней.

— Что в нём было? — жадно спрашивал я.

— Рассеянность. Внутри же, похоже, лаборатория. Как-то он мне сказал: «химические реакции происходят… краски, смешение разных веществ, переплав мыслей».

Я поперхнулся: вот от кого во мне химические реакции, краски и смешение разных веществ!

— Я тогда не поняла. А когда сама стала придумывать сказки, поняла.

— А что он придумывал? — хрипло спросил я тогда маму.

И мама путано заговорила о каких-то играх в голове, красочных видениях, когда он куда-то плывёт, летит, попадает на какие-то планеты и не может вернуться в действительность.

Мы с мамой вместе бежали в школу.
За ужином с последней фразы разговор продолжался.

Вступаю день за днём в их прошлое: папины переводы, папины собственные книжки. Ни одного черновика не осталось, всё забрали при аресте.

— Мама, давай узнаем. Говорят, возвращают бумаги?!
— Кто говорит?

— Не знаю. Тимыч обмолвился.

Голова к голове сидят рядом мои папа с мамой на фотографии — сохранились те мамины фотографии у Лимы.

Меня ещё нет, но они меня уже ждут.

— Мы чувствовали, будет сын. Папа просил назвать тебя Веня. У него был друг Веня. А потом навсегда исчез. Они странно общались: папа начинал фразу, Веня заканчивал, и наоборот. Словно из одной клетки. Папа всю жизнь ждал его. В ночь перед арестом папа сказал: «Знаешь, Веня знак подал, мучается сильно. Не объяснил, но, значит, и мне суждено через что-то пройти».

— Мама, расскажи подробно про каждый день.

— Книжки, сынок. Одни книжки. Папа читал запоем. Брехт, Ремарк, Цвейг. Помню, из Брехта его тронула «Трёхгрошовая опера». В ней освобождают от смертной казни преступника и даруют ему деньги, имение и прочее. «Понимаешь, — волновался папа. — Идея-то какая: нужно быть терпимее к виноватым!» Помнишь, у Пушкина в «Пире Петра Первого»? Почему ликует Пётр? Не из-за побед...

>...Он с подданным мирится;
>Виноватому вину
>Отпуская, веселится;
>Кружку пенит с ним одну;
>И в чело его целует,
>Светел сердцем и лицом;
>И прощенье торжествует,
>Как победу над врагом.
>
>Оттого-то шум и клики
>В Петербурге-городке,
>И пальба, и гром музыки,
>И эскадра на реке...

— Это был вопль Пушкина к Николаю Первому: прости декабристов! Отпусти их на свободу! Вопль вопиющего в пустыне.

Мама не вздохнула тяжело, мама ничего больше не добавила. Я за неё договорил: а тут невиновных не отпускают!

В тот день мама прервала разговор.

В другой раз заговорила о другом:

— Не знаю, где папа нашёл роман «Три товарища», он не был переведён у нас тогда. Папа сказа: выпустило какое-то Бельгийское издательство. Но как-то роман проник к нам на немецком. О дружбе, о жестокости войны, о призраках прошлого, о любви. Потрясение было такое, что папа даже спать не мог несколько ночей. А уж роман «На западном фронте без перемен», кажется, в 1929 году написал его Ремарк, испугал папу. Он не стал пересказывать его мне, сказал только: поколение выбито целиком, мальчики. Ужасы такие, тебе нельзя читать его, спать не будешь. И у нас, сынок, выбито несколько поколений… лучших. Прости, сынок.

Резко оборвала. И заспешила в магазин.

А я, ещё ничего толком не зная, стал думать, а что такое поколение, это сколько лет должно пройти для другого поколения? Что значит «два поколения»?

Мама словно снова жила там, в прошлом, с папой. И голос её чуть дрожал.

Я молил: вернись, прошлое.

Сейчас папин голос для неё живёт. И книжки живут сейчас: книга за книгой. Вот они, снова с ней.

В другой раз мама говорит о Цвейге:

— Его издавали у нас тогда. А он совсем не был похож на те русские книги, которые нужно читать советским людям. «Амок», «Звёздные часы человечества», «Двадцать четыре часа из жизни женщины»… мы читали всё подряд, запоем…

• • •

Много позже я пошёл по папиным следам, читал всё, что он тогда читал. И всего Цвейга прочитал. И вдруг в его письме к Ромену Ролану нашёл такие слова о 36-м годе: «…в Вашей России Зиновьев, Каменев, ветераны Революции, первые соратники Ленина расстреляны, как бешеные собаки. Вечно та же техника, как у Гитлера, как у Робеспьера: идейные разногласия именуют „заговором"».

Права была Керсновская: теми, кто не интересуется политикой, интересуется политика!

Наверняка папа не читал письма Цвейга, не мог он тогда прочитать их.

В тот год упоения мамой и жизнью моих родителей я ещё ничего не знал и не понимал, но чувствовал, что подхвачен каким-то

Глава восьмая

страшным потоком, который несётся и меня несёт в себе и обязательно заставит делать что-то, чего я делать не хочу. И снова мелькали лица — Альбертика, его отца, Сталина...

Тогда срабатывало подсознание, в снах: мне снились колымаги, грохочущие по плохой дороге, и много измученных людей, похожих на маму; несущаяся стремительно мутная вода, зажатая каменными стенками по бокам, и в ней тоже головы и головы... и я с ними, и пытаюсь не захлебнуться.

* * *

А мамин голос и сейчас звучит:

— Читали, обсуждали, записывали и друг другу вычитывали то, что захватило. Копались в библиотеках, с немецкого переводили то, что находили необычным. Всё делали вместе. Преподавать мне не нравилось, не моё, и сейчас трудно, а вот в книгу входить... Мы с папой то в одном мире, то в другом. Вместе... Мы всегда вместе, сынок. С первой встречи.

— Ты поплачь, мама, — мой голос, тот, детский, ещё не переломленный в баритон. — У тебя слёзы внутри собрались. Матрона говорит: их нужно кровопускать.

«Кровопускать» слёзы помог 20 съезд. О нём рассказал нам Тимыч. Он пришёл к нам один, попросил чашку крепкого чая, рванул ворот рубашки, пуговица сорвалась и громко запрыгала по полу.

Мы с Алёной во все глаза смотрели на злого Тимыча, у него странно вбок сползал рот.

— Сядь, Ира, и слушай. Лима ещё не вернулась. А я терпеть больше не могу. Случайно попал на партийное собрание. Читали доклад Хрущёва. В других местах, наверное, раньше узнали: ещё в феврале, до нас лишь сейчас добрался. В воздухе звенит что-то, люди как пьяные. Разоблачили, Ира, убийцу. — И Тимыч, сбиваясь, рвано, зло бросал в нас цифрами: сколько расстреляно, сколько объявлено врагами народа, сколько погибло в ГУЛАГЕ невинных. А главный убийца — Сталин. Смотрел в «глазок», как пытают его друзей. Садист.

Фразы Тимыча хлестали нас, крутились вихри в голове.

Через много лет я прочитаю этот доклад. А в тот час я видел только маму: ни слова не говорила она, слёзы заливали лицо, и скоро ворот кофты стал мокрым. Я подскочил к ней и обнял косточки плеч. «Плачь, мама!» — кричал я про себя, слыша Матронино: «кровопускать слёзы нужно».

Мама рассказывает о папе — какой необычный, какой яркий был мой папа, какая яркая и счастливая жизнь была заявлена! Мамин голос звучит и сейчас. Его сломать, искалечить, как тело и душу, не смогли: чуть низкий, как у Алёны. Голос — лазутчик души: жива душа, вот она, в наших разговорах воскрешается. Чуть ломкий голос.

Как же получилось, что Алёна неуловимо похожа на маму: греющим голосом, косами на груди (мама в юности), большеглазостью, только у Алёны — золотистые глаза, а у мамы, как и у Лимы, как и у Саньки, то светло-зелёные, то светло-голубоватые.

А у меня, как у бабки, как у папы, — чёрно-карие.

Наши вечера с мамой и папой были безразмерны: в них мы жили вместе, втроём.

Сейчас понимаю, как коротка жизнь: всего-то вместе, семьёй, папа с мамой прожили два года. А как была задумана! И рухнула внезапно — из-за параноика и убийцы.

Керсновская Ефросинья тоже заявила жизнь одну, но попала в ад, и в аду обрела себя новую: творила рисунки, в горсть собрала эпоху. Если бы рядом с ней в том аду оказался (а не был расстрелян) мой папа, он выжил бы наверняка: внутри него тоже творилась жизнь, а только такие способны сохраниться в жестокости и не погибнуть.

Мережковский назвал Петра Первого Антихристом. А в наш век не только Ленин и Сталин, погубившие миллионы людей, но и все их слуги — антихристы. Но как могло появиться сразу столько антихристов?

Гоню от себя морды молодых и старых антихристов, пытавших и убивавших мучеников, а дома спокойно распивавших чаи и ласкавших своих чад, гоню муки ни в чём не повинных людей, но их муки для меня — сегодняшние, с меня содрана кожа.

Господи, бабкин и Матронин Бог, помоги!

Я не верю в Тебя. Я потерял всё, без чего не мог жить. Но для бабки и Матроны Ты существовал.

«Оттуда», бабка, папа и все мои родные, которых я так и не узнал, помогите мне перестать ощущать ожог внутри, сопричастность с той, с прошлой болью каждого!

Всё, что хотел бы я написать о моём веке, будет вторично, потому что столько очевидцев, прошедших ГУЛАГ, солдат, чудом

Глава восьмая

вернувшихся с войны, на которой убивали не только немцы в лицо, но и свои в спину, уже выплеснули в нашу историю свои свидетельства эпохи, куда мне с ними соревноваться! Но столько десятилетий во мне жертвы и Холокоста, и ГУЛАГА, муки их. Выплеснуть из себя, начать спать. Но не уходят они…

Столько десятилетий прошло, а ведь сегодняшние палачи и жертвы — порождение тех, кто определил трагедию двадцатого века. Я о жертвах и палачах по наследству, генетически.

Альбертик и моя Алёна.

Альбертик-палач заметил свою жертву сразу, аккуратно определил в жертвы и только ждал своего часа. Он не кружил над ней навязчиво, как оса или комар, чтобы присосаться и выпить кровь. Он следил издалека. Он изучал. Он собирал в горсть козыри: о чём, захлёбываясь, Алёнка говорит на уроках литературы, какие стихи любит, почему в истории любит эпоху Алексея Тишайшего и раннего Александра Первого с его попыткой привить России гуманизм… почему любит розовый и не любит коричневый цвет платья, зажатая которым в рамки, должна ходить в школу и который стесняет её движения и порывы.

Отцовские навыки перешли к Альбертику через воспитание или в зачатье — наследством — первыми рванулись в Альбертика клетки палача?

Много собралось в красивых ручках Альбертика козырей. Все они потом, очень скоро, сыграют его победу.

* * *

А пока мы с моей Алёнкй вдвоём делаем уроки, или у неё дома, за небольшим её столом, на который я в первый же день нечаянно капнул чернила и отмыть не смог, или сидя за широким бабкиным и отцовским письменным столом, покрытым зелёным толстым сукном.

Мама приносит нам яблоки и орехи, компот.

Мама зовёт мою Алёнку дочкой и любит слушать, как Алёнка рассказывает о своём котёнке (дрожащего подобрала у подъезда), как поёт песни Шульженко и Утёсова, как читает стихи и повторяет выученные уроки.

Мама и Алёнка под одной крышей вместе со мной. Я захлёбываюсь радостью, из кожи вон лезу, чтобы получать только пятёрки, как Альбертик: Алёнке и маме не должно быть за меня стыдно.

Мой Тимыч. Уход моей Матроны

Тимыч поймал меня около школы.

Я спешил домой. Скоро придёт Алёнка, только покажется Веронике Сергеевне и переоденется. А мне нужно помочь маме доделать обед и накрыть стол.

Шесть уроков — это естественно: в седьмом классе предметов уже много.

А сегодня ещё устроили общешкольное дурацкое собрание: как нужно вести себя в общественных местах.

Кому нужно это знать? Альбертик и я умеем вести себя и на улице, и в библиотеке, и в школе. А Кузька всё равно будет орать, дёргать девчонок за косы и срывать уроки вместе с Минечкой и Жоржиком. Но за всеми их художествами — Альбертик, «благородный», отличник, пай-мальчик, им всем трём даёт добро: срывайте всё, что можете! Это вносит горький привкус приправы. Альбертик наслаждается слезами обиженных и растерянностью учителей!

— Стой, блудный сын!

Мощную лапу Тимыча я знаю, он больно стиснул моё плечо.

— Что же ты бросил всех нас? Мы были одной семьёй: вместе ели, говорили обо всём. Лиму тут как-то застал в слезах, скучает. Саньке ходить к вам запрещено, а он не понимает. Сядет и смотрит в одну точку. Если бы не Рита, не знали бы, что иделать. С Ритой уроки учит, с Ритой читает и играет. А вечером кому-то из нас приходится провожать Риту. Одна польза: дышим перед сном. Бабака совсем из помощи выпала.

Он сильно осунулся, мой Тимыч. Ни тренировок теперь, ни прогулок. С утра до глубокой ночи работа и заботы мужика, как называет его Матрона.

— Бабака занемогла. Губы синие. Сердце. Сашу в школу отведёт, после продлёнки не всегда вернёт. Иногда Санька и сам дорогу перебегает. Прыти в бабаке нет. Накормит Саньку и Риту, сядет и сидит. Только глазищи.

Много лет Тимыч был моим отцом.

А теперь родной отец из праха восстал. Вся стена в моей комнате теперь отцом увешана, как было у бабки.

Тимыч стоит передо мной и молчит.

Как получилось: я бросил моего Тимыча, мою Лиму? И моего Саньку, у которого глаза — мамины, Лимины. О Матроне, как

Глава восьмая

и о бабке, никогда не думал. Они во мне обе притулились, всегда для меня.

Матрона больна?

— Говорить будешь? Или в молчанках до последней минуты проживём?

— Буду говорить. Мать вернулась, — бормочу я.

Тимыч кивает.

— Информация ценная. Главное: новая. Ну и?

— Она ревнует. Она хочет меня всего. И Алёну как дочку. Она мне сказки на ночь читает, как трёхлетнему. Смешно, но те же, что бабка читала. Она мне песни поёт. Знаешь, как: закроет глаза и поёт. Голос чуть дрожит, как когда слёзы сыплются, булькает. Не знаю, куда деваться от этого голоса. Тимыч, не могу её прервать. Она вроде растит меня снова, сама. Она пересказывает мне их с папой каждый день. Она мне папу дарит, — долдоню я. — Ну, скажи, как я могу прервать её? Ревнует меня, — повторяю беспомощно. — Боится, что я тебя и Лиму больше неё люблю.

— Весы купила?

— Какие весы?

— Любовь взвешивать. Был тебе отцом, теперь свой есть, а меня куда?

— Тимыч, не надо. Ты для меня... Ты — это всё моё. Это навсегда. Знаешь, как давай? Вы все придите к нам на обед. Я маме скажу. Мама курицу зажарит. Мы с Алёнкой салат сделаем. Я устрою. Я маме скажу. Не уйду же я от неё за два часа? А и без вас всех не могу. Проскакивают недели, не успеваю охнуть. А ты почему не на работе?

— Сказал же, Матрона уходит. Ты бы зашёл к ней. Санька обхватит её ноги и просит: «Ба, не болей, я буду слушаться!».

Тимыч чуть не бежит от меня к троллейбусу.

А я всё стою.

Подлец какой! Как младенцу с игрушкой в одной руке в другую новую дали, старая-то и выпала.

И только тут дошло до меня: «Матрона уходит».

Срываюсь, бегу к ней. Ключ не суётся, выскальзывает из пальцев. Кое-как справляюсь с ним.

Матрона лежит в гостиной на моём первом диване, цвета травы, с золотыми кругами.

Спит не спит?

Встаю перед ней на колени, шепчу:

— Прости меня. Ты для меня...

Как странно: слов нет. Косноязычность.

Матрона открывает глаза и улыбается.

— Внучек мой, ты пришёл, спасибо. Прости, внучек, не смогла заменить тебе бабку. Сильно старалась, но разве такую заменишь? Мы с тобой, внучек, ещё попьём чайку. Я тебе, внучек, ещё спеку твоё любимое безе. Вот только силы немного наберу. Помнишь, тебе моя утка с яблоками и черносливом понравилась? Помнишь, как ты чернослив пальчиками вытаскивал? Что бабке-то сказать, накажи!

Я поперхнулся слезами. Бредит? Или чувствует, что уходит?

— Матрона, ты заменила мне бабку, я без тебя и не выжил бы! Ты мне отца подарила. И Саньку. Всё от тебя, Матрона! Ты...

— Бабке-то что передать? — улыбается Матрона. — Помнишь её ещё?

— Каждый день. Знаешь, раньше думал, не люблю, а ушла она, каждый день...

— Не нужно, внучек. Береги слёзки. Это товар дорогой. Не из каждого для другого такой подарок родится. Себя жалеючи, может, и льют не экономя, а за другого, для другого...

Я вскочил, кинулся к двери и, уже выбегая из гостиной, крикнул на ходу:

— Не смей уходить! Жди. Я вернусь! Я скоро.

Дома пахло оладьями. Мама знает, как я люблю их.

— Сынок, на первое — оладьи, на второе курочка. На два дня сделала. Что с тобой?

— Мама, Матрона умирает. Лима плачет, Тимыч обижен. Мама, мы так не можем. Пожалуйста, пойдём, поможем Матроне. Саньку с продлёнки заберём. Мама, пожалуйста, давай я сам для всех сготовлю обед. Матрона лежит. Губы синие. Мама, Санька, Лима... они наша кровь, мама!

Слова вылетали пулями. Я ждал, мама сейчас закричит «мы наша семья», а она пошла на кухню, взяла блюдо с оладьями и сковороду с курицей и пюре и тихо попросила:

— Придержи дверь, сынок. Позвони Алёне, чтобы шла туда. А сам сбегай за Санькой.

Так снова началась наша общая жизнь. Она резко отличалась от придуманной мамой.

Глава восьмая

Да, мы с Алёной вместе делали уроки, и мама кормила нас обедом. Но потом бежала кормить Матрону, Риту и Саньку, которых домой теперь снова приводили мы с Алёной.

А ужинали мы теперь все вместе. Но теперь не Матрона, а мама готовила общий ужин. Что-то накануне успевал сделать Тимыч, он у Матроны ещё мальчишкой научился готовить и любил угостить. Мы с Лимой мыли посуду и наводили чистоту после ужина.

Добирались мы с мамой домой только к десяти вечера и, эмоционально перерасходованные, брели в свои комнаты.

Ночами мама плакала. Она тосковала по мне, я должен был принадлежать ей целиком. Она не могла больше рисовать нашу жизнь втроём вместе с папой, и у неё не было сил рассказывать мне сказки на ночь и петь песни. Она уставала от общей жизни, от разговоров о больных и операциях. Она осунулась.

Матрона почти всё время лежала. Иногда пыталась сама накормить Риту и Саньку. Но слабость тут же снова валила её лечь.

Она уснула навсегда, никого не побеспокоив.

В этот день Рита не пришла. Санька, увидев, что она спит, тихо делал уроки и на цыпочках ходил по комнате, чтобы не разбудить её.

Родители пришли рано, словно почувствовали.

А Санька так и не понял, почему они стоят потерянные над Матроной, почему велели ему идти к нам.

Я поспешил отвлечь его:

— Давай играть в спасатели! А хочешь я буду твоим конём, как раньше, когда ты был маленький?

Но он вопросительно смотрел то на меня, то на маму мамиными, Лимиными, глазами, и из его глаз уходили детство, беспечность и смех.

— Теперь Матрона никогда не проснётся? — спросил он.

Мы переглянулись, не зная, что ответить.

— Ангелы есть у каждого человека? Они всегда с нами? На небе тоже есть комнаты и школа? Матрона и там будет печь свои пироги?

Мы попытались вернуть его в этот мир.

— Что ты сегодня узнал в школе нового? — спросил я.

— Какую задачу решали? — спросила Алёна.

— Какой рассказ читали? — спросила мама.

На всё Санька отвечал «не помню».

Ни бегать наперегонки, ни играть в мяч он не захотел.

Лишь светлый хохолок на макушке торчал непослушно, как всегда.

Он доверчиво смотрел на нас, ожидая, что мы ему всё объясним. А его вопросы, на которые нет ответов.

Так же было и со мной, когда ушла бабка.

«Куда она ушла?», «Почему бросила меня?», — спрашивал я тогда Матрону. — «А когда она вернётся?», «А там она будет готовить еду?»

Вообще Санька сильно напоминал меня: дотошно допытывался до осознания непонятного.

— Почему никто не может мне ничего объяснить? Объясни ты, мама Ира. Где моя Матрона? Если на небе тоже есть дома, школы, почему я ничего этого не вижу? Облака вижу. Из облаков иногда получаются собаки и корабли, но никаких людей я не вижу.

Мама, как и я, рушилась в тупик.

— Учителя всё знают! — наступал на неё Санька. — Ты учишь всех! Учи!

Спасла нас Алёна.

— Ты хочешь видеть всё близко, а всё, что на небе, гораздо выше, очень далеко, как в другом городе, снизу глазом не увидишь. Небо между нами — просто воздух.

Мама уложила его на раскладушке у себя в комнате, рассказала сказку. А он всё бессонно смотрел на нас. И мама начала рассказывать новую сказку, а я пошёл провожать Алёну домой.

Обратно шёл чуть не час, хотя между мной и Алёной было не больше двадцати минут туда и обратно.

Счёт потерь увеличивался: теперь ушла и Матрона.

Это я виноват. Я пропал, она расстроилась. Она привыкла, что я есть.

Порог детства и взрослости.
Мама оказалась в детстве.

Мама и английский.

Нас она не учила. Её седьмые и восьмые за ней не ходили, домой с вопросами не звонили. И, наверное, не полюбили английский.

Она была права: учить детей — не её призвание.

Глава восьмая

Я тоже английский не полюбил.

Нас учила английскому Генриетта Ивановна. Она была маленького росточка, со скучным голосом. Совсем не вязалось имя с отчеством. Но своим диссонансом как раз подходило к скучным голосу и глазам.

Уже взрослым, я вычитал, что женское имя — «Генр-иетта» произошло от имени «Генр-их», что означает могущественный правитель и дом богатый. Женское имя означает «богатая хозяйка».

Но ни хозяйкой, ни богатой, ни могущественной нашу Генриетту Ивановну не назовёшь никак. Чужое имя с её отчеством и с её личностью никак не сопрягалось. С самого первого урока она была скучной. Я помню эти её уроки первого года.

«We love our great Leader Comrade Stalin». Повторите, дети, три раза. Это нужно запомнить.

Помню: «Сегодня мы изучим глагол „make". Этот глагол важен для понимания, когда мы что-то делаем руками. „We are making little tanks and guns, many little flags", „He is making a big red flag". Пожалуйста, повторите эти фразы. Напишите по-английски: „он, она делает...", „они делают"».

Бедная, Генриетта Ивановна беспомощно смотрела то на одного, то на другого своими маленькими мышиными глазками, словно умоляла запомнить, написать.

Но все её потуги научить нас языку оказывались тщетными: слова, спряжения, неправильные глаголы не запоминались. Лишь отдельные фразы со Сталиным, танками и флагами напрочь осели в моём девственном мозгу, английский я не принял и не полюбил.

За что, почему она ставила мне пятёрки по языку, до сих пор для меня загадка.

В тот поздний вечер на пустынной дороге домой я вдруг спросил себя: что со мной, причём тут английский, почему вдруг я вспомнил Генриетту Ивановну?

Я хорошо учусь. Мы с Альбертиком единственные круглые отличники в нашей параллели.

Почему-то в тот вечер, когда умерла Матрона, на долгом моём пути от Алёны домой, начался пересмотр всех моих пристрастий. Я окончательно понял, что для меня интереснее любых книг — тайна сопряжения нервов и косточек, мозга и сердца с нашими чувствами. И это я могу легко выучить.

А вот что — Там, откуда никто не возвращается? Мы совсем уходим или нет? Такое совершенство, как человек, набравший в себя столько знаний, как мой папа, или столько любви к людям, как моя Матрона... и исчезает. Зачем создавался?

Санькины вопросы распоясались во мне, они мучили меня в раннем детстве, на время притаились забытыми, а сейчас забились пульсом снова. Не решив их, нельзя жить. Они не наивны, эти Санькины и мои вопросы.

Больше всего мне сейчас нужны Лима и Тимыч. Но они сидят около Матроны, лежащей в гробу на добром хлебосольном столе.

Мама уже спала или делала вид, что спит. А я открыл атлас.

«Сагитальный распил на уровне двух поясничных позвонков», «студенистое ядро межпозвоночного диска», «продольные пучки крестообразной связки атланта», «гипофиз и эпифиз»... — музыка. Только это — живое, пока человек жив. И только это интересно мне.

Но никак не связывается это с Санькиными и моими вопросами, с тем, что скрутило нас с Алёной, меня с мамой, Лимой и Тимычем, с Матроной и Санькой. Никак не связывается с тем, что же такое «бессмертные стихи», которые читала Наталья Васильевна. «Ни съесть, ни выпить, ни поцеловать...» И всё-таки что такое «Там», куда внезапно, ни с того ни с чего уходят любимые люди?

Не думать об этом.

«Гипофиз и эпифиз...» Вожу пальцем по органам.

Оказывается, с детства помню всё это многообразие органов, желёз, клеток, созидающих человека.

Только в сердце я не захотел заглянуть сегодня. Всё равно уже никогда не смогу помочь моей Матроне.

Если бы она ещё немного пожила... если бы я успел выучиться... я спас бы её!

Засыпая в ту ночь, я изо всех сил жмурился, чтобы перестать видеть Матронины странные, чуть раскосые, Тимычевы глаза. Мне всегда казалось, Матрона не бабка Тимычу, а мать, уж очень они сцепились душами.

Утром прибежала Алёна: чем можно помочь? И мама позвала Тимыча и Лиму завтракать к нам. А я, не оглядываясь на маму, стосковавшийся без Тимыча, без Лимы, без её всегда тревожившего меня голоса, попёр, как танк:

— Лима, расскажи, почему ты ушла из патологии, расскажи о сегодняшних больных, какие сложные случаи?

— Тимыч, пожалуйста, объясни, почему ты пошёл в патологию, как мальчика ты превращаешь в девочку, а девочку в мальчика?

ГЛАВА ВОСЬМАЯ

Мама делает страшные глаза: не время сегодня, и Санька тут, как можно при нём?

Но я впиваюсь взглядом в Тимыча и в Лиму.

Время, мама, именно то самое время, когда надо решать, как я смогу спасать людей.

А потом Алёна и мама играют с Санькой, Тимыч убегает к Матроне, словно она — живая и никак нельзя оставить её одну.

А мы с Лимой моем посуду.

Я буквально требую от Лимы ответа, почему она ушла из патологии.

— Глаза, понимаешь, Венчик, всё время передо мной. Дети не виноваты, что родились без рук или ног, без каких-либо внутренних органов или непонятно какого пола. Ну, не могу я спасти их, понимаешь? А ведь они думают, могу, а ведь они хотят жить полноценной жизнью. А жить многим предстоит очень мало — врождённые дефекты не позволят, хромосомы не те. А родители от них отказались. Глаза, понимаешь?! С надеждой, с мольбой. Что только я ни делала... но не всё в силах человека. Не смогла больше.

Я оглядываюсь на дверь — не видит ли мама, вытираю руки, обнимаю и целую Лиму. И под звук бодрой воды бормочу ей в ухо:

— Я всегда люблю тебя... не обижайся... Я Матрону любил и никогда не говорил ей. Тебе спешу сказать. — И, уже отстраняясь, шепчу: — Пожалуйста, найди для меня время, хоть час в неделю. Всё про всех подробно, с кем тебя сводила или сводит сейчас жизнь. Учи меня, кого сумела спасти... я должен знать, как спасать.

Мама, словно чувствует, что я сейчас с Лимой, входит и переводит взгляд с одного на другого.

— Что вы так долго? Ты принесла записную книжку? Надо позвонить Матроне на бывшую работу, соседям.

— Ма, сейчас. Мы, ма, скоро. — И снова Лиме, когда мама выходит: — Пожалуйста, поговори с Тимычем. Он мне тоже сильно нужен. И скажи ему, что его, как отца... Нет, лучше я сам. Я сейчас. — Бегу из дома, кричу маме: — Я сейчас. Я быстро.

Тимыч сидит около Матроны и смотрит на неё. Сажусь рядом.

Глаза Матроны закрыты. Но моя Матрона ещё здесь. И я шепчу, вглядываясь в её спокойное, чуть улыбающееся лицо:

— Никогда не сказал. Я всегда считал тебя родной бабушкой, как бабку. Спасибо за то, что ты есть у меня. — И, уже почти захлёбываясь: — Тимыч, ты мне отец. Тимыч, пожалуйста, знай: ты... мне — отец. Пожалуйста, учи меня. Я стану, как ты. Я тоже буду хирургом, спасать... от патологии... чтобы жили нормально.

Сегодня понимаю, как чудовищно, как кощунственно, наверное, это звучало в ту минуту — в таинстве смерти, когда Матрона ещё была с нами. Но мне нужно было, чтобы она услышала, как я люблю её Тимыча, что я тоже хочу стать врачом и спасать! Слово это «спасать»! Оно преследует меня всю жизнь: успел спасти, не успел?

Как ни странно, Тимыч, тоже глядя на Матрону, стал отвечать мне. «Гермафродит», «два половых органа», «трансгендер», «эстроген», «гормоны».

Новые слова звучат. Они не приживаются во мне, потому что никак не вяжутся в башке с тем, как это возможно, чтобы было? Вот женщина, вот мужчина.

Но Матрона слышит меня и Тимыча, это с ней мы делимся тем, что сегодня для нас главное: Тимыч выбрал свой путь из-за Лимы. Лима же сбежала от патологии к хирургии. Вырезала, что нужно, и всё: помогла. А Тимыч бьётся с мало изученными патологиями и бедами неполноценных людей.

— Матрона, слышишь, я буду, как Тимыч, я с ним, Матрона, как ты хотела. И я с тобой. Я знаю, ты слышишь меня. Я выбрал свой путь, Матрона.

И тут входит мама. Она бледна и испугана. Она чувствует, что я сейчас с Лимой и с Тимычем, и с Матроной. Она опять одна, в стороне, потому что не с ней говорю, не ей говорю...

Снова отчуждение.

Что же это такое?
Почему всегда я должен выбирать: или — или?
Мамины глаза.
И я сбегаю от них, мчусь мимо них.

— Сань, пойдём гулять! Алёнка, идём гулять.

Что это за год такой? Почему меня трясёт, как в лихорадке?
Все так прощаются с детством? Все так больно растут? Тело ломит. И никак, никак я не попаду сам в себя.

— Потерпи, — говорит Алёна. — Так должно быть.

Глава восьмая

— Ты откуда знаешь?

Алёна крепко держит Саньку за руку, хотя мы по безопасной лестнице спускаемся, не торопясь, вниз.

Откуда Алёна всё знает? Она старше меня сейчас, и она чувствует то, что чувствую я.

Тогда я не знал своего будущего: очень скоро, этим летом, своими руками я оттолкну от себя мою Алёну...

Не знал и того, что вовсе не патологией я буду заниматься, а стану хирургом, как моя Лима.

Глава девятая
РАДОСТЬ И НАЧАЛО БЕДЫ

Шуня

В день похорон, когда мы все сидели за столом с кутьёй и блинами, неумело испечёнными Лимой, смотрели в Матронины глаза на портрете (Тимыч увеличил старую маленькую фотографию) и рассказывали по очереди о Матроне, кому что она делала хорошее, раздался звонок в дверь.

Почему-то кинулся к двери я.

В первое мгновение не узнал её.

Но я узнал его: длинного доктора, с лохматыми бровями, кустами торчащими над глазами. Это он спас мою ногу в Норильске. И к первому я кинулся к нему.

Слово «спасибо» не получилось, но он сам сказал его себе за меня, сграбастал, и я потонул в запахах пота, долгой немытости, табака, мужицкого духа.

И сзади меня обхватили сильные руки. Так и стояли мы втроём, наконец, нашедшие друг друга.

Вместо бабы Матроны я обретал сразу двоих — бабку и деда.

Немая сцена, как в «Ревизоре».

Но вот Шуня отстранилась и грубовато оценила моё естество:

— Ну, что ж, годится: могуч, умён, памятлив. — И, забыв про меня, кинулась к маме, выбежавшей следом за мной: — Девочка моя, ты как? Дыхалка работает? Сыном надышалась?

Они смотрели друг на друга и обе ревели.

Что их связало после того письма, в котором мама — «там же, где и Шуня»? Или письмо не при чём?

Не чужие. Кровные. Мать и дочь.

— Ну, и долго будем топтаться тут? За стол просим!
— А ты — Лима? Все твои письма при мне. Спасибо за Веню. Это твой мужик? Это сын? Богачка!

193

Глава девятая

— Шуня! — я пришёл в себя. — Ты Грелку привезла?

Шуня оторвалась от мамы, строго на меня уставилась.

— Тебе сколько лет? Четырнадцать? Взрослый. Мужик, — сказала Матронино слово. — Значит, понимаешь, сколько лет прошло с твоих шести? Грела она меня. А потом ушла.

— Куда?

— Считай, на волю.

— Жива?

— Не знаю, Вень, — честно ответила Шуня. — Какой век у песцов, не знаю. Может, и жива. А может, и нет. Да, и как бы она у тебя тут жила без воли, без травы и всего прочего?! Прости, Вень.

Тот день из потерянного стал светлым и сумбурным. Дух Матроны, соединившей меня с Шуней своим первым письмом, беспорядочный разговор четырёх врачей друг с другом — о том, как Шуня вылечила мамин туберкулёз, почти унёсший маму из жизни, о том, что Петрюша и Шуня никак не могли бросить своих подопечных в Норильске, но что явились по вызову рак исследовать, и теперь они из терапевтов и хирургов превращаются в учёных, но что они не лыком шиты: весь их опыт — самые простые, и самые сложные случаи, и с трагическим концом, изучены, рассмотрены с разных сторон и распределены по степени трудности излечения, что исследований хватит сразу на несколько книг об особенностях каждого случая, с которым столкнулись, и что они приглашают Лиму работать с ними.

Лима побежала в свою комнату и притащила толщенную папку с бумагами.

— И я собираю... соображения есть. Но перед главным вопросом пока пасую: причины и предотвращение?

Я смотрел то на одного, то на другого, разгорячённого и вдохновенного, на мамино детское лицо и её хрупкую фигурку, прижавшуюся к Шуне, смотрел в прекрасное Матронино лицо и ощущал себя равным с ними.

Вот моя судьба. Я тоже буду врачом. Только с раком их много, а Тимыч один. Мой путь — с Тимычем и с его патологией.

— Пока не могу бросить свою больницу, я там тоже провожу кое-какие исследования. Но помогать буду! — Лима восхищённо смотрит то на Шуню, то на Петрюшу.

Первый раз вижу её такой возбуждённой и счастливой, словно и она маму обрела.

Тимыч руководил «оркестром»: дирижировал, переводил разговор с темы на тему. А поздним вечером, когда Санька уснул на Алёниных руках, и Алёна осторожно понесла его в кровать, предложил Шуне:

— Комната бабки свободна. Вот ключ. Даже крупы там ещё есть! Сегодня ночуйте у нас, диван — ваш, сейчас разложу. А завтра из камеры хранения берите ваши вещи и домой.

— Спасибо. Сегодня принимаем ваше предложение. Но, думаю, Матрониной комнатой не воспользуемся. Нам обещали жильё, как только прибудем. Завтра походим по чиновникам. Надеюсь, жильё готово. А вот хотим попросить полотенца. Нам бы горячей водицы!

Всю ночь... улыбки Шуни и Петрюши, ослепительная — мамина. Мама сильно помолодела, вновь обретя Шуню.

Пока за кадром оставалась их общая жизнь там, в Норильском лагере.

И только утром мама рассказала мне, как Фрося привела к ней, умиравшей от туберкулёза, усугубившегося из-за работы в шахте, Шуню, и как Шуня вместе с Петрюшей перенесли её, беспомощную, в больницу, как выбивали из Москвы какие-то редкие лекарства, и как Шуня потом долго-долго отпаивала её травяными отварами, кормила с ложечки, и как потом вместе с Фросей вдвоём учили её, ослабевшую, делать первые шаги к жизни.

— А когда Шуня из письма Матроны узнала, что я — твоя мать, она совсем обалдела: с ней сделалась лихорадка, и теперь заболела она. «Нашлась, — шептала она. — Я тебя удочеряю. Да я для тебя... Да знаешь ли ты, что ты и Веня — единственная моя семья? Да, я для вас теперь жить буду. Да я назло всему здесь выживу!» Слава богу, Пётрюша снова поставил её на ноги, вытащил из лихорадки и предъявил мне обновлённую. А ведь это он спас её от смерти. Только подробностей не знаю: Шуня не хотела рассказывать о себе.

...

Много лет спустя сама Шуня рассказала мне, как познакомилась с Петрюшей.

Работала она очень тяжело — долбила мёрзлую землю. В тот год много врачей оказалось в лагере, её и не использовали по назначению. Тогда ценились горные мастера, инженеры — все, кто был связан с никелем, с шахтами.

Глава девятая

Ещё в Москве у неё начались проблемы с грудью, сначала болела всё время, а потом перестала, только дулась в сторону, как Шуня выразилась. Но работы было много, и семья отнимала каждую свободную минуту — не до себя.

А в лагере стала одолевать слабость, и как-то она потеряла сознание, ткнулась в мёрзлую землю, лицо разбила. Её доставили в больницу — прямо в руки Петра.

Дни сочтены. Метастазы — в лёгкие.

Жить не хотела. Хорошо знала, какие муки впереди!

Пётр усадил её против себя и стал расспрашивать о профессии.

Узнав, что она — врач, проработавший много лет, усмехнулся.

«Коллега, значит. Ясно, много безнадёжных тебе попалось! — перешёл почему-то на „ты". — Уговаривать не буду. Но долгую жизнь, без мук, обещаю, если не совсем дура».

«Я смотрела на него и пьянела. Колоритен: брови кустами, из-под них брызжут надежда и радость всесилия! Ну и оказалась не дура, сказала: режь! Он и вырезал виртуозно. Велел курить бросить. Бросила, стала бороться за жизнь. Пир души — видеть его! Два дурака: сидим друг против друга и в гляделки играем. А потом он пробил меня в больницу как терапевта сначала. Ну, а потом и операции я делала. Ну, а потом… сам видишь…»

...

— Я их поженила, — рассказывала мне в то утро мама. — Так и заявила им: «Вы же столько лет любите друг друга!» Они — смешные, — объясняет мне мама, — подарки друг другу делали… какой-нибудь кусок вкусный, цветок, камень необычный…

— Ты говоришь, она бросила курить. А почему от неё табаком пахнет?

— Волновалась сильно, наверное, узнаешь ли ты её?! Вот и сорвалась. Но уж теперь не допущу!

С возвращением Шуни и Петрюши жизнь наша сильно изменилась.

«Молодые», как называла их мама, получили квартиру в районе Проспекта Мира.

Я оперирую поздними названиями. Какое-то время станция «Проспект Мира», построенная в начале 50-х, называлась «Ботанический сад». И названия улиц менялись. Я всё забыл. Помню, работа — улица Щепкина, жильё — Графский переулок. Трёхэтажный дом, построенный в начале 50-х годов, двухкомнатная квартира. Между работой и домом автобус, кажется, 85 и троллейбус, кажется, 9. Может, и нет, не помню.

Лаборатория сначала была крошечная, со старыми микроскопами.

С годами всё менялось. И комната, где они работали, и микроскопы.

Лима раз в неделю после работы являлась в их лабораторию и вела собственный проект.

А по субботам все теперь собирались у Лимы вместе и продолжали обсуждать не поддающиеся случаи.

Мама каждый раз изобретала какое-нибудь этакое блюдо: то фаршированную мясом картошку, то капустные котлеты… — нужно побаловать приёмных родителей!

То, что у неё не сложилось с Лимой — родство, тепло и нежность, легко получилось с Шуней и Петрюшей. Мама не ревновала меня к Шуне. Бабка — это не мать, знает своё место.

И вечерние ежедневные телефонные разговоры с Шуней, и женские тайны между ними… совершенно изменили маму: она теперь летала и порой тихо напевала «Сердце, тебе не хочется покоя…» или бормотала стихи, доставшиеся ей от моего отца. И лишь к Лиме настороженность не прошла: она подстерегала каждый наш взгляд и шаг друг к другу.

«Средние века»

Шестой — седьмой классы проскочили.

Совсем не такие, как начальная школа.

Один мой коллега, с которым я играл в шахматы одинокими вечерами, не торопясь домой, сказал мне, что для него 5–7 классы явились «средними веками». Царил у него в классе страх. За вопрос, который он задал учительнице истории «почему вы восхваляете Петра Первого, когда он вешал стрельцов, отрубал им головы, закапывал женщин живьём по головы в землю, надувал купцов через задний проход и разрывал их», его чуть из школы не выгнали. Учительница так панически испугалась, что побежала к двери посмотреть — не слышал ли кто, побелела вся, задрожала и прошептала: «Да я тебя из школы выгоню!» Для него эти средние классы — страх и скука, маята тоской и серостью.

Глава девятая

Наверное, пятый (вместе с первыми четырьмя классами) и для меня был «средними веками». Но шестой, седьмой и восьмой — самые яркие годы в моей жизни.

Из нас никто не читал тогда «Петра Первого» Алексея Толстого. И наша историчка тоже словом не обмолвилась ни о несчастных купцах и женщинах, ни о стрельцах. «В Европу окно прорубил, шведов победил, Полтавскую битву выиграл, просвещать Россию начал. Великий Пётр!»

Многого мы не знали по истории, и этот предмет проскочил мимо — холодком.

Но зато у нас в эти «средние века» были «Небось» и Наталья Васильевна.

Хотя бы первое собрание вспомнить!

— Каждый говори, кто что любит, чем хочет заниматься? — задала Наталья Васильевна свой первый вопрос на классном собрании.

Что это значит: кто что любит?

Недоумение сначала.

Мы все молчим.

А Наталья Васильевна смеётся:

— Что это с вами? А маме вы можете сказать, что хотите, что любите, что вам интересно? Устроим вечер стихов! Или, хотите, спектакль поставим?

— Это как? — спросил Кузька.

— Ты играешь Волка, он Зайца, а ещё кто-то охотника. А потом охотник спасает Зайца от Волка, берёт к себе жить, а Волк приводит к охотнику волчат — знакомиться. И никто никого не убивает.

— Это вы сами такую сказку придумали? — спросил Жоржик тонким голоском.

— А что волк и его волчата будут кушать? — нерешительно спросил я.

— Кому интересны Волк и Заяц? — крикнул Кузьма.

И Наталья Васильевна, быстро взглянув на меня, стала отвечать Кузьме:

— Не скажи, они человечьими голосами будут говорить о человеческих делах. О дружбе, например.

И повернулась ко мне:

— Ты прав, Веня. Волку нужно есть мясо. Но в природе волки поедают слабых, больных, больше не способных бороться за жизнь.

— Не всегда слабых, иногда и самых лучших, — упрямо пробормотал я, хотя весь дрожал от волнения — я! в школе! говорю то, что думаю, открыто. — И что такое дружба?

— Дружба, Веня, это то, что делает нашу жизнь осмысленной: ты не один, ты вместе с другими, поможете во всём друг другу.

Я поймал на себе ехидный взгляд Альбертика.

Но у меня же был Кирка! Я хорошо помню это чувство: всё ему отдать, самое ценное!

— Не хотите ставить пьесу, давайте играть в шарады. Например, первое моё — нота, второе — то, чем защищаются козёл, баран, корова и некоторые другие животные, а целое — путь сообщения, путь следования.

О чём она? Кто у нас знает ноты?

— Дорога, — говорит Алёна.

Все смотрят на неё.

— Ну, даёшь! — Кузьма развернулся к нам, покраснел. И не нашёл, что крикнуть ещё.

— Ты музыкой занимаешься? — спрашивает Наталья Васильевна Алёну. Алёна кивает. — Вот здорово! Будешь на вечерах играть!

— А и правда: козёл и корова защищаются рогами! — опять влез Кузьма. — И бык тоже.

— Давайте ещё!

— Теперь сами придумайте. Кто хочет?

Мы молчим. Что мы можем придумать? Наши мозги мирно спят.

Её «почему?», «зачем?», «а как думаешь ты?» разбередили всех нас: на её уроках мы тянем руку и хотим отвечать!

Её манера — ввести к нам в класс живых, близких людей, не покрытых глянцем. Горький рос бездомно и голодно. Вот лицо его — его глаза. Она читает кусок из его воспоминаний и в лоб: ну-ка, найдите фразы, отличающие его от всех других писателей? Или Чехов. Лицо его, строй речи его, детали, герои.

Каждый урок — стихи. Всего-то два-три стихотворения, всего-то десять минут. Но это Пушкин, Лермонтов, Тютчев и вдруг — бабкино:

> Только детские книги читать,
> Только детские думы лелеять,
> Всё большое далёко развеять,
> Из глубокой печали восстать...

Дух захватило.

ГЛАВА ДЕВЯТАЯ

Хочу крикнуть: кто это? И почему-то прикусываю язык. Альбертик тут — буравит меня своими пронзительными глазами! Ни цвета, ни света. Опасность из них.

Вдруг он что-то плохое сделает Наталье Васильевне?

Алёна, как и я, — изваяние, без вздоха.

Как связаны эти строчки с нашими мамами?

Ещё новости: «А ну-ка, ребята, каждый выбирайте день, когда вы будете всем нам читать стихи, которые любите вы?»

«У Лукоморья дуб зелёный…» — совсем не так звучит, как когда-то, когда бабка читала. И неведомые дорожки, и невиданные звери, и лешие… — все таинства оживают и затягивают нас с Алёной в свой мир, и обещают прозрение.

Пушкинский вечер — это и Лукоморье, и куски из сказок Пушкина, и Буря… Всё завораживает: под музыку, которая вырывается из-под рук Алёны, под жадным светом, которым Кузьма выхватывает сосновую ветку и иллюстрации к сказкам Пушкина, и само Пушкинское лицо. Участвует каждый: кто стихи читает, кто рисует прямо на доске фигурки зверей и людей, кто слайды показывает, а Кузьма хозяйничает светом. Он страшно горд, он даже руки в цыпках отмыл.

Когда Наталья Васильевна спросила, кому что интересно делать на вечере, Кузьма в голос закричал, что хочет быть осветителем. Как послушно направляет он луч прожектора туда, куда Наталья Васильевна просит направлять: на фотографии, на лица читающих, снова на ветку сосны в вазе, стоящей на столе, за которым сидит ведущий, и соединяет стихи с рассказами о Пушкине.

Алёна играет на фортепьяно, и скоро все знаем, что есть на свете Бетховен, Чайковский, Моцарт, Рахманинов. И теперь под музыку плывут картинки из жизни и из книжек.

И Альбертик тоже стихи читает, им выбранные. Из Пушкина — «Бесы».

Какое вдохновение на лице! Как откинута голова в волнении!

Сколько таких вечеров случилось за эти годы!

Вечер о войне со стихами Алигер, Твардовского, Друниной, Луконина, Кульчицкого, Когана…

Вечер Лермонтова.

И Жоржик с Минечкой, не говоря о Кузьме, не задают Наталье Васильевне каверзных вопросов, не выкрикивают и не топают, а затаив дыхание, полуоткрыв рты, слушают каждое слово.

Затаившийся в удивлении и празднике класс.

Теперь по дороге домой или в минуту, когда что-то не получается, я бормочу стихи, подаренные Натальей Васильевной, легко и быстро прижившиеся во мне, соединившиеся с бабкиными.

И я.. я сам... читаю на уроках стихи детства, которые всегда жили во мне тайной, а вот теперь вырываются на свет. Правда, я не знаю авторов, а Наталья Васильевна тоже не спешит называть эти имена. Но слушать, как я читаю, любит.

Алёна теперь всегда возбуждена. Не сводит глаз с Натальи Васильевны, спешит выполнить любую её просьбу. Во время десятиминуток часто читает стихи, о которых тоже никто не слышал, выкапывает их из каких-то ветхих сборников и журналов в библиотеке.

Мы с Алёной полюбили сидеть в сумеречной библиотеке. Зелёные овальные абажуры, тишина. Алёна копается в поэтических сборниках, я готовлюсь к занятиям с «Небось».

Для кого-то «средние века», для меня и Алёнки — «Возрождение».

«Небось» с нами тоже говорит, как со взрослыми.
«Клетка — семечко, клетка — начало человека, у человека — органы и у растения — органы, растение — тоже живой организм, как и человек, без растения человеку — никуда!»

«Небось» рисует четыре листка и чёрную ягоду посередине.
— Сами назовите!

Рисует листья, похожие на копыта.
— Сами назовите!
— А это растение, если возьмёте в рот... — «Небось» перекашивается.

И мы понимает: сильно кислое оно.

На всю жизнь запоминаются эти растения — живые организмы: вороний глаз, копытень, кислица.

Сколько лет прошло, а вижу копыта на доске, перекошенное кислятиной лицо «Небось»!

До сих пор слышу её старческий, чуть дребезжащий голос:
— Семена попали в землю, что прежде всего потянули из неё? Правильно, воду, им же пить хочется! Поглотили воду и вме-

сте с ней растворённый в ней кислород! Как и мы, семена дышат в земле кислородом! И начинают набухать.

Никогда я не жил на земле, никогда не посадил ни одного семечка, а вот вижу: как раздуваются семена внутри земли.

— Стоп, — останавливается «Небось» в своём беге перед нами от окна к двери и от двери к окну: любит она движение. — Нельзя, слышите, нельзя считать разбухание проявлением жизни! Набухают, небось, и мёртвые семена, которые не дадут нового зерна, новой фасолинки! Только те, что дадут корень... живы!

И тут же рисует она зверушек.

Связь организмов и различие растений, зверушек, человека.

Зверушки «Небось» из Зоологии прыгали, бежали, взбирались на деревья, догоняли друг друга, играли друг с другом, боролись друг с другом — каждая со своим лицом и характером! Пушистые, тёплые, как моя Грелка, гладкошёрстные, чешуйчатые, голые... — живые, со своими улыбками и оскалами. И сейчас я вижу их, как видел на ярких таблицах и плакатах, в слайдах, рисунках и в иллюстрациях!

Всех оживила, всех подарила нам «Небось».

И как всё ловко соединилось общей цепью созидания в один мир: человек с его органами, растения, зверушки — со своими!

Получилось, как-то совсем незаметно, что мы сами открывали животный мир и тайны человеческого организма.

Жадно мы сами кинулись читать «Гомункулус», «Человечек в колбе» (Госиздат, 1930 год), «Очерки по истории зоологии», рассказы Э. Сетон-Томпсона «Книги о животных» и другие. И снова Брема. «Небось» не заставляла нас ничего делать, она лишь называла эти книжки.

Мы узнавали о Дарвине и Мечникове, о самозарождении жизни, об историях первых микроскопистов, о построении системы мира животных, о сравнительной анатомии, эмбриологии, зоогеографии.

Пик жадности к книжкам — в седьмом, когда мой Санька уже заканчивал первый класс. Отменная память, лёгкая рука, умеющая и писать, и рисовать. И тоже жажда книжек. Ему скучно было в первом классе, все задания он делал за пять минут, а потом, закрыв глаза, сочинял истории, которые вечером рассказывал нам с Алёной. И вечером требовал, чтобы я рассказал, что прочитал.

У меня — пир книжек.

Порой страницы в книжках — жёлтые, блёклые, но как осторожно я касался их! Я не мог оторваться от них, даже ночью не засыпал, пока не дочитаю очередной рассказ или главу. В библиотеку нёсся сразу после уроков, обрекая Саньку на долгое ожидание в группе продлённого дня. А потом стал иногда и его брать с собой. Он восседал между мной и Алёнкой. То в мои книжки сунет нос, то в Алёнкины. А однажды он и Риту притащил в библиотеку. Они, голова к голове, светлая и тёмная, утыкались в сказки или в «Маленького принца» и надолго замирали, давая и нам с Алёнкой возможность позабыть обо всём.

Книжки для всех нас четверых — живые существа со своими характерами.

А уж как мне пригодились мои атласы в Восьмом классе, когда началась анатомия! Я приносил их в класс и разрешал всем разглядывать, какие мы внутри.

«Небось» так рассказывала, что мы сидели на уроках затаившись, не моргая. А потом создала биологический кружок.

И в кружке продолжалось путешествие в живую жизнь: в царство дельфинов и слонов, обезьян и в болезни людские. Звуки, издаваемые животными, звучавшие в затаившемся классе, зависимость расцветки от условий жизни... — каждая мелочь и сейчас со мной.

Чуть не полкласса оставалось на эти странные дополнительные занятия — со слайдами, диапозитивами, фотографиями и голосами зверей, птиц и людей.

Порой и Санька с Ритой возникали в нашем кружке.

Рита стала бегать за «Небось» собачонкой и просила учить её.

Алёна всегда сидела рядом со мной, хотя биология не интересовала её совсем. Она любила зверей, но изучать их совсем не стремилась.

И только сейчас, запоздало понимаю: она меня поддерживала, пытаясь проникнуть в суть моих интересов.

А я... а я...

Стоп.

Алёнка тратила своё время на меня... ведь ей нужна была только Наталья Васильевна. Все перемены после литературы и русского она проводила около неё, задавала свои вопросы, ей приносила свои рецензии на прочитанные книжки и свои рассказы, о которых я тоже узнал случайно, неожиданно услышав их разговор. Зачем ей нужны были занятия с «Небось»?

Глава девятая

Мы по-прежнему вместе с ней и с Санькой возвращались домой, слушали Санькины рассказы о скуке на уроках, о Рите, которая станет его женой, потому что у них одна душа на двоих, отвечали на Санькины вопросы. И Алёна забрасывала вопросами Саньку: почему он уже в первом классе говорит о женитьбе, как может быть скучно на всех уроках, есть ли у него друзья. Санька солидно развернув плечи, строго отвечал: «А как же можно жить без друзей? Конечно, есть: Рита и есть мой друг на всю жизнь!» Про скуку ответил: «Понимаешь, ничего в башке не шевелится, пустота. И тут пустота. А ты как назовёшь? Есть слово поточнее?» «Поточнее» — Алёнино слово. Когда мы занимались сами или с Санькой, Алёна часто спрашивала: «А поточнее?» Ей нравилось разговаривать с Санькой.

Вечером я провожал Алёну домой. И ничего не было для меня важнее, чем топотать рядом с ней. Но со мной она больше молчала.

Что-то между нами натянулось: молчать стало легче, чем говорить.

Пока оставалась библиотека.

Мы вникали в разное, но сидели рядом в нашей светлой библиотеке и порой ловили чуть отрешённый взгляд друг друга.

Это потом я перечитал все книжки, которые читала тогда она, все стихи, которые она тогда учила.

А тогда я уходил всё дальше и дальше в свои интересы, не вникая в её мир, не замечая её жертвы, как не замечал её возбуждения и её умоляющего взгляда, обращённого ко мне.

Сейчас этот её взгляд жжёт меня.

Он все наши годы жил во мне, никак не беспокоя, и ожёг, лишь когда я потерял её.

Девочек раньше, чем мальчиков, окатывает слепая волна жажды и желания, так называемая первая любовь. И я, олух сонный, слепой и инфантильный, занятый лишь своей персоной, раздутый собственным «я» и эгоизмом, пропустил Алёнино чувство ко мне.

Остановившиеся мгновения

Воспоминания — странный жанр.

Вычитал в словаре:

«Воспоминания — влечение к своему „я" через автопортрет (для себя, для любопытных потомков). Это вид языковой игры, где правила меняются в зависимости от жанра. Здесь факт появления художественных образов отодвинут на историческую дистанцию. Человек фиксирует информацию, пытается её объяснить при помощи философского осмысления».

Сейчас — тогда. Во мне — вокруг.

Воспоминания — клочками, обрывками, вне последовательности и логики.

...

Из раннего нашего «мы» с Алёной.

Бег через площадь напрямик к мосту. Бег по мосту. Крик. Боль. Мама — на краю. Я убил её. Это я убил её.

Алёнкин бег за мной. И зов:

— Остановись! Вот увидишь: она будет жить!

Это так давно было, а вот ведь сколько лет... Твёрдый снег колет глаза, щёки. Гудят машины и шарахаются прохожие, пропуская меня. Пока Алёнка не преграждает мне путь. Я чуть не сбиваю её.

То мгновение остановилось. Её мокрые глаза, её боль. За меня.

Каменный мост. Ветер. И я утыкаюсь в её мокрую щёку и шапку. Обвисли руки, ушла энергия, задыхаюсь водой, пропитавшей её щёку и шапку, запахом размокшей кошачьей шерсти и прихожу в себя.

— Она будет жить! — сквозь воду и ветер шорох её голоса.

Другое мгновение остановилось на столько лет.

В восьмом классе Наталья Васильевна на первом же нашем собрании сказала:

— Кто хочет, давайте создадим драматический кружок. Не вечер, когда мы все участвуем, не для всех, а только для тех, кого тянет попробовать играть в пьесе профессионально. Думайте до завтра. Не спешите. Кружок отнимет всё ваше свободное время.

Душный сентябрь: лето никак не сдастся.

Мы с Алёной идём вдоль Москвы-реки по Кадашевской набережной. Наше Замоскворечье. Каменный мост, Кремль близко и чуть вдалеке громадный дом правительства мышиного цвета с нашим кинотеатром «Ударник» рядом — всё взглядом охватываем. Суматошная Полянка с троллейбусами, машинами и бегущими людьми. Лаврушинский, Кадашевский переулок, подальше улица Пятницкая. Это личное наше с Алёной пространство, никто не смеет вторгнуться. Мы одни на нашей планете.

Глава девятая

Кадаши начали застраиваться с 13 века, а упоминаются Иваном Третьим в 16 веке. Я себя чувствую богачом. Мы с Алёной выискали в старых книжках, что кадаши, бондари делали кадушки, бочки. Позже текстильная мануфактура, производство полотна... Мы всё знаем о наших Кадашах.

Алёна останавливается, смотрит в воду.

Я тоже смотрю. Почему-то вижу не реальную, мутно-грязную воду, а вижу воду, просвечивающую до дна, и по ней плывут кораблики за большим кораблём, один за другим, как гусята. Это мы с Алёной их придумали, эти кораблики, и мы плывём вместе к Шуне и нашим мамам, в Норильск, хотя они уже давно с нами здесь, в Москве.

— Хочу попросить тебя, Вень! — тихий голос. — Понимаешь, мне это очень важно... не знаю, почему, но мне нужно, чтобы мы были вместе. Наталья Васильевна говорит, что сделает из нас артистов. Пожалуйста, пойдём в кружок со мной. Я без тебя не хочу, — другими словами повторяет Алёна. Почему-то голос её дрожит. — Давай вместе с тобой играть в одной пьесе. Тайну тебе открою. Я с детства играла в театр. То за Буратино, то за Мальвину, то за волка или кота Базилио, то за Карабаса Барабаса. Бабушка сначала надо мной смеялась, ведь она была единственным зрителем. А потом сказала: «Знаешь, может быть, и получается». И стала для меня и моих героев подбирать мелодии. И стала звать свою подругу, ну, ту, у которой дача и которая хочет, чтобы мы с ней жили летом на этой даче. — Алёна по-детски всхлипнула и как-то судорожно продолжала: — А всё началось с «Синей птицы». Бабушкина эта подруга подарила мне на день рождения билеты. Вот я и заболела. Всего один раз была в театре.

— А почему Наталье Васильевне не сказала, что смотрела, что с детства театр?.. — ни с того, ни с сего перебил я её. Чем-то этот разговор тяготил меня.

— Не знаю. Испугалась. Мне словно стыдно самой себя. Глупо ведь: в Мальвину до сих пор играю, чужими голосами говорю.

Сколько времени мы чуть не каждый день вместе, а тут целая тайная жизнь!

Я переваривал Алёнкины слова, смотрел в её чуть запрокинутое ко мне лицо с чуть вдруг косящими глазами и никак не мог осознать, почему так бешено бьётся в рёбра моё сердце?

— Мы вместе, понимаешь? — просит Алёнка.

А у меня планы. А я с атласом под мышкой. Я же врачом буду. Мне же столько нужно успеть изучить!

Я договорился с Лимой, по субботам буду продолжать работать «нянечкой» у неё в больнице: умывать и подмывать больных, дотрагиваться до слабой руки и наполнять её силой. Помогать хочу. Спасать хочу. Какой театр? Зачем мне театр?

Шуня тоже обещает допустить до себя. «На все вопросы отвечу. Только спрашивай. Приезжай, когда хочешь. Всегда выкрою для тебя часок».

А время где взять? Наталья Васильевна сказала: ни минуты свободной не останется.

Глаза Алёны — лохматые, солнечные. Голос уже безнадёжный. Она знает меня получше, чем я её.

— Вместе, Вень, пожалуйста! Я знаю, ты никогда не станешь артистом, это для меня!

А у меня «Небось» с её кружком. Она мне такие доклады поручает! А к ним столько времени готовиться нужно!

И медаль мне нужна. Без медали с моей фамилией не поступлю в Медицинский.

Душный сентябрь. Очень голубое небо над Москва-рекой. Летнее. И солнце пригревает макушку.

Москва-река посверкивает, переливается барашками. Только мои бумажные кораблики больше не плывут за настоящим кораблём. И нам не нужно плыть к Шуне и к мамам, они здесь, в шаговой доступности. И вода — грязно-мутная.

— Веня!

Тот зов.

И мой лепет отступления:

— Я не могу. Я не артист. Времени мало. Уроков много.

Глаза Алёнки.

Сбегаю от них — смотрю в воду.

А ведь чувствовал я тогда, что это какой-то рубеж, какой-то барьер, через который потом не перескочу. И от того, перескочу через него или нет, вся моя жизнь зависит.

Интуиция моя кричала в тот день: услышь Алёну!

А я дулся в своём эгоизме и никак не мог вникнуть в то, что Алёна говорит, и понять, что тут происходит в эту минуту.

Зачем-то заговорил о Керсновской.

Повернулся к ней посмотреть, почему она никак не реагирует на мой рассказ, а она вдруг припала ко мне и обхватила меня своими тонкими руками за шею.

ГЛАВА ДЕВЯТАЯ

Ухнуло тогда сердце в живот, пронзило электрическим током, заплясали цветные стекляшки, как в калейдоскопе.

Я так растерялся, что не нашёл ничего лучшего, как спросить:
— А ты будешь поступать в театральный?

Алёна отшатнулась.

Мы ещё шли вдоль реки, немного посидели в садике, потом делали уроки. Но Алёна весь тот день была подавленная.

Тогда я ещё ходил в пацанах и не проснулся полностью, хотя моя плоть уже проснулась и порой затопляла меня духотой и жаром.

Но даже тот Алёнин порыв разбудил меня лишь на мгновение.

И я испугался того, что метнулось во мне из глубины меня.

Сам я упустил свою Жар-птицу.

Нет, в тот час я не вспомнил об Альбертике и не увидел его лица рядом с Алёниным.

Что такое предательство?

И что мы должны в нашей жизни делать для тех, без которых жизни нет? Чем можем жертвовать, а чем не можем? Степень отдачи?

Или, получается, мы сами предаём тех, кого любим?

И сами определяем свою дальнейшую жизнь, фундамент к которой — наше предательство и те мгновения, которых мы не поняли, мимо которых пронеслись?

Вот точка, иглами выставившая свои лучи, пронзившие всю мою жизнь.

Лишь сейчас понимаю, что должен был стать хоть клоуном, хоть позорным статистом, но пойти в тот нелепый для меня, не подходивший мне ни по каким параметрам драматический кружок и каждую минуту быть рядом — заслоном, щитом Алёниным — от глаз, от улыбок Альбертика.

Наталья Васильевна поняла бы. Наталья Васильевна сделала бы мне такой подарок — меня выбрала бы в партнёры к Алёне.

И никогда Альбертик не подступил бы так близко к моей Алёнке.

...

Не хочу ничего помнить.

Я ещё работаю. И у меня есть мои ученики. Они и молодые врачи приходят ко мне, я должен помочь им. Это острова свободы от прошлого.

Но, стоит мне выйти из больницы, как обрывки, рваные клочки сцен, разговоров снова звучат.

И, чем дальше я отхожу от прошлого, тем назойливее они.

Наконец не выдержал, решил бумаге передать ноющую боль, изнуряющую меня, выбросить из себя голоса, лица... И освободиться наконец. Убирайтесь прочь из меня на лист белой бумаги все мои ошибки и преступления.

Меня не судили судом общественным, но я — преступник, я — подонок. Это я своим эгоизмом, своей упёртостью и близорукостью рушил и рушил, крушил и крушил жизнь самых своих любимых.

Первую я предал маму.

• • •

С появлением Шуни моя жизнь переломилась: Шуня взяла маму на себя.

Мама научилась снова улыбаться.

Каждый вечер ей звонит Шуня, и они «шепчутся» по телефону.

А я пользуюсь моментом и бегу к Лиме и Тимычу. Это моё время бегства от мамы. Главное: тихо выбраться из квартиры.

И я утыкаюсь в тонкий запах «ландыша» Лимы и в колючую к вечеру щёку Тимыча.

Потом начинаются вопросы и ответы.

Что я сегодня прочитал?

Как прошли у них сегодня исследования и операции?

Влияет ли специфика организма больного на исход операции?

Какие неожиданности случились?

И, только насытившись их голосами, их теплом, их сегодняшним опытом, я возвращаюсь домой.

Успел. Мама ещё с Шуней.

Тогда я не думал, предательство или нет — моя тяга к Лиме и Тимычу, невозможность с мамой говорить о том, что волнует меня.

Сейчас расцениваю это как предательство: я должен был научиться с мамой говорить о том, что волнует меня и что волнует её.

Глава девятая

С мамой так и не случилось полного переплетения, какое легко, без напряжения получалось с Лимой и Тимычем.

Вспышки памяти, без соблюдения законов времени.

Яркий прожектор Кузьмы бьёт в лицо мамы, освещая рано поблёкшую кожу, подковкой вниз губы.

Когда мама улыбается, углы губ взлетают лучиками вверх, поднимают весело щёки и съёживают улыбкой глаза.

И в начале того разговора сияет улыбка.

— Веня, ты не хочешь больше в лагерь, я понимаю, но, пожалуйста, поедем на море. Поплаваем. Санька будет радоваться. И Алёна. Это и Алёнино желание. Ну, пожалуйста, — просит меня мама в последний день занятий после седьмого класса. — Лима с Тимой дадут денег. И Шуня обещает. Всем нам нужно отдохнуть. А Лима с Тимой и Санькой поедут в августе. Ну, подари мне один месяц!

Но я упираюсь всеми нервами и клетками: не могу!

У меня пришкольный участок. Я обещал «Небось» летом работать на нём, ещё обещал ездить с ней в Тимирязевскую академию за саженцами, ещё мне нужно работать в зоопарке. «Небось» назвала подготовку историй разных зверей научной работой. Я захотел заняться обезьянами, они ближе всего к человеку.

Пытаюсь сумбурно маме объяснить.

— Я договорюсь с Витольдой Петровной.

Как режет имя! Не Витольда она, она — «Небось», королева, величественная и тощая, с седой короной на голове, с ярко голубыми глазами.

— Мы поедем не на всё лето, ну, хотя бы на месяц, — просит мама.

Почему я упёрся тогда?

Одержимость идиота.

Речь шла о месяце жизни.

— А ещё Лима обещала пустить меня к больным, нянечкой хочу поработать.

— Я поговорю с сестрой, — спешит уговорить меня мама.

Но я не могу! Я должен работать. Мне жалко времени. Я не люблю моря. Я боюсь моря. Наша с бабкой поездка к её подруге — на дыбы вставали волны, мороз по коже — отвратила меня от моря. И картины Айвазовского с бешеными волнами и гибнущими кораблями... не хочу!

Мой лепет противен, жалок.

Мамины углы губ скобкой закрывают все её дальнейшие уговоры. Она уходит из дома, хлопнув дверью.

Сейчас догадываюсь: пошла плакать. Задохнулась тогда она от несправедливости, от обиды и отчаяния. «Небось» и Лима для меня дороже неё! Только это она поняла.

Сейчас ставлю себя на её место. Если бы у меня был сын. Ну, пусть не сын, Санька... И он не услышал бы меня.

О Саньке разговор особый. Он всегда, с детства, слышит каждое моё слово, и оно для него — главное. И Тимыч, и я для него всегда стояли на одной линеечке. Старший брат.

Бедная мама. Из-за меня она оставалась в раскалённой Москве с трескающимся асфальтом. Хотя Лима гнала меня с мамой отдохнуть. И нас вместе с мамой звала отдохнуть с ними.

Что со мной было тогда?

Сейчас догадываюсь. Страх. Я боялся остаться с мамой лицом к лицу на целый месяц.

Почему?

Почему мне с ней как-то неловко? Не так свободно, как с Лимой и Тимычем? Скован по рукам и ногам.

Или причина в другом?

Это у меня с детства. Я не умею отдыхать. Ничегонеделанье пугает меня. Каждую минуту я должен что-то делать. Работать и работать. Даже за обедом мне жалко времени. Поел и отпустите меня! Мучение — продолжать сидеть и о пустяках болтать. Зудят руки, тянутся открыть книжку, схватить ручку и выписывать то, что меня захватило. У меня десять тетрадок цитат, историй, сравнений, размышлений великих людей и собственных.

Лето для меня — праздник.

Мне нужен чёткий день, разлинованный по часам. И я сам планирую его. Зарядка, завтрак, библиотека, больница. И Алёна рядом в библиотеке. А пока я в больнице, у неё книжки. Читает она запоем. Она тоже трудоголик. В этом мы с ней похожи.

Вечером мы все вместе: мама, Алёна, Санька и тихая зверушка Рита с открытым ртом, переводящая свои глазищи с одного на другого.

А пол дня мама в каникулы одна. Саньку она берёт из городского лагеря только в три часа. И бедная мама не отдыхает: покупает продукты, спешит всё приготовить до возвращения Саньки.

211

ГЛАВА ДЕВЯТАЯ

А в воскресенье мама исчезает. Куда уезжает? Со мной никогда не поделилась.

И лишь как-то Шуня проговорилась: они втроём ездили плавать. А куда, не сказала.

Шуня тоже обижалась на меня за маму.

Но она была мудра: никогда не поучала, никогда никого не делала виноватым. Она принимала жизнь такой, какой дарила ей судьба.

Лишь один раз не выдержала. Наверное, мамины слёзы заставили её восстать против меня. Позвонила прямо с утра.

— Надо увидеться. Приезжай в Центр пообедаем, — не очень любезно приказывает она.

Шуня покупает мне в столовой солянку и пирожное.

Её манера — рваная:

— Герой. Подвижник. Никто не отменял гуманизм. Мать — прежде, понимаешь? Больные — потом. Врач не исключает в тебе сына.

Она наступает.

И я признаюсь:

— Нам не о чем говорить. Скажи, как нам проводить время? И что целый день делать, когда наплаваешься?

Шуня смеётся.

— Молодец, оправдался. А книжки? Между прочим, твоя мама не серая, очень даже образованная.

На этом её педагогическая работа со мной заканчивается.

Вечером мы говорим с мамой о «Двух капитанах» Каверина. И мне интересно. Она в самом деле имеет на всё своё суждение. И углы губ поднимают щёки вверх и щурят глаза в улыбке.

Но мама всё равно чувствует моё отчуждение.

Готовиться к урокам маме в каникулы не нужно. И её день превращается в ожидание нас с Алёной.

Даже присутствие с трёх часов Саньки не спасает. Саньке тоже с мамой скучно. О книжках с ней он говорить ещё не может. В футбол играть с ним не может она. И она не лазает по деревьям в Парке Культуры.

И наступил день, когда мама взбунтовалась. Поняла: я вырос. И она не может принудить меня проводить время с ней.

Мама отправилась в институт, в котором училась с папой, к старому, к их с папой профессору-лингвисту. И он помог ей устроиться в их с папой институт.

• • •

Сплю я, и во сне возвращаются ко мне обрывки моей нелепой жизни, или вот так и живут они во мне клочками, высвечиваются и снова обваливаются в прошлое камнепадом, и снова смыкается вода: ровная гладь невозвратности.

Алёна ненавидела больницы.

Конечно, Лимина и больница Тимыча ничего общего не имели с психиатрической, в которой несколько месяцев лежала Алёнина мать. И, конечно, не было санитаров, которые посмели бы скрутить руки беспомощному человеку, стукнуть злым кулаком по голове хрупкую женщину или еле держащегося на ногах мужичка.

Но сам дух боли, страдания, безысходности на всю жизнь вселил в Алёну ужас перед любой больницей.

Она жалобно спрашивала:

— А ты в самом деле хочешь быть только врачом? Неужели тебе не нравится ни одна другая профессия?

Я всегда был честен с Алёной.

— Понимаешь, болен человек, а я, слышишь, это я делаю его здоровым. Вырезаю опухоль, аппендицит, грыжу. Что важнее этого в жизни?

— Надо научиться предотвращать болезнь, и люди перестанут болеть, — уговаривает Алёнка. — Зачем доводить до того, что нужно что-то вырезать? А если ты не сможешь спасти?

— Обязательно смогу. У меня большие планы. Я и обстановку в больнице абсолютно изменю. Запахи уберу. Уберу больных из коридоров. Очень ещё много в больницах неправильного. Вот увидишь, я больницы превращу в санатории.

— Послушай, пожалуйста. Ты же очень хорошо знаешь математику, физику, ну, попробуй что-то изобретать. Это тоже интересно. Ну, придумай самолёт, который может ездить, как машина, по земле, и плавать, как катер. Оглянись вокруг, сколько всего интересного. Я все каникулы одна, вынуждена торчать на грядках бабушкиной подруги, полоть их под дождём и солнцем, иначе баба Вика никогда больше нас не пригласит, а бабушка так любит её дачу! Они девчонками там росли! Мы с бабушкой — рабочая сила. Мама посылает меня в лагерь, а я без тебя не хочу. И что делать? Я так хочу поплавать в море!

Именно тогда, летом после седьмого, началось то, что помогло Альбертику.

ГЛАВА ДЕВЯТАЯ

Почему мы не поехали в то лето к морю? Для всех был бы праздник! Плавать, лазить по горам...

Почему я упирался? Меня так все уговаривали.

Почему мы не поехали в лагерь? Мы с Алёной взяли бы шефство над Санькиным и Ритиным отрядом и были бы все вместе! А родители привозили бы нам сушки и воблу. В лагере без воблы никак!

«Успеешь, Вень, ещё надоест дух больницы».— Голос Алёнин звучит и звучит, чуть низкий, чуть детский, через года!

Но в меня точно чёрт вселился в то лето: обезьяны в зоопарке, соскучившиеся по мне, улыбаются, прыгают и кривляются при моём появлении; долгие путешествия вместе с «Небось» на участки от Тимирязевской академии и обратно, не кончающиеся мои «почему» и её краткие, ёмкие ответы; запах больницы, даже нечистот, голоса врачей, вещающие в палатах, выносящие вердикт спасения, улыбки больных, которых я утешаю, когда им больно или когда операция проходит неудачно...— единственный воздух, музыка; библиотеки с Алёной долгими вечерами...— более счастливого и насыщенного лета в моей жизни больше не было.

Особенно важна была больница. Гордость распирала меня.

Каким взрослым я чувствовал себя, даже когда выносил нечистоты! Я спасатель, я помогаю людям.

И лишь сейчас, быстрыми словами заполняя страницы, я понял, что был отпетым эгоистом, себялюбцем, видевшим лишь собственные желания. Единственного — главного человека в своей жизни я не услышал тогда!

Почему?

До сих пор ответить на этот вопрос не могу.

Я предал Алёну.

Она за меня боролась. Она пыталась спасти наше «мы».

Сейчас, лишь закрою глаза, вижу берег реки в лагере, в котором мы были после шестого класса. Лежим мы на животах. Алёнины косы свились в кольца, на влажный лоб падает лёгкая пушистая прядь. Ползут муравьи, торопливо тащат свой груз, бабочки приникают к цветкам и воспаряют ввысь, исчезают из виду, другие подплывают к нам. Жужжат жуки. А Санька носится вокруг Лимы, Тимыча и мамы, бредущих вдоль реки, и грызёт морковку.

Родительский день в лагере.

Алёна улыбается. На меня она смотрит, на меня! Жуёт узкий лист щавеля.

Со мной она!

Мне она родит сына. Со мной будет плыть в реке и в море. У меня будет спрашивать: «Как прошла операция?», «Расскажи, как удалось тебе спасти больного?»

Утром Алёна будет рассказывать мне свои сны. И расчёсывать свои богатые волосы.

Мы предназначены друг другу.

Не бывает случайных совпадений.

Мамы вместе прошли через Норильский ад.

Именно в мой класс пришла Алёна и села именно за мою парту.

Моя мама называла Алёну доченькой.

Проскочившие годы сжались в пружину. Вот сейчас пружина взорвётся, разлетится вдребезги, выстрелит в меня снова, и все железные её полукружья острыми концами вопьются в меня снова.

Прекратись, мученье.

Обмани меня, судьба. Снова ты щедро осыпаешь меня дарами.

Я сам сломал тебя.

Я предал Алёну, обрёк на муку.

Я — ничтожество, я — эгоистище.

Глава десятая
ГУЛАГ В МОЕЙ ЖИЗНИ

АЛЁНКА УШЛА ОТ МЕНЯ

Наступил день в самом конце восьмого класса, когда Алёна, не таясь передо мной, вышла из класса и из школы вместе с Альбертиком.

Он нёс её портфель и читал ей стихи.

Как это случилось?

Я плёлся сзади и ничего не мог сделать.

Со мной Санька.

Тарахтит без умолку:

— Что произошло? Почему Алёна не с нами? Позови её. А хочешь я собью его с ног?

Я вынужден утянуть Саньку домой.

В тот день Алёна не пришла ко мне делать уроки.

А на другое утро в глаза мне не смотрела, притулилась на краешке парты.

Ничего не слышу. Сердце своим грохотом забивает все звуки.

Что со мной вдруг?

Хочу спросить Алёну — «почему?», «что случилось?» и не могу, язык распух грохотом.

Я никогда не говорил Алёне «люблю» и никогда не целовал её. Мог сидеть рядом с ней, и голос не рвался. А сегодня я словно наэлектризован. Но все мои мышцы скованны: ни протянуть к ней руку, ни слова сказать, ни улыбнуться!

Ни слова не слышу из того, что говорят учителя, рука дрожит и не держит ручку.

— Посмотри на меня, — прошу я. — Пожалуйста, посмотри на меня, как раньше.

Но после третьего урока Алёна уходит на последнюю парту. Садится рядом с Кузьмой.

Кузьма — отдельная история.

Он взбунтовался против Альбертика.

— Я тебе не ассенизатор и не уборщица, я тебе не пистолет, курок которого ты спускаешь, чтобы кого-то прибить. Я тебе не раб! Слышишь, не раб!

Он не кричал, он сипел, как потерявший голос больной.

Но почему-то в шумной перемене стало тихо, и все повернулись к Кузьме.

Красные пятна на ватном, пухлом, всегда бледном лице.

И тогда уже, как будущий врач, я понимал: почки у Кузьки плохо работают. И наверняка безотцовщина Кузькина виновата.

Почему я тогда был уверен, что у Кузьки нет отца?

Ирина Матвеевна как-то крикнула в класс: «Ты невыносим, не умеешь вести себя, безотцовщина!»

Он очень плохо питается — наверняка одной вермишелью!

— Ты думаешь, ты — красавец, нет, ты — урод! — сипел Кузьма. — Ты пиявка. Ты — подлец!

Со всего маха Альбертик свалил его на пол и стал топтать ногами.

Но тут кинулся я и оттащил Альбертика от Кузьмы.

Кузьма выскочил из класса.

Не видела Алёна этой сцены. Не слышала Алёна Кузьмы. Не было её на той перемене.

На другой день Кузьма уселся на пустой задней парте в правом ряду, чтобы даже сбоку не видеть Альбертика.

«Кузьма» случился за три дня до того, как Альбертик увёл Алёну из школы.

Тощий, невысокого роста Кузьма — с ватным, бледным лицом человек.

В тот час я как бы чувствовал за Кузьму. Никогда не видевший отца, из всех он выбрал высокого, богатырского, красивого, талантливого человека. Служить ему, смотреть в рот... безоглядная влюблённость. Кузьме нужны были широкие мужские плечи защитой.

Сильно нужно было постараться, чтобы убить детскую преданность Кузьмы, разрушить придуманную им сказку.

Алёна сбежала от меня на заднюю парту к Кузьме.

Меня трясло, голова словно вспухла, я ничего не понимал: ни что со мной происходит, ни что мне делать.

ГЛАВА ДЕСЯТАЯ

Санька — на мне. Привести его домой, накормить, сделать с ним уроки и сбега́ть от вопросов, градом сыпавшихся на меня.

Вечером, когда пришла мама, я кинулся к Алёне. Я бежал сломя голову, хотя ноги, обессиленные, подламывались. И наверняка это был не бег, а спотыкавшееся, очень медленное перемещение подбитого зверя.

Я скажу ей… к чёрту медицину! Я буду служить только ей! Я пойду в драматический кружок!

Я скажу: на каникулы мы вместе поедем в зимний лагерь, а летом — туда, к речке! Нет, мы с ней, наконец, поедем к морю!

Я сейчас скажу…

Открыла Алёнина мать.

— Дома нету. Увёл красавчик от тебя Алёнку. Проморгал ты. Уж сколько слёз она из-за тебя вылила! Уж сколько денёчков ты поломал ей! Катись восвояси, несостоявшийся зятёк!

Никогда не думал, что кто-то может так ненавидеть меня.

И лишь теперь понимаю эту несчастную, измученную женщину.

Она пришла из лагеря быть с дочерью. А дочь целые дни проводила со мной и с моей мамой.

Летом я держал Алёну в городе, не давая ей отдохнуть как следует. Ненавистные недели, проведённые на чужой даче, тоже из-за меня. С матерью Алёна из-за меня никуда не могла поехать.

И разом рухнули в пропасть медицинские атласы, подработка в больнице, вопросы к Лиме, Тимычу и Шуне. Я перестал учить уроки.

Безоговорочная победа Альбертика надо мной бескровна. Ему и пальцем не пришлось шевельнуть, чтобы уничтожить меня.

...

Ночь, день… дождь… снег.

Тут Алёна. В том же пространстве класса, в том же временном измерении, поглощает те же конусы и котангенсы, те же строчки Тютчева и Гарсиа Лорка, те же главы «Героя нашего времени» и «Мёртвых душ» Гоголя, ту же вязь преступлений и подвигов царей… но мы на разных планетах, и эти планеты, вечно крутясь вокруг солнца, никак, ни в одной точке, не могут соприкоснуться.

Сколько лет она была в моей орбите, с обращённым ко мне лицом, с мольбой услышать её!

Не услышал.

Я кинулся к Наталье Васильевне: спаси!

Но она отводит глаза. Она не видит меня. Она — доверенное Алёнино лицо. Ей, одной, Алёна выговаривает себя. И по тому, как отводит глаза Наталья Васильевна, ясно: моё дело — труба, для Алёны я больше не существую.

Кинулся на репетицию драмкружка.

Алёнина заповедная зона.

Алёна ли это?

Раскинуты руки, разбросаны по плечам золотистые волосы, длинные, укутавшие её хрупкую плоть.

Не девочка — в не подчиняющейся ей страсти взрослая женщина.

Ему, Альбертику, — чуть косящий взгляд, не знакомый, грудной, с трудом сдерживающийся голос, срывающийся на шёпот и хрипотцу, не подвластный ей самой, когда не скрыть, не спрятать собравшуюся в ней бурлящую магму.

Алёна не увидела меня.

Альбертик чуть отстранён.

Нет, он пока не даётся ей, он настаивает её, как вино.

О, как я чувствую его: он дразнит Алёну, он подкидывает в топку раскалённый уголь. Многозначительный взгляд, и тут же Альбертик зевает, и тут же, чуть лениво, потягивается.

Они — двое на сцене.

Что за власть у него над ней? Почему она исполняет любое его приказание и смиряется с его властью над ней?

Что это за пьеса? Я не читал и никогда не слышал, что такая существует. Это точно не Чехов и не Горький и не Островский. Передо мной разыгрывается современная драма: сначала любит она, потом любит он. И он, когда она хочет уйти от него, уговаривает её остаться с ним. Вместе они уезжают на Далёкий Север.

Может быть, и разлюбила она, но я не вижу этого. Она в нём растворена, её слова «Уходи, я не хочу быть с тобой», не убедительны.

Похоже, пьесу написала сама Наталья Васильевна — специально для Алёны.

В тот миг, как Альбертик обнимает Алёну и целует в губы, я на ватных ногах пячусь из зала.

Нет же, Алёна — моя. У нас с ней общее одиночество детства и общая чуткость к боли и несправедливости, у нас с ней одна на двоих душа, у нас с ней наше «мы».

ГЛАВА ДЕСЯТАЯ

Как, почему она оказалась в сцепке с моим врагом, с сыном кагэбэшника?

Хлещет дождь, как тогда, когда она бежала за мной — спасать меня. И ледяной ветер полосует лицо, наверняка оставляя шрамы. А ведь сейчас конец марта! Куда делось наше с Алёной мартовское тепло?

Альбертик не целует Алёну в губы, на моих глазах он обладает ею.

Ей только пятнадцать. Она ещё ребёнок. Она ещё не выросла.

Остановить!

Это всё Наталья Васильевна!

Хватаясь за воздух, внезапно торможу. Ветер чуть не сбивает с ног. Я один в пространстве. Лишь мокрые, встрёпанные машины, с пляшущими на крышах потоками, медленно ползут по моей набережной.

Они заодно с Натальей Васильевной и Альбертиком.

Но ведь Наталья Васильевна — не Ирина Матвеевна! Неужели она не видит, кто такой Альбертик?

Я — счастливый человек. Я никогда не знал в себе злобы и ненависти, даже к Альбертику. Но сейчас они вместе — Наталья Васильевна и Альбертик — попадают в чёрный закупоренный шар.

Стою истуканом под ливнем.

Только Кузьма поможет. Он должен повторить Алёне, что просипел тогда, на перемене, должен объяснить Алёне, кто такой Альбертик!

Господи, помоги Кузьме!

Мокрая, ледяная лестница, чуть приоткрытая дверь. Открываю её.

Подвальная каморка. Посреди на табуретке сидит мужик. У него одна нога. Перед ним деревянное сооружение, на нём — старый, обшарпанный ботинок, молоток, гвозди, куски резины.

Кто этот мужик? Откуда взялся? Кем приходится Кузьме?

И понимаю: отец Кузьмы.

Наверное, вернулся домой намного позже победы — скитался где-то, потому Ирина Матвеевна и назвала Кузьму «безотцовщина».

На чёрном проводе над мужиком болтается голая блёклая лампочка.

Вдоль влажных стен — лавки, укрыты ветхим тряпьём. Спёртый воздух. Под потолком с одной стороны узкая полоска стекла, сквозь неё еле цедится дневной свет. Наверняка форточка не открывается.

Сгоряча забываю, зачем я здесь.

Это мрачное подземелье напоминает жильё «детей подземелья» Короленко. Только там было пространство с воздухом, а здесь узкая коробка, четыре на четыре, — пыточная тьмой, сыростью, безвоздушьем.

— Тебе что тут надо, отрок? — Мужчина произносит слово не из словаря сапожника. И произносит таким голосом, который хочется слушать снова и снова, — обволакивающим. — Зачем явился? Мало тут сырости, ещё и с тебя льёт. Не пара ты моему придурку. Интеллигентик вшивый. Ишь, явился! Я думал, ты вышколенный, а ты даже «здрасьте» не представил. Не годится мой придурок для тебя сегодня.

Только тут замечаю Кузьму. Он лежит, неловко изогнувшись, на одной из лавок, под грязной ветошью.

— Здравствуйте! — выдавливаю из себя, пытаясь справиться с холодом и дрожью. Иду к Кузьме. — Что с тобой? Ты заболел?

— Ха, заболел? Живучий придурок оказался. Наказание принял. Переваривает.

— Кузь, что с тобой? — дотрагиваюсь до спины Кузьмы.

Он вскрикивает.

Рубашка засохла кровью.

Он косит глазом на меня.

— Иди, Вень, — просит. — Иди, пожалуйста.

До меня доходит: отец избил его.

— Может, я врача позову?

— Я тебе «позову»! Оклемается. Не впервой.

— Зачем вы бьёте его? — для себя неожиданно говорю я. — Ему же больно!

— Что ты сказал, ублюдок? Больно? А ты знаешь, что такое «больно»? А ты знаешь, ублюдок, каково без ноги жить? Это ты пёр на фрицев с одной винтовкой на троих? Это ты вот этими руками душил фрицев? Это ты валялся по вшивым вагонам и ледяным землянкам? Это тебе без наркоза отхватили живую ногу? Это ты, голодный, тут маешься, не можешь накормить ни бабу, ни довесок? Может, ты ему котлетку принёс? Катись отсюда, в свои хоромы! А я уж тут сам разберусь, кого бить, кого миловать! Тут я, в этой дыре, хозяин! Понял?

Оглушённый, я попятился было к двери, но тут же осадил себя.

Глава десятая

— Без Кузьмы не уйду. Пусть у меня живёт. Вам он не нужен.

— Не нужен? — взревел сапожник. — А кто будет разносить обувь? А кто мне «мерзавчик» притащит? Кто жрать подаст? Я его родил, и он обязан служить мне.

— Вот и нет. Не вы родили его, а ваша жена. Ничем он не обязан вам!

В эту секунду сапожник обеими руками рванул вверх колоду, что стояла перед ним, и с неё посыпались ботинок, гвозди, молоток.

— Убью! Убью! — Он привстал на одной ноге, огромный, всклокоченный, небритый, и рухнул на пол.

Я кинулся, чтобы поднять его.

— Стой! — крикнул Кузьма, вскакивая с лавки и тут же от боли оседая на неё. Через всю щёку малиновая полоса. — Костыль! Убьёт!

Я не заметил, как сапожник, повиснув на одной руке, другой схватил костыль.

Но я уже поймал Кузьму за рукав курташки и поволок к двери.

На скользкой каменной лестнице рухнул. Кузьма навис надо мной. Из щеки цедится кровь.

— Теперь точно или мамку, или меня убьёт.

Я дрожал мелкой дрожью, зубы плясали.

Кузьма выдернул руку из моей руки. И сделал шаг к двери.

— Не ходи… — отбили дробь мои зубы.

Я снова хотел сказать Кузьме, чтобы он шёл жить ко мне, что ему нельзя назад, что отец убьёт его. Но губы не слушались меня, выплясывая бешеную дробь.

Сколько я так просидел, не знаю.

Кузьма вернулся в свою пыточную.

«Пыточная» — Шунино слово.

Шуня не молчала, в отличие от мамы.

Что такое лагерь, ГУЛАГ, в подробностях рассказывала мне она, задолго до Керсновской, считая, что каждый молодой человек обязан знать это. 20-й съезд ничего нового не добавил в летопись истории моей страны. Я ненавидел Сталина вместе с его верными псами много раньше на генетическом уровне. Безотцовщина, ранняя смерть бабки от тоски и безысходности, искалеченность матери… — пища: в моей крови эта ненависть!

А теперь ещё и отец Кузьмы. Жертва Сталина.

«Одна винтовка на троих», «вшивые вагоны», «операция без наркоза — живую ногу отхватили».

Новая страница истории для меня. Вместо признания героизма, благодарности и чествования — голод и камера с мокрицами.

В жилье Кузьмы было очень тихо.
И я приоткрыл дверь.
Сапожник снова сидел на своём табурете, а по его чёрным, не бритым щёкам текли слёзы, и еле слышно звучал его ласкающий голос:
— Прости, сын! Я плясать любил. Думал: вернусь, грудь в орденах, ты будешь гордиться мною. Я ведь мастер был, лучший бурильщик. Я ведь, сын, сильно умный был. Хотел учиться. В школьном хоре пел. Год после десятого класса отработал бурильщиком и поступил в нефтяной институт. Снова в хоре пел, и сам, один, пел. Прости, сын. Я так ждал тебя, так горд был, что ты родился, наказал матери беречь тебя. Зверь во мне открылся, я и не знал его в себе. Стихи любил. В театр даже ходил. Я ведь ещё молодой, так мог бы жить...
И снова я рухнул на влажную, ледяную ступеньку.
— Господи, помоги Кузьме и его отцу! Господи, вытащи их из этого ада! — просил я, давя слёзы, рвущиеся вон.
Наверное, в эту минуту я стал взрослым.
На сырой, ледяной ступеньке, продрогший до костей, поклялся себе, что буду помогать вот таким — несчастным, жертвам Сталина.

На другое утро я не пошёл в школу.
Еле дождался, когда мама уйдёт на работу.
Просторная кухня. Чисто, сухо. Яичница, хлеб с маслом.
Словно впервые увидел сахарницу в цветочках, скатерть с ромашками, кремовый шкаф с посудой, пузатый холодильник.
Мне казалось, все так живут.
Зажмурился. Влажные стены, деревянный узкий стол с табуретками, лавки вместо удобных кроватей.
Наверняка отец Кузьмы сам сбивал и табуретки, и стол, и лавки. И ящики для одежды.
Искалеченная судьба.
И без ГУЛАГа обошлось.

Моя жизнь переломилась.

ГЛАВА ДЕСЯТАЯ

Один раз это уже было: когда бабка умерла. Совсем другая жизнь случилась.

И вот вчера на ледяных ступеньках понял: в школу больше не пойду.

Летом подкладывал судна под больных, подмывал их, кормил с ложечки.

Работа — приложение к школе. А теперь пусть школа приложится к работе.

Мне нужна Шуня. Она всё придумает. Как вылечить Кузьму? Как помочь его отцу? Шуня найдёт, к кому пойти просить квартиру для солдата!

Шуня всё разложит по полочкам. Шуня объяснит.

Господи, помоги Шуне

Набираю номер телефона. Долгие гудки.

Почему Шуня не подходит?

Она же на час раньше является в свою лабораторию!

Ещё раз набираю. Ещё.

Может, дома?

Голос — далёкий: «Алло!»

— Ты почему не на работе? — кричу я.

— А ты почему не в школе? — Её голос еле слышен. Не дожидаясь ответа, просит: — Приезжай. Петрюша скис. В аптеку надо.

Петрюша не скис. Петрюша выдал инфаркт.

Он лежит с широко раскрытыми глазами, с торчащей остриями щетиной и с виноватой улыбкой.

— Развлекай его, сынок, а я бегу за шприцем. Сама поставлю на ноги.

Комната стерильна и пуста. Тумбочка с питьём, маленький комод и посередине тахта. Тут не живут, тут только ночуют.

Петрюша смотрит на меня. Улыбка с его лица исчезла, как только Шуня хлопнула дверью.

— Хочу попросить тебя, сын, — слово отца Кузьмы. — Ты у нас один-разъединый ребёнок на двоих. — Слова, нечёткие, словно выдавливаются из-под неимоверной тяжести. — Мне хана. Шуня не понимает. Срок подошёл. Просьба к тебе: не оставь её. — С трудом собирает дед звуки в слова. — Все годы... моим ребёнком, на пятнадцать лет моложе. Берёг её. А ведь сердце ещё до неё сжёг, когда все мои погибли и когда увидел столько людской муки. Тряпочка вместо сердца, еле шелестит. Тянул, тянул — для неё!

— Пожалуйста, дед, не надо... — шепчу я. — Пожалуйста, молчи. Ты врёшь всё. Ты будешь жить!

Рвутся слоги, половина проваливается, по крохам собираю, догадываюсь.

— Сын, запомни, она боится ночей. Её мучают кошмары. Обменяйте квартиры. Вместе с Ирой. Ира — дочь, ты — внук. Ты у нас один, — повторяет он. — Возьми себя в руки. Ты мужик. Жидковат ещё, но выдюжишь. Ты мне за неё ответишь. С тебя спрошу. Строго спрошу.

Испарина на лбу, по щеке сползает пот.

Он закрыл глаза. И на запертом лице сизые губы.

Пока жили глаза, губы казались тоже живыми.

— Дед! — шепчу я. — Дед! Дождись Шуню. Пожалуйста.

Очень тихо в комнате.

В ней даже часов нет. А так хочется, чтобы тикали часы.

Только сейчас заметил, что стою на коленях. И моё лицо припало к его лицу.

— Дед, пожалуйста, дед, пожалей нас. Мы без тебя никак.

— Не успела, — Шунин голос. — Обширный инфаркт, не совместимый с жизнью. Он давно тянул, сколько мог, для меня. Боялся обеспокоить.

Она рядом со мной встала на колени и склонила лицо к его лицу.

Так мы и стояли рядом, припав щёками к остывающему лицу. А в руке она сжимала толстый шприц.

Менять квартиру Шуня решительно отказалась.

— Никуда отсюда я, сын, не уйду, а умру, тебе достанется. Женишься, дети пойдут, пригодится. Молодой семье нужно отдельное жильё.

— Я не женюсь, — буркнул я.

Снова похороны. Ещё не отошёл от потери Матроны. Теперь дед.

Ночь. И ещё ночь. Высокий белый потолок. По нему ходят тени. Откуда, если мы живём высоко над переулком и фонарями?

Дед был старый, старше всех, поэтому ушёл. В старости некуда деваться, только уйти.

Матрона, когда я спросил её, что такое старость, сказала: «Ноги ломит, душа обмирает, сквозит сквозь».

ГЛАВА ДЕСЯТАЯ

Сейчас у меня «душа сквозит сквозь».

«Я тоже буду старым, я тоже умру», — стучит дятлом в голове.

Зачем пришёл в этот мир? Чтобы терять всех, кого люблю?

Отец, бабка, Матрона, дед.

И всё-таки вырывается бабкино, Матронино:

— Господи, помоги, пожалуйста. Помоги Шуне пережить потерю. Господи, сохрани Шуню, маму, Тимыча, Лиму — всех моих. Господи, помоги!

Он не слышит меня. До Него не докричаться. Его нет!

Плыву вверх, в пространство, не знакомое мне, не понятное, туда, где отец, бабка, Матрона, теперь дед.

Пустота. Ни листочка, ни птицы. Тьма. Где тут может быть Господь?

Где же свет Его звёзд? Не хочу в пустоту. Не хочу, чтобы в пустоте и тьме плавали отец, бабка, моя Матрона, дед.

Бабка верила в Бога. Где Он? Какой Он? Встретилась бабка с отцом?

Или в земле перегнила, и никакого следа от неё не осталось, кроме как во мне, пока живу?

Плыву в пустоте. Если есть вечная жизнь, она — пустота? Без чувств и мыслей?

Тот, детский, страх перед смертью, что трепал дрожью, треплет сейчас. Не в пустоту плыву, корчусь и мёрзну под одеялом. Гремит пульс оглушая, не греет одеяло, ломит кости.

Срываюсь с кровати к окну. Звёзды.

У меня есть звёзды.

Но они не золотые — выцветшие.

От них тоже смерть.

Свет от них — миллионы лет.

У кого из людей есть эти миллионы?

Нигде в пространстве нет и не может быть жизни.

Несусь на кухню. Вода рушится в стакан, переливается и бьётся о раковину.

Стучат зубы о стекло. Зубы тоже ломит, как и ноги.

И я умру. И меня не будет.

Алёнина улыбка, стихи, мысли, планы — всё исчезнет.

Не было. Не будет.

Не тот, детский, страх перед смертью, тогда его успокоили Матронины руки, от него спасла Лима, сейчас рушится смысл существования.

Бьётся о раковину вода.

— Сынок, давай попьём чайку. Халва есть.

— Мама! — кидаюсь к ней, обхватываю хрупкие плечи, колюсь о выпирающие ключицы, задыхаюсь в незнакомом запахе духов: Шуня подарила на день рождения.

— Ты совсем замёрз! — еле слышится её голос. Но она не высвобождается, она растирает маленькими ладошками мою спину и жмётся, жмётся к моей груди.

Потом мы пьём чай, едим халву.

Мама укутала меня своим одеялом и рассказывает мне, как дед спасал людей, выбивая из Москвы необходимые лекарства, как писал освобождения от шахт и от строительств бараков в сорокоградусные морозы с опасностью быть расстрелянным!

— Знаешь, как он кричал на чиновника из Москвы: «Есть у вас сердце? Пришлите лекарства, люди гибнут, нужны анестезия, стрептоцид, пенициллин». Вместе с Шуней он выхаживал меня от туберкулёза.

Мама рассказывает, как под Новый год в холодной больничке дед носил Шуню на руках, когда она только вылезла из тяжёлой простуды, и пел ей колыбельную.

Мы пьём чай.

А надо мной купол из бледных звёзд и между звёздами плывут отец, бабка, Матрона, дед.

И я плыву вместе с ними.

Мне уже не холодно, меня не треплет страх, но я словно все чувства разом потерял.

— Сынок, прости, что так больно! Прости, что ничем не могу помочь тебе!

В своей комнате прижимаю руки к груди и шепчу невольно: «Господи, помоги Шуне!»

Всё-таки с Шуней поговорить удалось.

Мы снова вместе обедаем в её столовой. И снова я ем солянку с кислыми огурцами.

Шуня, как всегда, засунута в свои морщины, съёжившие её лицо ещё больше, в тёмный, строгий костюм с белой блузкой, застёгнута на все пуговицы. И только глаза.

— Лиму уговорила вместо Петрюши со мной работать, — говорит она привычным, деловым голосом. — Хоть она и помогала нам сильно и давала свои исследования, но теперь она нужна мне при

ГЛАВА ДЕСЯТАЯ

мне, чтобы потрогать было можно. Она оставляет себе полставки в больнице, чтобы не терять квалификации, обещает взять на себя Петрюшину тему.

Когда я выдаю ей, что ухожу из школы, она кричит, не обращая внимания на людей:

— Пока жива, нет! Как перед сестрой отчитаюсь? Школу кончишь, институт кончишь, а там сам собой распоряжайся вволю.

Рассказываю ей об Альбертике с первого общего дня, об Алёне, о Кузьме и его отце, о драмкружке.

Она вскакивает, несётся к буфету, берёт пирожные, компот и чай.

— Кушай, сынок, — просит она. — Ешь пирожные! Все ешь! Пей компот, сынок. — И без перехода — Матронино: — Ты же мужик, сынок! Бороться надо за Алёну.

— Если она пошла к нему, что я могу? Её выбор.

— Ерунда. Девочка сама часто не знает, что ей нужно. А ты иди к ней, сынок! Поверь, я знаю, что говорю. Не может Алёна не услышать тебя! За руку схвати её и веди прочь. Силой. Расскажи, кто такой Альбертик! Ты должен рассказать ей!

— Нельзя силой! Силой ничего не получается. И я не фискал!

— При чём тут «фискал»? Она должна знать, что он делал с тобой! И в твоём случае нужно силой, — чуть не кричит Шуня.

— Он красив и хитёр. Она полюбила его.

— А ты не красив у нас? Не скукоживайся, слышишь? Не полюбила она, а кинулась, как бабочка, на оперения.

— Он учится лучше всех. Он ей подряд все наши стихи шпарит. Помоги устроиться на работу.

И Шуня сдалась.

План мы выработали простой.

Она берёт меня к себе лаборантом на пол ставки. Я иду в вечернюю школу, экзамены сдаю экстерном. Об этом Шуня обещает договориться с директором. Если он не послушает, она подключит директора института, приятеля юности. С мамами и с Тимычем сама поговорит, чтобы вопросов не задавали.

И вместе с Лимой она готовит меня в медицинский.

ГУЛАГ В ДЕЙСТВИИ

Кузьма пришёл ко мне через три недели после похорон деда.

Синяки зажили, и глаз открылся.

Я только вернулся из вечерней школы.

— Сторожу тебя с четырёх часов. Где ты ходишь?

— Работаю, а потом школа.

Мама поставила и перед Кузьмой тарелку. И уже хотела положить на неё кусок мяса — поднесла сковороду к нему, как Кузьма побледнел, вскочил, руки выставил вперёд заслоном.

— Я сыт. Я сыт, — повторял он.

— Ты не будешь, и я умру с голоду, с утра не ел. Мам, клади.

Мама положила мясо, пюре, солёный огурец.

— Чай нальёшь сам. Я засыпаю, сынок.

Теперь Кузьма стал пунцовый. Он сидел прямо, обе руки распустив по швам.

Раньше я не понял бы, что с ним. А теперь тихо попросил:

— Пожалуйста, начинай, а то я с голоду помру, — повторил я.

Он наколол кусок мяса на вилку, откусил совсем немного и стал жевать. Жевал и жевал, не хотел глотать. Потом откусил ещё столько же, совсем немного.

А я словно подавился. Не мог отрезать ни куска, и нож в руке казался мне чем-то диким. Сколько длилось это священнодействие, не знаю. Я не смотрел на Кузьму, но есть не мог. Очнулся, когда он положил вилку на пустую тарелку и снова бросил руки вдоль тела, по швам. Сидел красный, испуганный и смотрел куда-то за мою спину.

Жалел, что не оставил пол куска для родителей? Или так переживал нечаянную сытость?

Я поспешил наскоро поесть и глупо спросил:

— Как ты себя чувствуешь?

— Отца забрали. Фестиваль будет, и в Москве не должно остаться инвалидов. Тунеядцев.

— Куда забрали? И откуда ты знаешь про инвалидов? И откуда взялось такое слово «тунеядцы»?

Кузьма моргал, и его одутловатые щёки двигались вверх и вниз.

— Значит, так получилось. Я не хотел идти домой. И всё ходил то к школе, то к Пятницкой, то опять к школе. Это тебе хорошо: вот она, школа, близко. А у меня расстояния. Подошёл к нашему дому поздно. Два солдата смолят. Такой мелкий, вроде меня, говорит: «Одно дело: зверь постреляли нашего брата порубатого — без рук, без ног, героев наших. А сейчас-то? Фестиваль, слышь? Мешаться будут своим видом! Физиономию Москвы, слышь, испортят?!» «Да, а этот, видно, и не вылезает из своего подвала, его-то за что?» «А я знаю... Слышь, слово придумали „тунеядец", значит, не рабо-

ГЛАВА ДЕСЯТАЯ

тает! А как ему без ноги работать-то?» «Идём, что ли... Почти ночь! У нас с тобой ещё три! Жалеть будем, жалелки не хватит». — Кузьма съёжился и стал ещё мельче: смотрит на меня собачьим взглядом.

— Кузь, ты погоди, может, помогут?

— Помогут? Ты слушай! Я тоже сперва никак в толк не возьму, о чём они толкуют. А тут отца волокут. Из сна вынули. Отец и спроси: «Куда волочёшь, браток? В санаторий? — и тут же сообразил: — За что меня-то, браток? Что я сделал такое? Или протез решил мне приделать, чтобы я жил достойно, как ты?» А тот, кто всё объяснял, возьми да буркни: «Прости, солдат. Не своей волей». Увидел отец меня. И эхом: «Прости, сын, если сможешь!»

— Что дальше? Объяснили, куда его?

Кузьма моргает, словно пыль в глаза попала. На одутловатом лице беспомощные глаза.

— Может, ты ещё поешь? Знаешь, у меня варенье есть! — Я рванулся к холодильнику, вытащил клубничное варенье. — Мама наварила. На тебе ложку. Ешь до конца. А может, правда, в какой-нибудь дом отдыха?

— Отца-то? — Кузьма мелко задребезжал: — В дом отдыха?

Я испугался, что он сейчас заплачет.

— Ты ешь, пожалуйста, варенье! Пожалуйста!

— «Мешаться будут своим видом» — не о санатории слова, Вень.

— Ты успокойся, погоди ещё!

— Знаешь, Вень, он ведь добрый был, жалел меня. Он мне про все военные денёчки порассказал. Их там перед атакой каждый раз поили, чтобы не боялись. А ещё сколько своих свои же сзади... — Кузьма опустил голову. — Ты накормил меня. Я никогда так не ел, Вень. — И без перехода: — Как жить-то, Вень? Ну, из школы, ясно, уйду. А работать где? Может, санитаром в больнице?

Я онемел. Совсем ещё молод был, а понял же наконец: на смерть увели отца. Как моего. Навсегда.

Сейчас, спустя столько лет, слышу голос Кузьмы, и разговор солдат, вижу одутловатое лицо. В дверях топчется Кузьма — прижимает к груди банку с вареньем.

В тот момент сам потерян был — жизнь ухнула, а привёл Кузьму к Лиме.

Положила Лима Кузьму к себе в больницу, вылечила его. А потом вместе с Тимычем и Шуней отправились все трое в Моссовет к «самому главному по жилью», как объяснили Кузьме, и выбили маме с Кузьмой двадцатиметровую комнату, правда, в общей квартире, но зато в сталинском доме со всеми удобствами. Пристроила Лима Кузьму в Скорую помощь санитаром и велела скорее школу кончать и поступать в институт. Об отце Шуня с Лимой узнать ничего не смогли.

Почему Кузьма пропал из моей жизни, я так и не понял, но Лиме или он, или его мать каждое Восьмое марта цветы носят.

По словам Лимы, Кузьма кончил институт и стал работать строителем. Квартиру получил, женился.

Иной раз защемит сердце: почему он не захотел никогда больше прийти ко мне. До сих пор не пойму.

Загадок в моей жизни осталось много.

Глава одиннадцатая
Беда. Надежда и беда

Расплата за мой эгоизм

Алёну я не видел одиннадцать лет — с той минуты в конце восьмого класса, когда она играла в пьесе Натальи Васильевны роль влюблённой в Альбертика.

Мы жили в одном районе. Но я не ходил больше в наши с ней переулки, не ездил на метро, что гостеприимно втягивало в себя пассажиров с Пятницкой улицы. Мой путь в мир теперь — Полянка, деловая, гудящая и летящая машинами, а транспорт — троллейбус. До любого метро добросит: до Библиотеки Ленина, до Арбата, до центра, откуда поезжай во все стороны Москвы, до улицы Горького, на которой столько станций метро! И Белорусская, и Маяковская, и Сокол!..

Закончил школу. Закончил институт. Уже несколько лет работаю.

Шуня, как заколдованная, остаётся такой, какой я увидел её впервые: с яркими бабкиными глазами и яркими, налитыми жизнью губами, тощая, бегущая, с прокуренным голосом — после смерти Петрюши она снова начала курить. Только личико теперь у неё совсем сморщенное, бледное яблочко.

Теперь я ору на неё, чтобы она бросила курить.

И однажды она сказала за нашей традиционной солянкой:

— Ты прав, сын, бросаю. Много лет не слушалась тебя, а теперь решила. Вот тебе подарок на день рождения — последняя Беломорина. Остальные памятником моей многолетней слабости пусть восседают на видном месте!

С удовольствием, со смаком и причмокиванием она раскурила последнюю Беломорину, умело пуская дым колечками, играя в начинающего курить мальчишку, но пускала эти колечки в сторону от меня.

А потом мы с ней по широкой лестнице поднялись на её этаж в её лабораторию, в которой я провёл интереснейшие полтора года жизни, походя сдавая экзамены экстерном за восьмой-десятый классы, и водрузили почти полную пачку голубого Беломора на этажерку с научными книгами.

Царство Шуни — стеллажи с научными книгами, справочниками и папками исследований, микроскопы, склонённые над ними пушистые молодые головки мальчиков и девочек. И я одиннадцать лет назад так же сидел, изучая раковые клетки, пытаясь создать новый вид химиотерапии.

Мальчиками и девочками называет она даже сорокалетних своих работников.

Шуня хочет, чтобы я продолжал работать с ней и с Лимой. Я же, Божьей милостью, хирург, как и Лима. Только Лима теперь специализируется на раковых болезнях и здесь проводит три дня в неделю.

Шуня знакомит меня со всеми девочками, которые попадаются ей под руку и которых она одобряет, и ворчит:

— Что же это за ребёнок, никто не нравится. Посмотри, какая пушистая!

«Пушистая» — значит, толк из неё будет. Любимое слово. Без него никак. «Пушистая» — значит, думающая и добрая, в одной сцепке.

— Вень, услышь меня! Жениться пора. Детей пора. Порадуй маму и меня. Мы понянчим, мы образуем их, такой продукт выдадим!

Лима только три дня здесь. Три дня — в клинике.

Мы работаем вместе: Тимыч, Лима и я, только совсем в разных отделениях. Тимыч даже в другом корпусе — в патологии. Дети рождаются порой двуполые, или со странной патологией: одна сторона внутри тела как бы мужская, другая как бы женская. У Тимыча не только дети. Отделение взрослых: юноши, похожие на девочек, с писклявыми голосами, и жаждущие стать девочками, девочки, похожие на мальчиков, крупные, ширококостные, с ломающимися голосами, жаждущие стать мальчиками.

Я не люблю его отделения. Я знаю, любое вторжение в организм, в иммунную и нервную систему сильно сокращает жизнь, рушит психику, хотя понимаю драму каждой отдельной личности. И пойди пойми: смена пола — в самом деле спасение для данной

ГЛАВА ОДИННАДЦАТАЯ

души, или это самовнушение и приведёт к другой драме — неузнавания, и всё равно человек не станет счастливым.

Я засиделся с Шуней в свой свободный день и пришёл домой поздно.

На кухне пили чай мама и Валя, Алёнина мать.

Как радовалась Валя, что я не стану её зятем, как была счастлива, что Алёна — с Альбертиком, какой злобой сверкали её глаза, когда она выплёвывала в меня свою радость, что никогда я не стану её зятем!

Вошёл в кухню. И попался в Валин взгляд.

Сильно постаревшая, с разноцветными прядками давно не мытых, когда-то огненно-рыжих волос, с поблёкшими, не рыжими, а какими-то серыми веснушками, с воспалёнными, больными глазами и розоватыми белками, она секунду смотрела на меня в упор, словно не узнавая, и вдруг сорвалась с места, броском очутилась передо мной и бухнулась на колени.

Ничего не понимаю ещё, а уже ослабел, плывёт всё перед глазами. Мне кажется, весь мир гремит неимоверным грохотом и болью заливает голову и уши. Ничего не соображая, крепко прижимаю к груди сумку с живой рыбой. Запах давящейся рыбы щекочет нос.

— Прости, Веня. Спаси, Веня!

Не в силах ни слова сказать, ни шевельнуться, истуканом стою перед ней.

Запах живого карпа, бьющегося в мою грудь, заливает голову.

Мамино лицо в тумане, не могу разглядеть его, лишь чувствую сгустившуюся в комнате печаль, туманом накрывающую всех нас.

— Веня, прости. Веня, спаси!

Не я, мама стала поднимать Валю. Усадила. Вытянула из моих объятий сумку с карпами, кинула в раковину.

Взяла меня за руку, осторожно подвела к стулу, усадила.

Молчание женщин, их вид, моё грохочущее сердце говорили сами за себя: с Алёной — беда.

Но прозвучали слова «Спаси, Веня», значит, она жива.

Мама поставила передо мной полуостывший чай, тарелку с холодной едой, и то, что не стала подогревать, ярче всего говорило о её состоянии.

А то, что чай и еда совсем остывшие, говорило о том, что давно они вот так сидят и ждут меня.

Заговорила мать:

— У Алёны рак груди. Последняя стадия. Операция, говорят, не поможет. Валя пришла за чудом.

— Она же совсем девочка... — пробормотал я.

— Щипал грудь, крутил... удовольствие получал. Скрывала от всех. Я случайно увидела... грудь — чёрно-синяя, в шишках, поволокла к врачу. Да поздно. Она ко мне прибежала жить. Счастье, что мать не дожила. Сразу умерла бы. Веня, ты — один. Ира говорит: всю жизнь любишь, не женишься. В память о прошлом спаси! У меня, кроме неё, никого. Прости меня, Веня. Я одна виновата.

Я вскочил.

Рассыпанные по плечам волосы. Глаза не на меня смотрят, на Альбертика.

Ночи без сна.

Её запрокинутое к Альбертику лицо.

А голос — мне: «Прошу, поедем к морю!», «Прошу, поедем в лагерь!»

Её дыхание рядом в школе столько лет!

Её дыхание рядом дома, когда мы делаем уроки у меня или редко у неё, где всегда по её просьбе звучит музыка — Вероника Сергеевна играет нам.

Её дыхание рядом на занятиях с «Небось» и радость жертвы — для меня: изучает то, что ей совсем не интересно.

Её залитое дождём лицо: «Веня, всё будет хорошо! Веня, перетерпи! Поверь, всё будет хорошо!»

На меня она смотрит. На меня!

Эгоист, сволочь, подонок. Не она ушла от меня. Я погнал её к Альбертику. Я убил её чувство ко мне. Я не заставил Кузьму сказать ей всё об Альбертике. Никогда бы она близко не подошла к нему.

Я — подлец.

Но почему за мой эгоизм и мою подлость расплачивается собой Алёна?

Последняя стадия.

Я знаю, что такое последняя стадия. Сколько лет живу в этом аду — когда последняя стадия у стариков и у совсем молодых.

И только иногда, очень редко, происходит чудо, когда удаётся вырезать метастазы до последней клетки.

ГЛАВА ОДИННАДЦАТАЯ

— Идём, — выдавливаю я.
— Куда? Скоро ночь.
— К Лиме и потом к Алёне. Лима посмотрит. Лима скажет.
— Я хочу, чтобы ты делал операцию. Только ты совершишь чудо. Только ты спасёшь её!
— Я?!
Я никогда не дотронулся до Алёниной груди.
Я никогда не видел Алёниной груди.
Нет, не смогу.
Она... вот она тут, рядом, в этой кухне — золотоволосая девочка с косами.
Она спит в моей постели после бездомных метаний по бесприютному городу.
Она сидит рядом со мной за столом. За партой.
Она идёт рядом со мной по набережной.
Единственная девочка, предназначенная мне.

Щипал, крутил грудь. Мучил.
Я не осмелился ни разу дотронуться.
Моя девочка.

— Нет. Не я. Лима.
— Ты! Только ты спасёшь её! — повторяет, как заклинание, Валя.
— Идёмте.
Срываюсь и бегу прочь из нашей с Алёнкой кухни. Сколько лет мы вместе с Алёнкой сидели здесь, и говорили, и молчали!
До отказа выжимаю Лимин звонок.
Дверь распахивается. Санька ещё в плаще, только пришёл из роддома — Рита родила, Тимыч — в тренировочных синих штанах с дутыми коленками, Лима с закрученной полотенцем головой — из ванной.
— Что случилось? — все трое вразнобой. — Ире плохо? Шуне?
Они не видят ещё застывшей за мной Вали.
— У Алёны последняя стадия.

К Алёне идём все.
Санька рванулся было тоже, я гаркнул:
— Нет, пожалуйста!
Если к Лиме я летел через ступеньки, то теперь еле тащусь.
Лима забрасывает Валю вопросами, Тимыч поддерживает Лиму и Валю под локти.

Лужи — в крошках льда. Январь, а весь день хлестал дождь. Вечер прихватился льдом.

Сейчас увижу.

Одиннадцать лет.

Моя девочка.

Спотыкаюсь, разбрызгивая лужи, легко хрустит лёд.

Сейчас увижу.

Алёна прибежала жить к маме. Значит, она сейчас свободна. Значит, она может вернуться ко мне. Она любила меня. Не может исчезнуть то, что было у нас. Мы будем вместе. Мы никогда больше не расстанемся.

Алёна — та, прежняя. С золотыми косами, с родинкой в углу рта, со светящимися глазами. Смотрит на меня. И между нами крутится наше «мы» — наша общая душа.

Я так спешу! И спотыкаюсь. Чуть не лечу рыбкой в лужу.

Скорее! Возьму отпуск. И мы поедем к морю. Мало ли в мире жарких стран?!

Возьмём с собой Саньку с Ритой (а теперь и с малышом), как она хотела. Будем плавать и кататься на лодках. Арендуем яхту и поплывём. Будем валяться на песке. Лицом к лицу на пузе.

Её окно.

Сколько лет стучал в её окно! И выглядывали вместе — Вероника Сергеевна и она, моя девочка.

Вероника Сергеевна любила меня. Называла зятёк.

Мы с Алёной родим трёх детей: двух девочек, похожих на Алёну, и мальчика, похожего на моего отца. Мы будем возить их в колясках и играть с ними на берегу моря.

Я знал, Алёна — моя, только моя. И наконец она это поняла и вернулась к маме, чтобы я пришёл к ней.

Изо всех сил тяну на себя дверь подъезда — я первый должен увидеть мою девочку, но первыми в подъезд входят мои родные.

Я влетаю следом и, запыхавшись, как после длинной дистанции, с трудом заглатывая воздух, врываюсь в Алёнин дом.

Все топчутся в широкой, светлой передней, снимают плащи и обувь, а я сразу — рывком — кидаюсь в её девичью комнату. Она снова там!

Да, она там. Свернулась калачиком, носом к стене.

ГЛАВА ОДИННАДЦАТАЯ

На стене ковёр. Веронике Сергеевне когда-то подарила подруга: золотистый олень на голубом фоне. Глаза — человечьи, жёлтые и добрые (похожи на Алёнины). И ветвистые рога.

Сказка с Алёной — с детства. Алёна придумала про оленя целую историю. Он убежал из волшебного царства, чтобы найти её. И нашёл. Каждый вечер он рассказывает ей, где побывал, что повидал.

Голос Алёны: «Ты знаешь, Алёнка, — говорит мне мой олень, — олени живут в холоде, едят ягель. А я вдруг очутился в жаре, в пустыне. Есть нечего. Задыхаюсь, дышать нечем, воздух густ от жары, внутрь не проходит». Я испугалась, Вень, что он мог задохнуться или погибнуть от голода. Спрашиваю его: «И что же ты придумал?» «Не я придумал. Меня спас верблюд. У него же в горбах вода и еда. Он напоил меня, опустился передо мной на огненный песок и велел сесть между горбами. А потом понёс меня. Ты знаешь, верблюды ходят медленно. А мой чуть не летел. И всё приговаривал: „Ты будешь жить!"»

Алёнка тогда спросила меня: «Ты любишь моего оленя?»

Я так и думал: Алёнка — девочка. Как была худышкой, так и осталась.

Спит?

Не слышит, что я пришёл.

На письменном столе — моя лампа с золотыми кольцами. На подоконнике — ваза с золотыми кольцами.

Я есть здесь.

И моё чернильное пятно на письменном столе.

Алёнка сжалась калачиком.

Так когда-то она спала на моей тахте.

В дверях за моей спиной трое самых близких. Лима с Тимычем любили Алёнку, баловали её, покупали ей в Столешниковом её любимые эклеры с заварным кремом, Тимыч качал её на руках.

Едва слышимый шорох. Дверь закрывается.

Пусть Алёнка спит. Я хоть до утра буду стоять здесь и смотреть на девичью хрупкую её плоть.

Теперь я отвечаю за неё. Мы наконец вместе.

Но почему она не укрыта одеялом? Просто прикорнула?

Узкое серое платье. Оно шерстяное. Его тоже подарила бабушкина подруга, когда Алёнке исполнилось четырнадцать.

Не спит.

Словно чувствует, что я наконец пришёл, и поворачивается ко мне.

Вздрагивает. Садится.

Не Алёнка. Совсем не Алёнка.

Нет кос. Волосы не золотистые — серые.

В золотистом свете абажура лицо — жёлто-зелёное.

И глаза не её. Мёртвые застывшие глаза.

Она не узнаёт меня?

И вдруг слышу голос Вали: «Последняя стадия».

Пока бежал к Алёнке, совсем забыл об этом.

Нет! Это ошибка.

Не отрываясь, смотрю, пытаюсь найти жизнь в её лице.

Это я убил её. Я превратил её в забальзамированную мумию с мёртвыми глазами. Я уничтожил её красоту.

— Это совсем не ты! Изменился! Зачем ты пришёл? Проводить в последний путь? Благородно. Но пока чуть рано. Иди отсюда!

Голос — её. Низкий, грудной — тот, от которого мурашки бежали по телу.

С места не двинулся, а оказался около, на коленях перед ней.

Глаза оленя, её глаза. Похожи — золотистые. Но у неё сейчас блёклые.

— Прости меня.

Сказал? Подумал?

— Поедем к морю. Плавать.

Она вдруг смеётся.

— Прямо сейчас. И косы пристегну.

Не верю издёвке в голосе, спешу:

— Мы были друг другу...

Она кричит:

— Мама!

И все входят.

И прекращается пытка.

Валины нотки в голосе и во взгляде Алёны.

Так мне и надо.

— Тётя Лима? Дядя Тима?

И понимает.

И отрезает:

— Нет. Операцию делать не буду. Сдохну, как есть. А вы все идите! Я спать хочу. Мать не сказала, я сама знаю диагноз. К счастью, скоро сдохну. И поставлю точку в своей глупой жизни. Панику ты подняла, мать, напрасно. Я спать хочу.

ГЛАВА ОДИННАДЦАТАЯ

Тимыч обходит меня, застывшего пугалом, склоняется над Алёнкой, берёт её на руки, качает.

Сколько проходит времени в тишине?

Потом:

— Ты потерпи. Мы ещё за тебя поборемся. Сначала нужны все анализы. Ты наша маленькая девочка. Мы очень скучаем без тебя. Мы так любим тебя!

Лима утирает полотенцем слёзы. Она забыла снять его и сняла сейчас. Волосы рассыпались нечёсаные, ещё влажные. Она приложила полотенце к лицу.

— Ты пойми, — говорит Тимыч, — Лима тебе больно не сделает. Лима тебе поможет.

Алёнка покачивается в Тимкиных руках, а я наконец встаю с колен.

Теперь близко её лицо.

Лихорадочные глаза.

«Прости» — одно слово. Оно глушит меня, и я не слышу, что ещё говорит Тимыч. И что говорит Лима. Она обеими руками гладит Алёнкину голову — коротко стриженную, с серыми, не мытыми волосами.

Я ухожу из комнаты.

Плюхаюсь на табуретку в кухне.

Валя идёт за мной.

— Он таскал её за косы, мотал из стороны в сторону, выдёргивал волосы. Она отрезала косы, он избил её. Он не пускал её ни учиться, ни работать. Выводил иногда в магазины и в ресторан. Если она взглянет на кого, бил. Разборки устраивал: откуда она знает этого «кого-то». В грудь бил, по голове.

— Почему она не ушла раньше?

— Наверное, стыдно было перед нами. Она же выбрала его! Ты бросил школу. И он тут же бросил Алёну: в школе — ни пол слова, не звонит ей, в упор не видит. Так, она чуть с собой не покончила. А он так играл с ней: то бросит, то вернётся. Она и учиться стала из рук вон плохо. Только к Наталье Васильевне бегала спасаться. До сих пор не понимаю, что за цирк устраивал? До сих пор не понимаю, любил её хоть один час? Что-то тут не так было. Потом вдруг явился с тортом, с шампанским и цветами, её руки у нас с мамой попросил, как положено. Актёр он, Веня, гениальный! После всего, скажи, с какими глазами она могла вернуться к нам? А когда совсем уж невмоготу стало, сбежала. Он вернул. Снова бил. В первый год заставил два аборта сделать.

— Почему вы не пришли ко мне?
— Думала, ты давно забыл её, женился. Стыдно было. Ненавидела я тебя. Ревновала. Она тоже потом ненавидела тебя.
— Все ваши высказывания — разные. «Женился» или нет, легко проверить, вот он я, живу под боком. «Ревновала» — понимаю. Но не ревновать было нужно, не требовать любви, а просто приласкать её, проявить себя как мать. Она по матери стосковалась. «Стыдно» — не причина. Вы ненавидели, перешагнули бы через ненависть, если дочку убивают. «Она ненавидела» — серьёзно. Всё равно должны были прийти. А теперь вы — соучастница убийства, как и я, как и этот подлец. Сейчас же пришли?! Раньше был шанс спасти.

Говорю жестокие слова, а остановиться не могу: себе их, про себя говорю. Я — убийца.

— Ты прав. Я плакать, Вень, больше не могу. После маминой смерти мы стали подружками, она теперь всё рассказывает мне. Только поздно. Мама всё видела. Кричала: «Иди к Вене, дура!». Кричала: «Уйди от кровопийцы». Он запретил мне и маме с Алёной встречаться. Мама от тоски умерла.

Из Алёнкиной девичьей — ни звука.

Раздвоение.
Понимаю: умирает.
Решаю: вымолить прощение, уговорить жить вместе, срочно ехать к морю!
Чёрт возьми это «к морю!» Застряло во мне.
Зачем Алёне сейчас море? Оно ей сейчас не поможет.
«Ненавидит тебя». Через ненависть не пройдёшь. Это я знаю.
Ненависть — это череда боли, беспомощности, чувство, что тебя предали.
Сколько лет Алёна боролась за меня, с моим эгоизмом и моими бреднями! Неужели я не успел бы выучиться на врача, если бы поехал с ней и с Санькой к морю? А если бы пошёл с ней в драматический кружок… тут я буксую и давлю кулаками в грудь. Что же это за подонок я был? Не слышал, не видел, а считал, что любил.
Как взрослый, как врач, сейчас знаю: девочка пробуждается раньше, чем мальчик. По-видимому, наверняка я был первой Алёниной любовью, но я не пробудился тогда как мужчина, я по-детски глупо рвался стать великим врачом. Мне казалось, для мужчины главное: определиться с профессией. Да, я очень любил Алёну,

Глава одиннадцатая

мы были одной душой. Но тогда я не понимал и не принимал её позывных. Я думал, мы и так вместе, а она может чуть подождать, пока я стану кормильцем.

— Прости меня, Веня, — повторяет Валя. Она совсем потускнела. Некогда огненно-рыжие, пышные, теперь поблёкшие и обвисшие, волосы её как бы выдвигают съёжившееся, как у старушки, личико. Она ведь ещё совсем не старая, мамина ровесница, а на язык просится «бабушка».

— Не у меня просите прощения, у дочери. И мне бы самому просить прощения у вас и у Алёны! Сам подлец получился.

В кухню входит Лима, льёт воду в чашку с золотыми кругами — когда-то я подарил Алёне, взял из Лиминого сервиза.

— Она согласилась лечь ко мне в отделение. К сожалению, пока могу положить только в коридоре. При первой возможности переложу в палату! Но ничего, Валя, не обещаю. Похоже, поздно вы пришли. Я осмотрела грудь. Вы правы: последняя стадия, метастазы, думаю, везде и в лёгкие проникли. Операция может не помочь.

Новый человек

Фактически Санька женился в семнадцать лет. Как и брякнул в первом классе, его женой стала девочка Рита. А в восемнадцать стал папой.

Рита выписалась из роддома на другой день после встречи с Алёной и решения поместить её в больницу к Лиме.

Сын весил четыре с лишним килограмма. Странно. Рита — тощая, одно вычитание. Как таскала такую тяжесть?

Я был ещё совсем пацан, когда взял на руки Саньку. Вытянул руки, и Лима положила мне на них завёрнутый в голубую пелёнку кулёк.

До сих пор помню страх. А вдруг уроню? А вдруг сожму сильнее, чем нужно? И так на вытянутых руках держал!

Первой засмеялась Матрона — своим детским, звонким смехом.

— Прижми его к себе, сынок! Не бойся. Твой младший брат. Ты теперь не один. Всю жизнь подпорой твоей будет!

А я всё держал Саньку на вытянутых руках, забыв дышать и вытаращив глаза.

Тогда смеялись все. И смотрели на меня и любили меня, как Саньку. Я для них был старшенький, они верили в то, что я буду растить Саньку вмести с ними. И в их взглядах и в добром смехе я осмелел и склонился над Санькой.

Санька не плакал, он внимательно смотрел на меня Лимиными глазами: знакомился. Он что-то знал такое, чего не знал, не помнил я — из прошлой своей жизни.

Сейчас повторился тот день.

Только теперь в мои руки вложил своего сына Санька. И, как тогда, я от страха вытянул руки и от страха боялся дышать. И сейчас я боялся много больше, чем тогда, потому что хорошо знал, как хрупка человеческая жизнь.

Теперь стояли возле меня Лима и Тимыч, Рита и мама. Только Матроны не было.

Все смотрели на меня и любили меня. И Тимыч сказал:

— Это твой племянник (вместо «брат»). Прижми его к себе, сынок! Всю жизнь будет тебе подпорой, как Санька.

В эту минуту я ощутил, что своих детей у меня никогда не будет. И что мои дети — это Санька, в самом деле моя подпора (слово какое странное сказала тогда Матрона, а теперь повторил Тимыч), и вот этот, беспомощный и, как Санька, внимательно смотрящий на меня мальчик, имени которого пока не придумали.

Санька повторил следом за отцом:

— Прижми его к себе, прошу.

Я прижал.

Может быть, потому, что я именно в этот час осознал, что своих детей у меня никогда не будет, а может быть, потому, что Санька смотрел на меня с такой растерянностью и любовью, я ощутил: этот мальчик, как и Санька, станет в моей жизни моим смыслом. Баловать, учить всему, что знаю сам, беречь. Не только. И носиться с ним по берегу моря. Уж с ним-то я поеду к морю. И с Санькой, и с мамой. Уж ему-то, и Саньке с мамой я, наконец, простые радости открою: первую ракушку, первую книжку.

— Ты чего, Вень? — сорвавшимся тенорком крикнул Санька. — Ты чего? — И хрипло сказал: — Вот что... мама, папа... хочу назвать сына в честь моего самого любимого человека. Веня он — мой сын. В честь тебя, брат. Ты мне помог жизнь понять. Ты... ему... Рит, ты не против?

Только сейчас все повернулись к глазастой, растерянной девочке.

Школьная любовь.

У нас с Алёнкой тоже была школьная любовь, и я мог бы стать отцом в восемнадцать лет, и наш с Алёной ребёнок был бы уже большой.

А Рита подошла ко мне и сказала:

Глава одиннадцатая

— Я тебя с первого класса люблю. Ты для меня тоже главный! Ты за Санькой приходил, а я завидовала ему, я хотела, чтобы ты и меня взял из школы и повёл с собой. Санька мне пересказывал, какие есть болезни и какие книжки мне читать. А уж когда ты и меня включил в свою жизнь, я совсем стала счастливая. И твою Алёну я любила всегда. Её спектакль видела. Так жаль, что ты не захотел на ней жениться.

Тут Лима обняла Риту.

— Молчальница моя, доченька моя, спасибо тебе! — И Лима потянула Риту из столовой. — Идём кровать постелем. Вене лечь пора.

А я, прижав к груди ребёнка, оглушённый, потерявшийся, смотрел в лицо мальчика, в себя вбирая его дыхание, его пристальный, плывущий прошлым взгляд. «Моё». «С Алёнкой». «Мне». Алёнка тоже назвала бы Веней.

Мама горько плакала. Она тоже поняла, что Санька и этот новый мальчик — её и мои единственные дети и сейчас смирялась с этим, принимая нашу с ней судьбу.

Осторожно мама вытянула из моих рук ребёнка и понесла его в кроватку.

А Тимыч сказал:

— Ну, что, мужики, нужно обмыть. С прибылью нас. У меня спирт есть. Сейчас разбавлю.

— Не надо, Тимыч, пожалуйста.

Но я глотнул стакан и вырубился.

Без меня кормили, купали и укладывали спать Веню.

Без меня Тимыч и Лима увезли Алёну в больницу.

Без меня провели первые осмотры и исследования, которые подтвердили: чуда не произойдёт, мучить операцией Алёну нельзя. Сколько проживёт, столько проживёт.

Новая жизнь и надежда

Время остановилось.

Утром шёл в больницу. Операции, обход палат.

Вечером Веня. Я полюбил купать его и укладывать спать. На ночь читал ему стихи, которые когда-то мы с Алёной читали друг другу. И часто в тёмном уголке комнаты на своей тахте пряталась Рита, тоже слушала. И, чувствуя за спиной её дыхание, я словно в прошлое возвращался, представлял себе: это моя Алёна, это наш с ней сын.

Разговорившись в первый день, Рита словно все свои слова разом высказала, а теперь всегда была молчалива, только смотрела на меня чёрными, в пушистых ресницах, глазами и словно что-то пыталась объяснить. А для меня она слилась с Санькой в одну душу: моя младшая сестрёнка, о которой тоже нужно заботиться. Их трое у меня теперь, моих детей, и нужно Саньке с Ритой облегчить учёбу и помочь Рите найти профессию.

— Знаешь, а Рита хочет стать врачом, как ты. Она говорит: династию нужно продолжать.

Почему-то мне эта идея не нравилась, и я принялся уговаривать Саньку отвести Риту от этой идеи.

Санька с Ритой сгоряча поступили вместе в строительный институт. Но, если Саньке нравилось чертить и копаться в железобетонных и металлических конструкциях, в фундаментах и в сопротивлении материалов, то Рита, родив Веню, всей душой отдалась возне с ребёнком и вздохнула облегчённо, что ходить в институт не нужно. Ей не грозила армия, и она, когда Веня спал, изучала медицинские атласы, как когда-то я, и книги, которых было полно в доме, и детским почерком выписывала вопросы, на которые все мы должны были вечером ей отвечать. Особенно много вопросов у неё было ко мне.

Я же, уложив Веню, убегал из дома.

День за днём бродя вокруг Алёниного дома, готовился к встрече с Алёной.

Что хотел и мог сказать ей?

Что она хотела (хотела ли?) и могла (могла ли?) сказать мне?

Химиотерапия, на которую Лима решилась, не помогла. Алёну рвало, сыпались волосы. Лима прервала её.

Алёна настаивала, чтобы её выписали домой, она чувствовала, что уходит. Наверняка каждый человек ощущает в себе происходящие процессы.

Но мы с Лимой кинулись к Шуне.

— Ничем не могу помочь, — выслушав нас, горько сказала она.

— У неё нет шансов выжить! — буркнула Лима.

Смотрела Шуня на меня, смотрела и сказала:

— Есть одна идея. Но надежда очень маленькая.

И она рассказала нам, что ещё Петрюша на кроликах и крысах начал некоторые исследования. Один излеченный им лагерник, житель Дальнего Востока, ныряльщик и «бабка», как звали его больные, которых он поставил на ноги, рассказал, что он использует чудодейственные морские гребешки и растения и верит в то, что в морских глубинах спрятано много лекарств для людей.

ГЛАВА ОДИННАДЦАТАЯ

И Петрюша поверил ему. Попросил прислать образцы. Смешной, неказистый кудесник посылал посылки и привозил несколько раз лично, и Петрюша порой своих кроликов и крыс спасал. Но, конечно, талантливый лекарь не мог добывать в нужном количестве бесценные дары моря. Петрюше отчаянно не хватало «материала», а ехать на Дальний Восток или к другому морю ни Петрюша, ни Шуня сами не могли, тем более, что морские исследования были темой подпольной. И уж тем более нырять за «лекарствами» не сумели бы, поэтому приходилось ждать посылок или искать аналоги. Часто эксперименты заходили в тупик.

— Ничего не обещаю. Разобраться попробую в том, что осталось от Петрюши, — тихо сказала Шуня. — Надежда умирает последней, но это были лишь робкие первые результаты, это пока не серьёзно, — чуть не со слезами объясняла она нам. — И это не для последней стадии, и уж тем более не для метастаз. Не думаю, что поможет.

Шуня героически отдала Алёне все свои запасы.

Подпольное лечение оказалось тяжёлым, так же как и прежняя слабая химиотерапия: Алёна почти всё время была в полусознании.

И вдруг Алёна очнулась и даже как-то попросила поесть. Робко затеплилась надежда.

Но спасательных морских даров моей Алёне не хватило. Шуня в панике кинулась звонить на Дальний Восток Петрюшиному больному, ставшему лекарем. Он сказал, что запасы кончились, сам он попал под машину, повредил ногу и никак не может сейчас нырять, а заставить нырять кого-то тоже не может, потому что нужно знать, что доставать из моря.

Тимыч и Лима метались. Оба почернели, на них страшно было смотреть. Глаза воспалённые — наверняка бессонными ночами ищут спасение в чужих исследованиях. Над всеми нами раскинулась тугая чернота без просвета.

Я приносил Алёнке морковный сок. Шуня верила: морковь ест раковые клетки. Специально купил соковыжималку и сам чистил морковь и бросал в машинку.

Шуня велела достать подорожник, цветки календулы, герани красной, травы ряски, чистотела, настойку полыни и кучу других трав, и я носился по аптекам, а потом вместе с ней мы всё смешивали, выдавливали сок алоэ, настаивали, отдельно варили отвары. Взял отпуск и сам поил Алёну, с трудом поднимая её тяжёлую голову.

Чёрная грудь, отрешённый взгляд... хрупкие плечи с выпирающими ключицами, тонкая шея.

Где моя Алёнка?

Что сделало с ней чудовище по имени Альбертик?

Ремиссия всё-таки наступила, Алёну выписали домой. Но, придя в себя, она решительно отказалась видеть меня.

— Если хоть немного что-то значила для тебя, забудь обо мне, — сказала в день выписки.

— Почему? — глупо спросил я, хотя и так понимал — почему.

Да потому, что предал. Из-за меня попала в лапы Альбертику.

Да потому, что понимала: она теперь совсем не она, и за меня, как и прежде, чувствовала лучше, чем я: той, прежней, больше нет, эту я любить не могу, а жалость — не любовь.

Да, она была не прежняя.

Но она не понимала, что она — единственная в жизни, предназначенная мне. Моя половина.

И дело не в её плоти, прекрасной в нашей общей жизни, дело в душе, одной на двоих.

Только сейчас я ступил в её сказки и игры, которые она разыгрывала со своими игрушками до взрослости.

Только сейчас я стал с ней ходить в драматический кружок.

Только сейчас я «погнал» её из кружка «Небось»: «Иди, Алёнка, пиши свои сказки и стихи, не трать время, я с тобой пойду к Наталье Васильевне».

Только сейчас я понял, за что так возненавидела меня Наталья Васильевна: уж она-то знала, что я, а вовсе не Альбертик, сотворил с Алёнкиной душой.

Это я сейчас иду с Алёнкой в драматический кружок, и это для меня и для Алёнки Наталья Васильевна пишет свою мелодраматическую пьесу, и это на меня смотрит Алёнка, меня любит.

И это мы с Алёнкой в школе женимся, как Санька и Рита. И это у нас рождается сын.

Я — убийца. И правильно, что Алёнка не хочет видеть меня.

Вышел на работу, делал операции, говорил с больными, с сослуживцами. Но теперь каждый больной для меня — Алёна. Как же старался я вырезать всё аккуратно, до малейшей раковой клетки. А безвредные полипы в желудке или в матке спешил отправить на биопсию — не дай бог там встретится хоть одна зловредная клетка!

ГЛАВА ОДИННАДЦАТАЯ

После работы мчался домой. Начинался мой второй рабочий день. Морковный сок, Шунины настои и отвары, самые лучшие фрукты и овощи... собирал в полотняную сумку, которую когда-то сшила Матрона в подарок моей маме — с золотистым оленем.

Матрона умела и любила вышивать, у древних старух выпрашивала мулине и создавала маленькие шедевры: салфетки, скатерти, шарфы. Это целая профессия. Своими вышивками Матрона могла бы прогреметь на весь Союз, но все её изделия предназначались только для близких.

Золотистый её олень не походил на оленя, вышитого на Алёнкином ковре над кроватью: не те рога и не та стать, но глаза его тоже смотрят на тебя, и они тоже золотистые. Это твой близкий друг — Матронин олень, всё про тебя знает и помогает тебе.

Доверив этому оленю все свои банки, я шёл к Алёне. И каждый день повторялось одно и то же. Валя бежала к Алёне с криком «Веня пришёл. Он может войти?» И каждый раз Алёнин голос, не забываемый, тот, молодой и полный надежд, чуть с надрывом, отвечал: «Ни в коем случае, мама».

Сумку отдавали мне до завтра, и я своими руками закрывал дверь, знакомую с детства: с облупившимся уголком, желтоватым пятнышком дерева, с царапинами, глубокими и неглубокими, внизу с тёмными пятнами от наших с Алёной ботинок, когда мы стучали, а Вероника Сергеевна никак не открывала.

Я бродил по Алёниной улице взад и вперёд.

Падал снег, лил дождь...

И то, и другое жило вместе с Алёной живое. Дождь нас заливал до последней нитки, а снег засыпал нас так, что мы превращались в снежных мальчика и девочку с моргающими глазами и зыбкими лицами, спасёнными от погребения под снегом нашим дыханием.

Снег, дождь... и мы с Алёнкой.

Она здесь, со мной. И мы идём рядом или сидим в нашем маленьком садике.

И всё-таки пришёл день, когда Алёна сказала:

— Пусть зайдёт.

Вот тут ноги подкосились, я плюхнулся на табурет в кухне.

Стакан с водой в Валиной дрожащей руке.

Стакан в моей. Зубы бьются о стекло.

Мои банки с морковным соком и настоем из трав, апельсины и бананы. Сумка плашмя, к лампе лицом оленя. Золотистые глаза.

Зачем-то беру пустую сумку в руки и, еле передвигая ноги, бреду в девичью.

Алёна сидит за письменным столом. Он — тот же, узкий и не длинный, деревянный, с чернильным пятном посередине, так и не смытым.

Это я нечаянно пролил чернила. Мы оттирали, оттирали, да так и не смогли. Алёна тогда смеялась: «Пусть хоть такая память о тебе останется навсегда».

Память осталась, — горько усмехаюсь я.

Волосы чуть отросли. Золотистый ёжик шапочкой.

— О чём ты хочешь говорить? У тебя есть тема?

Это не Алёна.

Никогда Алёна не задала бы мне такой вопрос.

Но я вдруг понимаю: темы нет.

Наше с ней прошлое убито моим эгоизмом.

Жизнь с Альбертиком — боль и унижение. Представляю себе, как Альбертик издевался над Алёной: мстил ей за меня, за свои поражения. Я сам мог бы рассказать ей её жизнь с подонком.

— Кузьма сказал мне, что такое Альберт. Он уже не учился у нас, ушёл из школы тогда же, когда ты. Явился ко мне домой как-то вечером. Ты — молодец. Попросил его открыть мне глаза. Открыл. Только поздно. Я уже была беременна. Я ещё не знала, что он заставит меня вырезать ребёнка. Я ещё верила: ребёнок будет жить. А как же ребёнок без отца? Вот единственная между нами тема. Кузьма и его попытка — благодаря тебе — спасти меня. Почему ты никогда ничего не рассказывал мне? Сзади льдиной по голове? И об остальном? Ты считаешь это благородным — твоё молчание? И... без борьбы... — она замолчала.

— Шуня, почему я не послушался тебя?! — задохнулся я. И оглох. Разеваю рот, глотаю воздух вместе с запахом тления.

Убийца я. Альбертик не при чём.

— Прости меня... — еле ворочаю языком.

Сижу рядом с ней, как сидел когда-то, но она не поворачивается ко мне. Лишь тонкий её профиль, землистая щека и угол глаза. И ещё запах, специфический, он бывает только при раке.

Это я убил... Алёна не обвиняет, не судит.

Успеть спасти...

— Выйди за меня замуж, — глотаю горький комок, а горечь снова заполняет рот. — Ты выздоровеешь. Я сделаю всё, чтобы ты выздоровела. Ты помнишь... мы — половинки с тобой...

ГЛАВА ОДИННАДЦАТАЯ

Она не засмеялась, не стала иронизировать. Она словно не услышала. Отстранённо, словно не о себе... медленно подбирала слова:

— Позвала тебя не только про Кузьму рассказать... скоро уйду... ни химия, ни Тимыч с Лимой, ни Шуня с гребешками меня не спасут. Ты знаешь... я вся не я... отравлена, напоена ядом Альберта... все клетки не мои. — Молчит долго. — Сегодня нашла силы встретиться с тобой. Завтра они начнут таять... Оказалась слабой. Рабыня... Мне не разрешили поступить в театральный... не разрешили родить ребёнка. Три раза силой запихнули на аборт. А ты знаешь, что это: вырезать из себя уже появившегося твоего человека? Правда, сегодня подумала: а вдруг выродила бы второго Альберта?! — Она задохнулась на мгновение, задышала часто, погнала воздух внутрь. — Мне не разрешали сбежать. Сбегала три раза... возвращали. — Она закрыла глаза. Я досказал за неё: били, мучили ещё сильнее! — Никто не мог спасти меня.

Убийца! — глохну и задыхаюсь и чуть сознание не теряю.

— Рабыня, — прорываются ко мне еле слышные слова, из последних сил собирает их Алёнка: — Не смогла руки наложить... ещё трепыхалась. Мама надоумила... письмо написала: «В надёжном месте лежит мой дневник. Документ. Опять арестуешь меня и посадишь под замок, тут же он будет в парткоме и копия в ЦК». И наконец сбежала. — Голос чуть окреп: — Какой трус! Карьера — всё! Полковник КГБ! Дача, роскошная квартира, распределители... разом всё потерять, шутка ли? — вдруг усмехнулась она. — Раньше бы сообразить! Но я была не в себе. Это мой ГУЛАГ, Веня. У каждого свой. Маму свою поняла. И открылась ей. Мама и надоумила... — повторила.

— Почему ты не сказала мне? — пролепетал я.

— Тебе?!

И столько в этом «тебе?!» и в глазах, наконец, посмотревших на меня, было презрения, что я в ужасе отшатнулся от этих глаз.

Шуня была права: должен был бороться! Почему не рассказал? Почему, зная Альбертика, не кинулся спасать? Тогда мог спасти! Поверил во внезапную Альбертикину любовь?

Зачем пришёл сегодня?

Не Альбертик, я — убийца, своими руками преподнёс Алёну Альбертику.

— Замуж за тебя, как понимаешь, никогда не пойду. Даже если была бы совсем здоровая.

И я снова глупо забормотал:

— Так ненавидишь меня? — хотя в эту минуту ненавидел себя гораздо сильнее, чем Алёнка.

Она еле слышно сказала:

— Устала. Иди домой. И больше не приходи. И сок с настойками не носи. Пить не стану. Мне нужно время для себя, сколько осталось.

— Нет, ты молодая совсем! — исступлённо закричал я, схватил её руки, силой повернул к себе. — Прошу, пожалуйста, пей настойки, они спасают! Шуня днями и ночами в лаборатории, всех причастных к этой теме подключила. Готовит новую химию.

Алёнка высвободилась и сжалась на своём стуле. И слова зашелестели прелыми листьями:

— Химия уже убила печень и желудок... новая убьёт дыхание, я и так задыхаюсь часто... наверняка лёгкие такие же синие и чёрные, как грудь. — Вскинула голову, жёстко, прежним Валиным, приказным голосом забивает слова в меня: — Женись, Веня, рожай детей. Только не вздумай свою дочь назвать моим именем. Не смей. Не случились мы вместе. Это мой ГУЛАГ. Ты не знаешь, что это такое. — И вдруг доверительно: — В предпоследний раз, когда я прибежала домой, мама по дням рассказала, что пережила. И про Ефросинью Керсновскую. Про её силу, про её схватки с подлецами? Она спасла маму. У меня кишка оказалась тонка, не смогла я, понимаешь? Так и не взбунтовалась. Однажды у меня была возможность двинуть его тяжёлой хрустальной вазой по башке! Он сильно хрусталь любит. Я ненавидела хрусталь, но он заставлял меня до блеска отмывать вазы и графины. Принесёт розы с шипами, обязательно по руке шипом проведёт. А как розы завянут, заставляет вазу отмывать. Держу однажды вазу. Она килограмма четыре весит. Он склонился над письменным столом, очередные кляузы на невинных готовит. Уже занесла вазу над его головой: в тюрьме лучше, чем с ним. Ноет глубокая царапина от шипа розы на руке, никак не заживёт.

— Почему не ударила?

Алёнка еле слышно сказала:

— Иди, прошу. Всё.

Я бухнулся на колени. Обнял. Тонкие косточки — её ноги.

Запах тления. Запах химии.

— Прости меня. Выйди за меня. Носить на руках буду. Выздоровеешь!

Алёнка молчала. И я было решил: думает над моими словами. Посмотрел в лицо. А она — без сознания.

Подхватил её, уложил. Побежал за Валей.

Глава одиннадцатая

А она под дверью стоит. Каждое наше словечко слышала.

— Иди, Веня. Всё поздно. Сама очнётся. Сил на тебя много потратила. Недолго осталось. Приходила я к тебе однажды рассказать. А ты операцию сложную делал. Видать, неудачная она была. Ты вышел бледный, меня не увидел. Пошатываясь, прошёл в кабинет. Я сидела, сидела, ждала, ждала, думала, может, выйдешь, с тем и ушла.

Голос хрустел, как больной сустав. Глаза — лихорадочные.

— Ты иди. Не только ты. Я свою руку тоже ой как приложила! Привечала, пироги научилась печь с капустой, жрал он их по десятку. Ей уши прожужжала про него, сама под него подкладывала, маму гулять уводила. С мамой бои вела. Она гонит его, я зазываю. Маму я на тот свет спровадила. Мать-то у меня далеко видела, мудра была. А я-то мужика в жизни так и не поимела, а тут красавец! Пусть хоть дочка с таким погарцует! Так что, своими руками я своё единственное дитя на муку спровадила. Права она: как и я, ГУЛАГ прошла. Поздно, Веня. Не вернём мы её. А тебя она даже такая, на краю, не примет. Уж больно обид много против тебя насобирала. А уж любит тебя как!

— Мама! — тихий зов.

И Валя бросилась в девичью и прикрыла за собой дверь.

В руке у меня Матронина сумка с оленем.

Голос Вали: «А уж любит тебя как!»

Похороны моей личной жизни

Больше живой я Алёну не видел.

Нас мало шло за гробом.

Все мои. Рита с Веней на руках. Валя. И Наталья Васильевна.

Было яркое апрельское солнце, впору цветам цвести!

Наталья Васильевна со мной не поздоровалась, словно знать не знала. Чёрный глухой костюм. Всегда была коротко стрижена, а сейчас седые волосы в беспорядке развеваются на апрельском ветру.

Когда ударились об Алёнкин гроб первые ледяные, грязно-снежные комья земли, резко повернулась и пошла. Невысокая, сгорбленная, похожая на монахиню. Никто не сказал бы, что это была блестящая женщина и талантливейшая учительница литературы.

О чём думала она? О своём участии в Алёниной судьбе? О своей вине? О том, что она толкнула Алёну к Альбертику? О том, что это была её единственная любимая ученица? О том, что не случилось Алёны-актрисы, Алёны-писательницы по её вине?

А может быть, совсем разрушенная, не думала ни о чём?

Смотрю, как падает земля в могилу. Снег не успел весь растаять за сегодняшний день, но стал ноздреватым, сердитым: ему уходить, а он сопротивляется.

Я чувствовал себя лёгким, вся моя плоть исчезла. Сейчас я поднимусь вверх вслед за Алёниной душой. Она тянет меня ввысь, с собой, она простила меня. И нет во мне ни мрака, ни боли, ни сил, ни огня. Мы вместе, как были вместе столько лет!

Мама берёт меня под руку, с другой стороны — Лима.

— Нужно помянуть. Я утром блинов испекла. Вино у меня есть. Пойдёмте.

— Я занят. У меня дела.

Я высвободился из крепких рук. Но в эту минуту подошла Рита и сунула мне Веню.

— Он такой стал тяжёлый!

Санька смотрит на меня не то осуждающе, не то просяще. Почему-то я странно вижу сейчас людей.

Веня улыбается мне.

Я вроде здесь, а ведь я плыву вверх вместе с Алёнкой.

Подожди меня, Алёнка, я сейчас.

А сам прижимаю Веню к себе.

Мы долго идём от кладбищенской ограды. Церковь на пути. Почему-то меня тянет войти туда.

Но мама — с одного боку, Рита — с другого, Шуня, Лима и Тимыч — сзади.

Бабка, отец, Матрона, дед, помогите Алёнке. Примите её! — не говорю, не думаю, эти слова взялись откуда-то и погасли.

Мы едем на автобусе. Потом сидим за Лиминым столом, за которым мы с Алёнкой столько раз делали уроки и читали книжки и рассматривали мои атласы: пьём вино, едим блины. И мама рассказывает, какая Алёнка, и о чём они говорили, и как мама любит её. А потом Лима и Тимыч рассказывают, как Алёнка с ними дружила, а Тимыч вообще считал её своей дочкой, какая она была сильная и хрупкая.

Слышу, не слышу. Знаю все мамины, и Лимины, и Тимины слова. И я благодарен им за то, что они держат Алёнку живой.

Встаю, как сомнамбула, иду из квартиры, поднимаюсь в свою, беру паспорт и свидетельство о рождении и выхожу из квартиры.

Как сомнамбула, словно кто-то ведёт меня.

ГЛАВА ОДИННАДЦАТАЯ

Я всё ещё плыву вверх с Алёнкой. И мы касаемся друг друга. И она не прогоняет меня. И мы снова с ней вместе.

Яркие полосы, яркие вспышки... очень много света. И перед Алёнкой распахивается светящееся пространство.

Очнулся в нашем районном ЗАГСе. Кажется, это Казачий переулок? Сижу перед немолодой женщиной и говорю:

— Хочу поменять фамилию. Хочу взять мамину девичью: Проторин.

Женщина не спрашивает, почему я хочу поменять фамилию. У неё длинный, унылый нос, еврейские страдающие глаза. Она понимает своё: хочу стать русским. И она готова помочь. В нашей стране много лучше живётся русским, чем евреям. И никто не будет гнать меня и обижать.

Но я-то совсем не поэтому здесь.

Ещё не осознаю, мой организм сам решает.

Прошла одна жизнь, сегодня закончилась. С сегодняшнего дня начинается другая — без Алёнки. И мне нужно немедленно оставить свою ненависть к себе в прошлой жизни. Я не смогу жить с ней.

Если я вообще хочу жить.

Моя мама, когда узнала о смерти отца, поменяла свою фамилию на Вастерман. «Пусть мы с тобой вдвоём сохраняем папу здесь!», — сказала она мне и заглотнула чуть не пол стакана вина, хотя вообще не пила.

А я в очередной раз предаю маму. И отца. Мама опять остаётся одна.

Дело не в фамилии.

Алёнка не смогла покончить жизнь самоубийством. Я не смогу.

Но без неё никогда не буду счастлив. Я это знаю.

Ханжество. Я не с жизнью пришёл сводить счёты. Я пришёл отбросить старую жизнь.

Тимыч, Лима, Санька, мама, Шуня... словно тоже здесь.

Я столько лет прожил без Алёнки!

Не для Алёнки, для себя я стал тем, кем хотел. Я — хороший хирург. Но я стал хорошим хирургом вопреки Алёнке, она пала жертвой меня, того, прежнего.

Новая моя фамилия — новая моя жизнь, снова без Алёнки.

Подсознательно в те минуты, что я сидел перед грустной, немолодой женщиной-еврейкой, наверняка не счастливой, наверняка мало получающей и нуждающейся, с её помощью я уходил от своего прошлого, ставил крест на моей личной жизни. Инстинктивно хотел оставить в прошлом и мою вину перед Алёнкой, и мой эгоизм.

Порой и в очень юные годы человек должен осознавать, что он творит, и отвечать за каждое своё слово и каждый свой поступок.

Но, как я сейчас понимаю, менять фамилию, начинать новую жизнь тоже был лютый эгоизм. Спаси меня, моя новая фамилия, новая жизнь! Вот какой я теперь чистенький: жизнь начинаю с нового листа! Без предательства, без борьбы за Алёнку, без моей вины перед ней.

А может быть, тот миг и был возвращением к Алёнке?

Я уйду из нашей с Лимой и Тимычем больницы, Шуня поможет — переведусь в новую. Отращу бороду и усы, они не помешают оперировать, я всегда в маске! Коротко постригусь. Я стану другим: никого никогда больше не предам, я постараюсь теперь всегда прежде, чем о себе, думать о других.

Смотрю в глаза грустной женщины и, до боли прикусив язык, ей даю свою клятву.

Если выполню, тогда смогу, тогда я посмею лететь вместе с Алёнкой вечно вверх, и, может быть, если в самом деле Бог есть, случится наша с Алёнкой вечная жизнь вместе!

Глава двенадцатая
Смысл жизни. Рита

Как жить дальше?

В тот день я совсем позабыл об Альбертике.

Прошла неделя. Это настигло меня, когда я медленно шёл после сложнейшей операции по мокрой улице. Солнце исчезло, как будто его и не было никогда, пролились дожди, правда, тёплые, и мне нравилось, что я могу идти в распахнутом плаще и в распахнутом пиджаке.

Пиджаки я не любил, но когда-то Алёнка сказала: «Представляю тебя взрослым в белой рубашке с галстуком и в строгом костюме».

Я мог ходить на работу в свитере, в спортивном костюме. Кто видел меня? Всегда белый халат, всегда белая шапка и маска. Но почему-то купил себе белую рубашку с галстуком и тёмный костюм и стал ходить на работу чиновником.

Ноги в тот день привели меня к Вале.

Я стоял возле нашей с Алёнкой двери и трогал облупившееся место. Тельце дерева — бледно-желтоватое. Наше с Алёнкой отрочество.

Всё по-прежнему.

И вдруг увидел Альбертика.

Того, мальчишку!

Он тоже стоял возле этой двери и видел это нагое дерево. И не остановился.

Валя уводила мать из дома, чтобы Альбертик смог быть с Алёнкой близким. В этом доме Алёнка забеременела первый раз.

Ничто не охранило Алёнку.

Он вторгся в нашу с Алёнкой жизнь и разрушил её.

Альбертик жив. Ест, пьёт, разрушает другие жизни.

Скольких он за эти годы посадил невинных?

КГБ в действии. Достойный наследник своего отца. Непрерывающаяся линия убийства: из рук в руки, из поколения в поколение! ГУЛАГ жив. Алёнка — жертва.

Я стал бить кулаками в дверь — по царапинам, по нежному жёлтому пятнышку!

Ничто не способно остановить убийство. Убийца жив, процветает!

Бью кулаками. И ногами, как когда-то били мы с Алёнкой, чтобы Вероника Сергеевна услышала нас, прервала урок и открыла нам дверь.

Дверь распахнулась.

Страх. Розовые белки.

— Так тихо… — первые слова. — Никогда не знала… тишина… так… тяжело. Спасибо. Идём. У меня сушки есть. Алёнка любила.

Я пришёл в себя.

Плюхнулся на табурет в кухне.

Вероника Сергеевна играла нам Моцарта, Шопена.

Заказывала всегда Алёнка.

— Ба, Восьмую сонату.

Что бы сейчас я отдал, чтобы зазвучал этот ломкий, низкий голос: «Ба, Восьмую сонату». И раздались звуки волшебные, те, бабушкины.

— Меня мама пыталась учить музыке, — словно услышала мои мысли Валя. — А мне слон на уши наступил. Чай будешь? Заварю. Я тоже с тобой попью. — И продолжает сидеть.

— Где они жили?

Вопрос вырвался сам.

— Где он живёт? — следом.

— Не надо! Прошу! — кликушески крикнула она. — Убьёшь его, а тебя посадят. Алёнка не хочет. Я не хочу. Ты теперь один у меня. Никого больше.

Лихорадочный взгляд больной собаки.

— Мне подонок тоже щипал грудь, крутил кожу. Рожа у него была круглая, щёки, как тесто. И ногти с грязными обводами. Лучше бы мне досталась её доля, всё равно от меня проку нет. Таланта нет. Ума нет. Пустоцвет. Меня Фрося спасла. Ты что одеревенел совсем? Вот выпей-ка! — Валя накапала мне в рюмку валерьянки. — Я бутылками пью, на ней и сижу. На работе ещё ничего, а как на улице очутюсь, так сразу словно снова он мне кожу до синевы крутит, садист толстомясый. Фрося саданула его чем-то по башке. Он в себя пришёл, снова ко мне — убить. А Фрося и скажи ему: «Под трибунал пойдёшь, расстрел устрою тебе!». Он и стал подниматься

ГЛАВА ДВЕНАДЦАТАЯ

с пола и задом, задом из моей штрафной. Взял моду после работы сажать меня. А в этот раз забыл дверь закрыть. Что занесло Фросю в тот коридор? Так и не спросила.

— Она же сама бесправная, — выдавил я из себя, немея от жалости к Вале: она потеряла единственную дочь! Неловко погладил её сухую ручку.

Всё, что касалось Ефросиньи Керсновской, сразу приводило меня в человеческое состояние. Она была моим учителем, моим проводником в истинность жизни.

Валя вздрогнула и осторожно положила вторую руку на мою.

Мы молчали. И в тишине звучали голоса Шуни, Вали, вводящие нас с Алёнкой день за днём в ГУЛАГ и житие в ГУЛАГе Ефросиньи Керсновской. Обычно пришедшие оттуда не любят говорить об унижении и о потери собственного лица. Но Валя смаковала свои унижения. И любила говорить о Керсновской. Ефросинья каждому, кто с ней соприкасался, помогала снова обрести собственное лицо. Рассказы те были наукой для нас с Алёнкой. К сожалению, Алёнке для пробуждения и спасения понадобилось много лет.

— Не скажи, — всё-таки заговорила Валя. — Уважали её начальники к тому времени. Она все планы перевыполняла, совестью была... Уже накануне её освобождения.

— Пожалуйста, дайте адрес, — попросил я.

— Нет, Веня, я хочу, чтобы ты жил и за неё, мою несчастную дочку, непонятно зачем пришедшую в этот мир. На муку.

Валя встаёт, наливает в чайник воду, ставит чайник на огонь. Снова садится и жадно смотрит на меня, ожидая чего-то ещё от меня.

А я вдруг понимаю: я должен найти Ефросинью Керсновскую. Только она скажет, как жить дальше.

Жива ли она?

Зачем я пришёл сегодня к Алёнке?

Ноги сами привели.

Чтобы понять, как дальше жить?

Чтобы вспомнить о Керсновской?

Я не смею показываться ей на глаза. Она с презрением выгонит меня, если я заикнусь о том, как вёл себя с Алёнкой.

Валя, наконец, заметила, что чайник давно кипит и заварила чай. В широкую чашку с золотыми кругами налила густо пахнущую заварку, поставила чашку передо мной. Вкусный парок поднимался к лицу. Подвинула сушки.

— Извини, больше нет ничего.

Я встал.

— Простите, мне нужно идти.
— Выпей чаю, тебе силы нужны.

Но я уже шёл к двери.

Она вскочила, кинулась передо мной и вдруг неловко обняла меня, ткнувшись головой в грудь. От неё пахло прелостью.

Тощие лопатки, острые позвонки, которые можно пересчитать.

— Прости, сынок. Спасибо, сынок. Не брось меня, сынок. Сразу помру. Кончилась моя жизнь.

Осторожно отстранив её, я вырвался из Алёнкиного дома и, не прикрыв за собой дверь, кинулся вон из подъезда. Я бежал, как принтер, по Ордынке, по узкой Алёнкиной улице, пока не выскочил на набережную, а потом бежал по набережной до нашего с Алёнкой крошечного садика.

Скамейка — влажная, наверное, и сегодня прошёл стремительный весенний дождь, которого я не заметил.

Пахнет прелостью. Прошлогодние листья сбились в кучки под деревьями и превращаются в перегной.

Неужели Валя побывала здесь? Где она нашла свой запах?

Если бы я смог закричать или зареветь... Но накрепко заперты во мне все эмоции, спеклись во мне, и никак не могу я выбросить их из себя. Это мне наказание — бессчётные килограммы спёкшейся моей вины и всех живых чувств.

Ногами ворошу листья, перед скамейкой нашедшие себе последнее пристанище.

Как найти Керсновскую?

Пусть презирает, пусть руки не подаст, но пусть скажет, как мне выбраться из вины, как жить дальше, если шагу шагнуть не могу с этой тяжестью внутри?

Но я не знаю дат рождения. Ни в какой «Справке» мне её адреса не найдут. Тем более, что в Москве «Гор. справка» только Москву охватывает.

Почти встреча с Керсновской

Несколько лет я бился в разные двери, чтобы отыскать Керсновскую. Но, кроме настороженных взглядов и близко подошедшей возможности загреметь в лагерь, не нашёл ничего.

Ночи, дни меня преследовал враждебный взгляд Алёнки: уходи и никогда больше не приходи! Ночами моя вина разбухала и бродила, как дрожжи. Не спасали ни больные, которых я порой вырывал из смерти, ни мамина предупредительность и забота, ни Шуня, ни Тимыч с Лимой, ни Санька, который просил меня для него

Глава двенадцатая

лично ежедневно перед сном читать Вене и разговаривать с ним, ни Валя, возлюбившая готовить и раз в неделю приносящая нам с мамой то запеканку, то торт, то блины. Я сильно старался быть к ней внимательным, мы с мамой наперегонки расспрашивали её о сотрудниках, о недостачах, о разговорах, которые ведутся у них на работе, а расставаясь, обнимал Валю.

Невидимка Керсновская, её мудрость нужны мне. Как найти её, пока она жива? В каком городе или селе прячется?

Я решил идти в КГБ, и в тот же день неожиданно Тимыч приехал в мою больницу, в ординаторскую.

— Поговорить надо, сынок.

Мы вышли на широкую лестницу, спустились к широкому окну.

— У меня свободный день. Видеть не могу того, что ты делаешь с собой. Алёнку не вернёшь, для всех горе, но жить надо, сынок. Попробую помочь, — как всегда, он кладёт горячую руку на моё плечо. — Познакомился с мужиком, отец моей больной. На тебя похож — бородат, всклочен, глазаст. В благодарность за спасение дочки дал мне на трое суток почитать. — Тимыч сунул мне в руки свёрток. — Бери два дня за свой счёт, читай. Конквест «Большой террор». У меня пока Солженицын. Ни с кем ни полслова. Думаю, он тебе и Керсновскую найдёт. Он всё про всех знает. Самиздат, сынок. Пора услышать очевидцев. Никто не должен увидеть. Мы с тобой сидеть не хотим, так ведь?

Тимыч, несмотря на небольшие ещё годы, постарел. От носа две глубокие морщины взяли губы в скобки. Виски — седые. Только раскосые, Матронины глаза к вискам подбегают зеленоватым молодым светом.

— Держись, сынок. Я тоже... я с тобой... потеря такая... я дочкой её считал. Она когда-то сказала: «Тимыч, ты мне как отец, отца никогда не было, можно я буду звать тебя „папа"?». Жить надо, сынок. Мы с тобой не для себя, слышишь?

Блёклая рукопись Керсновской на желтоватой бумаге, наверняка прошедшая уже много жаждущих правды, ко мне в руки попала. После Роберта Конквеста сразу.

Рисунки. Судьбы людей. Скелеты, изможденные лица, сценки из быта. Все они — со мной, во мне. Многое знакомо давно — из рассказов моих родных. И язык без выкрутас — вводит прямо в суть. Это не эстетская литература, это литература безжалостного скупого факта. Вопреки унижению и страданию, счастье осознания себя человеком: победил боль, бессилие, поднялся над подлецом и сохранил себя, не превратился в раба, в безликий номер. Главный нерв книги Керсновской: я — личность, моя душа в любых условиях сохранена. Алёнке понадобилось одиннадцать лет, чтобы распрямиться и самой решить свою судьбу. Душа Керсновской изначально чиста и прозорлива, изначально не способна к эгоизму и компромиссу.

А где моя личность?

И вдруг меня окатывает ледяным душем: а ведь это я бабку убил! Не только Алёну. Своим эгоизмом. Не выдержала бабка моего бунта против неё. Уже в своём детстве я был жесток и жалел себя, а не других.

Мне был подарен выбор и с Алёнкой. Я выбрал ложный путь.

И чуть не погубил маму. Потеряв Алёнку, я смог увидеть мамину боль, мамино одиночество из-за меня и припал к ней.

Важнее работы, важнее карьеры близкий человек.

В книге Керсновской не может быть моря, к которому хотела поехать Алёнка. Нет и пионерского лагеря, драмкружка и «Небось». В её книге — ежесекундная грань между смертью и жизнью.

У меня тоже зыбкая грань между жизнью Алёнки и смертью. Победила смерть. Мне книга Керсновской не может помочь, потому что не может повернуть вспять мою жизнь и не может, как у Петра Успенского, дать шанс снова пройти мой путь и сделать верный выбор и с бабкой, и с Алёнкой.

И всё-таки мне нужно найти эту женщину, чтобы она помогла мне, — святая, отпустила грехи.

Я кинулся к Тимычу ночью. Он уже спал. А я забыл о времени. Но он услышал поворот моего ключа, вышел ко мне, и на него я обрушил свою муку.

— Найди её!

Он кротко сказал:

— Найду. Узнаю её адрес. Ложись спать. У тебя наверняка завтра операция. Руки могут задрожать.

Прошло несколько дней.

Почему именно в эти дни, когда книги Керсновской у меня уже не было, а Тимыч молчал, передо мной замаячил Альбертик? Первоклассник, восьмиклассник. Все наши пересечения.

Валя испугалась: убью!

ГЛАВА ДВЕНАДЦАТАЯ

Только убить. И, лишь убив, я отомщу ему за Алёнку. Альбертика нельзя жалеть. Почему он должен продолжать жить после Алёниной смерти? Разве он смеет жить? Не только за Алёнку я должен отомстить ему. Наверняка раннего полковника КГБ он получил не за красивые глазки. Скольких он посадил за эти годы?! Лишь убив, я уничтожу власть КГБ над его жертвами. Мысли путались. Всё в кучу!

Мы все слушали Голос Америки и Свободу. И сегодня много людей — в психушках и в тюрьмах. Пусть не миллионы, но ведь это самые честные, самые свободные внутренне! ГУЛАГ в стране советской неизбывен. И это будет продолжаться, пока у власти Альбертики.

Я должен остановить убийцу. Только, отомстив за Алёнку, рассыплется моя вина, и я смогу дышать.

Я — врач. Моё призвание — спасать! И заповедь: Не убий!

Но Альбертик — нелюдь. Убийце — смерть. Это справедливо.

— Веня, ты опять мечешься.

И снова мама обхватывает меня — маленькая, хрупкая, гладит спину.

— Пожалуйста, мой сыночек, сходи к психиатру. Он тебе поможет, таблеток даст.

— И воскресит Алёнку. — Осторожно отстраняю маму. — Иди, мам, спи, тебе на работу.

— А у тебя операции. Не дай бог неверно дёрнется от усталости рука.

Мама капает мне валерьянку, совсем как Валя. Мама смахивает слёзы. Счастливая, она может плакать.

Мама никогда не говорит мне «женись», «хочу внуков понянчить». Она понимает меня.

Не говорит и того, что я повторяю её судьбу. Она — одна навсегда после смерти отца. Я — один после смерти Алёнки. Мама понимает. Но умирает от жалости ко мне и из-за своей беспомощности.

Мы живём с ней молча. Если раньше я рассказывал ей про удачные операции и про характеры больных, то теперь из меня трудно вырвать слово, я запечатан сам в себе. И таскаю себя с трудом, как старик свою сутулость и свои склерозы вместе с остеохондрозами.

Мама старается побаловать меня: изучила от корки до корки поваренную книгу и даже пельмени научилась лепить, и шарлотки печь, и огурцы солить.

Тихая, быстрая, каждую свободную минуту она дарит мне.

— Идём спать, пожалуйста, — просит она.

И я послушно иду, и ложусь, и забываюсь тяжёлым сном, чтобы с утра снова волочить на себе новый день.

Сам не понимаю, как могу оперировать.

Удар под дых

Может быть, всё дело в Рите?

Отправив Веню в детский сад, она поступила в медучилище и как-то очень быстро вдруг, каким-то чудом, очутилась возле меня операционной сестрой.

Вначале у неё ничего не получалось, и она путала инструменты, хотя прекрасно их знала, хотя в училище была отличницей, и на практике тоже. Во время операций жгла меня чернущими глазами и мешала мне.

Я не выдержал и, ненавидя выяснение отношений, спросил впрямую:

— Зачем ты здесь?

— Видеть тебя. Я люблю тебя, — оглушила она меня.

Я догадывался, с ней что-то не так, но не ожидал этих слов.

— С детства тебя люблю, с минуты, как увидела твои глаза. Засыпала с тобой, просыпалась с тобой. За Саньку вышла потому, что ты всегда рядом, чтобы видеть тебя. Санька тебя обожает.

— Уходи из больницы. Или придётся уйти мне. И я никогда больше не переступлю твоего порога.

Рита задрожала.

В ночной операционной, ярко освещавшей её испуганное лицо, я вдруг потерялся.

Как это — «не переступлю порога»? А Лима — моя вторая мать? А Тимыч — фактически мой отец, единственный для меня? А мой Санька, которого я сам, лично растил и которого люблю как сына? А Веня, зовущий меня почему-то «папа», как и Саньку, и задающий мне ежедневно десятки вопросов, ответы на которые слушает, широко раскрыв глаза, перед сном просит читать или «рассказать стихи»? Это моя семья.

Ритина дрожь передалась мне.

Я стоял перед ней, опустив налитые руки, вытаращив глаза.

— Нет! — сказала Рита детским голосом. — Я не уйду. Это смерть — не видеть тебя. И ты не можешь не переступать порога нашего дома. Этот дом и твой. Без тебя все мы жить не сможем.

Она смотрела не моргая. Дрожали губы, прыгали слова. Страх и преданность.

Глава двенадцатая

Я без сил опустился на диван.

— Рита, ты не смеешь.

— Смею, Веня. Смею. Ты брат моего мужа, да, но ты и меня вроде растил. Я помню твои атласы с детства, как ты вёл пальцем по позвонкам, по печени, по кровеносным сосудам... и объяснял, что за что отвечает. Не могу забыть и пушистое дерево.

— Какое дерево? — машинально спросил я.

— Это я так видела. Пушистое дерево нервной системы. Нервы в человеческом теле. Все мы — сплошные нервы. Ты меня сформировал. Твои глаза. Твои пальцы. Тебе кто-нибудь говорил, у тебя длинные, тонкие пальцы. — Она помолчала. — Волшебные. И ты мог бы стать гениальным пианистом, если бы не стал гениальным хирургом. Ты слышал, что о тебе больные говорят? Только к нему. Гений. Мне тётя Лима и дядя Тима говорили, что ты самых безнадёжных спасаешь.

Я сидел сгорбившись, придавленный потоком её слов, сыплющихся на меня камнепадом.

И вдруг Рита сказала:

— Я твою Алёну сильно любила.

Я вздрогнул.

Смотрел на неё как бессловесный и оглушённый паралитик, не зная, что ещё ожидать.

— Она мне стихи читала. Все помню наизусть. «...Далёко, далёко, на озере Чад изысканный бродит жираф...». Ещё она любила Заболоцкого.

> Поистине мир и велик, и чудесен!
> Есть лица — подобья ликующих песен.
> Из этих, как солнце, сияющих нот
> составлена песня небесных высот...

Голос Риты сквозь глухоту:

— Она много читала мне стихов. Из-за неё я пошла в драмкружок. Таланта лицедействовать нет, но Наталья Васильевна терпела меня из-за Алёны. У Натальи Васильевны детей не было, и она Алёну как бы удочерила, так и звала «доченька». Когда ты ушёл из школы, Алёна часто бывала у Натальи Васильевны дома. Как-то взяла меня с собой. «Я виновата, что он бросил школу», — это Алёна про тебя сказала. А Наталья Васильевна резко ответила: «Не ты. Он виноват сам. Живи, Алёна, свою жизнь. Забудь. Он не твой». Вот тут она сильно ошиблась. Альберт был не её. Ты был её. И она тебя сильно любила. И я тебя любила вместе с ней.

— Замолчи! — крикнул я и выскочил из ординаторской.

Всю ночь я метался по палатам, подходил к оперированным, проверял дыхание и пульс, забегал к тем, кто был назначен на завтра, сам подносил лекарство к стонущим. Дежурные сёстры, не понимая, смотрели на меня.

Измотанный, с трясущимися руками, в ту ночь я был пойман в одной из палат испуганной сестрой.

— Скорее! С перитонитом привезли.

В ту ночь не было у меня другой хирургической сестры, а Рита не соображала ничего. Суетливо подавала не те инструменты, смятенно взглядывала на меня.

Я не смог выкачать весь гной и всю кровь из брюшины, я не смог спасти человека.

Да, было оправдание: тотальное поражение брюшины, разрыв аппендицита... поздно привезли. Но в другое время, в другом состоянии и с другой сестрой я бы мог, наверное, побороться. В ту ночь я оказался беспомощным первоклашкой в медицине.

Большой, рыхлый, с пухлыми запёкшимися губами, он спал под наркозом. Так и не пришёл в себя.

Всю жизнь вижу его лицо, его воспалённую брюшину.

Чистоплюй — ах, какой благородный спасатель!, считавший себя не способным убить, я смотрел на убитого мною, не спасённого мною отца большого семейства, видимо, доброго человека.

Вина моя. Я не имел права соглашаться с тем, что Рита будет моей хирургической сестрой и что от неё я буду зависеть в каждой своей операции.

Но я не знал.

Знал. Чувствовал.

Не думал, да.

Сейчас я сознательно хочу убить человека. Подонка. Убийцу. Хочу отомстить за Алёнку. И я говорю себе:

«Ты найдёшь Альбертика, и ты убьёшь его. И в этом не будет преступления, потому что именно ты остановишь убийство ещё многих, ни в чём не виноватых людей. Ты имеешь право. Это не месть. Это защита невинных».

Я уговариваю себя. И верю в то, что готовлюсь к великому подвигу в своей жизни. Пусть за этот подвиг я буду потом сидеть всю свою жизнь. Но я — спасатель. Я очищу мир от скверны.

Глава двенадцатая

Есть разные способы. Удар по голове камнем. Можно отравить. Можно достать оружие и застрелить.

И не нужен адрес его. Он работает в КГБ. И ты знаешь его фамилию. Запишусь на приём и приду. И выскажу всё, что скопилось. И убью. Прямо в гадюшнике.

Остановить зло

Звенит звонок на весь дом. Тимыч на пороге.

Мы идём ко мне в комнату. Садимся на тахту. Тимыч обнимает меня.

— Я узнал её адрес. Она живёт в Ессентуках. Она бодра. Наверняка примет тебя. Выслушает. Но что ты скажешь ей?

— Скажу, что я должен убить его, отомстить за Алёнку. Иначе я не мужик.

Рука Тимыча дрогнула.

— Должен, сынок, это я понимаю. Но тогда ты сядешь надолго. Или тебя расстреляют. А все мы? Чего ты ждёшь от Керсновской? Благословения на убийство? Его не будет. Ты забыл? У неё был точно такой же случай. И в руках было оружие. И она уже навела дуло на мерзавца, пытавшего, мучившего, убившего много хороших людей. И она... не смогла. Знаешь, почему? Моя Матрона редко говорила со мной о Боге. Но однажды на заре своей карьеры я проиграл решающий для меня бой не потому, что был слаб, а потому, что противник применил запрещённый приём. Я перед Матроной вывалил способы мести, а Матрона сказала мне: «Отпусти ситуацию. Судить может только Бог, не ты. У тебя только выбор. Ты можешь никогда больше с этим подонком не бороться. Ты можешь совершенствоваться так, чтобы противник в следующий раз не смог найти твою слабину и поразить тебя, ты сумеешь предотвратить его запрещённый удар, в этом твоё умение. Но ты не Бог и ты не можешь казнить и судить людей. Бог сам накажет кого следует». Я спросил: «Почему же тогда Бог наказывает тех, кто ни в чём не виноват?». Матрона усмехнулась. «А ты уверен, что в следующем бою, если бы ты в этот раз победил, тебя не убили бы? Может быть, Бог спас тебя?» Я, сынок, не поленился, кинулся в наше общество. И что ты думаешь? В следующем бою того подонка так покалечили, что он навеки исчез из спорта. А Матронин наказ на всю жизнь запомнил. Веня, сынок, нужно жить. Зачем-то дана жизнь тебе. Для меня, для всех нас, кто без тебя не может, пожалуйста, очнись! Мы все любили Алёнку. И знаем, что она — одна для тебя на всю жизнь. Но, пожалуйста, затормози зло, не увеличивай его, его и так много в мире.

Что больше убедило меня в ту ночь? То, что Керсновская не сумела убить палача, когда имела такой шанс? Или урок, преподанный Тимычу нашей Матроной? Но я отказался ехать к Керсновской, посчитав, что в лице Тимыча поговорил с ней и услышал её урок: убийцу, палача тоже нельзя убить, а жить дальше нужно, чтобы спасать людей, помогать им, и радоваться жизни, как подарку от Бога.

И снова моя Матрона в нужную минуту пришла на помощь и сказала те же слова, что сказала бы Керсновская.

Рита

Риту я не выгнал с работы. Я усадил её в пельменной недалеко от дома и уставился в рабски глядящие на меня глаза.

— Есть альтернатива. Или завтра я подаю заявление об уходе и исчезаю навсегда из твоей жизни и из жизни всех тех, кого люблю. Или ты переводишь твою, может быть, и любовь в область виртуальную. Поясняю. Человек живёт лишь вот эту секунду, и тут же эта секунда становится прошлым. Получается, что человек вообще живёт в своём воображении — или в прошлом или в будущем, то есть в виртуальном мире. Виртуальность — это бытие, не реализованное в актуальность. Мысленная, воображаемая, нереальная жизнь. У меня есть одна любовь. Она во мне всегда, она полнит меня, и до последней минуты будет только она. Тебе любая может позавидовать — такой у тебя муж. Я не верю, что ты Саньку не любишь. У тебя сын от Саньки. Меня ты в детстве придумала. Вот пусть и останусь я в игре твоего ума, не в жизни. Никаких томных, жгучих взглядов, никаких признаний, никаких вздохов и уж тем более надежд. Малейший намёк на что-то подобное, и я без объяснений с тобой молча исчезаю из твоей жизни навсегда. Но этим ты рушишь и мою жизнь: лишаешь меня моей работы и моей семьи. И ещё советую тебе: поступи в медицинский. Ты легко закончишь его и станешь превосходным врачом. Зря ты на карту поставила свою профессиональную жизнь и стала моей хирургической сестрой.

Я выложил десятку за остывшие пельмени и вышел из кафе.

Рассчитал я правильно. Рита умна, добра и совсем не хочет стать разрушителем жизни многих людей.

В медицинский она не пошла, но стала незаменимой хирургической сестрой с точными движениями и умными руками. А мне в семье она стала младшей сестрёнкой. Я таскаю ей её любимые

ГЛАВА ДВЕНАДЦАТАЯ

коровки и курабье, книжки ЖЗЛ, которые она решила собирать и для них попросила Саньку сделать специальный стеллаж. Подсовываю я ей только что вышедшие медицинские брошюры и статьи. Мы с ней почти не разговариваем.

Но по-прежнему передо мной первым она ставит еду и по-прежнему подталкивает ко мне Веню, чтобы я почитал ему или позанимался с ним.

Глава тринадцатая
Месть. Тимыч. Главврач. Реинкарнация есть?

Месть

Прошло два года.

Я полюбил работать в ночную смену, она исключает бессонницы и встречи с Альбертиком. Переводные картинки прошлого с физиономией Альбертика как киногероя, с чередой его поступков, больше не мельтешат передо мной. Но, несмотря на тот ночной, судьбоносный разговор с Тимычем и как бы с Керсновской, несмотря на твёрдое решение не убивать убийцу, не мстить, даже в ночную смену между операциями и обходами, когда Рита дремлет, прикорнув на диване, нет-нет да подкинет меня со стула, вышвырнет в коридор и заставит бегать между кроватями с больными, храпящими, сопящими, пукающими, и мимо удивлённых бессонных дежурных медсестёр, сидящих над книжками или снующих с мензурками, наполненными спасительными каплями. Снова перед глазами синечёрная, вспухшая опухолями Алёнкина грудь, измождённое лицо, маленькая, беззащитная головка, потерявшая косы... Только убить. Как это не отомстить за муки моей Алёнки? Он же отомстил Алёнке за меня, за мою победу в честном бою, за мою независимость. Он убил Алёнку и этим убил меня, зная, что я — однолюб, что я без Алёнки никогда не буду счастливым.

Убийце — смерть!

Никакая святая Керсновская, никакая Матрона, с её христианской душой, никакой Тимыч не убедили меня. Притушили — да, усыпили на какое-то время.

Нет, я не специально вызываю Альбертика в паузы между операциями. Он врывается сам: сытый, наглый, бесстыдный, здоровый и всемогущий. Он продолжает вершить судьбами людей: судит, приговаривает, крушит.

Я честно гоню его прочь и свою жажду покарать его тоже. И не могу.

Глава тринадцатая

Та ночь.

Резкие запахи мочи в коридоре. Как ни стараюсь внушить нянечкам чаще давать судно, чтобы не писались больные и не промокали матрасы, сразу менять и простыни, и матрасы, если больной описался, всё равно запах мочи, смешанный с потом и едучими лекарствами, стоит спёртым воздухом.

Как я мог когда-то, мальчишкой, в бытность мою с Алёнкой, так рваться носить судна и подмывать, так любить всё это и терпеть запахи с капризами и так верить в то, что я могу изменить нашу больницу?

Сейчас от этого запаха кружится голова и подступает тошнота. Я сам открываю окна и впускаю зимний, дождливый или сухой, летний — загазованный воздух Москвы.

Та ночь. Несусь по коридору в один конец, разворачиваюсь, несусь в другой — всевидящий и слепой, всеслышащий и глухой. И чуть не натыкаюсь на молоденькую сестричку, летящую ко мне.

— Скорее. Больного привезли. Умирает. Мы уже ввели анестезию.

Остановленный в своём беге, просыпаюсь.

Больной. Операция.

С детства умею собраться в одну секунду. Разом вылетают картинки с Альбертиком. И вот уже руки сжимаются в кулаки, разжимаются — маленькая гимнастика.

Операционная. Анестезиолог склонился над пациентом.

Рита вынимает стерильные инструменты. Помогает мне надеть халат, маску, перчатки, протирает их спиртом.

Я вижу больного. Крупный, широкоплечий, с румянцем на щёках, то ли от здоровой жизни, то ли от температуры. Он совсем не вяжется с операционной койкой. Он уже спит. Глаза закрыты. Тени от длинных ресниц чуть не до щёк. Чуть тонкие губы. Совершенный образец красавца. Только лицо чуть расползшееся.

Грыжа. Осложнённая перитонитом.

Разрезаю полость брюшины. Воспаление, гной, кровь. Выделяю грыжевой мешок, обкладываю операционное поле. Вот места ущемления: область грыжевых ворот, внутреннего и наружного отверстия, карманы, щели мешка...

Вдруг почему-то поднимаю глаза на Риту.

На её лице такой страх!

Невольно спрашиваю:

— Что?!

— Это Альберт! — еле слышный шорох губами.

Словно взрыв внутри.

Секунда.

Я отсекаю грыжу и... решительно перерезаю три из четырёх сосудов, несущих тестостерон к мужским органам, и повреждаю бедренно-половой нерв.

Одна секунда.

Рука сама!..

Снова ношусь по коридорам, натыкаюсь на углы коридорных кроватей. Меня мотает из стороны в сторону.

Пусть меня судят, пусть сажают в тюрьму, пусть убивают.

Это моя месть.

Я вижу, что скоро случится с моим Альбертиком: сначала сильно усохнут тестикулы, по-житейски яички, резко уменьшатся в размерах, потом усохнут совсем, начнутся перепады настроения, голос из низкого баритона превратится в писклявый, появится грудь. А ещё часто будет возникать испарина.

В то утро я бегу из клиники не домой спать, я несусь в наш с Алёнкой садик. Бухаюсь на нашу с Алёнкой скамейку.

Летнее тёплое утро. Сеется сквозь листья ранний свет солнца. И я лихорадочно, чуть не вслух бормочу:

— Отомстил я за тебя, Алёнка! Отомстил! Он больше не мужик. В полном сознании, в здравом уме я оборвал нити, делающие человека мужчиной. Он будет жить. Но всю жизнь будет мучиться.

Поняла Рита или не поняла, что я сделал?

Господи, помоги мне! — вдруг взревел я, вспомнив бабкино: «Господи, помоги!» и закинул голову и увидел сквозь переплетённые ветки, сквозь зелень очень голубое небо и лучи идущего в новый день солнца.

Бабке Господь не помог: сына не вернул, жизнь забрал рано.

А может быть, этим и помог? Сделал так, чтобы она с сыном и с мужем встретилась? Бог не смог оживить сына, но призвал мать, чтобы не мучилась.

Есть Господь! Я сейчас чувствую.

— Господи, прости меня и благослови меня. Я отомстил убийце.

Тут же забыв про Господа, стал звать Алёнку:

Глава тринадцатая

— Услышь меня, прошу, — захлёбываюсь и кричу: — Он будет мучиться, Алёнка, как мучилась ты. Алёнка, ему будет казаться, что начинается агония. Он не сможет спать. Он будет метаться, так ему будет больно. Он будет кататься по полу, где прохладнее, чем в кровати, с подушкой между ног, чтобы ноги не соприкасались. Ад земной ему уготовлен, Алёнка! Алёнка, он будет выть от боли и беспомощности. Жариться в огне. Алёнка, если бы нашёлся кто-нибудь, кто станет крутить ему выросшую грудь! Я хочу, Алёнка, чтобы ему было больно, как было больно тебе, как больно было всем, кого он осудил на муку и на смерть. Хочу, чтобы он выл зверем! Из красавца-мужика он превратится в мучающуюся всю жизнь полу-бабу. Я отомстил ему за тебя, Алёнка!

Наконец из меня вместе с криком вырываются слёзы. И в солнечный, разгорающийся день выплёскивается, наконец, из меня боль, сплющенным комом давившая изнутри все эти годы. Мои клетки, мои нервы расправляются, высвобождаются из спазмов и соли спрессованных слёз.

— Алёнка, скорее возвращайся обратно. Я хочу успеть встретить тебя в этой жизни, пока я в своём уме и пока ты ежесекундно со мной. Рита принесёт тебя ко мне. Я вижу, я знаю, Алёнка, Рита скоро забеременеет. Приди к ней. И ты, моя девочка, всегда будешь со мной! Я много читал о реинкарнации, я верю в то, что снова и снова приходит душа человека на землю. Я жду тебя. Где все люди, Алёнка? Почему никто не заходит в наш с тобой садик, а все бегут мимо? Почему меня не арестовывают? Алёнка, это Господь! Он привёз Альбертика в нашу клинику. Нет случайностей, Алёнка. Всё закономерно. Я припозднился, и анестезиолог уже ввёл свой препарат. Альберт не увидел меня. Да он и не узнал бы, я превратился в старика. Моя команда — слаженная. Они знают: я здесь, и сами спешат ускорить операцию, чтобы выкроить у ночи ещё часик поспать. Нет случайностей, Алёнка, — кричу я, а может быть, и бормочу, и не стираю слёз, щекочущих щёки, углубления возле носа и шею. — Я слышал, Алёнка, Гитлеру планировали подмешать в пищу эстроген, это половые гормоны, Алёнка, эстроген нейтрализовал бы Гитлеровскую агрессию и садизм, превратил бы кровавого убийцу в мягкую бабу. Яд ему подмешать было невозможно. Дегустаторы Гитлера тут же полегли бы на месте мёртвые. Эстроген же лишён вкусовых оттенков, он хорош для подмешивания и действует незаметно. Можно было бы прописать его и Альбертику, но кто и как кормил бы его им? Нам с тобой не надо теперь ничего подмешивать ему, он сам превратится в несчастную бабу.

Мы с тобой, Алёнка, стольких людей спасём! Он вынужден будет уйти из КГБ.

Начинаю заговариваться. Откуда я знаю, что будет дальше? Но откуда-то знаю, сейчас я вижу будущее.

Нет случайностей.

— Тебе очень плохо?

Теряю ли я сознание от переизбытка происходящего во мне или тронулся умом... почему здесь Валя?

— Иди ко мне, мой мальчик. Ты всё зовёшь Алёнку и Господа, больше ничего разобрать не смогла.

— В самом деле вы? — наконец вытираю слёзы. — Как вы оказались здесь?

— Воскресенье сегодня. Каждое воскресенье я прихожу сюда.

— Откуда вы знаете это место?

— Алёнка привела. В тот день она в первый раз убежала от него. Ввалилась в дом тюком, еле переступила порог от слабости. Раннее утро. Он только ушёл на работу. Он забыл запереть её. Да, ты не знаешь, он запирал её. Какой-то хитрый замок, изнутри не откроешь. Вползла в дом, говорит: плохо ей. Напоила её, накормила. Она с трудом встала из-за стола, взяла меня за руку, потянула к двери: идём! Я лишь успела на работу позвонить, что заболела. Привела сюда. И выложила всё, как есть. В конце сказала: «Это наше с Веней пристанище. Пусть и он слышит, что он и я наделали с нашей жизнью».

— Что, что она говорила?

— Всё, Вень, рассказала: как ты пёр к цели, а её откидывал, никуда ехать с ней не хотел. Зачем повторять, ты всё знаешь сам. А у неё тогда первая любовь. Только ты... а ты ещё пацаном был, как я теперь понимаю.

— Не откидывал я её. Без неё жить не мог. Но вы правы: одержимый был, мне хотелось скорее спасать людей, тогда уже видел, как делаю операции. А в жизни точно пацан и пацан, слеп был, не проснулся. Мне нужна была Алёнка каждую минуту, рядом, но только как часть моей души. Эгоист, подлец, убийца. Это сейчас я понимаю.

— Плачь, Веня! Пусть Бог нам с тобой поможет.

У меня не было больше сил говорить. Говорила Валя. Но голос её звучал всё глуше и глуше.

Я уснул у неё на плече. И было мне жарко. И пахло молодой листвой. Шуршали машины. Подсвистывали довольные птицы, учили своих птенцов летать. А я спал на остром Валином плече.

ГЛАВА ТРИНАДЦАТАЯ

Когда я очнулся, Валя всё так же, чуть изогнувшись, неподвижно сидела рядом. Она не знала, что я отомстил Альберту за Алёнку, но чувствовала: не так просто я сижу здесь и, наконец, лью слёзы. Ни о чём не спросила. Помогла мне встать, повела домой.

В моей кухне сидела Рита. Страх исказил её лицо.
— Ты жив? — спросила она еле слышно.
Пахло оладьями и крепким чаем: мама ждала меня после ночи.
Рита не сказала маме об Альбертике.
— Ну, теперь, наконец, ты поешь? — Мама сняла со сковороды три румяных оладья, положила на тарелку, стоящую перед Ритой. — Что случилось, сынок? Где гулял?
— Ко мне зашёл, — встряла Валя, поняв, что почему-то нельзя говорить о садике. — Я ему позвонила. Плохо стало с сердцем. Ты же знаешь, только инфаркт перенесла. У нас же свой доктор. А у меня еды не оказалось.
— Он сердце не оперирует, — усмехнулась мама, как я понимаю, ни слову не поверив. — Ну, и хорошо, что тебе получше. Садись! — мама улыбалась. — У меня много оладий.
Сидим четверо за столом.
Оказывается, я очень голоден.
Рита не ест. Опустила голову. Борется со сном.
Я нашёлся, она успокоилась.
Знает она или не знает, что я сделал? Поняла или нет?
Она — дотошная. Тысяча «почему» и «как»? Ей бы самой стать хирургом. Если бы имел право, доверил бы ей лёгкие операции. Но кругом люди.
Рита не сказала маме об Альбертике.
— Рита, ешь, остынут! Что случилось, сынок? Где ты гулял?
Уговаривал её учиться на врача, она отрубила: «Не уйду от тебя, без меня не справишься». «Но у тебя будет намного выше зарплата!» «А Санька на что? Он — мужик и пусть думает о нашем благосостоянии», — усмехнулась она.
— Иди спать, Рита, — прошу я. — Съешь хоть что-то, ты голодная, тебе нужно беречь себя. Ещё будет ребёнок.
— Не будет, — встрепенулась Рита. — Не хочу.
Санька буквально ворвался к нам.
— Слава богу! — воскликнул, увидев Риту. — Ты почему здесь?
— Не знаю, — Рита неуверенно улыбнулась. — Я очень хочу есть и спать, — и откусила большой кусок от оладья.

— Ешь и иди спать. Мы с Венькой в зоопарк собрались, тебе мешать не будем. Мам Ир, дай мне тоже. Запах-то какой! Ваниль!

Санька любил мамины оладьи и любил обниматься. Он обхватывал маму и всю целиком помещал в своё тепло. Она смеялась и просила: «Отпусти, Сань, дыхнуть надо». Сегодня он тоже обнял её. Но сегодня она прижалась к нему.

Всё как-то тихо было в нашей кухне, словно покойник лежал в соседней комнате.

Разговор не клеился.

Рита съела все оладьи и ушла, на меня так и не взглянув. И я не понял, видела она, осознала ли, что я сделал.

Главврач и КГБ

Прошло совсем немного времени, и скандал разразился.

Приехал плотный, невысокий следователь.

И меня, и Риту вызвали к главному врачу.

А главным врачом моей новой больницы был бывший лагерный врач в Казахстане — Аркадий Семёнович.

Он сам походил на заключённого: тощий, тихоголосый, с грустным взглядом. Когда-то он начинал под руководством Николая Ниловича Бурденко. Бурденко создал нейрохирургическую клинику в Рентгеновском институте Наркомздрава в Москве, откуда началась новая наука — нейрохирургия. Она дарила возможность упрощения сложных, порой уникальных и массовых операций на головном мозге и на нервных стволах. Наш Аркадий Семёнович нашёл способы делать операции на самых глубоких участках головного и спинного мозга, оперировать твёрдую оболочку спинного мозга и научился пересаживать нервные ткани на поражённые места. Он спас от смерти тысячи людей. Больше всего занимался изучением способов удаления опухолей на мозге. В нём странно сочетались земский врач, плотью своей связанный со своими больными (мне кажется, и судно он сам мог бы поднести больному), и блестящий нейрохирург.

Он был бескорыстен, умел слышать, что ему говорят.

Ко мне благоволил, приходил на экспериментальные мои операции, и кто-то пошептал мне на ухо, что считает меня гением.

В свою очередь я бывал на его операциях и поражался лёгкости его руки, виртуозности, с которой он проделывал самые невозможные трюки для изъятия трудно доступных опухолей, и считал гением его, любил слушать его объяснения начинающим врачам. У него был громадный опыт общения с людьми, и можно было по-

Глава тринадцатая

завидовать его умению проникнуть в психику любого и выучить любого.

— Что случилось, Вениамин Александрович? Вас обвиняют во вредительстве, — с чуть заметным сочувствием в глазах сказал главный врач.

Рита не дала ни слова мне сказать.

— Я — свидетель. — Своими чёрными глазами она уставилась на следователя. — У Вениамина Александровича неожиданно подскочила очень высокая температура, ему стало плохо, руки задрожали. Другого хирурга я вызвать не смогла, так как больному уже ввели анестезию. Вениамину Александровичу пришлось делать операцию самому. Не вредительство, случайность. Жизнь-то он спас! А она была под угрозой. Он блестящий хирург, но он же и человек. После операции потерял сознание.

Рита не кричала и не возбуждалась, и никто не смог бы обвинить её в пристрастии. Фамилии у нас были разные, и никому не могло прийти в голову, что эта хрупкая девочка — родной мне человек.

Наш главный врач чуть хриплым голосом, у него были проблемы с горлом, тут же сказал следователю:

— Бывают ошибки в любой профессии. К сожалению, в медицине чаще, чем в других. У вас ведь тоже бывают, правда? Не убил же он больного, правда ведь? Спас ему жизнь! Тщательно очистил полость. Больной был на волоске от смерти. Ошибки медицинские не подсудны, так как хирурги — только люди, не боги. А наш Вениамин Александрович — Бог в хирургии. Он берётся за самые безнадёжные случаи и спасает людей. Это лучший хирург, которого я знаю за всю свою жизнь. Чем сейчас мы можем помочь?

Следователь был не молод и опытен.

— Внешне всё так. И допуски бывают, согласен. Но что-то тут не так, я чувствую. Пострадавший — полковник КГБ, и я должен расследовать это дело.

— Расследуйте! — согласился главврач. — Я предоставлю вам отчёты обо всех операциях моего хирурга. И уверяю Вас: он никак не мог пересечься с полковником КГБ: с тех пор, как я здесь, три года, его жизнь у меня на глазах, он или тут — делает операции, или отсыпается после ночных дежурств.

— Как я понял из Ваших объяснений, нигде и никак не могли они пересечься, так? Значит, ничего личного.

— Ну, вот видите. Как и куда передать Вам отчёты?

— Я консультировался с крупным специалистом в этой области. Он сказал: к сожалению, восстановить перерезанные сосуды никакой возможности не представляется, пока подобных операций у нас не делают. Мой подопечный сейчас лежит в клинике.

— И что вы хотите от меня? — спросил наш добрейший Аркадий Семёнович. — Можете созвониться с теми, кого спас Проторин. А если хирург в момент операции сам тяжело заболевает... как быть? Не сделаешь операцию, человек просто умрёт. Здесь была именно такая ситуация — перитонит.

— Я подумаю, я посоветуюсь. Вы в самом деле были не в себе в ту ночь? — почему-то он спросил именно так, а не про высокую температуру.

— Я плохо помню ту ночь. Наверное, не в себе, — сказал я, пытаясь скрыть дрожь: я никогда не вру и уж совсем не умею скрывать свои чувства.

— Вы обращались в районную поликлинику за бюллетенем?

— Зачем? Я врач. После ночной у меня было два дня. Все нужные медикаменты у меня есть всегда. В аптеку незачем идти.

Рита молчала. Я очень боялся, что она снова начнёт выгораживать меня, и все поймут, что что-то не так. Но Рита сидела перед столом Главврача спокойно, уложив руки на коленях и смотрела на следователя пионерским чистым взглядом, как под присягой.

И следователь, наконец, встал.

— Я ещё приду. Я разберусь. Мы наших сотрудников не даём в обиду, — подтвердил он свою принадлежность к КГБ. Но что-то в его глазах мелькнуло торжествующее. Я голову готов дать на отсечение, что этот следователь не самый большой поклонник Альбертика.

Когда он вышел, Аркадий Семёнович спросил:

— Вы в самом деле были так сильно больны?

И я, не моргнув, ответил:

— Совсем ничего не помню.

Ко мне вернётся Алёнка!

У меня было две операции в этот день и обходы моих больных.

Вышли мы из больницы с Ритой вместе. И, не сговариваясь, пошли в пельменную.

Снова остывающие пельмени.

Снова запахи, раздражающие меня: резкого уксуса, чуть подгоревшего теста — кто-то любит жареные пельмени.

277

Глава тринадцатая

— Ты видела? — выдавливаю я из себя.

Рита кивает и вдруг говорит:

— Я беременна. Не знаю, как это получилось, я больше не хочу детей, я предохраняюсь. Я решила сделать аборт.

— Это Алёнка, — говорю я. — Я отомстил за неё, и она возвращается к нам. Навсегда она будет с тобой и со мной.

— Ты веришь в реинкарнацию?

— И ты веришь. Разве нет? И ты не веришь в случайность. То, что привезли его именно в мою ночь дежурства, прямо ко мне в руки, то, что у меня теперь другая фамилия, и он никак не может зацепить меня... Да и увидев, не узнает, мы не виделись с восьмого класса. И то, что у нас самый лучший главврач, он не даст нас в обиду. И то, что следователь терпеть не может Альбертика...

— Почему ты так решил?

— Не знаю. Чувствую. Заглохнет дело. Никто не кинется защищать безвластного калеку. Все понимают, что он теперь — ничто, вот погоди, пройдёт совсем немного времени... кому он будет интересен? Беззуб, никого больше не куснёт.

— Я рожу Алёнку.

Глава четырнадцатая
Вера в добро. Жить для моей Алёнки!

Инерция добра. Спасибо, Аркадий Семёнович и бабка

Прошло много лет.

Но до сих пор помню затишье, когда ты не знаешь, арестуют тебя или нет.

В Сталинские годы за колосок для голодных детей сажали матерей. А тут полковник КГБ. И в самом деле я совершил преступление.

Следователь больше не приходил.

Меня никуда не вызывали.

Я по-прежнему делал операции.

Но первое время после Альбертика я почему-то боялся открытой брюшины. Мне казалось, что нечаянно я снова перережу не тот сосуд.

Снова помогла Рита.

— Ты что трусишь? Забудь! — Она замахала руками перед моим лицом. — Выброси из памяти. Ты великий хирург. Самый смелый и самый дерзкий. Совсем как Аркадий Семёнович в своей области. Ты всё можешь, как раньше. Слышишь, что я говорю?

— Слышу.

Рита завела меня в пельменную.

— Хирург — это прежде всего уверенность в себе, слышишь? — И без перехода резко спросила: — А тебе никогда не нужна женщина? У тебя когда-нибудь была женщина?

Я вздрогнул.

— Ты к чему это? Ты опять? И почему ты даже думаешь об этом? Ты же беременна.

Чёрные глаза с болтающимися в них лампочками дешёвой пельменной. И страх.

Опять страх.

ГЛАВА ЧЕТЫРНАДЦАТАЯ

— Чего ты снова боишься? — пробормотал я.

— Жизнь проживёшь и не будешь знать, как это... вместе... в одном.

— Ты себе много позволяешь, Рита.

— Ты меня сестрой зовёшь? А почему с сестрой не поговорить? Живёшь, как монах. А годы проходят.

— Овечка пушистая, — усмехнулся я. — У каждого свой путь, Рита.

Снова не доев, я сбежал из пельменной.

Беспокоила ли меня моя плоть?

Сколько ночей я изнемогал от желания!

Алёнка была со мной все годы, что жила с Альбертиком. Каждую ночь.

А та, искалеченная, измученная, не знакомая мне Алёнка черту подвела под теми ночами с ней.

Лишь после убийства Альбертика моя прежняя Алёнка вернулась ко мне, и теперь ночами она снова со мной — с косами на груди, с полыхающими светом глазами и волосами.

Монах?

Нет, я не монах. Я живу с любимой и с единственной женщиной, ей бормочу свои слова, и никто никогда не отнимет её у меня.

Все ночи теперь — наши с Алёнкой.

Узнав о Ритиной беременности, я пришёл к своему Аркадию Семёновичу. Мы с ним никогда ни о чём не говорили. Я попросил по личным обстоятельствам забрать у меня ночные дежурства.

— Я хорошо знал вашу бабушку, — сказал он вдруг. А я застыл истуканом. — Сядьте, пожалуйста. — Он налил мне воды. — И вашего отца помню. Ведь у вас была совсем не такая фамилия. Вы поменяли? Не бойтесь меня, я своих не выдаю. И для меня свято моё прошлое. Познакомился я с Вашей бабушкой в аспирантуре: она уже заканчивала и вела мой курс. Она сильно была старше меня и уже отработала несколько лет в поликлинике. Какое-то время она тоже проучилась у Бурденко и хотела стать нейрохирургом. Смешная, яркая, всегда шутила, подкармливала меня, голодного лопоухого студента. Всё у неё поучалось легко и ясно. Я перенял её манеру общения со своими студентами. Я бывал у вас дома. Хорошо помню Шуню — её сестричку и вашего отца и вашу красавицу-мать. Помню и вас только что родившегося. А потом всё сразу. Бабушка не пришла на занятия день, пять. Спрашивал, что с ней, мне ничего не отвечали. Тогда я пошёл к вам домой. Её не узнал. Остолбенелая, без кровинки в лице, губа закушена. Вы плачете взахлёб, а она и не слышит. Я напоил её ландышевыми каплями, чаем, подогрел молоко, вас напоил, на руки взял. Она заговорила. Почему-то ничего не утаила: её мужа арестовали, почти сразу вашего отца и чуть позже вашу мать. «Словно эпидемия, всех подкосила, — сказала. — Никогда не увижу мужа и сына, чувствую, Аркань». С первого дня звала меня «Аркань». Сейчас понимаю: выделяла меня, родную душу чувствовала, доверилась. «Вот, — говорит, — одна кровинка. Поднять надо. Хватит ли сил?» А потом и мне назначение выдали: в лагерь врачом — в Казахстан.

Мой главврач замолчал, вытер пот с лысины, вытер шею. В самом деле уши — лопушками.

Настала моя очередь. И я рассказал ему про Альбертика с первого дня нашего знакомства до смерти Алёнки.

Он встал, обошёл стол, сжал до боли моё плечо.

— Ты — мужик. Молодец. А Рита — сестра тебе, кажется?

— Вам бы следователем работать! — усмехнулся я.

— А я и есть следователь. Если бы в людях не разбирался, не мог бы помочь, кому надо, и выбить из своей орбиты кого надо. Работай спокойно. Никто тебя не тронет. Пока я тут, ты под защитой. И не только потому, что твоей бабушке должок отдаю за любовь и заботу, а потому что люто ненавижу кагэбэшную свору. Слава богу, одним подонком в этом заведении станет меньше. Иди, Веня, работай спокойно. Ночуй дома. И Рите бессонные ночи, как я понимаю, вредны.

— Откуда вы знаете?

— Никудышным был бы я главным врачом, если бы не знал всё о своих детках.

Кара работает. Мой Тимыч

Валя прибежала ко мне в больницу растрёпанная, трясущаяся. Я обходил палаты и наткнулся на неё в коридоре.

— Что случилось? С мамой? — испугался я, не поняв в ту минуту, при чём тут моя мама? Мы с мамой совсем недавно позавтракали и разбежались по работам.

— Он приходил.

— Кто?

Но я и сам понял: Альбертик.

Я усадил её в коридоре перед кабинетом главного врача, попросил Риту напоить её валерьянкой, а сам поспешил по палатам.

ГЛАВА ЧЕТЫРНАДЦАТАЯ

Потом мы пристроились перед больницей на скамейке.

Валя уже успокоилась немного: зубы не плясали. Но заговорила кликушески, всеми силами сдерживая испуг:

— Это не он, Веня. Это баба. Щёки разъехались, голос пищит, сиськи вспухли под майкой, как у бабы, фигура бабья. Что с ним, Веня?

Я пожал плечами.

— Он стал кричать: «Где она? Это она на меня порчу напустила. Да я сгною её!» Он не знал, что её больше нет, Веня! Он чуть не с кулаками на меня: «Подай её сюда, ведьма!» Тут я в себя пришла, подхватила стул и на него: «Ты убил её, гад!» Все слова, что знаю, выдала. И стулом трахнула бы его по башке насмерть, если бы он не увернулся. А стул вдребезги. Бог спас. Ору, как помешанная: «Бог-то есть! Услышав от Алёнки про тебя, Бог покарал тебя, гада! Так тебе и надо!»

Люди останавливались, прислушивались, хотя Валя уже не кричала, а безголосо шипела, размахивая руками. И вдруг плюхнулась на колени, воздела руки вверх.

— Спасибо, Боженька, услышал меня. Покарал убивца. Есть Ты, Боженька! Отомстил за мою девочку!

Я привёл Валю к Рите, попросил отпоить её валерьянкой и чаем с пастилой.

А сам попросил Аркадия Семёновича срочно отпустить меня. И поехал к Тимычу в больницу.

Нашёл его спящим. По словам его ассистента, Тимыч долго готовился к этой операции, но она получилась более сложная, чем предполагалась, и, не успев даже маску снять, он рухнул на диван и провалился.

Я уселся рядом и стал приходить в себя.

В глубине души я всё же надеялся, что моя месть будет не так страшна. Ну, помучается Альбертик, но останется жить нормальной жизнью.

Судя по Валиным словам, нормальной жизни не получилось, да и вообще жизнь рухнула.

— Ты давно тут сидишь? Почему ты тут? — И тут же: — Что случилось? Все живы?

— Все. Поговорить надо, папа.

Он вскочил.

Мы приютились в комнате завхоза. Тюки с грязным бельём громоздились в углу, ещё не вывезенные сегодня. Полки с чистым вызывали тоску. Как-то вдруг я ощутил: мы с Тимычем и Лимой так тесно связаны с чужой бедой, болью и смертью, что совсем отвыкли от простой, человеческой жизни, когда можно беззаботно смеяться, строить планы и куда-то легкомысленно мчаться за «синей птицей».

Тимыч не понукал меня. Переваривал вырвавшееся из меня слово, столько лет робко подбегавшее к языку и стыдливо сохранявшееся внутри меня все эти годы.

— Прости меня, если можешь. Я предал тебя. Впервые я не послушался тебя.

И я, спотыкаясь, давясь словами, не отрывая взгляда от чистого белья, почему-то смотреть на Тимыча мне было неловко, рассказал и о внезапной мести, и о следователе, и о сегодняшнем явлении Альбертика к Вале.

Молчание, гулкое в заполненном бельём помещении, оглушало.

И я посмотрел на Тимыча, ожидая разочарования во мне, презрения. Всего, что угодно.

А Тимыч смотрел на меня с такой гордостью, словно я подвиг совершил.

— Молодец! — сказал Тимыч.

Я не понял. Думал, ослышался.

— Ты... ты же говорил...

— Я сделал бы то же, попадись он мне.

И Тимыч смахнул с глаз слёзы.

— Прости меня, сын. Я против мести. Но он нашу Алёнку... но он... Он не человек, сын. Не мучайся. Теперь его очередь. Спасибо, сын.

Алёнка вернулась к нам

Алёнка родилась. Худющая, хрупкая, совсем не похожая на грудного Веню.

Я первым взял её на руки.

Зачем-то мне очень нужно было принять Алёнку первым.

Я пришёл в роддом, в родильное отделение, где на трёх кроватях, стоявших в ряд, рожали женщины. Лиц не разобрать. Над каждой своя акушерка.

Старая акушерка кричала на Риту.

— Тужься, дура! Задушишь дитё. И ори, легче будет. А ты что делаешь здесь, доктор? Зашивать ещё рано. Может, обойдётся без разрывов.

ГЛАВА ЧЕТЫРНАДЦАТАЯ

Рита увидела меня и, борясь с криком, рвущимся из неё, прохрипела:

— Уйди, прошу!

— Мужик твой, что ли? Полюбовник? — строго спросила акушерка, ненавистно взглянув на меня. — Уйди подобру-поздорову. Сейчас брошу твою кралю и главного приведу. Ишь, врачебное нацепил!

— Хирург он, — пробормотала Рита и подавилась, и охнула.

— Идёт голубчик! — запела акушерка ангельским голоском. — Ты посмотри, голова лохматая. Да ещё и с двумя макушками. Счастливый будет мужик!

— Девочка! — сказал я.

Мне было страшно. Только Алёнка.

Во все глаза смотрел я на лохматую голову, изо всех сил сжав пляшущие губы.

— Тужься скорее! Придавишь грудь дитю. Освободи скорее! Резче! Давай же! Так, так. Ещё! Терпеливая ты баба. Даст тебе Бог благодать: жизнь выдюжишь! Ещё! Ещё! Ну же! Слава богу! Ты прав, хирург, девка пришла. Пожелай ей полегче судьбу! Уж больно бабам тяжело жить на свете.

Ловко подхватив Алёнку, акушерка произвела все необходимые манипуляции, чтобы Алёнка закричала, и, позабыв про Риту, сунула Алёнку в руки медсестры. Я же дождался, когда прижгли пуповину и завернули в пелёнки, взял из рук опешившей медсестры Алёнку и вперился в её лицо.

Нет, глаза не Алёнкины. И волосы тёмные.

— Кто ты? — спрашиваю я. — Дай знак, если это ты!

И вдруг девочка улыбнулась мне — кривой знакомой улыбкой.

Я прижал её к себе, а потом, решительно оторвав, положил Рите на грудь. Она обхватила Алёнку обеими руками.

— Не положено, — завопила акушерка, даже не вспомнив про тяжкую женскую долю. — Ты что тут раскомандовался?

Она вырвала из Ритиных рук Алёнку. А я склонился над Ритой.

— Спасибо тебе сестрёнка. Это она. Большое спасибо.

И я бежал прочь, пытаясь скрыть хлынувшие слёзы. Я глотал их и глотал, пока по холодному ноябрю в едва накинутом плаще мчался по улице к автобусу и ехал в свою больницу.

Алёнка простила меня и вернулась ко мне.

Это хорошо, что она вернулась ребёнком. До конца дней теперь я смогу быть рядом с ней, заботиться о ней, баловать её, дарить ей всё, чего она была лишена в своей горькой жизни. Я повезу её к морю. Я буду заглядывать ей в глаза: что ей надо, не мне. Я начинаю жить, как человек.

Верил ли я в ту минуту в реинкарнацию?

Всю жизнь я боялся смерти.
Бабка когда-то прочитала мне:

> Хорошо нам живётся иль худо,
> не разучимся мы никогда
> удивляться пришедшим Оттуда
> и бояться ушедших Туда.

Я не боялся ушедших Туда, я тосковал по ним, я хотел вернуть их.

Но вот эти «Оттуда» и «Туда» меня беспокоили. Оттуда можно прийти. А Туда можно вернуться, а потом опять прийти Сюда?

Страх смерти пугал безмыслью, бесчувством — отключено сознание.

А может быть, не отключено?

Реинкарнация манила надеждой: те, кто особенно нужен нам, могут к нам вернуться.

Тогда в больнице, когда Альбертик чуть не убил меня льдиной, я нырял в темноту и выныривал из темноты. Это доказывает, что смерть — просто темнота, ничто. Это пугает. А вера в реинкарнацию помогла начать засыпать.

Я верю: Алёнка вернулась. Вернулась ко мне. Моя Алёнка. Рита знает.

Я буду бережно растить её. Она станет актрисой.

Глава пятнадцатая
Моя Шуня и не моя Алёнка

Алёнка вернулась

Алёнка вернулась ко мне.

Нет, она совсем не похожа на ту, золотоволосую и золотоглазую девочку, с которой я собирался связать свою судьбу.

Черноглазая — в Риту. Темноволосая — в Риту.

Но она стала моей дочкой.

Рита приносила мне Алёнку ночевать.

Как она убедила Саньку, Лиму и Тимыча принять это, не знаю. Но все так и говорили с детства Алёнке: «У тебя два папы: Саша и Веня». Мы с Ритой и Санькой втроём весело купали Алёнку. Каждый городил своё. Я читал стихи, Санька рассказывал сказки, Рита пела. Художественная самодеятельность.

По субботам общие вечера, когда Алёнка и Веня переходят из рук в руки. И две гитары. Барды, изменившие сознание миллионов людей, соединили поколения своими песнями.

Что там понимала Алёнка в своём младенческом возрасте, не знаю, но она била ладошками по воде или по столу, когда звучали песни, и смеялась.

Вообще она оказалась ребёнком весёлым, почти не плакала.

Рита с Санькой возносили её на наш с мамой этаж к нам ночевать в новую кроватку с покрывалом, на котором был вышит олень. Тогда ещё она спала в моей комнате, но мы с мамой столовую уже превратили в её игровую комнату: с машинками, мишками, куклами и мячиками.

Строгая мать с первого дня запретила ночами брать Алёнку на руки, даже если она будет громко плакать.

«Перетерпи, — внушала Рита мне. — Ты не хочешь не спать ночами, правда? Выдерни из-под неё мокрую пелёнку, подсунь сухую. И всё. Ребёнок должен спать до шести утра не просыпаясь, точка».

И Алёнка привыкла сладко спать, не просыпаясь, до шести утра. В шесть Рита своим ключом открывала нашу квартиру, появлялась улыбающаяся и выспавшаяся, вытягивала из кроватки улыбающуюся Алёнку, ничуть не стесняясь меня, вытаскивала налитую молоком грудь и принималась кормить.

Потом позволяла мне подержать Алёнку на руках перед работой — забрать с собой её улыбку.

Тяжело было делать операции с другой сестрой, но я готов был ждать возвращения Риты на работу сколько угодно.

Моя мама неожиданно бросила свою лингвистику и уселась сидеть с Алёнкой. Мама вовсе не принесла себя в жертву нам с Ритой, а с головой кинулась в обязанности бабушки. Накупила кучу детских книг и каждую свободную минуту обрушивала на Алёнку и стихи, и загадки, и короткие рассказы. При этом она сразу ждала от Алёнки реакции, а та только смеялась и радостно всплёскивала ручонками.

Мама расцвела, помолодела, отпустила волосы, стала красить их в русый цвет, какой, как я думаю, был у неё раньше.

Мама читала Алёнке книжки, которые не могла читать мне маленькому.

Жадно и радостно она вводила Алёнку в жизнь.

Риту отправила на полставки работать, с восторгом подогревала Ритино молоко и поила Алёнку так торжественно и важно, словно это было её собственное молоко и словно от каждой его капли зависела вся Алёнкина жизнь.

До прихода Риты или Саньки мама царила в их доме.

Пела Алёнке песни и играла ей на фортепьяно.

Наконец бежевое, немецкое фортепьяно в их с Лимой родительской квартире ожило.

На нём очень скоро мама и Лима по очереди начали учить Алёнку играть — вспоминали свои занятия музыкой!

И в доме зазвучала музыка. В свободные дни и часы я валялся на диване с золотыми кольцами, слушал жизнь мамы и Алёнки и чувствовал себя самым счастливым человеком в мире.

Часто приходила Валя и сидела на том же диване с золотыми кольцами у меня в ногах.

Она часто плакала: почему была резка со своей матерью, почему не желала учиться музыке, почему не отвоевала Алёнку у Альберта. Плакала, что ничего не смогла дать своей Алёнке, кроме боли. Она жаловалась мне на себя и просила утешить. И я садился

Глава пятнадцатая

рядом с ней, обнимал её и шептал ей, что она — хорошая. Она родила Алёнку, и этого вполне достаточно для того, чтобы чувствовать радость. Я шептал ей, что она помогала Алёнке, когда ей было очень плохо.

На фоне музыки, танцев и праздника детства Валя понемножку выздоравливала. Она баловала Алёнку по-своему: приносила ей сласти. Каждый раз Рита выговаривала ей, но, когда Алёнка неслась к двери и кричала: «Валя, что ты сегодня принесла мне?», Валя расправляла плечи, расцветала, улыбалась. Заискивающе она просила Риту: «Уж, пожалуйста, в последний раз». Рита не сдавалась: «А что, если у неё из-за вас будет диабет?» «Не будет, обещаю тебе! Сколько людей живёт на сладком. Подумаешь, какой-то зефир в шоколаде (какой-то грильяж, какой-то „наполеон")!» Алёнка прыгала вокруг и подпевала Вале: «Мама, я тебе обещаю, ничего плохого не будет!»

Но она сразу забывала о Вале, как только в её руки попадало лакомство. И весь вечер больше не вспоминала о ней.

А Вале, видимо, праздника встречи было вполне достаточно. Она не сводила с Алёнки влажных, восторженных глаз.

Алёнка с года уже была артистична. Ещё не умея говорить, она издавала красочные звуки и делала соответствующие рожицы — удивления, радости, обиды, любопытства. А уж когда начала говорить, заткнуть её было очень трудно: она всё время кого-то изображала — свинюшек, кошек, зайцев... за всех рассказывала их истории, пела, плясала. Мама сильно постаралась: Алёнка в свои три-пять лет знала много разных историй.

С братом у неё были свои отношения. Она ездила на Вене верхом, совала его пышные волосы себе в рот, хохотала при этом, потому что его волосы щекотали её. Став старше, она подключала его ко всем своим представлениям: он должен был изображать пожарную машину и мчать её тушить пожар, слона, на котором она важно восседала, гнала его на водопой, принца, который освобождает её из темницы колдуна.

Как и все, Веня был в полной власти Алёнки.

Психологически Веня принадлежал Тимычу и Лиме. Тимыч учил его боксу. Лима, пока он был маленький, читала ему книжку за книжкой. Они таскали Веню в Уголок Дурова, где он знал наизусть все представления, в Планетарий, где выучил назубок все планеты и созвездия и любил поражать нас историями о каждой, в театр кукольный и детский, где он видел все новые спектакли.

А когда он совсем подрос, Лима с Тимчем стали вводить его в мир наук и энциклопедий. Веня много знал и любил демонстрировать это.

Как мне тогда казалось, Алёнку он воспринимал, как полную свою собственность. Это была его игрушка, его кукла, которая ещё и говорить умела.

Говорить научилась рано. Но вначале понимал её только Веня. У них были свои секреты, свои игры, ей Веня пересказывал спектакли, рассказы о зверях и планетах, играл с ней в прятки.

Самая любимая игра. «Искай меня!», — кричала Алёнка, словно Веня был глухой или очень далеко от неё. Она жмурилась, изо всех сил сжимая глаза. Порой и ладошками прикрывалась, сидя за валиком дивана. А Веня метался по гостиной и патетически восклицал: «И куда же делась эта пигалица?!», «Кто же унёс нашу пигалицу?!» Заглядывал под стол, за тяжёлые шторы, под стулья. Первой не выдерживала Алёнка, выскакивала из-за дивана, визжала торжествующе: «Не нашёл!». И снова дёргала его за руку: «Искай меня!»

С Алёнкой он тоже, как и с нами, часто говорил научными словами: «Структура этого явления, когда кипит чай, довольно сложная: бурно образовывается пар по всему объёму жидкости, пузырьки пара с воздухом возникают внутри и всплывают наверх, вещество переходит из жидкого в газообразное».

Алёнка таращила глазки и ничего не понимала.

Лиме с Тимычем приходилось туго, потому что они старательно отводили Веню от медицины: хватит на одну семью медиков! Лезли в справочники и энциклопедии, чтобы привить Вене интерес к физике, химии, астрономии. Им самим было весело узнавать новое, и они втроём часами могли разбираться, что такое свет или парад планет.

В школе Вене было легко. Привитая родителями и дедом с бабкой способность анализировать всё, что попадало под руку, и логический подход ко всем предметам быстро сделали его круглым отличником. Всё давалось ему легко.

С первого же класса он намертво подружился с мальчиком Гришей, приводил домой. И теперь вдвоём они играли с Алёнкой и восхищались ею.

Для меня тоже вся жизнь крутилась вокруг Алёнки. Я не выдерживал её влюблённости в брата, вырывал её из их игры, кружил, подкидывал.

Глава пятнадцатая

Потолки в нашем старом доме высокие, и не было страха ушибить её.

Алёнка снова визжала, но уже мне!

А потом подхватывала игру со мной.

— Кто я сегодня? — спрашивала она, важно стоя передо мной и распахнутыми глазами ожидая чуда.

— Ты сегодня мишка. Покажи, как мишка ходит.

Алёнка серьёзно жмурилась, готовясь к перевоплощению и шла по гостиной, загребая ногами и расставив руки в перевязочках.

Дома всегда было тепло, Алёнку не кутали, она ходила в кофтах с короткими рукавами. И перевязочки на её пухлых руках, и подражание зверюшкам, и радость, рвущаяся из неё, кружили меня, возвращая в детство.

— Куда ты идёшь? — спрашивал я её-«мишку».

— Мёд ищу, — серьёзно и торжественно провозглашала она. — Я мёд люблю.

Она начинала вдруг прыгать.

— Пчёлки мёд сделали, — кричала она и начинала изображать, как она лезет в соты и макает руку в мёд. Она сосала кулачок, словно и, правда, он был в меду. А потом обеими ручонками отмахивалась от пчёл, которые хотели покусать её.

— Пчёлки меня не могут укусить, потому что я лохматая.

— Тогда зачем ты машешь руками? — спрашивал я.

— А вдруг они не поверят, что я — медведь? — лукаво улыбалась она, понимая, что я не верю в её перевоплощения.

Мама, как только я переступал порог вечернего Лиминого дома, исчезала, оставляя мне Алёнку в полное моё распоряжение. Веня с Гришей уходили к Вене делать уроки и играть в свои машинки и самолётики. Но у меня тоже были зрители: неизменная Валя и приходящая чуть позже меня Шуня. Они хлопали Алёнке и требовали нового спектакля.

Но я подхватывал Алёнку, прижимал её с такой силой к груди, что порой она начинала вырываться.

— Не дави меня, отпусти меня, я же мишка, я сильнее тебя.

С логикой у неё явно было похуже, чем у Вени.

Справиться с эмоциями, затоплявшими меня, было трудно, но я отпускал её, подавляя жгущую нежность, спрашивал:

— Ну, а теперь ты кем будешь?

Да, я делал из неё актрису.

Моя Алёнка хотела быть актрисой.

Эта Алёнка должна ею стать.

Я дарил ей плюшевых мишек, кошек, зайцев, всех, кого мог достать в наших магазинах.

И она с ними разговаривала, как когда-то моя Алёнка. И она им рассказывала свои истории. И с ними устраивала свои спектакли.

— Сегодня я буду кошкой, — возвещала она, не дожидаясь моего побуждения к игре. Она потягивалась, как кошка, она мяукала. Она вспрыгивала на диван и рядом с Шуней и Валей начинала, извиваясь, потягиваться. И мурчала.

— Сегодня я буду злой девочкой. — И она топала ногами, и кидалась железными кастрюльками и пластмассовыми кольцами от пирамиды. — Хочу пирожное, — визжала она. — Не люблю вас. Уходите. Хочу шарик. Хочу мячик.

Кто-то из нас пытался поднести ей мяч, она отпихивала и кричала:

— Не хочу мяч, хочу коляску для Тёпы.

Тёпа — её однорукая кукла, которую она очень жалела.

Но скоро ей надоедало быть злой девочкой, и она жалобно говорила:

— Вы не верьте, я вас всех люблю. — Она кидалась всех нас целовать и обнимать. — Я не капризная. Я не злая.

Рита и Санька много разговаривали с Алёнкой, как со взрослой, и мягко внушали ей, что в жизни хорошо, что плохо.

Санька оказался ультра ответственным отцом семейства. Он работал на износ, а вечерами учился в аспирантуре. Неожиданно он понял, что больше всего хочет читать лекции и учить «балбесов». Работа в научной физической лаборатории под руководством не очень умного, ворующего у сотрудников идеи и статьи начальника, ему совсем не нравилась. И он решил вырваться из-под его власти.

Санька редко участвовал в вечерних Алёнкиных представлениях, но обязательно приходил к купанию дочки и в субботы с воскресеньями успевал заниматься с Веней и Гришей математикой и рассказывать Алёнке о конденсате, стекле, о том, что такое уголь и что из него может получиться, — обо всём, что приходило ему на ум.

Глава пятнадцатая

Дети, оба, как зачарованные, слушали отца и задавали свои вопросы.
— Папа, почему графин вспотел?
— Горячая вода, Пигалица! — опережает Веня.

Шуня тоже принимает участие во взращивании детей: задаёт логические задачки:
— Что можно видеть с закрытыми глазами? — смеётся она.
— Шарики, — говорит Алёнка.
— Как это? — спрашивает Шуня.
— Всё, что представишь себе, то и видишь! — за Алёнку отвечает Веня.
— Мне кажется, только сны, — авторитетно возражает Шуня.
— Что значит «сны»? Когда их надо видеть?
— Ты не видишь снов? — удивляется Шуня.
— Отсутствует логика в твоих рассуждениях, — Веня принимается объяснять, что не все видят сны, а вот что-то представить себе и увидеть очень даже просто.
Шуня не сдаётся.
— Ну, хорошо, победили. А что нужно делать, когда видишь зелёного человечка?
Алёнка сопит, морщит лоб, смотрит на Веню.
— Ты чего, не помнишь? Где ты видишь зелёного человечка?
Алёнка чуть не плачет.
— Соображай, — просит Веня. — Ты же умная. Помнишь, мы с тобой шли в зоопарк с папой?
— И что? Я никакого зелёного человечка не видела!
— Видела. На светофоре!
Шуня довольна.
— Назовите пять дней, не называя чисел (1, 2, 3) и названий дней (среда, пятница…).
Веня смотрит на Шуню обиженно, морщит нос.
Шуня хлопает в ладоши.
— Не знаете!
— Подожди, — просит Веня.
И вдруг пятилетняя Алёнка говорит:
— Вчера. — И замолкает.
Шуня и Веня во все глаза смотрят на неё.
— Ну и? — торопит её Веня. Алёнка молчит, сопит, тогда он сам кричит: — Понял: позавчера, сегодня, завтра, послезавтра. Так, Шуня?

Шуня хлопает в ладоши. И Алёнка прыгает и визжит. Почему-то всегда радость она выражает щенячьим визгом.

Когда Рита решила в три с половиной года отдать Алёнку в детский сад, мама заплакала:

— Разве я плохо забочусь о ней? Разве она не знает чуть не наизусть всю детскую литературу? Разве она не играет и не поёт детские песенки? Сжалься надо мной, Рита! Пожалуйста. Да это самый развитый ребёнок в мире!

По своей мягкой привычке всех успокоить и приласкать, Рита обняла маму.

— Тётя Ира, Алёнке нужен коллектив.

— У неё есть Веня и Гриша. Они весело играют. Алёнка много общается со всеми нами! Разве все мы не коллектив?

— Она должна научиться общаться с ровесниками на равных, а не быть кумиром и божком, каким вы все делаете её. Даже брат. Ей же всё равно в школу идти. Ровесники собьют с неё спесь и ощущение избранности. Она должна ощутить себя одной из всех.

— Зачем? — кипятилась мама. — Избранность делает её уверенной в себе, сильной.

— Пусть станет сильной и уверенной в себе с ровесниками.

— В школе и научится всему, о чём ты говоришь, — горько плакала мама. — Не отнимай её у меня. Я ею живу. Она — моя единственная внучка.

— А Веня? — растерялась Рита, отстраняясь от мамы.

— Веня уже взрослый. Он уже в коллективе со своими интересами. И я мало была с ним маленьким. Я не была готова. А это моя маленькая...

Рита прервала маму:

— У вас скоро будет ещё маленький ребёнок!

— Нет! — вдруг воскликнула мама. — Только Алёнка мне нужна. Я так ждала, что мой сын женится на Алёнке... — она поперхнулась.

— Ты беременна? — встрял я, почему-то сильно обрадовавшись.

Мама не понимает. Появится ещё ребёнок, и мы с ней сможем ещё больше внимания уделять Алёнке: внимание всех переключится на малыша. Алёнке перестанет хватать родительской любви.

Лера и Алёнка

Лера родилась, когда Алёнке было пять с половиной лет. И, как я и предвидел, внимание всех наших родных, кроме Вали и нас с мамой, переключилось на слабое, беспомощное создание.

Глава пятнадцатая

Девочка была копией Саньки. И сам Санька, и Лима с Тимычем совершенно потеряли разум.

Алёнка возненавидела Леру. Она подходила к детской кроватке и сердито шептала: «Уходи, откуда пришла». Когда родители и бабка с дедом не видели, она дёргала Леру изо всей силы за руку или за ногу, щипала и буквально шипела:

— Уходи! Уходи!

Рита была сама виновата. Она переживала, что и Веня, и Алёнка похожи на неё, и, получив, наконец, дитё, похожее на Саньку, она кинулась к новорождённой всей своей душой.

Лера досталась ей тяжелее всех. Она шла ножками. Мучительные роды. Болезненные разрывы. Ещё и поэтому последний Ритин ребёнок перехватил всё её внимание. Рита буквально зависла над малышкой. А увидев однажды алчные руки и перекошенное злостью, ревностью и болью лицо всегда доброй и мягкой Алёнки, она испугалась.

Алёнка по-прежнему ночевала у меня. В тот день она рано проснулась и уже убежала на кухню. «Баба, хочу толстые оладьи!» — ещё звенело эхо её голоса, когда в моей ванной появилась Рита. Я чистил зубы.

Она вошла не причёсанная, не умытая — после бессонной ночи. Растерянная.

— Боюсь, она убьёт её. Возьмёт на руки и кинет об пол. Как я услежу?

— Пусть пока и вечерами живёт у нас, пока Лера не подрастёт. Ты сама настояла на детском саде, а там и дерутся, и бьют слабых, и злятся. Агрессия. Вся гамма чувств. Ты не подготовила её совсем. Только вчера Алёнка — пуп земли, и вдруг новая любовь, внимание к одной Лере.

— Я согласна, — сказала Рита. — Мы все будем приходить каждый день. И вы будете приходить. Но помоги мне, не подпускай Алёнку к Лере. И попробуй объяснить ей...

— Что ты любишь ещё и Леру? — усмехнулся я.

Теперь все вечера Алёнка проводила у нас.

Мы с мамой, Валей и Шуней, кто попадал под руку, гуляли с ней после детского сада, играли, а когда она пошла в школу, делали уроки. Мы водили её в балетную студию, в музыкальную школу.

В доме пионеров оказался драматический кружок с умным преподавателем.

Алёнка всегда занята. И в ней начался внутренний процесс пересмотра отношений с Лерой. Исчезли злость и ревность, может быть, потому, что мы все так обволакивали её любовью, что она даже уставать стала от неё. Появилось любопытство к тихой, молчаливой сестре, совсем не похожей на неё. Лера всегда улыбалась, когда видела Алёнку. И Алёнка начала улыбаться ей в ответ.

Подружилась Алёнка с Лерой в свои восемь лет. Вдруг почувствовала себя учителем и стала с важностью учить сестру всему, что сама узнавала на всех уроках. И очень гордилась тем, что Лера ловит каждое её слово и смотрит на неё Санькиными и Лимиными глазами.

У Леры оказался покорный характер, она обожала Алёнку и выполняла безропотно все её команды: строить из конструктора тот замок, который хотела Алёнка, устраивать комнату для кукол, придумывать с ними спектакли, такие, какие хотела Алёнка. Но, когда Лера оставалась без сестры, она делала всё по-своему: перестраивала замок, как хотела она, возводила башни, какие нравились ей. Но чаще вообще она строила из Вениного конструктора машины. Технарь с детства. Собрать машину из разнокалиберных железок, вставить колёса, руль, разобрать, построить другую... — она могла сидеть с конструктором часами.

Игры у неё тоже были свои: она разговаривала с машинками, придумывала им их истории. Её машинки обязательно кого-то спасали, носились наперегонки и возили детям мороженое. Эскимо на палочке.

Иногда собиралось много этих эскимо, потому что каждый из нас спешил побаловать нашу тихую, кроткую девочку, не тянущую внимание на себя.

Теперь вечера мы снова стали проводить все вместе.

Алёнка полюбила перед Лерой разыгрывать свои пьески: то была ледяной царицей, строила из льда дома, танцевала на придуманные ею мотивы; то изображала попавшего в страну злых колдунов заблудившегося мальчика и пыталась злых колдунов превратить в добрых, перед ними пела песенки о доброте на свои слова и свой мотив.

Лера, замерев от страха, следила за её танцами и уговорами: победит или не победит? И хлопала, когда Алёнка вместе с уже добрыми колдунами прыгала и кружилась в танце. Лера представляла себе всё, что Алёнка говорила.

Часто Алёнка играла Лере на пианино и заставляла петь вместе с ней.

Глава пятнадцатая

Алёнка любила зрителей, зазывала брата с Гришей, но Веня стремительно уходил в свою, взрослую жизнь. Часами не высовывался из своей комнаты, где с Гришей слушал музыку, делал уроки, играл в шахматы. Она легко примирялась с этим: похоже, пристального внимания Леры к её творчеству ей пока было достаточно.

Моя Шуня

Шуня работала последний день в своей раковой лаборатории. Ей стало тяжело ездить в переполненном транспорте. Болели ноги, не раз замерзавшие и битые, сутками бредшие по снеговой тундре. Ходить она стала медленно, явно преодолевая каждый шаг. Как-то сказала: «Петрюша зовёт меня, сынок!».

Лекарств пить не желала. Исследоваться отказывалась. Иногда парила ноги, но они становились ещё хуже. Ныли ночью, горели огнём в подъёме, не давая спать.

Как-то вдруг она вся съёжилась и превратилась в махонькую старушку.

Даже голос изменился, стал шуршать.

Силком я привозил её к нам на своём дребезжавшем, как и она, «москвичке».

— Мой характер, — подтверждала она дребезжание «москвичка».

Она ночевала с мамой в комнате. А мы все прыгали вокруг неё, стараясь разговорить, вкусно накормить, объясниться в любви.

Но терпела она лишь одну ночь, а потом говорила: «Петрюша ждёт» и спешила в свою полупустую квартиру.

Как-то я заявился к ней ночевать, но у неё в двух комнатах была лишь одна тахта — их с Петрюшей. И Шуня решительно выгнала меня.

— Домой! В свою постель! Чтоб я разрешила своему единственному внуку спать на полу?! Не дождёшься. И потом что за сантименты! Успеешь, когда время придёт!

Шуня всегда в нашей семье сидела во главе стола как аксакал. И мне порой казалось: это моя бабка дожила до сих пор, и это она видит всех своих детей, внуков и правнуков, хотя лишь я один был Шуне родной по крови.

Моя мама звала её Шуней, а однажды я услышал её тихое: «Ты — моя мама Шуня».

Шуня заменила маме мать полностью. Стала подружкой, напарницей, священником: до последнего чувства, до последней мысли — всё мама раскрывала Шуне.

С Лимой произошло то же приручение. Когда она пришла в Шунину лабораторию, Шуня, изголодавшаяся по семье, на неё обрушила безраздельную свою любовь. Лиме — каждую свою идею и новую блузку, нерастраченные слова и заботу.

Манера Шуни так смотреть на тебя, словно ты единственный в мире для неё близкий человек, пьянила и наполняла гордостью, смешанную с радостью, каждого, кому такой взгляд предназначался. И Лима подпала под этот магнетизм. Влюбилась в Шуню.

Не умеющая говорить красиво, неожиданно заговорила не свойственными ей словами: «Шуня открывает шлюзы радости». «Шуня проявляет переводные картинки души — самое лучшее в человеке».

Я ошеломлённо смотрел в такие минуты на Лиму. Лима и красивости, которые ни она, ни я вслух произнести не могли. Откуда в ней взялись такие фразы?

Но все дружно и искренне пили за здоровье Шуни и с жадностью слушали её рассказы о Петрюшиных безрассудно смелых операциях в Норильске.

Ни разу не задали мы Шуне вопроса: а как потом сложилась жизнь этих заключённых? Догадывались: спасённые гением-доктором, они могли быть забиты конвоирами или другими ловцами человеческих страданий.

Петрюша — властью Шуни — тоже сидел за нашим столом.

Мама не ревновала. Она знала: главный человек в жизни Шуни — она, моя мать, принёсшая в мир меня. А я — единственная Шунина связь кровью с её погубленным родом. Я — внук её старшей сестры, я — брат её единственного сына и благословлён её Петрюшей. Именно мы с мамой подарили Шуне семью, где все связаны друг с другом круговой порукой — крепче крови.

Всё, что знала, всё, что пережила, Шуня хотела открыть нам.

Как-то я спросил её:

— А зачем ты все муки передаёшь нам?

— Если похоронить их вместе с погибшими, то снова возникнет возможность повторения, ибо сталины и гитлеры рождаются так же, как великие гуманисты. А повториться такое не должно. Люди должны знать дьявольскую силу этих сталиных и гитлеров и вовремя восстать против них, и не дать им этой дьявольской власти над собой.

Шуня приняла в свою семью — в дочки и Валю. Ей она тоже дарила блузки.

Глава пятнадцатая

Дальше Шунино воображение не расплывалось. Блузка — это подсвет лица, как говорила она. Блузка или подчёркивает суть человека, или рушит. Блузки, которые она подолгу выбирала, всегда соединялись с нашими семейными царицами, как Шуня звала их. Рите только белое или матовое, Лиме — салатное или солнечное, маме — розовое, а Вале — голубое — под глаза. Иногда цвета тасовались, но в самом деле всегда высвечивали суть каждой.

Шуня позвонила мне в мой свободный день.

Я снова дежурил ночами с незаменимой Ритой. И мы с ней любили наши бессонные ночи, в перерывы между операциями — с крепким чаем и бутербродами, заботливо изготовленными Ритой или Лимой. Мы говорили о детях и о выздоравливающих больных, и о тех случаях, в которых мы помочь не смогли из-за поздней диагностики — из-за метастаз, разбредшихся по организму, оккупировавших все зоны возможного спасения.

Сестрёнка. Я так и звал её, включая сюда и родство, и её профессиональную суть: без неё я не смог бы спасти ни одного человека.

В тот день 1988 года я только проснулся.

Мне хватает после ночи четырёх часов.

Проснулся нетерпеливый. У Алёнки вечером первая главная роль на её втором курсе. Первый курс проскочил без главных ролей.

Моя Алёнка станет актрисой. Исполнится мечта жизни.

Как захватила она, как приняла в себя дух моей Алёнки?

Нет, они совсем не похожи.

Моя Алёнка никогда так не играла, она была тихой, похожей на Леру, терпеливой, жертвенной и напряжённо вглядывалась в меня: что в эту минуту нужно мне, чем порадовать меня?

Лера порой поражала меня. Она подходила ко мне, смотрела на меня своими глазищами и спрашивала: «Почему ты сегодня грустный, что-то вспомнил?» или «Хочу спросить, ты, когда думаешь, слышишь мир вокруг?» Откуда она знала такие слова? Как могла эта девочка чувствовать моё настроение? В такие минуты я подхватывал её на руки. Она была хрупкая и невысокая. Прижимал к себе, а она обвивала меня своими тонкими руками и щекой прижималась к моей щеке. Словно ток подключали ко мне. Все мысли вылетали из меня в эти минуты. Что-то она знает про меня, чего не знает никто.

И вдруг однажды шальная мысль сквозняком промчалась сквозь меня: а что если именно Лера — моя Алёнка?

Не может этого быть!

Я растил Алёнку, как мою Алёнку.

Осторожно поставив девочку на место, я бежал с поля действия на улицу и метался по нашим с Алёнкой прежним путям: по Каменному мосту, по Кадашевской набережной, пока не оседал в нашем садике.

Пригрезилось.

Это же Алёнка с детства мечтала стать артисткой, как моя Алёнка! Она играет всегда.

Валя редко вступала в разговор, стеснялась своей неначитанности, но стала читать книгу за книгой из нашей библиотеки. Подсовывали ей то мама, то Лима. И вдруг, для себя неожиданно, что-то рассказывала из лагерной жизни. И все её люди были жестоки, безжалостны, грубы, со злым и грязным словарём.

Санька робко возражал — «при детях такие слова!», но Рита громко шептала ему: «Должны знать! Университеты, Саня. Вспомни Горького».

Да, все рассказы Шуни и Вали были нашими университетами. Моя мама никогда ни о чём не рассказывала, она словно была замурована снаружи: тот мир, где её насиловали, били, унижали, ломали, жил в ней кровью, и никакими силами не мог вырваться наружу, как вырывался из Ефросиньи Керсновской, превращаясь в памятник страданиям миллионов, рабской психологии и несгибаемости духа, как вырывался из Шуни, чтобы всех нас напитать силой, самостоятельностью, чувством свободы и веры в себя: «я — личность».

Вот уроки Керсновской и Шуни.

Мама же при этих рассказах менялась в лице, спешила на кухню что-то принести-унести, поставить чайник.

В тот день я долго лежал в ванной, хотя после ночной принял душ: привычный обязательный ритуал. Мама купила мне специальную пену и морскую соль. И я с закрытыми глазами воображал себе, что всё-таки привёз мою Алёнку на море.

Море я полюбил. Мы ездили всем табором в Планерное, в Коктебель, куда добирались из Феодосии. Снимали домик в посёлке поближе к морю. И, побросав вещи, надев купальники, сразу же неслись следом за детьми к воде.

Глава пятнадцатая

В первое мгновение первой встречи с морем чувство вины перед Алёнкой держало меня на берегу, на раскалённых камушках, среди которых были яшмы и сердолики. Но дети властно кричали: «Иди к нам». Шуня сказала: «Она здесь, с нами, идём, поплаваем». А мама, осторожно взяв меня за руку, потянула к воде. «Алёнка зовёт, идём!»

Плавать я не умел. И никто, кроме Тимыча, не умел.

У Тимыча появилась работа: по очереди каждому показывать, как бить ногами, как работать руками, чтобы плыть брасом или кролем или самое простое — на боку.

Дети висли на нём. А он глупо улыбался, затаскивал их по очереди вглубь. Он сам превращался в мальчишку: так же, как дети, плескался, и прыгал в воде, побеждённый их радостью. Учиться плавать они хотели меньше, чем визжать и играть в мяч вблизи берега.

Тимыч не выдерживал и уплывал один. Он плыл, как большая рыба. И я не мог оторвать от него глаз.

Шуня позвонила, когда мы завтракали.

Алёнка по-прежнему жила с нами. У Алёнки была своя светлая и удобная комната, где она могла разыгрывать свои детские, а потом институтские этюды. В родительской квартире она должна была бы жить или с Веней, или с Лсрой.

— Приезжай, пожалуйста, — осевшим, дрожащим голосом попросила Шуня.

Я сорвался с места. Такого голоса никогда не слышал.

Осенний золотистый день с летящими по городу разноцветными листьями, тёплое солнце.

Шуня сидела на лавочке перед институтом.

Не встала, не пошла навстречу, как обязательно сделала бы раньше, сидела, склонившись к коленям, — слабая, очень старая и маленькая.

Я сел рядом.

Почему-то в этот яркий осенний день с перспективой вечернего праздника, когда Алёнка впервые выйдет в главной роли, я и предположить не мог того, что случилось в нашей счастливой семье.

— У Лимы последняя стадия рака. И в лёгких, и в голове метастазы. Даже ты все их удалить не сможешь.

Потухли солнце и разноцветные листья.

Шелест Шуниного голоса.

Я никак не понимал. Глухота залила голову. Послышалось.

И тут же понял: не послышалось.

Этого не может быть!

Тут же самоуверенность победителя: все до одной вырежу!

Шуня услышала.

— Не сможешь, — повторила она. — Не спасти. Сегодня, сын, мой последний день.

Я не понял. Почему Шуня сейчас о себе?

— На работе?

— И на работе, и в жизни.

Не понимаю. Речь шла о Лиме. Почему...

— Сегодня я собралась к Петрюше. Пожалуйста, не смотри на меня такими глазами, не мучай меня. Перестань трястись. Ты должен быть сильным. Мы с тобой деловые люди.

— Лима знает? — едва выдавил я.

— Догадывается. Перестань трястись. Последняя моя просьба: ты должен быть сильным. Ты — хирург, а не кисейная барышня. Ты мне внук, можно сказать, и сын. Второй твоей бабке всё расскажу, какой ты вырос. На тебе — конец пути Лимы и Тима. Бог соединил их. Бог сейчас разводит. Тима тоже скоро за ней пойдёт.

— У него тоже рак?! Ты что, всевидящая?! — закричал я, теряя сознание от ужаса.

— Нет. Не рак. И не всевидящая. Он без неё жить не сможет. Уж я навидалась этой любви.

— Но ты-то столько живёшь после Петрюши.

— У меня ты. Сестре поклялась, твоей бабке, когда вы были у меня: если что с ней, я буду с тобой до последней своей секунды. Я обещала, понимаешь? Сверху послание. Петрюша всё равно каждый день со мной. Ему отчёт даю. С ним разговариваю. Он не в обиде. И мой первый муж, и мой сынок, твой брат, тоже со мной. Приближается миг всем свидеться. А ну, приходи в себя. Ты — хирург, — повторила она шелестя, с трудом выговаривая слова. — Меня проводишь. Лиме помоги. Виду не показывай, но балуй её изо всех сил. Всё, что она любит, предоставь. На море свози. Сейчас бархатный сезон. Она любит море. Поплавает. Легче уходить станет. — Шелестел голос. Силы в нём почти не было, а слова — сильные. Шуня говорила, а я привыкал к тому, что она открыла мне. И это её, повторяющееся, «Ты — хирург» больше всего привело меня в себя.

Глава пятнадцатая

— Молодец, сын. Правильно я тебя растила — мужиком. Тебя и Лима с Тимой растили мужиком. А кто такой мужик? На нём держится покой и суть бабьей жизни. Настоящий мужик — женщина сыта, укрыта от невзгод. Мужик — защита и опора. Скоро ты станешь этой опорой всем.

— Ты сказала, сегодня уйдёшь, а сама говоришь и говоришь, как здоровая, — хотя слова шелестели тенями, уплывали вверх. Но мне хотелось верить, что она ещё поскрипит.

— Успеть должна. Большой труд сейчас работаю, — сказала совсем неграмотную фразу. — Так один заключённый говорил: «Большой труд работаю, выдюжу». Вот и я должна выдюжить: до конца договорить. Сначала про мою жизнь честно. Всегда врала. Ты должен знать. — Прерывающимся, слабеющим голосом собирала Шуня слова в судьбу: в крёстный путь её и бабкиной жизни. — Всё, сын. Теперь о «сегодня». Сегодня идите все на Алёнин праздник, со мной не оставайся. Мне нужно время попрощаться с этим миром, подумать и подготовиться. Но утром приезжай. Ключ у тебя всегда с тобой. Похорони меня рядом с Петрюшей. Хотела было к сестре. Долго думала. Мама хотела бы, чтобы мы всегда были вместе. Но ведь и Петрюша родил меня. Спас, вылечил, снова жить пустил. Пусть мама и сестра простят меня, они же вместе. Уж очень мы с Петрюшей перевязались сосудами и нервами, одно целое мы. Да и нет у него никого, кроме меня. Отвези меня домой. С мамой твоей попрощалась, с сотрудниками попрощалась, с Лимой попрощалась. Она так сжала меня, я думала, сразу к Богу уйду, не успев с тобой поговорить. Чувствует моя девочка. А это тебе, — Шуня вынула из сумки, стоявшей рядом, громадную пачку, завёрнутую в бумагу.

— Что это? Воспоминания?

Не я, кто-то отстранённо слушал Шуню, кто-то произносил слова. Сон, бред, галлюцинации.

— Наследство тебе от Петрюши и от меня. Знаешь порядки. Полгода надо ждать, пока в наследство войдёшь. А я понемногу снимала и снимала. Купи себе хорошую машину. «Москвич» изжил себя, и холодный он, зимой зад студишь. Квартира твоя. Это документы. Завещание по всем правилам. Выкупила её. Старые связи помогли. Хочешь, сам живи, хочешь, Алёнке отдай, хочешь, меняйся в свой дом, чтобы все вместе. На обстановку тебе тоже хватит. Долго не тяни, деньги быстро трать. В такой стране живём. Обесценятся, и всё. Ну, бери, и поехали. Силы уходят.

Это не моя Алёнка

В тот день меня ждало ещё одно потрясение.

Алёнка играла очень плохо. Завывала, где не нужно, неестественно смеялась, жеманилась.

Случайность?

Может быть, она чувствовала — что-то происходит в семье?

А может, именно поэтому на первом курсе ей главной роли и не давали?

Или я не в себе?

Я сейчас — с Шуней, в её полупустой комнате.

Шуня лежит?

Шуня сидит на тахте, свесив ножки?

Разбирает немногочисленные письма? Наверняка никому не дала свой адрес. Оборвала свою прошлую жизнь.

Тяжёлое испытание: видеть, как твой любимый ребёнок позорится перед всем миром, кривляется.

Лера тоже тут. Она выросла в тихую, закомплексованную девочку, несмотря на то, что все родные обожали её и наперегонки старались показать это обожание и внушить ей: она — самая лучшая на свете. Молчаливая, спрятанная в себе, Лера оказалась не общительной: не завела за школьные годы ни одной подружки.

Сжала кулачки, припала к просвету между головами впереди сидящих, рдеет щека.

Не знаю, верит ли она в Бога? Но ощущение такое, что она молится за Алёнку и шлёт ей свою поддержку.

Веня уже год как работает в авиационной промышленности, строит самолёты. И Гриша работает с ним вместе. Не расстаются они с первого дня первого класса. Вместе и в институт поступали. А вот как умудрились на одну работу устроиться? Есть же распределение!

Гриша под стать Вене: двухметровый, лохматый, уверенный в себе.

Шуня уже легла или ещё сидит — прощается со всеми нами?

В антракте я кинулся за кулисы.

Алёнка, с пунцовым лицом, спряталась в складке тяжёлого сине-малинового занавеса. Лишь кончик длинной сборчатой юбки лазутчиком вырвался ко мне.

Глава пятнадцатая

Я вытащил Алёнку из-за занавеса и стал трясти её.

— Что с тобой? Приди в себя! Почему ты не думаешь, о чём говоришь? Почему не слышишь партнёров? Почему не живёшь текстом. Где ты сейчас была?

— Отпусти... — жалкий голос отрезвил меня. — Больно. Иди и забудь. Пойду мыть полы в твою больницу, — зло сказала Алёнка. — Опозорила всех.

— Прекрати истерику. Забудь о себе. Закрой глаза и топай в роль.

— Он не захочет больше меня видеть!

— Кто «он»?

— Гриша.

— Венин друг?

Алёнка всхлипнула, а я заорал:

— Нет сейчас никакого Гриши. И тебя нет. Ты сейчас не ты. Какая из тебя актриса, если ты не можешь забыть о своей персоне?

— Он... такой...

— Самый лучший, самый красивый, самый умный. А ты не актриса, ты кухарка, посудомойка, прачка.

— Хватит, иди, я попробую. — Она подхватила платье и мимо рабочих сцены, сновавших вокруг нас и что-то проверявших, стремительно кинулась вон со сцены.

А я увидел Леру.

Она прижалась к сине-малиновому занавесу — хрупкая, испуганная. Секунда, и вдруг она кинулась ко мне, обхватила меня своими тонкими руками.

Ухнуло сердце в живот, снова пронзило электричеством. Я подхватил её на руки, тринадцатилетнего ребёнка, теперь обвившего уже шею, и изо всех сил прижал её к себе. Кружилась голова. Подкашивались ноги.

Так было когда-то давно, когда Алёнка в начале восьмого класса вдруг ни с того, ни с сего на нашей Кадашевской набережной вот так прильнула ко мне и обхватила меня своими тонкими руками.

Я рассказывал ей о Керсновской. Повернулся к ней посмотреть, почему она никак не реагирует на мой рассказ, а она вдруг припала ко мне.

Но тогда это было пробуждение меня. Сейчас — это родство, полное соединение душ.

Эта девочка, этот ребёнок... Что знает она? Откуда пришла? Почему так печёт в груди?

Именно в день Шуни и Лимы — в день, когда я осознал, что новая Алёнка — совсем не моя Алёнка, никак мы внутренне с ней не связаны.

Резко зазвенел первый звонок.

С Лерой на руках, крепко прижимая её к себе, я пошёл вдоль занавеса.

И остановился. Куда я несу это дитя? Как я могу выбраться отсюда? И как я оторву этого ребёнка от себя и оставлю одну?

Глава шестнадцатая
Уход любимых, боль и искупление

Прощание с Шуней

Прошло столько лет. А тот день, никак не кончающийся, всё длился.

Главная роль Алёнки. Незнакомая пьеса.

Лера, с детскими, крепко сжатыми кулачками, снова припавшая к просвету между двумя головами, с малиновой щекой и тонкой беззащитной шеей.

И я — переполошенный, взболтанный, руки дрожат.

Вспышка — Шуня.

Шуня уходит сейчас. В минуту, когда ко мне навсегда пришла Лера.

Шуня сидит, свесив ноги, не достаёт до пола.

Лима тоже уходит.

Нет! Всё, как прежде. Тяжёлый узел кос, тонкий профиль. Дальше сидит Тимыч. Они всегда рядом.

Никогда я не слышал их слов о любви друг к другу.

В дни рождения не было слов.

«За мою Лиму», «За моего Тимыча» — вот и все красивые слова.

Но как они смотрят друг на друга, но как чуть касаются руки друг друга...

«Тима следом...»

Три моих человека. Вся жизнь связана с ними. Благодаря им я — хирург. Все свои знания — мне. Все новые статьи от каждого из них — мне. Своё ощущение профессии — мне.

«Не напрягайся, расслабься, отпусти на свободу руки, — из прошлого голос Лимы. — Они сами сделают всё, что надо. Руки сами рисуют, сами делают операции. Доверяй им».

«Когда я доверяю себе, всё получается», — голос Тимыча.

«Ты не тащи одеяло на себя и не суетись, интуиция поможет. Доверься ей и своим рукам», — Шуня.

Много позже я понял их.

Мастерство — это доверие к самому себе, к своим рукам, всё получается само, когда доверяешь себе.

Мои руки — сами по себе. Мне нужно лишь открыть брюшину, а они каким-то таинственным образом находят границы опухоли, единственно нужные сосуды. Они сами творят свою работу.

Не помню, у кого я прочитал: «Даже если я заранее составлю план произведения, выстрою сюжет, слова, не слушаясь его, сами — нужные — посыплются на бумагу и поведут за собой, порой совсем в другую сторону, порой ставя меня в тупик. Не я выбирал их, откуда они здесь?»

Так и мои руки во время операции. Откуда они знают, что делать?

Три моих учителя, три ангела-хранителя. Когда-то моя бабка сказала: «Ангел-хранитель» погиб, и жизнь кончилась. Я спросил напористо: «Ты говорила: ангелы живут вечно». Она не ответила.

Шуня открыла во мне жажду поиска: читаю всё, что только появляется новое. Опыт других помогает мне находить точные границы возможного отсечения, точку невозврата.

Руки хирурга открыли во мне Лима и Тимыч.

Тимыч как-то сказал: «Тебе пианистом бы стать с твоими пальцами. Но не получится, со слухом — напряжёнка. А хирургом получится, сами по себе пальцы живут».

И Лима со мной, мальчишкой, как бы проходила путь каждой своей операции — секунда за секундой.

Крови я не боялся. Для меня кровь, гной, доверчиво раскрытые органы — поле битвы.

А сейчас я в тине тону. Вот они, мои два близких человека, — в подступающей вплотную беде, и ничего, ничего я не могу сделать.

Шуня не велела приходить раньше утра. Велела досмотреть спектакль.

Сейчас она повернула меня к Лиме и Тимычу.

Шуня ничего не сказала о химиотерапии.

Глава шестнадцатая

Но я помню ту, Алёнкину. Только измучили Алёнку. Рвота, постоянная тошнота, слабость...

Зачем мучили, если всё — в метастазах, если спасти нельзя?

Шуня знает, какая сейчас химиотерапия. И, если ничего не сказала, значит, спасения нет!

Но ведь есть знахари, есть какие-то диеты, есть альтернативная медицина, есть экстрасенсы...

Думаю, Шуня изучила за эти дни все возможности спасения Лимы, и народную медицину, и натуропатию... может быть, встречалась с кем-то. Спросить её...

Если успею спросить.

Как получается одновременно: ощущение ухода Шуни, подступающей драмы Лимы и Тимыча. И Алёнка на сцене.

Гриши для неё сейчас нет. И нет её страха.

Героиня отпускает мужа к другой женщине. Она — сильная.

Её жизнь кончена: уходит единственный в жизни человек, которого она любит. Но сколько спокойствия и силы в ней в эту минуту: не показать ему, что жизнь без него кончена!

Вода морская. Это теперь мой Коктебель. Голубовато-бутылочная, золотистая, грязно-синяя вода его. Погружаюсь в эту воду и плыву.

Тимыч всё-таки научил меня плавать.

Спаси, морская вода, мою Лиму. Сделай так, чтобы Лима не ушла от меня, чтобы не погубила своим уходом моего Тимыча.

Мы все вместе много лет. Как же мы разорвёмся по-живому?

Алёнка стала актрисой.

И Тимыч с Лимой — вот они — рядом!, как всегда. Ничего не изменилось.

Зал неистово хлопает. И Гриша встаёт и хлопает.

Веня несёт Алёнке цветы — два букета — от себя и от Гриши.

А Лера смотрит на меня такими счастливыми глазами, словно это она сыграла свою главную роль. И хлопает, вытянув руки к сцене, повернув лицо ко мне.

После спектакля поздравляю Алёнку. Но мой голос тонет в хоре.

Ловлю настороженный взгляд Леры. И вдруг она спрашивает:

— Почему тебе так плохо сейчас? Что-нибудь случилось? Чем тебе помочь?

УХОД ЛЮБИМЫХ, БОЛЬ И ИСКУПЛЕНИЕ

Я пячусь от неё. И под её испуганным взглядом бегу из зала, через две ступеньки слетаю с лестницы.

Только в бледно-голубом своём старом «москвичонке» проглатываю комок, застрявший в глотке. Хватаюсь за руль, как за спасательный круг.

Помстилось. Дурной сон. Сейчас он оборвётся, и я вынырну. И всё останется, как было. Алёнка — это моя Алёнка. Шуня жива. Лима здорова. И мой Тимыч — вот он — всегда со мной.

И мы все за праздничным столом. Гриша выдвинется на первый план в нашей семье, подарит Алёнке то, чего я не смог подарить своей Алёнке. А Лера...

Что Лера?

Тут я включаю машину и срываюсь с места.

Тот день давно канул в Лету. Но до сих пор помню мой стремительный полёт по Москве на моём старом «москвичонке».

И скрежет тормозов в Графском переулке у дома Шуни.

Нужно идти. А ноги словно в болоте завязли.

Несколько обычных шагов превратились в долгий путь. Как гири, вытягиваю из болота то одну, то другую ногу.

Руки затяжелели — никак не могут всунуть ключ в замок.

Шуня спала. Раскинувшись. Но как-то неестественно откинута одна рука, другая, и тело чуть изогнуто, словно в судороге. Чуть заострился подбородок, и нос. Морщины разгладились. Рот полуоткрыт.

Осторожно поднял похолодевшую руку, с трудом уложил на грудь. Потом другую. Закрыл рот. С трудом выровнял тело. Совсем недавно она ушла.

Присел к ней с краешку и стал смотреть на неё.

Умирающий как бы видит свою жизнь — все главные события.

Сейчас за неё я видел нашу общую с Шуней жизнь.

Первая встреча. Лагерь. Запах лагеря.

Погружаю себя в ту встречу. Встретились сёстры, которым нельзя расставаться друг с другом. Лица. Ещё молодые, как я понимаю сейчас. Перекошены радостью и болью, залиты слезами. Я даже спросил тогда: «Ба, что же вы всё плачете, если встретились?» Не ответила мне бабка. Не услышала меня. Впервые не я пуп земли. Она забыла обо мне. А я хотел есть и спать. Много времени про-

309

ГЛАВА ШЕСТНАДЦАТАЯ

шло, прежде чем они отпали друг от друга. И Шуня опустилась передо мной на корточки. «Здравствуй, внучок. Теперь у тебя две бабки. Понял?» Я кивнул. Её глаза — бабкины. И брови, густые, — бабкины. Я провёл пальцем по ним, удивлённый, как всё бабкино попало на лицо незнакомой тёти. Шуня рассмеялась и встала, и подхватила меня на руки. «Мы — сёстры, Веня».

Сейчас, из своего возраста, понимаю, какой молодой ушла моя бабка.

Шуня с Петрюшей — в пролёте нашей двери. Запах лагеря в нашем доме. А ещё прогорклости, табака, пота.
Шуня — моя бабка.

Вереница встреч, разговоров, улыбка Шуни, чуть кривоватая, с щербинкой между верхними зубами, как у бабки.
Скороговорка с мамой. Слов не слышно, но получается два голоса — наперегонки.
Их история — из Гулага, а на самом деле со дня рождения каждого из нас. Мама и Шуня — изначально родственницы, с той минуты, как мой папа выбрал мою маму.
Кровь у нас с Шуней — общая. Папина, бабкина. Издалека веков.

После Лимы и Тимыча. Моя Лера — моя Алёнка

Прошло ещё два года.
Алёнке я отдал Шунину квартиру. Но она не хочет жить там одна.
И в самом деле что ей там делать? Лишь двадцать один год. Она привыкла к тому, что мы все наперегонки бежим исполнять её желания: мама, Валя, я прошлый. Лезем к ней в печёнки: расскажи о товарищах, о репетициях.
О Грише она благополучно забыла. Стайки мальчиков провожали её ночами, являлись к нам в свободные дни.
А Гриша прижился у Саньки с Ритой. Вечером ужинал с ними. И не сводил глаз с Леры.
Я тоже часто теперь, бросив Валю с мамой дома дожидаться Алёнку, приходил к Лере.
Хрупкая по-прежнему, она оказалась сильнее всех нас.
Забросив учёбу, она ухаживала за Лимой, придумывала вкусные травяные чаи, растирала руки и ноги, читала ей сказки, когда у Лимы мутилось сознание, пела неумелым хрупким голоском.

А уж как она боролась за Тимыча! Готовила ему его любимую драчёну и жареную картошку. Говорила ему, что он для неё самый необходимый на свете, что он особенный, и она без него ни минуты не может. Гладила его голову, устраивалась у него на коленях и просила его поносить её на руках. Ему, единственному, рассказывала, какие книги прочитала, что ей снится, о чём думает, кем стать хочет.

Тимыч тайком больше всех детей любил Леру. Он глядел в её бездонные Лимины, Санькины глаза и улыбался, как и мне.

Он носил её по комнате, часами держал на руках, затаившись, прижав к груди.

Но именно ей в одну из таких минут их сопряжения он объяснил, что без Лимы жизни для него нет. И попросил её: «Отпусти меня, девочка. — И сказал ей, четырнадцатилетней: — У тебя есть Гриша, он будет тебя беречь вместо меня».

Откуда Тимыч знал это? Но так сказал, когда Лере было только четырнадцать.

И ещё сказал: «У тебя два отца. Веня любит тебя больше всех на свете и будет беречь тебя. Вместо себя оставляю тебе его. Он и дед, и отец».

Но Лера не захотела услышать. «Мне нужен ты!», — сказала тихо. Попросила погулять с ней в Парке Культуры и спеть ей хоть одну песню.

После смерти Лимы Тимыч ни разу не смог взять гитару в руки.

Он жалобно посмотрел на неё и помотал головой.

— Прости меня, моя девочка! — и повторил: — Отпусти меня, пожалуйста!

После того разговора с Лерой он перестал есть и ходить на работу. Уволившись, целыми днями сидел в их с Лимой комнате и смотрел в одну точку. Словно выключили лампочку внутри него. Он ничем не болел. И как-то очень скоро съёжился и похудел. Даже Лера больше не могла отвлечь его от того, что происходило с ним: внутри рвались проводки, нити, соединявшие его с жизнью.

Я пробовал бороться за него тоже: говорил ему, что он — мой отец, как и Санькин, что отцы не бросают своих сыновей, что я жить без него не смогу. «У тебя семья: сыновья, внуки, любимая невестка!» — повторял я ему бессчётно.

А он улыбался. Так светло и радостно, словно я ему своими словами и просьбами подарок делал.

ГЛАВА ШЕСТНАДЦАТАЯ

«Сынок мой, не горюй обо мне. Я всегда с тобой буду, беречь тебя буду сверху. Надо вовремя уходить, Веня. А с тобой навсегда остаётся Лера. Уж она-то тебя согреет!»

Я никому не сказал о Лере — об электрическом токе. Откуда Тимыч знал? Или видел сразу то, чего никто видеть не может, и чувствовал, кто такая Лера?

Ни Лера, ни я Тимыча не задержали на этом берегу. Тимыч пережил Лиму всего на шесть месяцев.

В ночь, когда умер Тимыч и когда увезли его на вскрытие и в морг, а Санька с Ритой сидели голова к голове на зелёном диване с золотыми кругами, Веня буркнул мне в ухо: «Поговорить пора».

Мы поднялись ко мне.

Сел к письменному столу, придвинул стул Вене, но он остался стоять.

— Ты хочешь что-то сказать? — не выдержал я молчания.

Я не пьющий. Но внутри жгло, и надо было срочно этот жар залить.

— Да, я многое хочу сказать. Я хочу выдвинуть обвинение против тебя.

Я оторопело уставился на него.

— Ты знаешь, дед и бабка фактически мои вторые родители, — сухо сказал он. — Они вложили в меня и науки, и книги, и не переводимое в слова. И вложили знание: ты — мой второй отец, не только мой отец Саша.

Я всё ещё ничего не понимал. Жжение внутри становилось нестерпимым. Но у меня не было спиртных напитков, а бежать к Саньке я не мог — был арестован. Я только смотрел снизу в острый Венин подбородок, задранный воинственно. У него оказалась тощая, длинная, беспомощная шея. Мне очень хотелось увидеть его глаза: может, это такой способ избавиться от боли потери? Мы все ещё не пришли в себя после мучительного ухода Лимы, а теперь и Тимыч. Но взгляд длинного Вени метался высоко от меня.

— Ты не был моим отцом после рождения Алёны больше никогда, ни минуты. А я ждал: ты спросишь, какую задачу задали, о чём думаю. А я ждал вечерами тебя: заметишь, почитаешь, поговоришь. — Он замолчал. Я должен был за него собрать в горсть все его обвинения, и они легко сами стали низаться одно на другое:

после рождения Алёны в зоопарк не водил, в кино не водил, сказки и книжки не читал, да вообще всё кончилось, когда родилась Алёна. И он сказал: — Вцепившись в Алёну, ты вырубил меня из своей жизни. А ведь я привык... — Он не договорил. И совсем другим, смятым тоном продолжал: — Из-за тебя у меня комплексы. Неуверенность в себе, сбой внутри, ненависть к девицам. Отняла тебя у меня Алёна. Почему?

Я встал и увидел плывущие глаза. В них не было цвета и не было выражения, они словно водой залиты.

— Сначала я решил полюбить её. Играл с ней. Служил ей. Выполнял все её желания. А когда ты переселил её к себе, возненавидел. Вот тогда и заметались во мне комплексы: что делаю не так? Если бы не Гришка, наверное, сдох бы. Гришка мне сказал: «Ты — мужик, ты должен быть мужиком. Тут тайна, я чувствую. Просто так взрослые голову не теряют». Много лет прошло, не состоявшийся папочка. Давай говори тайну до чиста. Объясни, что дело не во мне, что это не я стал плохим, а тут что-то такое, что сорвало с тебя крышу.

— Прости, Веня, — только и смог выдавить я из себя.

— Говорить будешь?

— Буду. Но сначала принеси водки.

Та бессонная ночь.

Не восьмилетний хрупкий мальчишка. Взрослый мужик пришёл лечиться от своих комплексов.

Я рассказал ему всю свою жизнь.

Да, он был не при чём. Но он попал под жернова моей трагедии, моей беды. И первые его слова были:

— Я должен убить твоего Альбертика. Это мой долг — отомстить за тебя и за себя. Судя по всему, никто другой этого не сделает.

И тогда я начинаю говорить о Керсновской и о необходимости остановить жестокость, а не возвращать её. И говорю о Матроне, и о том, что сверху накажут...

И вижу: не убеждаю его. И прошу:

— Прости меня, Веня.

У меня нет других слов. Я не смел откинуть человека, который так любил меня. Пусть я был невменяем, пусть у меня была драма. Но я вверг в драму верившего в меня ребёнка.

Водка не взяла меня. Язык был скован: не всё можно рассказать, не всё можно объяснить, не всё можно оправдать. И простить.

ГЛАВА ШЕСТНАДЦАТАЯ

Оставив Веню у меня прикорнувшим на тахте, я пошёл к Лиме и Тимычу.

Рита и Санька тоже не спали. И Лера сидела на полу у их ног и тихо говорила:

— Они здесь, я чувствую, оба здесь. Давайте мы каждый будет говорить и говорить, что каждый из них говорил и делал. Мы будем возвращать их и возвращать. Вот они и останутся навсегда.

Я сел рядом с Лерой и осторожно обнял за хрупкие плечи.

— Нам нужно успеть их портреты... рядом... поставить. И позвать всех, кто любил их. И будем каждый говорить.

Лера прижалась ко мне.

— Ты хочешь сказать, что сейчас нам нужно успеть поспать?

— Именно это я и хочу сказать.

Так закончилась первая ночь без моего Тимыча, без моего отца.

* * *

Я любил вечера с Лерой.

По прижившейся привычке эти вечера проходили по-прежнему в гостиной за нашим большим столом. Веня с Гришей и Санька с Ритой читали, слушали музыку, решали кроссворды, готовили свои кандидатские и докторские.

Тут же, за уроками, сидела Лера.

Тихая, осыпанная светлыми волосами, с Санькиными, Лимиными, мамиными глазами, она решала свои задачи, писала сочинения.

И нет-нет, да взглянет то на меня, то на Гришу. Мы с ней. И она спокойна.

Совсем не походили эти вечера на вечера с Алёнкой.

Алёнка жила своей, отдельной жизнью, которую я не понимал. Вечеринки, ночные прогулки с шумными товарищами, поздние вставания и жажда поклонения.

После смерти Шуни мама совсем сдала, как-то разом постарела, осела, потерялась.

И лишь Валя умела отвлечь её — фильмами, которые она смотрела целые дни то в Ударнике, то в Повторном. В её пересказах все фильмы становились приключенческими: Валя вставляла в них свои сцены и свои разговоры. Часто теперь она ночевала с мамой в её комнате.

Мама уставала от Валиных фильмов.

Где она бродила в своём сосредоточении в себе? В своих сказках, которые Тимыч собрал вместе и издал небольшим тиражом? Или переваривала Валины фильмы? Или вместе с отцом снова читала немецких поэтов и прозаиков? С уходом Шуни некому было высказать, о чём она думает, что чувствует.

Они с Валей вдвоём терпели одинокие вечера и, борясь со сном, преданно ждали возвращения Алёнки, чтобы накормить её горячим борщом или котлетками.

Сделав уроки, Лера просила брата и Гришу рассказывать о самолётах, уже взлетевших, и о тех, которые они только задумывали.

Гриша баском дерзко заявлял, что у него есть идея, как уберечь самолёт от падения, как сделать воздушные подушки, но пока это очень дорого.

Лера не сводила с него глаз.

Профессия была решена: только в авиационный.

Мне нравилось смотреть на неё. И часто я ловил себя на желании немедленно подойти к ней и погладить её по голове.

Но я виноват перед ней.

Алёнке — зоопарки, планетарии, театры.

С Лерой я никогда никуда не ходил. И она привыкла обходиться без меня. Смотрела на меня издали и словно ждала ответного взгляда, внимания.

Почему так поздно я понял, как нужна мне эта хрупкая девочка?

Я готов был взять её за руку и провести по всем нашим с Алёнкой музеям и паркам. Но чувство вины и робость сковывали меня: никуда она теперь со мной идти не захочет. Гриша вот тут есть.

Гриша подхватил Тимины и Санькины песни. По субботам и праздникам в доме снова звучали две гитары. Высоцкий, Окуджава, Галич, университетские песни 50-х. Гриша где-то доставал старые плёнки с выступлениями поэтов в Политехническом, в котором когда-то читали свои стихи Евтушенко, Ахмадулина, Вознесенский, Рождественский... пел Окуджава, и все эти люди стали нашими родственниками.

Лера с лёту запоминала и стихи, и песни. Стихи она не читала — бормотала как бы для себя, себе, но почему-то хрупкий звук её голоса беспокоил меня больше голосов актёров и поэтов: каждая строчка словно в сердце била.

ГЛАВА ШЕСТНАДЦАТАЯ

Мой Серебряный век, наконец, вырвался к моим людям. Вдруг я стал читать ребятам стихи Мандельштама, Гумилёва... — те, которые читала мне когда-то моя бабка, те, что читала Наталья Васильевна, и что читали мы с Алёнкой друг другу. Читал для Леры, чтобы и она начала их бормотать, так, что мороз по коже.

Серебряный век сомкнулся с новой поэзией, которой предстояло стать религией для всех нас — живших в 60–80.

И Лера, с лёту запоминавшая стихи, что читал я, читала их теперь вперемешку со стихами Тютчева, Пушкина и Лермонтова, одинаково пьянела и от тех, и от других.

Застенчивая, тихая, как-то незаметно она стала душой наших вечеров.

Никогда ни с кем я не говорил о своём открытии. Но неожиданно, несмотря на горькие потери, я успокоился и вошёл в берега.

Мама тоже упустила Леру. В отличие от меня, она делала редкие вылазки в Лерин мир: приносила любимые грильяжи, эскимо, шерстяные кофточки. Лера благодарила, но на шею не бросалась.

Вечера с Лерой. Остальные люди — фоном. Пока Лера учила уроки под Рахманинова и Шопена, я читал. В «Новом мире», в «Знамени» и в других журналах печатались вещи, раньше не имевшие никакого шанса быть напечатанными. «Не хлебом единым», «Один день Ивана Денисовича», «Матрёнин двор»...

И ни с того, ни с сего мне снова стал являться Альбертик.
Тот, не тронутый мной, кагэбэшный! Представительный. Сын своего отца.

Являлся мне и отец Альбертика. Вот он пришёл в школу. Широкоплечий, огромный, в прибитом к нему офицерском мундире.

С детства я знал запах власти. Это запах ГУЛАГа. Запах голода, тления, разложения, тоски.

Этот запах всегда возникал, когда я думал об Альбертике и о его отце.

Этот запах окружил мою Алёнку и в конечном счёте погубил её.

Зачем Альбертик снова возвратился в счастливую гостиную моей семьи, где я сидел на почётном месте, где Санька и Рита сохранили в целости и сохранности мир Лимы и Тимыча?

Что хочет сказать мне Альбертик?

Или он умер? И своим появлением предъявляет мне счёт?

Ещё две разрушенные мною надежды

Прошло ещё несколько лет.

Лера вышла замуж за Гришу и подряд родила двух мальчиков.

Иногда я помогаю Лере их купать. Это в те дни, когда Рита с Санькой уходят в театр или в кино или просто погулять. Лера мне передаёт вымытого ребёнка, я кутаю его в полотенце, осторожно растираю, словно это не Лерин сын, а сама моя Лера ещё маленькая. И мы вместе укладываем детей спать.

Лера ждёт, когда сможет отдать их в детский сад, или мама захочет сидеть с ними, чтобы снова строить вместе с Гришей самолёты. А пока Рита только вечерами берёт детей на себя и отпускает Леру с Гришей в театр или на концерт.

Я по-прежнему живу в маминой квартире. Мы с мамой прожили вместе почти сорок лет.

Мама давно ушла.

И Валя ушла, вслед за мамой.

Но у меня есть моя семья. В праздники и в выходные я сижу в красном углу за столом, на месте Тимыча, и мне приходится рассказывать всем случаи из моей врачебной практики.

• • •

В этот день, когда мне исполнилось семьдесят шесть, в свой день рождения, я почему-то перечитываю свои «Воспоминания». Они оборвались давно, тринадцать лет назад.

И вдруг рванулись с последней записи в сейчас.

Ещё живы мама и Валя, а Алёнка ещё бьётся в сетях соблазнов и тщеславия.

А я ещё ращу вместе с Лерой её мальчиков.

Ночевать поднимаюсь домой.

Алёнка никак не устроит свою личную жизнь. Приходит поздно, тихонько воркует с мамой и с Валей на кухне, а потом тихонько ложится.

В редкие мои домашние вечера, когда я сразу после работы валюсь хоть на полчаса прийти в себя, мама не входит ко мне, с книжкой ожидает меня за накрытым ужином. Лера забегает на пять минут — обхватит за шею, прижмётся к щеке и убегает жить дальше. Рита с Санькой тоже не тревожат меня в такие редкие вечера.

Работал без выходных две недели и взял три дня домашних. Все три дня бродил по городу, сидел в Планетарии, в своём сади-

Глава шестнадцатая

ке, вечера проводил у детей. Но в третий день отпуска захотелось банально почитать. Накопилось несколько журналов «Новый мир» и «Дружба народов».

Мама с Валей ушли в театр.

Наша Рита обзавелась знакомой, распространявшей билеты на лучшие спектакли, и с гордостью дарила всем своим эти лучшие спектакли Таганки, Современника, Ленкома...

Я улёгся, обложился журналами.

И вдруг услышал сдавленные рыдания.

Как сомнамбула, выбитый из книги, шагнул в коридор.

Горько плакала Алёнка.

Я вошёл в её комнату, сел на краешек тахты, положил руку на её бьющуюся в горе спину.

— Что случилось?

И она повернулась ко мне.

Под глазами — ручьи чёрной краски, перекошенное болью лицо.

— Ты... ты...

— Что случилось с тобой? — повторил я.

— Это всё ты. Почему ты бросил меня? Ты ушёл навсегда. Ты дышишь за стенкой, я часто слушаю, как ты всхлипываешь во сне, стонешь. Что снится тебе? Ты любил меня больше жизни. Ты жил для меня. И столько лет... ты не замечаешь меня.

— Почему же только сейчас? — растерянно спросил я.

Её ноги в капроновых чулках поблёскивали в свете тёплого торшера.

— Помнишь басню «Стрекоза и муравей»? Помнишь: «Лето красное пропела...». Я пропела свою жизнь. Меня любили, я разрушала любовь. Некоторые роли мне удавались, я знаю, я неплохая актриса. Но ты... когда ты бросил меня... я пошла в разнос.

— Я виноват в том, что ты не вышла замуж до сих пор? Я виноват в том, что ты красишься сверх меры и носишь вульгарные тряпки? Я виноват в том, что ты растеряла себя внутри? Тебе были даны вся культура, весь мир, безразмерная любовь всех нас. И я виноват в том, что ты осталась ни с чем?

— Да, ты. Но разве ты бросил меня потому, что я оказалась пустой внутри, растеряла себя? Только не лги. Причина в другом. Что-то случилось внутри тебя! Думаешь, я не знаю, как ты трепещешь над Леркой? Она стала для тебя всем! Я видела, как ты смотришь на неё! А ведь это ты лишил меня полноценной любви матери и отца, забрал себе. С ними я выросла бы в их любви. Отвечай, почему забрал?

Я не был готов к суду.

Алёнка вышибла меня из меня, нарушила равновесие, которое возникло благодаря Лере.

— Я знаю, что я эгоистична. Но кто сделал меня такой? Разве не ты? Своим обожанием?

Слёзы её высохли, упругое красивое тело приобрело силу: Алёнка сидела, как сидят королевы на троне. Высоко поднятая голова, развёрнутые плечи и взгляд королевы.

И я вдруг успокоился.

Она не пропадёт.

Не из-за меня рыдала. Наверное, кто-то сильно обидел её сегодня. На мне сорвалась.

— Вернись ко мне, — попросила она, впившись в меня своим чёрным, жгущим взглядом.

И я обнял её, пахнущую неприятными мне духами, слезами и потом.

— Успокойся. Всё будет хорошо. Если ты сама увидела, какой ты стала, ты сможешь вернуться к нам прежняя. Пожалуйста, вспомни, как ты маленькая, обходила всех по очереди, целовала и дарила подарки: кому — свою любимую куклу, кому — яблоко, а кому — твои любимые бусы.

Я гладил Алёнку по спине. И мне было очень стыдно, что я бросил её одну погибать в тлетворном мире вечеринок, пустых разговоров, случайных связей.

— Я хочу ребёнка. Но тогда я потеряю репертуар.

— Прежде успокойся. Всё будет, как ты решишь, как захочешь. Но для ребёнка прежде всего нужен надёжный папа, не правда ли? Попробуй не размениваться на мелочи. Попробуй вернуться к книжкам и к музыке. Вспомни, как ты играла и какую музыку придумывала. Вернись к прежней музыке.

Я уложил её, стянул с неё капроновые чулки, укрыл пледом, подоткнув ноги, как в детстве, положил руку ей на голову.

— Ты очень устала. Ты давно не спала. Ты очень хочешь спать. Спи, девочка. Утро вечера мудренее.

В тот вечер, когда за стеной спала Алёнка, а мама с Валей смотрели какой-то спектакль, я казнил себя за Алёнку.

Разве Алёнка виновата в том, что она не моя Алёнка? В самом деле, угадав Леру, я не сумел больше по-старому воспринимать Алёнку. И уж никак я не смог бы победить в ней её жажду признания и славы?

ГЛАВА ШЕСТНАДЦАТАЯ

Но она права: я отнял её у матери и искалечил ей жизнь.

И словно услышала меня Рита. Вдруг она появилась в моей комнате. С влажными волосами и блузкой — наверное, мальчишки брызгались.

— Я не могу долго не видеть тебя. Мне надоело работать с другим хирургом. Ты никогда не брал отпуска так надолго: целых три дня! — Она говорила еле слышным шёпотом: — Если ты думаешь, что всё прошло, ты ошибаешься. Да, мы оба возмужали... — усмехнулась она. — Но так же, как много лет назад...

Я закрыл ладонью ей рот.

— Ты сошла с ума, Рита! Ты сошла с ума, — повторил я.

— Да, я вовсе уже не молода, если тебя это беспокоит. У меня уже внуки! Это тебя время не берёт. Почему ты никогда не услышал меня?

Она сидела, сжавшись, на моей тахте, застеленной подаренным ею постельным бельём. А я не знал, что мне нужно делать.

Наверное, никогда нельзя считать себя зрячим, когда ты — слепой.

Что я знаю о жизни, если то, что мне кажется, мне только кажется. Мой тыл совсем не мирный тыл, он начинён взрывчаткой. И сидящая на моей тахте хрупкая маленькая женщина в любую минуту может разрушить покой и уверенность в своём счастье моего Саньки, моего брата, переплетённого со мной кровью двух самых дорогих моих людей — Лимы и Тимыча.

Я встаю на колени перед Ритой и говорю ей:

— Прости, сестрёнка!

И рассказываю ей об Алёнке, день за днём нашей общей жизни. И рассказываю, что Алёнка каждый день, и сейчас, здесь, в моей комнате, за моим письменным столом, со мной. И нет, и не может быть в моей жизни другой женщины. Бывают же глупые однолюбы. И что с этим можно сделать? Это как цвет глаз. Разве я могу изменить свой цвет глаз?

— Прости меня, сестрёнка. Я так люблю тебя! Но я однолюб.

Шепчу ей слова, нанизывая слово на слово, что она — моя родная сестрёнка, и моя правая рука, с которой столько сделано операций, и мать моих единственных детей. А с ней рядом мой Санька, братишка, которого я носил на руках, которого растил, о котором заботился, единственный мой братишка — кровная связь с Тимычем и с Лимой, которую никак нельзя разрушить, и никак нельзя сделать Саньку несчастным.

За стенками в моём доме уже крепко спят Алёнка и моя мама.

Рита слушает то, что я говорю, и жжёт меня взглядом, словно не верит ничему, что я говорю.

А чувство вины всё равно есть.

И чувство вины перед Алёнкой.

Выбор Алёны

Но вскоре Алёна замуж собралась.

Она явилась ко мне в больницу и сказала, что выходит замуж.

Прямо в больницу привела своего избранника знакомиться. Терпеливо дождалась окончания операции.

Сестрички бегали вокруг Алёнки и во все глаза разглядывали парня.

А Рита глаза вытаращила, как и я, когда увидела его.

Черты лица — Альбертика. Цвет глаз — Альбертика.

Если бы я твёрдо не знал, что у Альбертика никаких детей не было, я решил бы: это его сын.

Разворот плеч. Откинутая голова. Едва сдерживаемая жажда власти.

Конечно, Алёна ничего такого увидеть не могла. Она видела красавца, дарящего ей цветы, возящего её в дорогом автомобиле, водящего её по дорогим ресторанам.

Видел я, Рита поняла, как и я, — это Альбертик!

Они — двойники, размножившиеся почкованием.

Оккупанты зла.

Сказать ей.

Нельзя.

Столько лет она одна! Так недавно плакала: никому не нужна.

Этому хлыщу не за что Алёнке мстить. Родит она детей. Может быть, и получится семья?

Я отстранён от Алёнки. Я бросил её.

— Ты не могла привести его домой? — спросила растерянно Рита.

— Никак, мама! Мне нужно твоё и папино (она подчеркнула — «папино») благословение, потому что мы сейчас идём в ЗАГС.

Рита смотрит на меня, и я уже вижу в её глазах мечущийся страх.

— А бабушки знают? — спрашивает растерянно Рита.

Глава шестнадцатая

— Знают, мама. Они кудахчут, как куры: хотят свадьбу закатить, успеть моих детей нянчить. Сегодня ждут после ЗАГСа. Но мы только заскочим к ним.

— А они видели твоего жениха?

— Нет, мама, вы с папой первые.

— А молодой человек умеет разговаривать? — спросил нерешительно я, желая услышать его голос.

— Арнольд, шаркни ножкой, расскажи, кто ты, сколько денег гребёшь.

Услышав имя, мы с Ритой оба побледнели. Как близко к «Альбертику»! Так и хочется назвать «Арнольдиком».

И Арнольдик заговорил — тонким скребущим голосом:

— Служу в министерстве внутренних дел. Богат. Успешен. Прошу руки вашей дочери. Медовый месяц — Багамы. Квартира из шести комнат в Центре. — Он говорит и говорит, словно кран открыли: перечисляет, сколько машин у него, сколько домов, какая дача. — Предки в порядке тоже. Вашу дочь приняли.

Мы с Ритой немые. Смотрим друг на друга. Ни Алёнки, ни Арнольдика не видим.

«Бабушки кудахчут, как куры: хотят свадьбу закатить, моих детей успеть понянчить».

— А что сказал папа?

— Саня, что ли? Не спрашивала. Главный — этот, он поведёт под венец.

— А когда под венец?

— Позже. Когда с Багам вернёмся. Без венца в современном мире никак. Но у вас будет возможность потискать нас на гражданской свадьбе!

Рита сникла. Из цветущей, яркой, глазастой женщины передо мной измученная, смятая жизнью пожилая...

Как я разрушу безоглядную жажду бабушек? Они не знают тонких Лериных-Алёниных рук, обвивших мою шею. Не знают Лериного совпадения со мной. Может быть, они не почувствуют подмены, не свяжут Альбертика с Арнольдиком? А только мы с Ритой связали.

Нельзя Алёнке за него.

Но Алёнка в детстве так любила громадные банты! И сейчас стоит перед нами полуобнажённая, с безвкусным бантом на декольте, в накинутом на плечи ярком манто. Бабочка летит на блёстки.

И я говорю: «Да».

Алёнка кидается ко мне со «спасибо» и крашеными губами оставляет след на моей щеке. Она довольна.

— Так, что же… свадьба сегодня? — смятым голосом спрашивает Рита.

— Нет, мама, сегодня мы расписываемся и идём в ресторан с друзьями пропивать свободу. Свадьба в субботу. Для своих. Вы уж постарайтесь — все ваши коронные блюда! А в ночь мы улетим.

Те дни крутили меня и Риту, как пьяных.

А в субботу в нашем доме, в Лимином и Тимином доме, в большой гостиной, где всегда царят чистота и праздник благодаря моему святому Саньке, много лет работающему на двух работах, чтобы обеспечить достаток большой семьи в страшное перестроечное время, совершалось надругательство над всеми нами. За нашим большим столом сидят лучшие люди нашего трагического времени — Гриша и Веня, терявшие и с трудом находившие работу не по специальности, но бившиеся за благополучие своей семьи, как и Санька. Самые прекрасные женщины нашего времени — Лера вместе с мамой, Валей и Ритой суетятся: мечут на стол баранину и заливную рыбу, салаты и соления.

Кому и зачем мама и Валя, возбуждённые, с горящими щёками, хотят устроить праздник? Арнольду? Алёнке, которая восседает царицей во главе этого стола?

Мы с Ритой подавлены. Санька, ощущая настроение жены, растерянно молчит, смотрит на меня вопросительно.

И в хрупкой фигурке Леры, и в её лице то же недоумение: как оказался этот человек тут, в её доме?

Чувствую её. Смятение, неприятие впервые зажимают её губу, ёжат в страхе глаза, не могут спрятать с трудом сдерживаемое слово: нет! На генетическом уровне она знает, как страшно всё, что происходит.

Странная тишина за столом. Даже Лерины мальчишки, обычно не закрывающие рта, чувствуя состояние матери, тихи.

Лера не садится за стол, она сбегает на кухню. В жизни не глотнувшая ни глотка спиртного, наливает себе пол стакана водки и залпом выпивает. И рушится на стул. И глупо улыбается. Беру её на руки, несу в их с Гришей спальню — в Лимину и Тимину комнату. И слышу:

— Выгони его.

— Почему ты говоришь это?

— Я знаю. Он будет делать ей больно, — шепчет она.

У меня волосы дыбом.

ГЛАВА ШЕСТНАДЦАТАЯ

— Ты... ты? — слова топчутся в ужасе.

Но Лера уже спит. Первая водка. Вырубила.

А я держу её руку. Перебираю её пальцы.

Оглушает меня сердце. Я глохну.

Входит Гриша.

— Что с Лерой?

— Уснула. Пусть поспит.

— Вениамин Александрович, там так тихо. Никто не говорит тостов. Что делать? Все ждут Вас.

Я осторожно кладу тонкую руку Леры на тахту, укрываю её и пячусь из комнаты, не сводя взгляда с её прекрасного лица.

«Ты вернулась ко мне! Никому я не дам тебя в обиду. Я стану тебе цепным псом. Я защищу от всех болезней. Никакого зла не подпущу к тебе. Моя девочка!»

Бормочу ли я, кричу ли я.

Но вот стол. Злые глаза Арнольдика. Растерянные, не понимающие — Алёнкины. Под страшной властью тишины.

И я под жалким взглядом Риты взрываю тишину:

— Прости, Алёна. Вы можете пить и есть, смотри, как много всего вкусного, как ты просила. Но я не могу своими руками отдать тебя ему. Он жесток. Тебе уготована страшная судьба, если ты останешься с ним. Прости меня, если можешь. — Смотрю на испуганного Саньку: я знаю, он чувствует то же, что и я. — Саня, прости меня, если можешь. Я виноват перед тобой. Ты мой любимый, единственный брат. Ты — хозяин этого дома. Услышь меня, вспомни Альбертика и попробуй спасти свою дочь.

И Веня во весь свой рост — над столом.

— Я согласен, сестра. Я тоже знаю, сестра. Это уже было. Беги от него, сестра.

— Спасибо, сынок, — бормочу я.

Но лиц не вижу. Мои руки ещё перебирают Лерины пальцы.

Моя девочка вернулась ко мне. Она всё знает на генетическом уровне.

Пляшут перед глазами разноцветные пятна. Санька, Веня и Рита спасут Алёнку. Рита и Санька вместо меня всё доделают, что надо...

Простите, мама и Валя, вам не придётся нянчить Алёнкиных детей! Но по их ошпаренным краснотой лицам вижу: они тоже увидели в Арнольде Альбертика.

Осторожно прикрываю дверь квартиры.

Поднимаюсь домой. Долго пью воду из-под крана.

На этом кончаются мои воспоминания.
Последние строчки:
«...Бледно-салатные стенки бабкиной комнаты, золотистые стенки Лиминой столовой, щербинки в полу бабкиной кухни, сине-жёлтые плитки в Лиминой, тяжёлые занавески бордового цвета в бабкиной комнате, золотистые — в Лиминой гостиной. Детали, звуки — дребезжание трамваев, шорох шин по асфальту, внезапные гудки, скрежещущий звук тормозов, крики детей... — оказалось, всё живо».

Я не включил в свои воспоминания ни смерть Лимы и Тимыча, ни мамы и Вали, ни свои проблемы с руками, когда вдруг они перестали слушаться, а стали предательски дрожать.

Я не писатель, и меня не интересуют ни сюжет, ни проблема, ни вязь слов в красивом оформлении. Сегодня снова все живы. Перебираю их слова, ловлю их любящие взгляды на себе, смазывающие мои раны и распрямляющие меня. Им уготована вечная жизнь, пока я дышу, пока я слышу стук своего сердца.

Это не воспоминания, это моё бытие.

Но именно сейчас, когда всё снова пережито, слышу голос Керсновской: «Ты мстил Альберту. Зачем? Разве ты палач? Разве тебя Бог уполномочил казнить его?» «Ты не Бог. Ты не смеешь никого судить. И уж тем более не смеешь никого убивать».

Искупить вину

Никакой связи с происходящим в моей жизни сегодня.
Но почему снова сейчас Альбертик в моей жизни?
Почему остро ощущаю свою вину перед ним?
Ко мне вернулась моя девочка. А я лишил его полноценной жизни.
Моя вина — перед Богом.
Господи, Ты есть! — шепчу я.
Почему сегодня, в мой и его день рождения, вместо ненависти к Альбертику — вина перед ним?
Всё в своей жизни я нагородил сам. Услышь я Алёнку тогда, в нашей юности, пойми я тогда её порыв — прижалась ко мне, попросила пойти с ней в её призвание!, до сих пор я был бы с ней, и никакой Альбертик не смог бы отобрать её у меня. Шуня велела бороться за Алёнку! Почему я не услышал Шуню? Почему не боролся? Она ушла бы со мной! И не было бы никакого Альбертика в её жизни!

ГЛАВА ШЕСТНАДЦАТАЯ

Да, он убил Алёнку. Но убил по моей вине.

А я убил его сознательно. Я отнял у него его жизнь, дающуюся однажды: жену, детей.

Жив он или нет?

Сижу на своей тахте.

Тот мальчишка, красавец, отличник, стоит сейчас здесь, передо мной, в моей комнате с высоким потолком. Он смотрит на меня своими сиреневыми глазами.

Он никогда не был у меня.

У него просящий, молящий взгляд: спаси, помоги!

«Помоги!»

Иду из своей комнаты, из дома в раннюю ночь, в поздний вечер.

Фонари в весенней ночи блёклы. День никак не уймётся, сеется сквозь фонари — сереет.

Адрес я знаю. Всё-таки Валя под моим напором этот адрес в один из моих приступов отчаяния дала незадолго до той операции. Не успел я тогда добраться до него в его доме. Мне доставили его в больницу.

А сейчас я иду и иду, пешком.

Час, наверное, иду. Два.

Садовая залита огнями.

Смоленский небоскрёб. А с другой стороны через квартал — небоскрёб на горушке площади Восстания.

Много света. Здесь живут небожители.

Мне везёт. В его подъезд входит разряженная пара. Из гостей? Из театра? И я с ними. Не нужно звонить, объясняться с консьержкой.

Седьмой этаж.

Какое-то время медлю перед дверью.

Зачем я здесь?

Что скажу?

Он вышвырнет меня из дома одним пинком, потому что я не стану сопротивляться.

Зачем я здесь?

Ноги сами привели.

Я выжимаю кнопку звонка.

Стук каблучков. Дверь распахивается.

Девочка, девушка с рассыпанными золотистыми волосами. Хрупкая, глазастая.

Сколько ей лет?

— Алёнка, кто там? — женский голос.

Я вздрогнул. «Алёнка»?!

— Лохматый дядя с бородой пришёл.

И в коридоре он. Она. Существо. Высокое. Расплывшееся. В длинном, белом, роскошном, толстом халате. Женщина? Мужчина? Или нечто третьего пола?

Волосы коротко острижены.

Мужчина.

А одутловатое лицо — женское. Лишь глаза как нарисованные — прежние, сиреневые, с длинными ресницами.

— Кто вы? Почему так поздно?

Задаёт вопросы.

И замолкает.

И вглядывается.

— Прости, — выдавливаю я.

Слов больше нет ни у меня, ни у него.

Лишь девушка смотрит то на него, то на меня.

Мы стоим друг против друга.

И я слышу: «Это ты?»

И отвечаю: «Это я».

Слов нет.

Он не спрашивает «Почему ты сделал это?».

Он знает — почему.

Он не гонит меня.

Я понимаю: у него никого нет на свете: ни родных, ни друзей, ни коллег.

Кто эта девушка? Дочь?

Не похожа.

Да и как она могла бы появиться: ей много меньше лет, чем прошло с той операции!

Он не знает, что делать со мной.

Зачем я пришёл сюда?

Вина, что пригнала меня сюда, усугубилась. Мне жалко его.

А Керсновская могла бы пожалеть палача?

— Алёнка, накрой, пожалуйста, стол, — вдруг говорит он.

Стол?

Сидеть с ним за одним столом?! Только не это.

И вдруг я отчётливо вижу, как он, тот, щиплет Алёнкину грудь, крутит кожу.

И тут же его рыхлое, бабье лицо колышется, и по нему текут слёзы.

ГЛАВА ШЕСТНАДЦАТАЯ

— Прости. Я убил её. Я искупил. Я взял сироту, вырастил. Ни разу не обидел. С отвращением вспоминаю себя того. Как я мог?
— Клюква! — шепчу я.
Но вдруг понимаю: не клюква.

Гитлеру хотели подмешивать эстроген, чтобы из убийцы, из зверя, губившего людей, он превратился в кроткую свою сестру.
Я не подмешивал Альбертику эстроген, но из него ушла агрессия. Он вырастил сироту.

— Я не знал, что у неё будет рак, — сбивающимся голосом говорит он. — Я мстил тебе. Я не понимал, что делал. Я не знал, что убивал её. Мне хотелось уничтожить тебя и твою власть над ней, чтобы ты исчез из её памяти. А ты не исчезал. Мне нравилось подчинять её. Прости меня. Никогда не искуплю. Каждый день я посылаю тебе силу и здоровье. Сначала не понимал. Через много лет догадался. Сложил два и два. Узнал: это фамилия твоей матери. Но я уже был не тот. Я уже не мог мстить. И за что? Прости меня.

Мы стоим в светлой, просторной передней, с надраенным паркетом.
Тут есть книжные стеллажи, тут розовеет тумбочка с белым телефоном.
Он молчит, наверное, всегда. Кто станет звонить Альбертику? Умершие родители? Бывшие кагэбэшники? Жорожик и Минечка?
Мне жалко его.
Это не Альбертик. И я не знаю его. Это не палач, это жертва.
Иду к двери.
Он просит:
— Не уходи. Пожалуйста. Я расскажу тебе, как я нашёл Кузьму. Испросил у него прощения. Я нашёл Минечку и Жоржика и у каждого попросил прощения. Я помог им материально. Я пытался помочь всем тем, кого посадил. Не смог. Машина закрутилась, поглотила. Не уходи, пожалуйста.
Но я ухожу, тихо прикрываю за собой не пробиваемую ни пулей, ни звуком дверь.
О чём мы можем говорить с ним?
О том Альбертике? Того нет.
О новом? Он всё сказал, я теперь всё про него знаю.
О том, что по моей, по его вине и он, и я остались без жён и без своих детей?

О том, что Ефросинья Керсновская учит жить по-божески: не судить, не карать.

Столько лет стучит в голове: «Не судите, да не судимы будете»! Заповедь Божья.

Керсновская победила ГУЛАГ потому, что жила по-божески. Она оставила две с половиной тысячи страниц — учебник: как в жестокий век в жестоких условиях, с жестокими палачами во главе страны остаться человеком. Как сохранить свою душу.

Да, я убил человека. Но кажется: возродил душу в нём. Кажется, он живёт новую жизнь.

Так, я сделал зло или благо? Скольких людей я спас от того Альбертика?

Иду пешком по моему городу в моей стране, по Садовой, по улице Воровского, по Воздвиженке, по нашему с Алёнкой Каменному мосту.

Уже сеется утро.

Солнце ещё не пришло в новый день. Но уже выслало своего предвестника: свет. И во влажной дымке проступают Дом на Набережной, о котором писал Юрий Трифонов, в котором погублено много душ, и кинотеатр Ударник, когда-то центр нашей жизни — сколько фильмов мы в нём просмотрели! А сейчас это спящий памятник моему детству и отрочеству, потому что потом я в нём не бывал.

Кажется, я остановил зло. Я судил. Я наказал.
Но я, кажется, и спас.
Бог, объясни мне!

Все мои любимые, давно ушедшие и недавно, наверняка вы уже знаете истину, так как вы там — в царстве Бога.

Дорогая моя Ефросинья Керсновская, скажи ты: я совершил преступление, или я спас много людей от агрессии и жестокости Альбертика? Помоги мне, Ефросинья Керсновская! Сними с меня вину!

В голове звучит Алёнкин голос: песня Сольвейг:

> И ты ко мне вернёшься — мне сердце говорит,
> Мне сердце говорит,
> Тебе верна останусь, тобой лишь буду жить,
> Тобой лишь буду жить...

ГЛАВА ШЕСТНАДЦАТАЯ

Ко мне ты вернёшься, полюбишь ты меня,
Полюбишь ты меня;
От бед и несчастий тебя укрою я,
Тебя укрою я.

И, если никогда мы не встретимся с тобой,
Не встретимся с тобой;
То всё ж любить я буду тебя, милый мой,
Тебя, милый мой...

Эпилог

Я иду домой, к моим родным.

Лерины сыновья сильно выросли за эти тринадцать лет — уже подростки.

Лера и Гриша живут теперь в моей квартире со мной.

Но по-прежнему ужинаем мы все вместе. В Лиминой и Тиминой квартире Санька и Рита хранят очаг горящим.

Веня, наконец, женился. Мне он объяснил, что всю жизнь искал такую, как Лера. Его жена тиха, хрупка и ходит за Лерой хвостом. Она намного моложе Вени, родила ему дочку, которую они с женой назвали Лерой.

Рита не спускает глаз с маленькой Леры. Она ушла на пенсию, когда я вынужден был из-за дрожащих рук поменять работу. Я устроился в ту лабораторию, в которой когда-то работали Шуня и Лима. Изучил за эти годы все их идеи, и многое получилось. С раком груди, матки, простаты мы научились справляться.

Не знаю, о чём говорили Лера и Алёнка, не знаю, какие слова убеждения нашла младшая сестра. Но Алёнка не поехала в отпуск с Арнольдом. Тихая и растерянная, она попросила Леру и Гришу уйти жить ко мне, в её комнату, а сама осталась жить с родителями в Лериной комнате, свою же квартиру сдала. Замуж не вышла, из театра ушла, ведёт драматический кружок в детском центре, любит играть с маленькой Лерой и часто сидит с матерью на кухне.

Не знаю, о чём они часами говорят, но лица их светлы.

И по-прежнему по субботам и в праздники звучат любимые песни и стихи.

Вчера Лера попросила отца и Гришу подыграть ей и своим срывающимся речитативом стала бормотать:

> На братских могилах не ставят крестов,
> И вдовы на них не рыдают,
> К ним кто-то приносит букеты цветов,
> И Вечный огонь зажигают.

Эпилог

> Здесь раньше вставала земля на дыбы,
> А нынче гранитные плиты.
> Здесь нет ни одной персональной судьбы —
> Все судьбы в единую слиты...

Почему-то начинаю рассказывать о Керсновской, о ГУЛАГе. И все наши ушедшие тихо подсаживаются к нашему столу тоже.

И все мы, пока живые — моя Лера, и Гриша, и их сыновья, и Алёнка, и мой Санька с Ритой, и мой Веня с женой и дочкой — слушаем голос Керсновской, которая не на войне, а в ГУЛАГе помогла выжить нашим с Алёной мамам, написала книгу, как остаться человеком в нечеловеческих условиях, зажгла Вечный огонь погибшим, невинным жертвам жестокости. И моим деду и отцу, оставшимся без могил, не попавшим даже в братские, тоже зажгла Вечный огонь. И жертвам, жившим вроде на «воле», но тоже в страхе, — в ГУЛАГе столицы: моей бабке, Матроне...

— Все судьбы в единую слиты... — говорит Лера, когда я замолкаю.

И вдруг Алёнка говорит:
— А что сделать, чтобы сейчас не получился ГУЛАГ? Сажают снова. И пытают. И убивают.

Словно прожектором высвечиваются передо мной слова Керсновской: «Я забыла один из афоризмов Гитлера, который стоил того, чтобы над ним призадуматься: если ты не интересуешься политикой, то политика тобой заинтересуется. И тогда — горе тебе!»
Но я не произношу их вслух.

2014–2018

Содержание

Пролог 7
Воспоминания 8

Глава первая. **Моя бабка**
    Святая вода 10
    Вода. Енисей 13
    Шуня и первая боль 16
    Моя бабка и мой детский сад 17
    Мама и бабка 25
    Похороны 32
    Лима и у меня есть мама 34

Глава вторая. **Ирина Матвеевна и он — Альбертик.**
               Начало моей семьи
    Ирина Матвеевна и Альбертик
        рушат мой прежний мир 37
    К Ваньке Жукову! Тётя Мотя 44
    У меня есть Лима и мама 49
    Страх и тётя Мотя 56
    В мою жизнь пришёл Тимка. Кирка и я . . . 60

Глава третья. **На краю.**
               Лима собирает для меня семью
    На краю. «Ходить по пятам» 65
    Потеря друга. Моя Шуня дарит мне отца . . . 72
    У меня есть семья 77
    Лима собрала для меня семью 81

Глава четвёртая. **Мои университеты и мой дом**
    Сочинение 87
    Мой дом 89
    Победа, стоившая мне жизни 93
    В моём доме моя мама 98

СОДЕРЖАНИЕ

Глава пятая. **Алёнка**
    Я больше не один 103
    Мы 115

Глава шестая. **Алёнка и моя мама**
    Встреча с мамой 132
    Мама и я 138
    Гулаг. И мой близкий человек — Керсновская 143

Глава седьмая. **КГБ и начало моей новой семьи**
    КГБ — по наследству 148
    Ода Альбертику врывается в строй этой главы 151
    Ещё об отце Альбертика 153
    Разрыв с мамой 154
    Мама и Алёнка 160

Глава восьмая. **Моя жизнь**
    Моя семья .169
    У меня есть мама 177
    Мой Тимыч. Уход моей Матроны 183

Глава девятая. **Радость и начало беды**
    Шуня 193
    «Средние века» 197
    Остановившиеся мгновения 204

Глава десятая. **Гулаг в моей жизни**
    Алёнка ушла от меня 216
    Господи, помоги Кузьме! 220
    Господи, помоги Шуне 224
    ГУЛАГ в действии 228

Глава одиннадцатая. **Беда. Надежда и беда**
    Расплата за мой эгоизм 232
    Новый человек 242
    Новая жизнь и надежда 244
    Похороны моей личной жизни 252

Глава двенадцатая. **Смысл жизни. Рита**
  Как жить дальше? 256
  Почти встреча с Керсновской 259
  Удар под дых 263
  Остановить зло 266
  Рита 267

Глава тринадцатая. **Месть. Тимыч. Главврач. Реинкарнация есть?**
  Месть 269
  Главврач и КГБ 275
  Ко мне вернётся Алёнка! 277

Глава четырнадцатая. **Вера в добро. Жить для моей Алёнки!**
  Инерция добра. Спасибо, Аркадий Семёнович и бабка . . 279
  Кара работает. Мой Тимыч 281
  Алёнка вернулась к нам .283

Глава пятнадцатая. **Моя Шуня и не моя Алёнка**
  Алёнка вернулась 286
  Лера и Алёнка 293
  Моя Шуня 296
  Это не моя Алёнка 303

Глава шестнадцатая. **Уход любимых, боль и искупление**
  Прощание с Шуней 306
  После Лимы и Тимыча. Моя Лера — моя Алёнка 310
  Ещё две разрушенные мною надежды 317
  Выбор Алёны 321
  Искупить вину 325

Эпилог 331